ハヤカワ
時代ミステリ文庫
〈JA1442〉

悪魔道人

影がゆく2

稲葉博一

早川書房
8550

目次

悪魔道人

影がゆく2

登場人物

音羽ノ源三……………源三郎。服部党の下忍として働く伊賀者。音羽村が出自。

禅四郎…………………服部党の老忍。三河岡崎の出身。先代半三保長・二代目半蔵正成に仕える。

辰造……………………服部党の下忍。禅四郎に仕える。

夜藤次…………………服部党の下忍。甲州に潜入している忍びの前任者。

猪四郎…………………同右。

嘉右衛門………………殺されたと思われる服部党の忍び。

吉………………………同右。嘉右衛門の下忍。

伝八……………………甲州から「指」を持ち帰った服部党の下忍。服部安次郎保嘉が主人。

梅之助…………………同右。伝八の下忍。

法花ノ良次……………遠州掛川に潜伏している伊賀者。つなぎ。

山田ノ蛇之助…………甲州に潜伏している、酒飲みの伊賀者。つなぎ。弁天を案内する。

夏見ノ左衛門…………甲州に隠れ棲んでいる伊賀古参の老忍。炭焼小屋の怪人。

石川ノ松之助……かわ松。甲州に隠れ棲む老忍。古参の伊賀者。
才良ノ十九郎……伊賀の老忍。甲州の門野村に隠れ棲む。荏油売り。

小幡豊後守昌盛……又兵衛。武田信玄・四郎勝頼に仕えた武将。
藤代彦右衛門昌充…又兵衛（小幡豊後守）に仕える武士。通称、彦。

羅刹天……甲州透破。悪魔。
雨宝童子……羅刹天の下忍。同じく甲州透破。
吉乃……くノ一。呪術を使う婆の付き人。甲州の歩き巫女を取り纏めている。
朱雀……歩き巫女。くノ一。
角行……羅刹天に仕える下忍。
飛行……同右。
正之介……釵売り。きつね貌の男。実の正体は、無洞軒に仕えた子買い（売人）。

宋念……無洞軒に仕える青年僧侶。
善進……無洞軒に仕える僧侶。
西庵……僧侶・甲州透破。無洞軒の右腕的存在。

無洞軒道人……………信州の廃寺に棲む。悪魔ノ術法を操る謎の怪僧。羅刹天の師。
服部市平保英…………半蔵正成の長兄・市平保俊の長子。
服部半蔵正成…………三河岡崎服部党の棟梁。二代目。徳川家康に仕える武将。
玉瀧ノ次助……………伊賀者。玉瀧村出身の忍者。
重蔵………………………伊賀者。新堂村の出身。鬼丸こと甚兵衛の弟弟子。
犬丸………………………甚兵衛に育てられた少年。母のさつきは、伊賀のくノ一。
新堂ノ弁才天…………伊賀者。藤林長門守に仕える忍び。賞金稼ぎ。姉は犬丸の母。

序幕——瞋ノ火

逃亡者

きびしい冬の息吹に掩《おお》われて、目にも極寒なる景色のなかを、その男はひたすら遁《に》げていた――見あげると、はたして群青に冴《さ》え渡る天蓋《てんがい》だ――雲の一朶《いちだ》として見あたらず、煌々《こうこう》と光りかがやく天道が、頭上高くに黙然《もくねん》として、刃物のきらめくような白い棘《とげ》を立てている。鳥の影すら渡らぬ空に、かすかであろうと小啼《ささな》く声は、とうぜんながら聞こえてこなかった。

そよ吹く風のひとつとしてなく、それこそ群青いろの〈蓋《ふた》〉でもされたかのように、大地にいっさい音がない。そこに、圧倒的な孤独がある。

男は空を見あげたその一瞬、東西南北はいずれかと、方角が分からなくもなったが……いや、かまうものか……ともかくも、とおくへ遁《おお》げ果せるのだ……そうして、音すらも大気に凍《い》てつくかのような酷寒《こっかん》の世界をただひとり、一心になって踏みすすむのであった。

雪原の彼方

腰の辺りまで白雪《はくせつ》にうずめた姿になって、男はしばらくも茫洋《ぼうよう》たる雪原に孤影を立てていた。そうして脚をちぎられた虫にも似て、引っ切りなしに肩をゆすっているのだ。着ている蓑《みの》の擦《す》れる音も騒がしく、荒々しいほどに両手を振りまわしている。うごかぬのであった。いよいよ足があがらず、この雪原をすすむどころか、退《ひ》くこともできなくなっていた。これにすすまねば、凍死する——いや、待て——と、みじかい息を苦しそうに繰りかえし、男は腰を絶えず揺《ゆ》りうごかしながら、こんどは餅《もち》を打つ杵《きね》のような力づよさで、前へまえへと膝《ひざ》を押し出していく。まるで、白い海原に立ち泳ぐかのようなその姿。

(未《ま》だ、だ……まだ、ゆける……)

貌《かお》を掩うのは、恐怖と苦悶《くもん》の表情であった。どす黒い膚は、凍結した時間の奥底から掘り起こされた「木乃伊《みいら》」のように、いまやほとんど生気が消えかかっている。霜《しも》に降られた、ざんばらの髪。いや、頭髪と云わず、ほそめたひとえの目のうえに、濃く生えた眉《まゆ》の毛や……もちろん、まつ毛にもだ……貌の半分を掩うた黴《かび》のような頬《ほお》ひげのうえにも、まっ白い霜が降りていた。まるで一疋《いっぴき》の〈餓鬼《がき》〉を見るかのような、じつに醜悪たる風貌《ふうぼう》だ。

貌のまんなかに稜線《りょうせん》を描く、鉤《かぎ》のようなかたちをしたおおきな鼻のあたまの皮は、すでに冷気にやぶけ、とうぜん耳などはまっさきに凍傷を負って、赤くひび割れている。黒い額《ひたい》のしわはどれも、刃物でつけられた切れ込みのようだ。そして、灰いろに凍りついた唇《くちびる》のすき間から、かすかにのぞく黄いろい歯。途切れ目もなく、その口からもれ出ている綿《わた》のような白い息……息……そして、息……。

どうしたわけか、男の両手の指は、ほとんどの爪《つめ》がはがれてなくなっていた。爪があったと思《おぼ》しきところには、白い肉が醜く縮《ちぢ》れていて、ちらと骨が見えている指もあり、そこへ赤黒い血が網状《もうじょう》になって幾重《いくえ》にも凍りついているのであった。まるで地獄を閉ざす鉄の門扉《もんぴ》にでも挟《はさ》んだかというような、ひどいありさまだ。

(まだ、ゆける……)

とつぜん、空を打ち割るような、すさまじい音が鳴りひびく。雪のうえに押し倒されるようにして、男はそこへうつ伏せた。すわや、雷鳴——めまいを覚えるような碧天《へきてん》に、轟々《ごうごう》とこだまが鳴り止まぬ。

（いかずちではないわい……鉄炮《てっぽう》じゃ……）

すぐに二発目の銃声があがり、冬の青空を強烈に叩いた。どうやら、撃ち手はふたりいるらしい。射撃の間隔が、あまりにもみじかすぎた。「——鉄炮と申すは、一発撃てばあとは散木《さんぼく》（役立たずの意）」と云われるそのとおり、つぎの射撃の準備をするのに、弓矢とはちがって一々に、めんどうな工程（順序）がかかる。まず、連射は無理だ。と、三発目が聞こえてこなかった……やはり、追手はふたりきり……おそらく撃ち手たちは、いまごろいずれと周章《あわ》てて弾ごめをしていることであろう。この男を、射殺するために。

（もはや、これまでか——）

男が絶望をおもったそのとき、雪原のうえを一陣の風が吹き抜けていく。視界の端に白い背びれを立てる風が見え、周章てて空を振り仰ぐと、どこからあらわれたものか灰いろの雲が陰鬱《いんうつ》に逆巻いていた……群青の空が、乱れていく……白魔《はくま》（雪嵐）だ……おもうやどうじ、どっと風が吹きつけてきた。

（——まずい）

いきなりの強風に叩かれた雪原が、神妙たる静寂をいま打ち破り、青空にむけてまっ白い毛を濛々《もうもう》と逆立てるのだ。この世のものとはおもえぬ怖ろしい呻《うな》り声が、そこらじゅうに渦をまきつつ、暴力的な風が駆けずりまわることの底知れぬ恐怖……すさまじい量の雪の粉塵《ふんじん》が、それこそ爆発した火山の噴煙のごとくに風を立て、見る見るうちに天空へ吸いあげられていく。はたして視線をかえせば怒号《どごう》をあげて、地上の雪を浚《さら》う暴風に、白銀の世界が閉ざされていくようすに圧倒された。いや、男はそこにこそ、おのれの生命《いのち》を見たのである。

（いまぞ、機《しお》じゃ）

背を起こし、視界を閉ざすようなまっ白い風のなかを這い出した。立った。これでは、撃ち手も目が利くまいぞ……おもって走り出したが、なんども強風に一撃喰らっては膝をつく。そうして二間《にけん》ばかりも走ったところで、「あッ」と声をあげて――落ちた。雪のしたに隠れていた、巌溝《いわみぞ》があったのだ……男は、落ちて……打《ぶ》つかった……足を踏みはずしてすぐに、黒く凍りついた岩壁《がんぺき》に軀ごと叩きつけられた。かとおもえば、跳ね飛ばされて反対がわの岩肌に背を打ちつけている。すでに上下の定かならずも、何かにつかまろうとして手を伸ばしたが、一瞬滑《ぬめ》る岩に引っかけた指も虚《むな》しく空を掻き、高さおよそ四間（約七・二米突《メートル》）の大地の切れ目をさらに落下した。

息が詰まるような衝撃を感じて、あとは闇――。

悪魔哄笑

ふと、目をあけた。

（おれは、どうなった……）

おおきな龕《がん》のようになった洞窟に、ひとり脱け殻となって、仰向《あおむ》けに倒れているおのれの姿にようやく気がついた。徐々《じょじょ》にではあったが、凍えた肉体に意識がかさなりはじめて、軀が重く感じられてくる。心ノ臓がひとつふたつと、まるで数をかぞえるようにして、脈を打っていた。ゆっくりと、おだやかに。胸を波打たせて、息をした。すると軀に負った疵《きず》という疵のすべてが目を覚まし、ひどく疼《うず》きはじめる……どうやらおれは、しぶとくも生きているようだ……男はまずそうした感慨に浸《ひた》りつつ、鼻から安堵の息をもらすのであった。

あの絶望に掩われた狭《せま》い牢獄の暗闇のなかに、もういちど押し込められるつもりはない。執拗なまでに繰りかえされる、尋問の数々――しかし、こちらもなかなかどうして、口を割らなかった――われながら、見あげたものだ。役目のことは、いっさい白状しなかったのだから。しかし翌朝になって、そうした気分もすっかり霧散した。背の皮が破れるほどに鞭《むち》打たれ、木の棒で滅多打ちに打擲《ちょうちゃく》されたのだ。それが、すべてのはじまりであった。

(恨《うら》むぞ……)

犬畜生のように、日がな一日殴《なぐ》られつづけた……水桶《みずおけ》のなかに頭を押し込まれ、石ころのように蹴られもした。塵芥《ごみ》とも変わらぬひどいあつかいを受けたすえに、どれほど飢《う》えと渇《かわ》きに苦しんだことか……あまりにのどが渇いて、おのれの小便をてのひらに掬《すく》って呑んだことも、決して一度や二度ではなかったわい……いつしか安楽のうちに死ぬことをもとめるじぶんがいて、しぜんに息絶えるときを待った地獄の日々だ。もういちどは、とても耐えられない。それだけは、どうあっても避けたかった。

腐った果実を見るような、黒く変色した男の貌の膚――餓鬼さながらに醜いその造作のなかで、男はゆっくりと目だけをうごかした。

はたして右手のほうを見やれば巌溝《いわみぞ》の底、地上から射し込む冬の光を薄らと浴びて、白々とかがやく雪が厚い層をなしている。おそらく男は、そこのうえへ落ちたのであろう。

さてまた、山と積もった雪のうえには、何かに押し潰されたような、深々とした窪《くぼ》みが残っていた。その窪んだところからは、おおきなものが転がり落ちたような——それこそは、この男自身にちがいない——搔き崩された〈跡〉が見えるのだ。そこからさらに、一段高さのさがったこの洞窟のような巌棚《いわだな》のうえへと、雪のかたまりが粉砕された白い石くれ同様にばらまかれ、それがちょうど男が倒れているところまで、ちいさな雪崩《なだれ》を起こしてつづいているのである。

つまりは——男が落ちた巌溝の底には鍾乳洞《しょうにゅうどう》さながらにまたべつな、横むきの裂け目ができていて、いまそこへ倒れ込んでいる恰好なのだ。

(落ちたか……)

この男の不幸が、紙一重のところで幸いしたようである。

じつに断水と絶食を強要された、あのたびかさなる拷問によって、軀の肉がほとんど枯れ果て、野猫《のねこ》のように体重が軽くなっていたのだ。そのためもあって、四間あまりの高さの落下では、衝撃も軽くて済んだらしい。さらには、滅多なことでは人も訪れぬ、危険な巌溝のことだ。雪の降るままに、いちばん底に積もった深雪《しんせつ》は、偶然にも男の落下の衝撃を受け止めるのにじゅうぶんな嵩《かさ》をたくわえていたのである——男はじぶんの生命《いのち》の無事を不思議におもいながら、唸《うな》るように息を吐き、あらためて巌棚の天部に呆然とした目をむけるのであった。

（何ぞや、あれは……）

闇をなすりつけたかのように、黒く波打つ洞窟天蓋《てんがい》の巌《いわお》を見つめている……その表面を……白い煙のようなものが毛羽立って、頻《しき》りとまつわりついているのだ。あらためて、じぶんの両手を貌のうえに翳《かざ》してみると、はたして赤黒く凍りついていた網状の血が、すでに解《ほど》けていた。額に滴々として落ちてくる、その血を……男は……舐《な》めた。

（何ぞ。温《ぬく》いやな）

いま倒れている場《ば》処《しょ》がほのかに温かいことを、薄々ながらに気がついた。貌のうえに翳した血まみれの手を退《ど》けて、もういちど巌棚の天部を這う煙のようすに目をむける。はっとした。湯気らしい。おもって、息を呑んだ。

そこで周章てて首をめぐらせば、はたして左手の方角に、淡々《あわあわ》とした白い煙のようなものが靄《もや》となって垂れ込めているではないか。男は餓鬼さながらのまっ黒い貌に目を剝《む》くや、軀をかえしてうつ伏せた。そうして、喜ぶようすに這い出すのだ。その姿はまるで、山椒魚《さんしょううお》の化け物であった。

われ必死となって、巌棚のうえを這っていく……奥へむかって……さらに奥の暗がりへと……一疋の影が、這いずっていく……やはり、おもったとおりだ……洞窟のどこからか、温泉が染み出しているらしい。立ち籠《こ》める湯気に、かすかながら硫黄《いおう》のにおいがするのだ。男は嬉々として地面を叩き、腰をくねらせながら、緘黙《かんもく》をつらぬく奥の暗がりへと這い寄っていく。こうしてちか寄っただけでも、貌が徐々に温かくなるのが分かった。

（——噫《ああ》、おれは生きているのだぞ）

　全身の肌膚《きふ》が粟《あわ》だつほどに、力づよいおのれの生命の衝動を感じた——さらに男は沙《すな》のまじった波打つ巌のうえを匍匐《ほふく》して、汀《みぎわ》にじっとして伏せるのだ——海老《えび》いろをした岩盤《がんばん》の割れ目から、温泉が湧き出していた。まず、手で触れてみる。どうやら、熱湯ではないらしい。おもうや男は、腹這う姿のままで、温水のなかへとはいっていった。

　それまで深閑としていた洞窟に、水の跳ねる音が騒々しくこだまする。まるで、海岸に潮騒《しおさい》の反響を聞くようだ。何やら、男が叫んでいた——軀の疵に温水が染《し》みて、ひどく痛むのであろうか。それとも、凍えた肉体に体温がよみがえることの喜びを、言葉にならぬ声で訴えるのかもしれない。きっと、両方であろう。

　はたして温泉の水位は深いところでも、およそ一尺（約三十糎米突《センチメートル》）ていどのもので、まったく水たまりのような浅いものではあったが、それでも冷え切った軀には、じゅうぶんにありがたい。

　男は蓑も何も脱がずに、湯気の立つ水たまりのうえに、しばらくもうつ伏せていた。

まるで、ここに拡がる温水を一滴残らず、軀に染み込ませようとしているかのようなその姿……いや、どうやら呑んでいるらしかった……温泉をめいっぱい口に含み、まずのどの渇きを癒《い》やして軀の内がわを温め、そうして咳き込んではまた呑んだ。

そのあとは満足したものか、蓑を脱ぐと裸になって、岩場に釣りあげられた魚のように温水のうえを転げまわりながら、軀に湯気をまつわりつかせるのである。骨が泛《う》いて見えるほどに痩《や》せ枯れた軀のうえには、繰りかえし鞭打たれたときの疵痕も生々しく、むらさきや緑のいろに変色した打撲《だぼく》の跡が見るからに痛ましい。

ヒヒヒ、ヒヒッ。

狂人のように、わらっていた——それとも、泣いている声なのか——いずれと区別しがたい感情的な声をあげつづけ、餓鬼の風貌をした山椒魚の怪物が、温泉に浸《つ》かっているのたうつように、四肢《しし》を拡げる姿は非常に不気味だ。

(報《むく》いてやろうぞ……)

男はふたたび温水のなかで腹這いになると、そのままじっとしてうごかない。

(……生きて、かならず……屹度《きっと》にだ……きっと、一天《いってん》にこの恨みを報《むく》いてやるのだッ)

と、男が復讐をあらためて、決意したまさにそのときであった。身中《からだ》のずっと奥のほうで、何かがはじけ飛んだ。いろのない火花が無念無想の闇に散り、蒼白い怒りの火がついた――きわめて純粋な憤怒の火、それこそは古代の神々が手にしたという瞋《じん》（怒り）の火種だ――すると、瀕死《ひんし》の男の弱ったこころのうえに、まっ赤な憎悪が煮え立ち、あらゆる怨毒《えんどく》が沸騰しはじめた。圧倒的な怨念《おんねん》が声となり、のどの奥のほうから黒々と噴きあがる。

「オン・イシャナエイ・ソワカ……」

おもわずも、ここに男が唱えた真言《しんごん》は、口にするのも怖ろしい――暴風の神（風神）とも云われたあの〈摩醯首羅天《まけいしゅらてん》〉の化身にして――古代においては〈憤怒の火神〉として崇《あが》められた東北の護法神、破壊をつかさどる神の名だ。

「伊舎那天《いしゃなてん》よ、われに力を授《さず》け給え」

まっ黒い貌の半分を水面にのぞかせつつ、鼻でしずかな息をつづけて、復讐をおもいながら血を熱くする……鏖殺《みなごろし》にしてやる……すっかり霜も落ちたざんばらの髪が、まるで水藻《みずも》のように黒く濡れていた。水面にゆらゆらと漂うこの毛髪のかたまりのうえに、薄らとして白い湯気が躍り狂い――垂れた髪のあいだからは、男の両目ばかりがぎょろりとのぞいて空《そら》怖ろしく――なんども思案げにまばたきを繰りかえすようすは、さながら呼吸をしようと水面に貌をのぞかせた蛙《かえる》か、それとも守宮《やもり》のようである。

（わが恨みを、屹度に晴らしてくれるぞ……）

暗々《あんあん》とした洞窟に、妖気さながらに漂う湯気が立ち籠めて、そこへ悪魔めいた男のわらい声が怖ろしげに響くのだ。

ハハハ、ハハハッ。

人界を呪うようなその哄笑《こうしょう》は、いつまでも鳴り止まなかった。

伝説

……はたして、天文《てんぶん》年間なかごろの、ある冬の日のことである。

ここに命懸けの逃亡に全力をあげて、極寒の雪原を駆け通し、ついに追手の目から遁《に》げ果《おお》せた男があったのだ。その出自はいずれと詳しく知れぬのであるが、もとは甲斐《かい》ノ国（山梨県）からやってきた「すっぱ（透破・水破）の者」であったという。

つまりは、忍者だ。

伝え聞くところによれば、板東《ばんどう》は上野《こうずけ》ノ国（群馬県）の「廏橋城《まやばしじょう》」に、ひとりの忍びの男が姿をあらわして、ついぞその身を捕らえられるも、ひそかに牢舎《ろうや》から抜け出すことに成功したらしい。一説には、一谷山最頂院「妙安寺」の鐘楼《しょうろう》に縛《しば》られていたのだともいう。

……さて、ところが。

折悪《おりあ》しく天候乱れ、男は猛然たる吹雪のなかにその姿を消したというのであった。このとき死んだものと、おもわれていた。

いや、ちがう。男は、生きていたのだ。

必死の逃走を果たしたすえに、巌溝に落ち、そこで九死に一生を得ると、ついに俗世に舞いもどるのだ。この不吉なる男の存在は、その後、だれの記憶からもしばらく忘れ去られていた——そして、時は過ぎた。

いまも闇のなかで、怨念に満ちた睛《ひとみ》を凝らしている。

その男の名は……。

一幕——西三河

岡崎由縁

三河《みかわ》ノ国（愛知県東半部）――。

主公《しゅこう》は云わずと知れた、徳川家康公。現下家康、三十一歳。

いまからおよそ一年まえの、元亀《げんき》三（１５７２）年十二月二十二日――この三河の東に位置する「遠江《とおとうみ》ノ国（静岡県大井川西方地域）」の三方原《みかたはら》台地に、「甲斐《かい》の虎《とら》」とも呼ばれて戦国の世におおいに恐れられた「武田信玄《たけだしんげん》」ひきいる軍勢二万五千騎（三万騎とも）が進撃してくる。これに対して、徳川軍は七千余騎（内、織田軍の応援三千騎を含む）で迎え討つ。ふつうであれば、敵勢の半数にもおよばぬ兵力で合戦に挑んだとして、端《はな》から勝ち目はなかった。ところが、家康はここで信玄に刃向かうと意を決し、真っ向《こう》から戦いを挑むわけである。戦国史上に名高い、「三方ヶ原の戦い」だ。

このとき家康の曰《のたまわ》く、

「（敵軍が）我國《わがくに》をふみきりて通るに、多勢成《なり》というてなどか出《い》でてとがめざらん哉《かな》。兎《と》角《かく》合戦をせずしてはおくまじき。陣は多勢ぶぜいにはよるべからず、天道次第《てんどうしだい》（天運に賭けよう）」

と、夕刻雪降るなかに出撃すれば、おもいもよらざる石合戦（石の投げ合い）――これにて史上壮絶たる戦いの幕が切って落とされると、徳川の陣形はやくも崩れ立ち、すわやと槍《やり》をそろえて刀を抜き放つ兵《つわもの》どもら、正面突破を試みようと鬨《とき》をあげ、魚鱗《ぎょりん》の陣形に敷《し》いた武田軍に打ちかかっていく。さすれば、敵の一陣二陣と見事に切り崩し、あわや信玄旗本《はたもと》（本陣）にまで攻め寄せるかに見えたのも束《つか》の間、火の出るようであった徳川軍のいきおいはしだいに消沈し、信玄本隊に攻めかえされると、何せ相手は二万五千騎という大軍勢、完膚《かんぷ》なきまでに叩きのめされ、敗北を余儀なくされるのであった。

――これにて家康、万事休す。

もはや領土たる三遠《さんえん》（三州と遠州。即《すなわち》三河国と遠江国のこと）の地も、ままに信玄の版図《はんと》として呑み込まれるかとおもわれたその矢先、天運は家康に味方した。

「……信玄、病に没す」

はたして、それからおよそ一年の月日を経たいま――天正《てんしょう》元（１５７３）年の十二月も暮れのこと――家康は遠州浜松城に拠点をかまえ、信玄亡きあと、武田氏の家督を引き嗣《つ》いだ「武田四郎勝頼《しろうかつより》」を警戒しながら、三遠の統治に心血をそそいでいるのであった。

いっぽうで、この三州岡崎であるが――いわずもがな家康の生誕地であり、その血すじとして知られた「安祥松平氏《あんしょうまつだいら》」の本拠地でもある――三年まえの元亀元（1570）年、家康は嫡男《ちゃくなん》の「徳川信康《のぶやす》」に岡崎城をゆずり、これをもって城主とした。

ところで、さて――。

小高い丘のうえに縄張りされた三河の要衝《ようしょう》「岡崎城」から北へむかって、およそ十五丁（約一・六粁《キロ》）である。

「伊賀八幡宮《いがはちまんぐう》」

文明二（1470）年というふるい時代のころにさかのぼり、遠方伊賀国からわざわざ祭神《さいじん》を勧請《かんじょう》して祀《まつ》られた神社がここに建っている。創建したのは、安祥松平家初代当主の「松平次郎三郎親忠《じろうさぶろうちかただ》（出家し、「西忠《せいちゅう》」と号す）」という人物だ。家康の家すじを興《おこ》した始祖である。ちなみに勧請とは、「神仏の分霊を請《しょう》じて迎え入れる」ことを云った。

この「伊賀八幡宮」の近隣に拠点を置いて、謂《い》わば忍びをはたらく男らの一団がある。

「——三河岡崎服部党《はっとりとう》」という。

棟梁《とうりょう》が、いた。

「服部半蔵正成《はんぞうまさなり》」

二代目、である。

家康によくつかえ、家中に「鬼鑓《おにやり》半蔵」とまで呼ばれた〈剛者《こうのもの》〉だ。主人家康と同齢、三十一歳。この岡崎の地にうまれた。

半蔵正成の父でもあり、服部党初代の棟梁は「服部半三郎保長《はんさぶろうやすなが》」という人で、通称をして半三《はんぞう》——いこう、この「はんぞう」という名乗りを代々引き継ぐことになる——もとは、室町幕府第十二代将軍「足利義晴《あしかがよしはる》」につかえた「忍びの者」であったという。出自は伊賀国の北部にあり、「千賀地《ちがち》服部氏」のながれを汲《く》む、「下服部《しもの》」の血すじである。

はたして、その初代棟梁「服部半三（半三郎）保長」が、京都からこの三河岡崎という辺陬《へんすう》の地へと下《くだ》ってきたのは永正《えいしょう》のころのことだ。根をおろし、腰を据《す》え、忍びとしてよくはたらき、三河の各地に奔走《ほんそう》した。そこで、東海の英傑として知られた家康の祖父「松平次郎三郎（二郎三郎）清康《きよやす》」、その子（家康の父）「松平次郎三郎広忠《ひろただ》」、そして「徳川家康（松平蔵人佐元康《くらんどのすけ》）」の安祥松平家三世代に渡ってつかえ、永禄《えいろく》のころに勃発《ぼっぱつ》した家康三大危機のひとつ、「三河一向一揆《いっこういっき》」の平定後には、岡崎城の中《なか》ノ馬場《ばば》に屋敷地を割り当てられて、まもなく隠棲《いんせい》している。保長はここで一線から身を退《ひ》くと、さっそく五男正成に跡目《あとめ》を嗣《つ》がせて、このとき半蔵の名乗りを与え、秘密に認《したた》めておいた忍びの「秘術書（『忍秘伝《しのびのひでん》』）」をゆずるわけである——それから時を移さず保長は入寂《にゅうじゃく》し、すでにこの世にいない。法名を、「道可《どうか》」といった。

さてそこで、二代目棟梁こと半蔵正成が、いこう服部党をひきいて活躍するのだ。

さきの三方ヶ原の戦いにおいては、旗本先手役《せんてやく》「大須賀五郎左衛門尉康高《おおすがごろうさえいもんのじょうやすたか》」の隊に配されて、一騎駆けで雪降る台地に暴れにあばれ、そのはたらきぶりたるや凄まじく、論功行賞《ろんこうこうしょう》においては主君家康から褒美の槍を拝領《はいりょう》し、いこう「伊賀の国士《こくし》百五十人」をあずかることになる。

ところで、忍びの正体とは、じつに「無足人《むそくにん》」であった。

この無足人というのは、雑兵《ぞうひょう》に身分も同等の準士分にあり、ほんらい臨時に雇用されて俸禄《ほうろく》（給与）を得る者たちのことをいうのである。それが、「物頭《ものがしら》」——足軽大将、つまりは「武将」——に取り立てられたのだ。半蔵正成、いよいよ出世である。いや、下級の身分から抜け出したのであるから、大躍進といってもさしつかえなかろう。

而《しか》して、現今——。

その正成は家康が身を寄せる遠州浜松のほうへと出向いており、しばらく岡崎を留守にしている。そうしたなか、悪縁をはらんだ不祥《ふしょう》な報せを、この岡崎へと届けにきた者らがあったのだ。もちろん、忍びの者である。

その場処が、はたして三河岡崎の伊賀八幡宮であった。

指

……その、境内《けいだい》。

鳥居《とりい》のまえに立ち止まり、一礼して神妙に足を踏み出す老翁《ろうおう》がいた。

頭髪はほとんど禿《は》げていて、耳のうえの辺りに生え残った白髪が、まるで囲炉裏《いろり》の灰のうえに揺蕩《たゆた》う煙のようにしがみついている。装束を見れば、しぶ柿染めの裁付袴《たっつけばかま》、背に矢車《やぐるま》の紋を染め抜いた黒の袖無羽織《そでなしはおり》を一枚かさね着て、腰には鮫《さめ》の皮を張った黒柄《くろつか》の刀身二尺（約六十糎）を佩《は》いている。山羊《やぎ》のように灰いろのひげをあごから垂れて、老人にしては背すじの折れまがるふうでもなく、その眼光に曇るようなところは鳥渡《ちょっと》も見られない。

はたして半蔵正成が留守をするあいだ、この岡崎に残った古参の忍びたちを一手に取りまとめている禅四郎《ぜんしろう》という名の老忍であった。さて、この老翁禅四郎——半三保長のころから服部党にわが一命を捧《ささ》げて、忍びとしてはたらくうちにも業《わざ》が冴《さ》え、度重なるいくさに出陣しながらも不思議といのちを拾って、この歳まで生きてきた。岡崎の忍びたちからは、先代に心服しきりの男と知られていて、ゆえに陰では、

「ぼんさいどの」

と、呼ばれている。梵妻《ぼんさい》、と書いた。僧の妻、という意味である。

その禅四郎、棟梁半三保長が存命したころなどは、まさに女房かのごとくいつも傍《そば》につとめ、隠居するとの胸のうちを告げられたときなどは、憤慨するようにこれを諫《いさ》めもして、亡くなったときにはまたそれで——主君家康公の在《お》わす岡崎城の、縄張り内であるというのにだ——そこへあたらしく普請《ふしん》された服部屋敷の玄関さきに胡座《あぐら》をかいて、何やら歌を詠《よ》みはじめたかとおもうと、いきおい短刀を抜きあげ、いざ追い腹を掻き切らんとするのを、五、六人が飛びかかってこれを取り押さえたなどという逸話《いつわ》すら聞こえてくるような、じつに気性の激《げき》しやすい人物なのである。

いや、先代のみならず、跡目を嗣《つ》いだ二代目の骨柄《こつがら》にも、いまはずいぶんと推服《すいふく》しており、いったいこの男が岡崎服部党に対していちど抱いた忠誠心は、まるで翳《かげ》ることを

知らぬのであった。岡崎うまれというから、やはり三河武士に通ずるところがあるようだ。暑苦しいまでにひたむきな、その情の強《こわ》さはもってうまれた気質のひとつなのかもしれない――往時を振りかえれば、はたして四十手まえの歳のころ――あの壮絶たる「伊田《いだ》合戦（敵将は信長の父、織田弾正忠信秀《のぶひで》）」に参陣したというから、おそらく現《げん》下《か》八十にちかかろう。

「たれか、さような報せを持ちかえった者は」

と、その禅四郎が鳥居をくぐってすぐに、怒気をはらんだしずかな声で云うのである。さすがに声ばかりは寄る年波《としなみ》に勝てず、ひどく錆《さ》びついていた。

「伝八《でんはち》と梅之助《うめのすけ》にござりまする」

猫のように足音ひとつ立てず、うしろをついて歩く男がかしこまって返事をする。ひろく剃りあげた月代《さかやき》に髷《まげ》を結い、小素襖《こすおう》姿で、歳のころは三十前後。目がちいさく、眉が濃い。名は、辰造《たつぞう》。服部党につかえた、下忍である。

「……はて、聞かぬ名じゃ。たれのもとで、はたらく男らか」

「ふたりは、安次郎《やすじろう》どのの御家につとめてござりまする」

「ほう、別家《べっけ》か」

この三河には半三保長の服部家のほかにも、同姓を名乗る家が複数あった。そのひとつに、安次郎保嘉《やすよし》という人物を家長《かちょう》と仰ぐ服部家がある。そこの下忍だと、辰造は云うのだ。

「あれに見えし者らにて、ございまする」

と、その辰造が指をさしたのは拝殿《はいでん》の方角——まだ、三代将軍家光《いえみつ》が改築するまえのことであり、建物の屋根には檜皮《ひわだ》が葺《ふ》かれ、両端には兜《かぶと》の前立てのように千木《ちぎ》を置いたふるい造りのものだ——階段《きざはし》が架かったそのかたわらに、男の影がふたつ立っていた。

「右に見えまする彼《あ》の男が、伝八にございましょう」

中背で、貌《かお》のまるい三十男。装束を普化宗《ふけしゅう》の禅僧につくり、とうぜんながら髪は落としていない。鶯《うぐいす》いろの絡子《らくす》を胸のまえに提《さ》げて、片手には尺八をにぎっていた……となれば、左のがわに立つ男が梅之助であろうか……見れば伝八とおなじく、有髪《うはつ》の虚無《こむ》僧《そう》に扮《ふん》しているが、こちらの男は上背があって歳若く、目ばかりがおおきなかまきりのような貌つきをしており、ひどく痩せていた。

さて、一目《いちもく》済んだところでぼんさいどのが、歩きながらに不満げな声でひと言つぶやいた。

「なおなお、知らぬ貌じゃ」

「……殺されておる、と申すか。

云うは、上坐の老翁禅四郎——虚無僧に化けたる男らの、緊張の解けぬ貌を射貫くような目つきで交互に見つめ、あごから垂れた山羊ひげを右手でつかんで二度三度、悩む風情で撫《な》でおろすようすは、先代半三保長のしぐさとそっくりだ——伊賀八幡宮の拝殿は、ひどい底冷えがして薄暗く、どうにも凍えてならなかった。ところがこの老翁ばかりは、その坐したる姿のうえに顫《ふる》えるところを鳥渡《ちょっと》も見せずして、まるで威風を崩さないのである。

いっぽう禅四郎のとなりには、下忍辰造が静坐《せいざ》で控え、両手を突っぱねるようにして膝頭を押さえている。奥歯を嚙みしめているようすからすると、どうやらこの男の軀は正直で、拝殿内の寒さが骨身にこたえているのであろう。時折、にぎりしめたこぶしを口もとに寄せては、そこへ音も立てずに白い息を吐きかけていた——ふたりの正面に坐っているのが、はたして伝八と梅之助である。虚無僧の姿をしたふたりが、こうして神社の拝殿にかしこまっているようすは、どうして滑稽《こっけい》ではないか。

「手まえどもの、推量《すいりょう》ではございまするが……さように、相違《そうい》なかろうかと」

まるい貌をした伝八が、恐る恐ると云うのである。殺されているに、ちがいないと。

「然《さ》りとて、屍骸《かばね》は見ぬのだな」

「指が落ちておりましたのを、拾い申した」

横から口を挟《はさ》んだ、梅之助――つばを呑んで、咳ばらい。そこで、懐中から何か包んでいるらしき布きれを、片手につかんで取り出した。

「ご覧《ろう》じくだされ」

布の端をつまんでひらいてみれば、はたして蒼白い芋虫《いもむし》のようなものが八つ、切り口に骨をのぞかせて転がっている。まちがいなく、人の指だ……まず、大指《だいし》（親指）が三つ……と、あとは頭指《とうし》（人差し指）か、それとも中指《ちゅうし》か無名指《むめいし》（薬指）か……どれがどの指だか、さっぱり右も左も分からないものが五つある。そっと床のうえへ布ごと置いて、あらためて禅四郎の目に見せた。

「何者の指ぞ」

辰造が眉《み》けんに怪訝なしわを寄せながら、つと身を乗り出して、しずかな声でそのように問うのである。目はまっすぐ、布きれのうえに転がる指を見つめたままだ。切り口が腐りかけた――だれのものとも知れぬ――蒼白い、八本の指を。じつに、気味がわるい。

「分かりませぬ……いや、たぶんのことに、消えた嘉右衛門《かうえいもん》と下忍の吉《きち》が指にござりましょう。非《あら》ずば、いずれひとりの手から落とされた指に相違なかろうかと考えまする」

しかし、大指を三本持つ男がこの世にいるであろうか。

「そのほうも、推量を申すか」

と、禅四郎。胸のうえで腕を組むと、老いてしわばんだ瞼《まぶた》をかたく閉じ、ままに思案をはじめている。

(いったい、これはどうしたものかい……)

はたして、すべては先代のころからはじまったことなのだ——服部党の忍びが数名、徳川(安祥松平)氏と対立する国々へと秘密裡《り》に派遣されており、敵情をさぐるために現地ではたらいていた。この者らが敵対勢力を滅ぼすためだという単純な理由から、要人の暗殺を企てることはなく、ましてや国人を煽《あお》り立てて一揆を誘発するようなことなど決してありえない。それは、家康自身が外交政事と、いくさで決することだ。でなければ、天下《てんか》人心《じんしん》を掌握《しょうあく》することはできないのである。戦国の世とはいえ、なにも敵将を殺せば済むというものではなかった。忍びたちの仕事は、情報収集がその主たる目的だ。

さて、甲斐国に潜伏するようにとめいじられた忍びたちは、通常五年から八年の任期をつとめ、つぎに交代の要員が現地へ赴《おもむ》くという取り決めになっている——長《なが》の任務に馴《な》れが生じて、過失を見渉《みも》らす恐れがないとも云えず、またもしや、敵のふところに取り込まれて「かえり忠《ちゅう》(裏切り者の忍び)」とならぬよう警戒するためだ——任期が終われれば引き継ぎがなされ、前任者たちはそのまま帰国する。伝八と梅之助は、交代要員であった。甲斐国へむかい、嘉右衛門と下忍の吉の後任をつとめることになっていた。

「ところが……」

前任者を訪ねて甲斐の隠れ処《が》にむかうも、ふたりの姿が見つからぬ。しばらく周辺を探して歩いたが、どこにもいないのだ――まさか、任務を放棄したものでもあるまいが――そこで、嘉右衛門たちが第二の「隠所《いんじょ》」としてつかっていたという、さる農家を探し当てた伝八と梅之助のふたりは、さっそく夜になって訪ねることにしたのである。

まずは、暗い母屋《おもや》に近づいて、事前に知らされていた「合いことば」を口にした。このときは、雪と富士。「雪」と声をかけて、「富士」の返事を聞けば仲間ということになっていた。ゆえに、伝八が「雪――」と低声《こごえ》にささやく。ささやいてから、戸を叩いた。二度、おなじことを繰りかえすのであったが、さてしかし、いっこうに「富士」との声が聞こえてこないのだ。さきの隠れ処《が》とおなじく、どうやら無人らしかった。

ひとまず伝八と梅之助は、これに慎重を期して、納屋《なや》のほうをさきに当たって見たのであるが、怪しまれるような形跡《ふし》は何も見つからない。

いよいよふたりは意を決し、母屋の戸をひらいてなかを見ることにした。開器《かいき》（忍者が使う細身の鑿《のみ》）を引き戸の隙間《すきま》に差し込んで、慎重にこじあける。そうして母屋に入ったが、こちらにも人の立ち寄った痕跡がまるでない――暗闇に目をこらしたが――まさに、蛻《もぬけ》の殻《から》である。いや、何かが怪しまれるのだ。母屋に淀む空気のなかに、尋常ならざる不安がにおうのである。

そこでかまどのうえに一枚の、皿燭台《さらしょくだい》を見つけた梅之助。携行用のあぶらを垂らして、かまわず石をきる。石のかどに、火花が散って……すると、皿のうえに一穂《いっすい》の火が立った……この弱々しい燭の灯りひとつきりで、ふたりが母屋のなかを一巡《いちじゅん》探ってみると、はたして板敷きのうえに得体の知れぬものが落ちていた。目をこらすと、それが指なのだ――都合《つごう》、八本――拾い集めて、伝八と梅之助はすぐ遁《に》げた。身の危険が察せられたのである。じつに、尋常《じんじょう》ならざることが起きているらしい。そうした忍びの直感が、これ以上の執拗《しつよう》な捜索を放棄させたのだ。

あっという間に、伝八と梅之助は甲斐から遁走《とんそう》していた。国境を南下して遠江へいったん遁げ込むと、この三河へと舞いもどって指示をもとめようとした――と、ふたりの帰参の経緯は、およそ斯《こ》ういうわけであった。

(なんと、臆病かな)

禅四郎はふたりの小心ぶりを罵《のの》りたくもおもったが、はたしてそれはまちがいであろう。忍びは臆病な者のほうが、剛胆《ごうたん》な者よりずっといい。こころが繊細で、目端《めはし》が利いて正直なれば、なおのこと忍びのならいによい。くわえて云えば、慾深さはすべての術法の邪魔であり、忍びは常に無慾でなければならないのである。ゆえに一条、「……何ごとも深入りはせぬほうがよい」とおしえられるのだ——いのちの危うきを察したからには、まずその場から離れるべきなのだ。ここにもどってきた、ふたりのように——危険に対して、敏感に反応する能力に長ずれば長ずるほど、しぜん小心にならざるを得ないものである。そもそも、遁げるというのが忍びの術の基本であった。まず、忍びたちは「遁法《とんぽう》」というものをならう。城や屋敷に侵入するときには、さきに遁げ口を調べておく。忍びの業とは、そういうものだ。ここぞと云うときに、退《ひ》かぬ勇気があればそれでじゅうぶんなのである。遁げられる機を失《しっ》せずして、かならず遁げ果せる。それこそは、忍びのしごとの「第一の心得」だ。

（はて。以前にも、似たようなことがあったな……）

記憶にふるいが、甲斐に潜入していた服部党の忍びたちが、ひとり残らず殺害されたという忌《い》まわしい事件が起きた。先代半三保長もまだ存命していたころの、弘治《こうじ》年間のできごとだ——犯人はいまだ何者とも知れず、なにぶんにも他国のことであって、じっさいは何が起こったのか、いまもって判っていなかった。

……が、しかし。

こんどのことは、以前と較《くら》べるとすこしばかり状況がちがっているようにもおもわれる。もとより嘉右衛門とその下忍の吉という男が、じっさい殺されたかどうかもいまだ判然としないのだ。そして、指が残されていたという奇怪さ。何やら、意味深長ではないか。

（ひそかに甲斐へ人を遣《つか》わし、しらべねばなるまい――ふるい弘治のできごとを、いまだ覚えている者のほうがよかろうな。となれば、しぜん古参《こさん》の忍びということになるわい）

ひとりいる。しかも、術達者が。

「辰造よ、おのれすぐに服部の御屋敷へもどれ。屋敷には、いまも市平保英《いちへいやすひで》どのが在《お》わされるはずぞ。わしの言伝《ことづて》じゃと申して、人別帖《にんべつちょう》を繰《く》って、甲斐にむかわせた男らの名を写させて頂きたいとお伝え致せ。くれぐれのことに、おのれでは無《の》うて市平どのの筆にて、直接《じき》に写して頂くのじゃぞ。よいな、辰造。市平どのの筆であるぞ――その足でおのれは川むこうへゆき、源三《げんぞう》をこれへ連れて参れ。彼《あ》れは、六名《ろくな》におる。辰造、聞きおぼえたか」

「あい。げ、源三さま……音羽《おとわ》ノ源三郎《げんさぶろう》さまのことで」

「然様じゃ。わしは、二度まで申さぬぞ。して、梅之助とやら。おのれは、これが指の持ちぬしのまえに、たれが甲斐へ潜っておったか存じておるか」

老翁《ろうおう》のするどい眼光と、発声のいきおいに、おもわずも言葉をつまらせる梅之助であった。すると、禅四郎は伝八にも、おなじことを尋ねるのである。

「おまえはどうか。知らぬか」

「夜藤次《やとうじ》どのと、猪四郎《いのしろう》どのであったかと覚えまする――」

「どこの家の者じゃ」

「われらにおなじく、主人がこと服部安次郎（保嘉《やすよし》）につかえてござりまする」

聞くや老翁禅四郎、

（それであるわい……）

と、何やら腑《ふ》に落ちたか、あぶらでも泛かべたかのように、目をぎらぎらとして光らせるのである。そうして、さきのふたりはどのような字を当《あ》てるのかと、伝八にもういちど問いなおす。おしえられるがままに、「夜藤次」と「猪四郎」という漢字を空《そら》に覚えて、とつぜん声を荒らげた禅四郎。拝殿の天井に大声が反響して、板が啼《な》く。

「辰造、はよう往《ゆ》かぬかッ。伝八とやら、おのれはそれがふたりを、これへ連れて参れ。夜藤次と猪四郎じゃぞ、よいか。別家（安次郎）のほうにはわしの急用《いそぎ》じゃと申しあげて、ふたりを屹度《きっと》に連れてもどれや。おい待て、辰造ッ――梅之助、おのれもあれに付いて往《ゆ》け。御屋敷のあとに会う男の耳に、此度《こたび》の仔細《しさい》をおしえて聞かせよ。辰造よ、わしはこれから用事をひとつ済ませて、すぐにもどって参る。日の暮れるまえには源三を連れて、これへ着いておれよ。聞き分けたか――」

「承知つかまつった」

と、階段《きざはし》のうえで狼狽《うろた》えるようすに、足を迷わせている辰造だ。その背にしがみつくようにして、伝八と梅之助もあとにつづいた。そのまま三人は、転がり落ちるようにして階段を降りていく。神前であるというのに、じつに騒がしいことだ。

(源三であれば……)

禅四郎は拝殿に残って、あごひげを二度三度と撫でおろしながら、ひとり思案の風情であった。目を閉じて、鼻でしずかな呼吸をつくりながら、いくつか自問する。いったい、甲斐ノ国では何が起こっているというのであろうか。信玄の死と関係するものか。はたして、消えた男らはほんとうに死んでいるのか。とすれば、いったいだれが手に掛けたのか。何のために……まったくもって、ひとつも分からない。

(とんと、いまのわしには解《げ》せぬわい。源三に恃《たの》み、万事にまかせよう)

ふと目をあけて、視線をさげた。

暗い板敷きのうえにじっとして、布きれに載せられたままの蒼白い指が八つ――。

魔法者

鳥の渡る冬の空、息を白く染めつつ十五丁、ゆくてに見えてくるのがはたして矢作川《やはぎ》である。そこへ架かった橋を渡って、さて城の内《うち》――中ノ馬場に建つ、服部《はっとり》屋敷だ。

辰造参上するや、あがり框《かまち》にかしこまり、案内《あない》を請うて「御免《ごめん》」のひと言である。奥からあらわれた人の蒼《あお》い影をひと目して、頭をさげて斯《こ》う云った。

「禅四郎さまから、言伝《ことづて》がございまする」

辰造のまえに立ち止まり、困惑げに見おろしたのは、萌葱《もえぎ》いろの小袖を着た体軀《たいく》立派な若者だ。見た目にも精悍《せいかん》な貌のつくりをしていて、剃りあげた月代《さかやき》が美しい。

――服部市平保英《いちへいやすひで》。

半蔵正成の長兄、「市平保俊《やすとし》」の長子《ちょうし》であった。

はたしてこの市平保俊という人物、つまりは先代半三保長の長男であり、とうぜんながら服部党の二代目を嗣《つ》ぐものとおもわれていた。ところが永禄三（１５６０）年八月のこと、西三河「高橋城」の三宅《みやけ》氏（右衛門大夫）を、松平元康《もとやす》（徳川家康）が攻めたときに、これに従軍して討ち死にしてしまったのである。無念なるかな服部市平保俊、じつに夭折《ようせつ》二十四歳――さて、ここに立つのがその長子――市平保英はわずか六歳で父保俊を亡くすも、三年まえの元亀元（１５７０）年六月には、半蔵正成の庇護《ひご》下に近江遠征《えんせい》に従軍しており、ようやく初陣《ういじん》を飾るに至るのである。参戦したのは、史上に名高い「姉川の合戦」であった。この一戦において市平保英は、首級《しるし》を四つまでも挙げている。じつに、活躍存分だ。本年、かぞえで十九歳。齢《とし》こそ若いが、父保俊に似て剛毅《ごうき》である。いや、祖父にして初代服部党棟梁、半三保長の血をこそ、この若者は濃く受け継いでいるのかもしれない。

「何だ、辰造。禅じい（禅四郎）とあかつきに出ていったかとおもえば、またもどってきたか。よくよく、忙しいことだな」

と、市平保英が框のうえにかしこまる下忍にむかって微笑をくれて、そうした声をかけるのだ。その形姿《なりかたち》や戦場での印象とは相反《あいはん》し、ずいぶんとやわらかい声質である。

「あい。それがしは日がな、忙しゅうしてござりまする」

「ハハハ。して、何の用だ。いずれと、禅じいの用事とあらば、いそぎのことであろうな」

「人別帖《にんべつちょう》の写しをとの、仰《おお》せで……」

禅四郎から仰せつかってきた用件をかいつまんで話したところ、「然《さ》あらば、これにて待っておれ」とひと言残し、奥の座敷へ引きかえす十九歳。四半刻（三十分）のち、くだんの写しが封《ふう》をされ、市平保英の手から辰造の手へと渡された。

「禅じいには、おれが仔細《しさい》をたずねたい旨を、願い申しておったと言付《ことづ》けてくれ。ゆめ、それが封を解《と》くなよ辰造。からすが死ぬぞ」

ああ、もしや写しは熊野《くまの》牛王宝印《ごおうほういん》の神札《おふだ》（紙札）に書かれてあるのだなと、すぐに気がつく辰造であった。いわゆる、「熊野誓紙《せいし》」と呼ばれた護符のことだ。起請文《きしょうもん》の紙として、あるいは大名たちのあいだで交わされる誓約書などに、この熊野誓紙が度々つかわれていた。さて、若者の云う――からすが死ぬ――の意味は、この紙に書かれた宣言をひとたび破れば、熊野権現《ごんげん》の使いであるからすが三羽死ぬのを見るというのである。見れば、当人もまた追って吐血しながら死に至り、地獄へ落ちるのだとも云われていた。

「……秘密をもらすまいぞ」という、この若者なりの忠告なのであろう。

じっさい、ここに封をされているので見えはしなかったが、紙の表がわには炎を象《かたど》る朱印《しゅいん》が押され、一面に「烏文字《からす》」という特殊な書体が、それこそ群がる黒い鳥のように、おどろおどろしく躍っているのである。それを目にもすれば、熊野誓紙にまつわる伝説も、一々ほんとうのことのようにおもわれてくるものだ。

「心得て、ござりまする」

と、辰造が頭をさげた。すると、市平保英が瑞々《みずみず》しい微笑を見せて、斯う云った。

「何ごとかは知らぬが、抜かるなよ。おれは夜も起きていると、禅じいに申してくれ」

「うけたまわりまして、ござりまする」

あがり框のうえでいんぎんに、平伏したあとにかさねて礼を云い、大事の封書をふところにおさめたところで辰造は、飛ぶようにして屋敷から出ていった――はたして、城外西方の矢作橋《やはぎ》のところに待たせておいた梅之助と合流すると、その足で六名《ろくな》にいそいだ。


ふたたび場面は、「伊賀八幡宮」である――。

禅四郎から仰せつかった用事をすべて済ませて、辰造たちがようやく境内へもどってきころには、午《ひる》もすっかりまわって、はや申《さる》七つ（午後四時頃）。すこし小腹が空いたが、夕餉《ゆうげ》の時刻にはまだはやい。

辰造とならんで梅之助、ふたりのうしろをもうひとり男が歩いていた。

はたして音羽《おとわ》ノ源三郎《げんさぶろう》こと、「――源三《げんぞう》」である。云うまでもなく、名乗りに見える音羽とは、伊賀国阿拜《あえ》郡にある村の名だ。つまりはこの男、正銘の伊賀者であった。

先代半三保長がまだ方々の戦場で活躍していた時代に、この西三河にやってきた。とうじのことをおもいかえせば、故国伊賀の郷士らと、服部党の交流もずいぶん盛んなことであり、双方に連絡が密に取れてもいて、じっさい半三保長から応援の人員をこの岡崎へ送って寄こすようにと要請することも屢々《しばしば》であった。西三河に送りこまれてきた伊賀者たちの多くは、そのまま服部党ではたらくようになる。源三もまた、そうした派遣要員のひとりであった。

気がつけば、故国伊賀を離れて、すでに三十年という月日を経ている……この源三は、伊賀流柘植《つげ》派の忍びの術に長じた名人として知られており、山岳修験にもあかるく、悪魔の法を習得しているとも云われていた。ながらく服部党に身を置きながら、やはりどこかしらいまも岡崎に馴染めないでいるのは、故郷をおもうこころのことばかりでなく、軀に染みついた伊賀の術法が、この男の掻くあせのなかに一抹《いちまつ》におうからかもしれない。

ところで、ここに云う悪魔のことであるが――後世にひろく知られる西洋基督教《キリスト》「西方教会」にいうところの、「撒旦《サタン》」や「路西法《ルシファー》」の印象が染みついて語感につよいが、ほんらいこの悪魔とは「天狗《てんぐ》」のことをさして云うのである。ちなみに、「魔縁《まえん》」とも書いた。同義である。もちろん、赤ら貌をした、鼻の高い人を意味するものではない。災禍《さいか》をまねき、人に取り憑《つ》く、「天《あめ》の狗《いぬ》（アマツキツネ）」のことだ。世に災いをもたらすとされた「流れ星」が、どうやらその語源になっているようであるが——つまり、悪魔の法とは——「天狗の術」のことであり、不吉な呪術や不思議な術法を操る者たちのことを、魔法者《まほうのもの》と呼ぶ。

岡崎の忍びたちのあいだでは、

「音羽ノ源三、魔法をつかう」

と、陰に云われた。はたして、だれも目にしたことはないのであるが、そういう風聞《うわさ》がいまも聞こえている。

源三、六十一歳——。

外貌は、じつに好々爺《こうこうや》の印象だ。とても、天狗の化身とは見えなかった。背の低い小男で、額がせまい。白髪まじりの頭の毛は、猫の毛ていどにみじかく刈り込まれている。目じりにしわが深く、ひげにはいつも剃刀《かみそり》をあてているために、見た目にも清潔で感じがいい。悪魔めいたところなど、どこひとつとして見あたらず、こじつけるとすればその身にまとう着物くらいであろうか。

血の赤いいろをした糸で縫いあげた、闇のように黒い十徳《じっとく》を着ている……いや、それとてやはり、おおげさな物云いに過ぎぬであろう……はたして源三がいま着ている十徳は、女房が手ずから仕立てたものであり、悪魔の衣などと云うてはまったく怪《け》しからぬ。むしろどちらかといえば、歳のわりには粋《いき》な装束とも見えるのだ。

「こちらにて、履《は》きものをお預かり致しまする」

と、辰造がかたわらに立ち、腰をかがめてそう云った。はたして源三がわらじを脱ぐと、陶器《とうき》でもあつかうような調子で、そっと取りあげる辰造だ。袂《たもと》から一本の手拭いを抜き出したかとおもえば、やおらわらじを包んで、拝殿に架けられた階段《きざはし》のわきにそろえて置いた。心服しているのである。何せ、これへ案内した人物は、服部党の下忍たちからもおおいに畏《おそ》れられた正銘の忍びの男だ。真たる忍びの術とやらを、この御方からいちどでも、ならってみたいものだ……辰造はおもって、こころの声が口にのぼってくるのを、つばといっしょに呑み込んだ。緊張している。

「至り深しの男だな、辰造よ」

配慮が行き届いている奴だなと、源三があかるい声をかけるのである。

「畏れ多いことでござりまする」

辰造は云い、立った姿のままでかしこまる。「——御言葉、過分《かぶん》にございまする」と、頭をさげた。名を覚えられたことを嬉しくもおもい、すこしばかり得意げな貌を見せるところなどは、どこか子どものようすである。すると源三が、ほかに履きものがあることを目に入れて、ひとり言を云った。

「ぼんさいどのは、疾《と》うにもどられておられる御様子じゃぞ」

はたして拝殿の階段を踏んであがると、すでに用事を終えてもどってきた老翁禅四郎の坐《ざ》する姿が、奥の暗がりにのぞいている。虚無僧の恰好をした伝八がいた。そしてあらたに、夜藤次と猪四郎という忍びの男らの貌もならんで見えた——甲斐で行方知れずとなった「嘉右衛門」と下忍の「吉」、ふたりの前任者である——はたして、手まえに坐っている男がその夜藤次だ。四十がらみの男で、坐してなお上背があった。細面で、ながい鼻のしたに八字ひげをはやし、神経質そうな目つきをしている。

となりに坐っている猪四郎のほうは、もう少し歳が若く見える。三十二、三といったところか。頬やあごに肉づきがよく、名に合わせたような猪首《いくび》の男で、図体のがっしりとした相撲人《すまいびと》（力士）の印象が外見につよい。もしかすれば、ほんとうに相撲《すもう》をとるのであろう。源三の姿を目にするや、さっと背すじを正して、恭《うやうや》しく頭をさげる夜藤次と猪四郎であった。

とそこへ、階段を踏み鳴らし、辰造と梅之助の姿もあがってきた——拝殿に貌をそろえる、七人の男たち——辰造が腰を低くして、面々のまえを横ぎった。そのまま上坐へとむかい、円坐に胡座《あぐら》を掻く禅四郎のかたわらに片膝をついて、さて辰造、ふところから市平保英から預かってきたくだんの写しの封書を抜き出すと、「……御屋敷から、頂戴して参りました写しでござりまする」と、ささやくように云ってから、老翁の面前へと鄭重《ていちょう》に差し出すのである。無言で受け取る禅四郎、さっそく封書をひろげて目を通し、

「久しくじゃな、源三——」

片手であごひげを撫でつけながら、錆《さび》ついた声であいさつを云った。人別帖の写しに目を通し終えて、もとのようにこまかく畳《たた》む。そこで、あらためて源三に目をむけた。

「ちかごろは、畠《はたけ》のことをしていると聞くが、どうだ堅固《けんご》でやっておるか」

と、禅四郎。

「畠しごとのほうは馴れぬもので、なかなか難儀しておりまする。して、禅四郎どのも、あいかわらず結構な御様子で何よりのこと。道々、およその話はうかがい申した。それがしに、どのようなことを仰せつけあらせられるおつもりにございましょうか」

「先ず、見てくれ」

と、禅四郎が畳んだ封書を手にしたまま、視線でさしずした。すると、伝八がやおら立ちあがり、膝のうえに抱えていた包みを床のうえへそっと置き据えた。布の端をつまんで解けば、「指」がある。なるほど、話に聞いていたとおり八つだ……源三が鼻で息をしてから、両膝に手をつくと、ゆっくりとした動作で、板敷きのうえへ腰をおろして、さて云った。

「ほう、これがくだんの指でござりまするかな」

目のまえに置かれた蒼白い八本の指をよく見ようとし、そのまま膝をすすめて、身を乗り出した。目をほそめる。懐中に手を差し入れたかとおもうと、五寸（約十五糎）ほどの長さをした一本の黒い鉄の棘《とげ》——棒手裏剣だ——を抜き取った。手にした手裏剣の尖端《せんたん》を、まずは骨の見えている指にそっと寄せて、突《つつ》いてみた。ほかの指もおなじように突きつつ、怪訝ないろを目に泛かべ、いこうじっくりと観察をはじめる音羽ノ源三……大指をひとつつまみあげると、鼻に寄せてにおいを嗅いで、切断面にのぞく骨のようすを見たあとに、また布きれのうえへもどして、ならべて置いた。ほかの指を棒手裏剣で、右と左に選り分けながら、さて源三は斷《こ》うおもうのだ。

（ふたり、じゃな……）

爪のかたちをよく見れば、大指ふたつは爪甲《そうこう》が角張っており、ほどほどに手入れがなされていて、みじかく切り詰めてあった。もう一本の大指は、爪甲にすこし丸みを帯びている。爪先《そうせん》も伸びたままだ。残る五本の指を見てみると、大指におなじく爪のようすが二種——それで、ふたりということか——嘉右衛門と下忍の吉、それぞれの男から切り落とされた指ではないかと、源三はここに推察するのである。それと、もうひとつ……皮膚のしわのようすを見較べてみると、左右の大指を切り落とされたと思《おぼ》しき男は、もうひとりよりも歳が若いようだ。そこで源三が、ふと尋《たず》ねた。

「これが八つの指の血は、おぬしらが早々《そうそう》に拭《ふ》き取ったかえ」

返事がなかった。これらの指の発見者である伝八と梅之助が、何のことかと貌を見合わせている。源三が貌をあげて、ふたりを見た。やわらかい表情に相反し、晴《ひとみ》がするどいようすがこの男の得体の知れぬ怖ろしさを感じさせる。まさに、魔法者の貌つきだ——源三がままに返事を待っていると、伝八が周章《あわ》てるようすに口をひらいた。

「ち……血と、仰せあられまするか。な、何も。われらは、何も致してはござりませぬが。ましてや、それが指を拭くなどとは……滅相《めっそう》もござらぬ」

と、怯えたようすで首を横に振る伝八が、またも梅之助と貌を見合わせる。

「このままであったと申すのじゃな」

納得するふうに微笑して、さてと源三が背を正す。拝殿の天井を見るともなく見あげてから、首をかしげるそのしぐさ。何やら、ひとり思案をしているようすだ——貌をつるりと撫《な》でおろし、胸のうえで腕を組む。そうして唸るように吐いた息が、重苦しい。

「何ぞ、血がどのようであると申すか源三よ」

と、円坐のうえに胡座を掻く老翁禅四郎が、源三にむかってそう訊いた。

「はて、汚れておりませぬゆえに……」

はたして源三の曰《いわ》く、ふつうであれば切り落とされた指もまた、手首のほうにおなじく指さきに残った血がながれ出す。関節のしわや、爪のあいだであるだとか、皮膚の表面が乾いた血に汚れていても不思議ではない――しかし、ここにある八つの指は――ほとんどと云って、血が付着していないのだ。つまりは、だれかがわざわざ血を拭き取ったか、べつの場処で切り落としたものを、何か理由があって、発見されたところへ置いたのであろう。

……あるいは、死人の手から切り落としたか。

それに、もうひとつ分かったことがある。どの指の骨も、きれいに断ち切れているというよりは、無理矢理に切り落とされているような感じがするのだ。あるいは、割れているふうでもあった――総じて、押しつぶされたような指の切断面の状態から、

「鉈《なた》を使《つこ》うたか。将《はた》また、鑿《のみ》のようなもので落としたものと思われまするな」

刀や庖丁《ほうちょう》のような鋭利な刃物ではなく、もっと切れ味のにぶいものを使って指が切り落とされてあると云うのだ。

(殺されたな……)

禅四郎と源三が、どうじにおもった。

「いかにぞや、源三。いったい、たれがこの者らに手をかけたか知りたかろう」

禅四郎が云って、自身の言葉にうなずくのである。源三は上坐にむきなおり、苦笑を泛かべるのが精一杯だ。そのまま無言で、わずかに頭をさげた。

(……知りとうないわ)

二十年まえであれば、こうした無慙《むざん》な証しを目にして勇《いさ》みもしようが、何せ六十一歳であった。だれが何のために、かような残虐なことを為出《しで》かすのかと気にはなるが、危険な場処《ばしょ》へ立ち入るだけの気力も体力も、もはやない。あるのはただ、とおいむかしにならい覚えた術法のみだ。それもはたして、どれだけのことができるかと、老いたわが身をおもえば源三自身にも分からないのである。

(魔法をもちいるときは、わしの仕舞《しま》いともなろう)

禅四郎が、「ちこう寄れ――」と云っている。われにかえって源三は、上坐にむかった。古木の根を見るような老翁の手から、表面に烏《からす》文字が不気味に躍る紙を受け取ると、

「秘せよ、源三。甲斐におる、服部党同朋《はらから》どもの名じゃ」

耳に声を聞きつつ源三は、紙の裏面に書かれてある男らの名をたしかめた。
○左馬之介、下人ノすえ、ノとめ松
○嘉右衛門、下人ノ吉
○施楽院、下人ノちょうじ、ノりょう次
以上のように、現在甲斐国に潜入する者らの名が、まるで黒い蚯蚓《みみず》の這うような、くずし字で書かれてあるのだ。さらに、それぞれの名のしたに視線を落とすと、潜伏先である「南部《なんぶ》、夜子沢《よごさわ》、本栖《もとす》」の字が、鏡に映したかのように逆さまになって綴《つづ》られていた。ひと目して、源三の貌のうえから、いっさいの表情のやわからさが煙のように掻き消えた。

……まずいな。

切断された指の意味に気がついて、源三はうなるような息を吐く。手にする熊野誓紙をまた畳み、禅四郎の膝のまえに置いた。

「これは、手延《ての》べ（手遅れ）やも知れませぬな」

そう云って源三、隠所に残されていた指はこれら八人のことを暗示しているのではないかと、率直に意見するのである。大指は、それぞれの責任者たる三名——左馬之介、嘉右衛門、施楽院のことであろう。ほかの指が、下人（下忍）たちの数だ。

この推察が当たっているとすれば、もはや甲斐国に潜伏している者たちの身柄はすべて暴かれており、すでにその尊《たっと》き生命《いのち》も火を吹き消され、彼《か》の地になかろう。これは何者かによって暗に告示された、服部党に対する不敵なる挑戦状なのだ。怖ろしき、誘《さそ》い水……。

(追ってくるのを、待っておるようじゃわ)

冬の夕暮れであるというのに、源三の額にはあせが泛《う》いていた。

「おぬしが、いま申したことが真実《しんじち》ならば、屹度《きっと》に手を打たねばならぬ」

禅四郎は云って、源三にさっそく甲斐へむかうようにとめいじるのであった。同行するのは、甲州路にあかるい前任者がよかろう——つまりは、ここに呼び寄せられた夜藤次と猪四郎のことだ——とうぜんながら、下忍のふたりには否応《いやおう》もなく、ぼんさいどののひと声に即決せられるのであった。

「暴け、源三。八人を殺した者を甲斐に付け出《いだ》して(見つけて)、仇《あだ》を討て」

「御意《ぎょい》とあらば」

源三、了承の意をしめして低頭するも、胸に一抹の苦味を嚙んでいた。

(いまや滅びし信玄の、掘った虎穴《こけつ》へ手を入れるようなものぞ。いかな、魔縁であるかいな)

おもったが、云わなかった。

いそいで六名《ろくな》の住処《じゅうしょ》へと立ちかえり、音羽ノ源三が旅の仕度をはじめたのは、夕餉《ゆうげ》も済ませたあとの、酉《とり》の下刻（午後七時頃）のことだ。

今年で四十になるかよという名の後妻《ごさい》が手まめに装束を手伝うので、源三本人はほとんど何もすることがなく、冬の夜空のしたで井戸桶《おけ》に水を汲み、寒々として軀を清めるくらいのものであった。

さて、寒水で身の穢《けが》れをゆっくりと洗い落としながら、源三はなぜか不思議と岡崎にやってきたころの風景をおもいだし、子の貌を一人ひとり脳裡《のうり》に泛かべては、声なく名を呼ぶのである。実子は、五人。先妻とのあいだに、男子が一人あった——小源太《こげんた》という名で、十三年まえに「大高城兵糧入《ひょうろうい》れ」を今川義元にめいじられた松平元康（家康・当時十八歳）が、織田方の佐久間盛重《さくまもりしげ》が守備する「丸根砦《まるねとりで》」を攻めたときに、服部党の人数にくわわり参戦し、激戦のさなかに鉄炮が当たって亡くなっていた——後妻かよとのあいだにも四人の子があったが、こちらはいずれもなぜか女ばかりで、すでに他村へ嫁《とつ》いでもおり、いまは六名の住処に夫婦ふたりきりで暮らしているのである。

「努《つと》めよや、つとめよや、おとわの源三郎……忍《しの》べや、偲《しの》べ、小源太よ……」

つぶやく源三、見あげた冬の夜空に、またたく星の影。流れ星が、ひとつ――西の空に尾を曳《ひ》きながら、消える姿の儚《はかな》さに声を失った。

冷水で貌を洗って、濡れた軀をきれいに拭《ぬぐ》い、さてと源三は井戸を離れて母屋にもどる。すでに忍びの道具として、棒手裏剣を三本ばかり、するどく尖端を磨《と》ぎあげたものを用意してあったが、ほかは刀も何も持っていく考えはなかった。刃物のことは夜藤次と猪四郎のふたりにまかせて、自身は身軽にしておくつもりである。六十一歳の枯れた身に帯びるのは、防寒の衣だけでじゅうぶんだ。

「あれ、糸がほつれておりまするわいな」

妻が云う。輪郭のやわらかい肉づきのよい女で、髪はほとんど艶《つや》も失せてほそくなっていたが、それでも白髪《しらが》はまだ一本もはえていない。目鼻立ちのちいさく、耳だけが目立っておおきかった。さて日中、源三が着ていたあの十徳を、四十女のかよがじぶんの膝のうえで畳もうとして、云うのである。ほつれがある、と。

「どこぞの糸だ……」

と、源三がちか寄り、妻の膝のうえで四角に畳まれる衣をのぞき込む。見れば左肩のところに、ちいさな裂け目ができていた。

「何ぞ、引っかけたかな」

「いそいで、縫《ぬ》いつけましょう。これは、持ってゆかれまするかえ」

かよが云いつつ、針と赤糸を取りに行こうと立ちあがりかけたところへ、源三が制するような言葉をかけた。声が、やわらかい。

「良い、よい。さように、いそぐものではない。衣はこれで事足るわい」

と温顔をつくって、微笑した。源三は軀を清めたあとに、はや山伏《やまぶし》の姿に扮しており、白衣《はくえ》のうえから櫨染《はじぞ》めの篠懸《すずかけ》（黄いろい麻《あさ》の法衣）をかさねて着込むと、結袈裟《ゆいげさ》を首から掛け垂らしている。膝の横に置かれてあるのは、鹿の毛皮でつくってある引敷《ひっしき》と、そのうえには螺緒《かいのお》（山伏がもちいる登山用の縄）、矢立《やだて》（墨壺《すみつぼ》のある携行用の筆記具）、檜《ひ》扇《せん》、黒い頭襟《ときん》、袋におさめてある最多角念珠《いらたかねんじゅ》――黒檀《こくたん》でつくってある数珠《じゅず》で、袋はかよが用意した――そして、棒手裏剣が三本だ。手裏剣の尖端部分には怪我せぬために、それぞれちいさな鞘《さや》のように拵《こしら》えられた革の袋が、丁寧にひとつひとつかぶせてあった。

じつに、几帳面《きちょうめん》な男である。それとも、女房のほうか。

とうぜん、脚絆《きゃはん》は締め終わっている。手甲も付けた。引敷を腰にまくと、用意の道具を諸々《もろもろ》手に取って、土間のうえへ降りると八目《やつめ》わらじを履いた。

「正月は、さよ（長女）のところで過ごせ。わしはふた月ほどで、もどって参るでな。からだを労《いたわ》れや」

取った。源三はそう云って、戸口に立てかけておいた白木柄の錫杖《しゃくじょう》と、斑蓋《はんがい》（檜笠）を手に
「ご無事になされて下されませや」と、妻の声を背に聞いた。

外に出ると夜闇もいっそう深くなり、いよいよ師走《しわす》が寒い。すでに、山伏の恰好につくる夜藤次と猪四郎のふたりが、笈《おい》（木箱）と肩箱《かたばこ》（同じく、法具の類を入れておく木箱）を背負い、錫杖を片手につかんで立っていた。そして、三人の見送りにあらわれた辰造が、午間《ひるま》とおなじ恰好のうえに蓑を着て、母屋のまえの路上でかしこまっているのが見えた。源三の姿をひと目するなり一礼し、白い息を吐きながら、いそいでちか寄ってくる。

「これをお渡しせよとの仰せで、禅四郎どのから預かったものがござりまする」

辰造がそう云って、旅銭がぎっしりとはいった藍染めの巾着袋《きんちゃくぶくろ》と、九寸五分（約三十糎）の黒鞘におさまった刺刀《さすが》（小刀）を差し出してきた。はてと眉を曇らせつつ、源三が両手で受け取ると、

「言伝《ことづて》に、禅四郎さまの申されるには——是《これ》一刀、謂《い》われのあるものではござりまするが、何ぶんにもふるく、中子《なかご》（柄に嵌《は》め込まれている部分）に錆《さび》が出ておるやも知れませぬゆえに、手が空きますれば御目にてたしかめられまするようにとのことで、ござりまする」

辰造が云うのを聞いて、いよいよ怪訝な貌つきをする源三であった。

（ぼんさいどのも、変わった御方よ）

出立まえに刃物をもらうなど、いままで聞いたためしがない。柴打《しばうち》（山伏が携行する小刀）にしては、拵《こしら》えのようすが武家のつくりに寄りすぎている。褒美《ほうび》にしては、それはそれで簡素すぎた。

（何のつもりか……）

この不可解な餞別《せんべつ》に、つよい疑念を抱《いだ》きつつも源三は、頂戴した旅銭のほうは猪四郎に持っているようにとめいじて、横から差し出されるその手にあずけた。小刀のほうは、さっそく腰に佩《は》いた。佩いて、くれぐれも礼を申しておったとぼんさいどのに伝えるよう、目のまえでひたすらかしこまっている辰造に声をかけるのであった。

「さて、参るかな」

源三が低声に云って、闇路に一歩を踏み出した。その背につづいて歩くのは、夜藤次と猪四郎である。ただひとり、暗い路のうえに佇《たたず》む辰造が、白い息をしずかに吐きながら、三人の背をいつまでも見送っていた。

（屹度《きっと》に服部党の男らの、仇を討ってくだされよ……）

夜歩く

冬の風が渡る天蓋に、針で穴をあけたような無数の光がまたたいている。東の空に蒼白い雲が幽玄として棚引《たなび》き、そのうえに黄いろい月が舟のかたちをして泛かんでいた。

凍りつくような闇に呑まれて、もはや姿形も定かならざる――密命を帯びた、服部党の男ら三人が――手に持つ錫杖《しゃくじょう》で地を打ったびに、それぞれ六つの鉄環《てつわ》が跳ねてはぶつかり、跳ねてはぶつかりして、寒々とした音を夜の闇にひびかせていた。

道々、無言……。

まずは、こうして夜すがら歩き通すことで、軀のなかに刻まれた時間というものを崩さねばならぬ。常人が朝日を覚まして日中はたらくように、おのれを欺《あざむ》き、常に夜を昼と軀に覚えさせ、世間とは逆さまに自身をはたらかせるようにつくるのだ。

(まったく労《いたわ》しきは、忍びの道というものぞ)

源三はひとまず、東をさして遠州に入り、そこから国境を越えて駿河《するが》ノ国（静岡県中部と北東部）を踏むつもりであった。

そして、忍びの者となって、甲斐へゆく――。

二幕――甲斐国

国越え

十一日後――である。

ようやく甲斐の国境を踏んだ音羽ノ源三、六十一歳という高齢ながらも、なおその姿勢に崩れるところをひとつも知らず、非常な健脚《けんきゃく》の人であった。岡崎を発していらい、いちどとしてひげに剃刀《かみそり》をあてぬものだから、あごや頬のうえには白胡麻《ごま》の影ができていた。貌つきもいっそう険しくなって、まるで別人になったような感じがするのは、はたして伊賀の術法のなせるところの仕業《しわざ》であろうか。

その背につき従うのは、夜藤次《やとうじ》と猪四郎《いのしろう》のふたりの忍びだ――斯《か》くして、三河岡崎服部党に属する三人の男らが、そろって姿を山伏につくり、国境を越えたあとも一時《いっとき》とて息を休めるをわが身に許さず、夜陰《やいん》にまぎれて富士川のながれに沿いながら、ひたすら白い息を吐きながし、北へむかって杖《つえ》を漕《こ》ぐようすは、どこかしら霊妙の観がある。

さて、さきほどから手にする錫杖《しゃくじょう》で、でたらめに雪が凍りついた地を打ちつけながら、夜藤次たちを先導するようにして、ひとりまえを歩く源三が、せせらぐ川の冷たい音を右肩に受け、何やら口のなかでつぶやいていた。冬の冷気に乾ききったその口に唱えるは、「仏頂尊勝陀羅尼《ぶっちょうそんしょうだらに》」の真言《しんごん》だ——我、仏頂（仏像の頭頂にある肉髻《にっけい》のこと）如《にょ》来《らい》となりて、霊性を帯び、光明を得て、一切害悪を消失せん。

「……ソワカ」

一面の積雪に腰を折られた葦《あし》もまばらな暗い畔《あぜ》路のうえを、誦経《ずきょう》一心に踏みのぼっていく老忍源三のうしろ姿は、じつに勇壮としてさえ見える。さてまた、正面から拝む容姿ともなれば霊験灼然《れいげんいやちこ》をあらわすもの凄《すご》さ、山岳修験者の気魄《きはく》に満ちた目つきにもいっこう劣《おと》らず、いよいよ闇のなかに双眸を光らせる様《さま》などは、まるで男々《おお》しき鹿のような雰囲気があった。

ところで、甲斐へ入国するために要する時間を考えれば、いかな老齢とはいえどもそこは伊賀者源三、五日もあればじゅうぶんのはずであったが、これだけの日数がかかったのには理由があった。遠州（遠江国）で、人をさがしていたのである。相手もまた自身におなじく伊賀者であり、名を法花《ほっけ》ノ良次《よしじ》（良次郎）といった。

さて、その良次――。

この男は半蔵正成配下の服部党とは、直接にかかわっていない。ここ数年来、相模《さがみ》ノ国（神奈川県）の戦国大名として知られた「北条氏」の情報収集のために、つぎつぎと以東《いとう》へ駆り出されていく伊賀者たちの、後方支援をつとめるべくして、遠州は「掛川《かけがわ》」の辺りに東海道情報網の一端を結びつつ、どうじに見張り役をつとめて潜伏しているのであった――いや、そのはずであったのだが――どうしてなかなか、見つからない。味噌つぼの蓋《ふた》を取って内《なか》をのぞくほど、非常に困じ果てながらも源三は、さすがに伊賀の男であると感心したものだ。

つかまえたのは、掛川に探し歩いて三日目のことである。源三はこの男に接触すると、さっそくではあるが、「甲州（甲斐国）に身をひそめる、同朋の所在《しょざい》を知らぬか」と尋ねてみた。かならず知っているはずだと、源三は踏んでいたのだ。甲斐に派遣された服部党の八人はきっと殺されていようから、兇徒《きょうと》の正体を暴こうにもあてにはできない。しかし、伊賀者であれば――いや、何処の土地であろうとも、かならずひとりやふたりは正体を偽《いつわ》り、伊賀の忍びが隠れ潜んでいるはずなのだ――この者らを頼ればきっとに、何かしらの助けになろうと考えたわけである。生国《しょうごく》をおなじくする忍び同士のこと、そこは相身互《あいみ》いというやつだ。

案のじょう、良次は知っていた。

把握《はあく》しているかぎりでも、十人ばかり潜っているという。こうした者らのことを、伊賀者たちのあいだではつなぎ（繋ぎ）、あるいはつぎ（接ぎ）などと呼んでいる。謂わば、連絡係のようなものだ。源三、安堵の息をもらして微笑を見せた。

「然《さ》りや（やはりそうか）、伊賀者は頼《たの》もしげぞや」

法花ノ良次が知っているという十人のうち、源三におなじく古参の伊賀者が、「――五人、いる」らしい。さらにこの五人のなかには、天文年間のむかしから、甲斐に国境を接する上野《こうづけ》（群馬県）と、武蔵《むさし》（東京・埼玉・神奈川県の一部）の地理にもあかるい者が三人いて、いまも故国伊賀へはもどらずに、ままに棲《す》みついているというのであった。

（したりッ。それが三人に恃《たの》めば、事成すもはやかろう……）

源三は膝を打ち、くだんの男ら三人の実名《じつみょう》と、あればつくり名（変名）をおしえてもらい、およその住処《じゅうしょ》を訊き出した。声のとおりにつなぎの名まえと、それぞれの居場処《いばしょ》を紙のうえへ認《したた》めて、念のためにも残る七人の名をくわえて書きしるし、懐中に大事そうに畳んでしまう。さて、ついでのこととは云えども足労ねがい、関所を通行するための偽造の手形《てがた》を三人分用意できぬものかとかさねて問えば、「いと、易《やす》きかな」と法花ノ良次が返事をし、掛川に二日を待ってこれを受け取った。かかる代銀を支払って、遠州をあとにしたのが、はたして三日まえの早朝のことである。

いざ、国境を越えて駿河《するが》の北部、そこから甲斐の土を踏んで、いまは夜——音羽ノ源三と夜藤次、そして猪四郎の三人は、甲斐国最南端に位置する「万沢宿《まんざわしゅく》（万沢郷）」から、富士川沿いにまっすぐ北上し、「南部宿《なんぶ》」をめざしている。これに云わずもがなのことではあるが、万沢と南部のいずれもが、「甲州往還《おうかん》（甲斐と駿河を結ぶ街道）」に設《もう》けられた伝馬宿《てんましゅく》であり、つまりは武田氏の息がかかった人馬が常に待機している「駅《えき》」である。軍事上において、あるいは物資輸送の要路でもあるがゆえに、それぞれの駅が関所の役割もどうじに担《にな》わされていた——とは云え、困ることはない。じっさい、法花ノ良次が用意した偽造の手形が効力覿面《てきめん》にあらわして、ふたつの宿駅を通過するのに、源三たちはまるで苦労を要せず通り抜けることができたのだ。

南部宿を越えたところで、富士川の岸辺を離れてわらじの足さきを西にむけ、御殿山《ごてんやま》の裾野を踏んで北がわにまわり込む——そこから、甲州往還を辿《たど》る行路を経つつ——三日後の朝になって、ようやくだ。嘉右衛門と下忍の吉がつかって《つま》いたという、第二の隠所にいよいよ到着するのであった。

悪魔の爪痕

「あれが、伝八らの申しておった居屋《いや》でござりましょう」

夜藤次が白い息を吐きつつそう云って、手甲をつけた右の手を肩の高さに持ちあげた。

はたして、指さしたそのさきには、鬱蒼《うっそう》とした竹林が冬の呼吸にまっ白に染めあげられて、雪の重みにうなだれている。その手まえに、一軒の農家がひっそりとして佇《たたず》んでいた。まちがいなかろう……夜藤次と猪四郎のふたりは、この地で行方知れずとなった嘉右衛門と、下忍の吉の前任者である。八年もの月日が経っていたが、この隠所についてもよく見覚えていたのだ。すると、寒気のなかに息を切らしながら、音羽ノ源三がひと言つぶやいた。

「まずは、ここからしらべねばなるまいて」

ちかづいて見れば、母屋の屋根に降り積もった雪が溶けぬまま、白い層を厚く塗りかさねている。積雪の重みに耐えきれず、いまにもどれかの柱が折れるのではないかというような、じつに危なっかしい外観をしていた。軒《のき》さきに目をくれると、ずらりと垂れたつららが、するどい牙のようにならんでいる。

（豺《やまいぬ》の歯のようじゃな……）

と、源三の視覚が不吉な印象を見て取れば、何やら建物自体が怒りのこころに歯牙《しが》をむく、白い毛皮をかぶったけもののようにも見えてくるのであった。名状し難《がた》き邪悪な気配に掩われているとおもうのは、はたして老人の目の迷いであろうか。

「猪四郎、おぬしはさきに納屋のほうをしらべて参れ。足あとを見渺《みも》らすなや」

源三にめいじられて、うしろを歩く猪四郎が、斑蓋《はんがい》をかたむけて首肯《しゅこう》した。はたして、くだんの納屋は右手のほうに見えていた。敷地の手まえで二手にわかれ、猪四郎はひとり、雪に白く染まった畝《うね》を踏み越えて——おそらく、畠でも耕してあるのであろう——納屋のほうへと、まわり込んだ。音羽ノ源三と夜藤次は、地面の積雪に注意深く目をこらしながら、母屋の戸のまえへとまっすぐに歩いていく。周囲に目を配ったが、足跡らしきものはまったく見あたらない。「——夜藤次よ、急《せ》いて刃物を抜くでないぞ」

と、何のためらいもなく源三が、一歩母屋にちかづいて、にぎったこぶしの横腹で戸を叩いた。叩いてすぐにも、引手《ひきて》に指をかけるのだ。合いことばなど、この男には無用であるらしい。さて、戸のほうはどうなっていようか……どうやら伝八と梅之助が、こじあけたときのままらしい……すこし揺すっただけで、難なくあいた。

源三の背につづいて、夜藤次も母屋の戸をくぐる。ふたりは内にはいって、まず土間を踏んだ。戸口を背にして、視線をめぐらせる。内にはいったとて、外とかわらず冷えびえとしており、ねずみ一匹の気配すら感ぜられぬ。飛散する塵《ちり》の音が耳に聞こえてきそうなほどに深閑《しんかん》としていて、まるで亡者の寝床といった雰囲気だ。窓には蔀《しとみ》がおろされ、母屋のなかは薄墨《うすずみ》でも刷《は》いてあるかのように暗かったが、忍びの目があれば見えぬこともない。

ふたりはさっそく、斑蓋のあご紐を解いた——錫杖を、戸口に立てかける——戸のすぐ横に、かまどがあった。見ると、火口《ひぐち》から蒼白い灰がこぼれたままに抛《ほう》ってあって、羽釜《はがま》のうえにはおおきなまるいげたでもひっくりかえしたような、二本の歯を持つ重々しい木の蓋《ふた》がされていた。ふたたび視線を一巡させて、かまどのまえに屈《かが》み込む源三が、そっと火口《ひぐち》の灰を指で掻く。固かった。

(灰が、ふるいわい)

指についた汚れを息で吹きはらい、奥を見た。板敷きがあった。広さは目算で十畳《じょう》から、十二畳ていどといったところか。囲炉裏が見えている。

「夜藤次、うしろの窓をあけよ。そのあと、おまえは居屋《いや》のまわりをさぐって参れ——雪に足あとの見えざれば、そこは踏むな」

「承知いたした」

夜藤次が返事をしつつ、さっそく土間にある蔀ふたつを押しあけた。すると、格子が嵌《は》まった窓から、朝の冷えた息吹がわっと音をあげてはいってくる。とたんに母屋の内に巣喰っていた薄闇が、遁げるようにしてどこへともなく消え去った。朝の明かりを内に招じいれ、刺すような陽の光に貌をしかめながら、夜藤次は踵《きびす》をかえして、ふたたび母屋の外へと出ていった。

いっぽうの源三は、はやくもあがり框《かまち》に腰をかけている。軀を折って八目《やつめ》わらじの紐《ひも》に指をからめ、丁寧に解《ほど》いているところだ。履きものを脱ぐと、脚絆に跳ねた汚れを手で叩《はた》き落として、さて板敷きのうえに両手をついた。さっそく、床上のほこりのようすを目で探りはじめるのだが、よく分からなかった。ほこりを踏む足跡らしきものが、縦横に乱れてはっきりと残っているのだが――おそらく、ほとんどが伝八と梅之助のものであろう――しかし、それ以外のものもあるようにおもわれて、源三の目を非常に悩ませる。

（これでは、どうにも判じかねるわい）

ふいに、何かを見つけたらしい。源三の視線が一点にむけられて、そのまま釘《くぎ》づけになったのだ――囲炉裏の手まえに、ちいさな皿が一枚落ちていた。源三はさっそく板敷きのうえに四つ這いになると、慎重に膝を運んでそろり、またそろりとちか寄っていく。

目をほそめて注意深く見てみれば、なるほど皿のうえにはみじかい芯《しん》が倒れていて、指で触れるとあぶらの感触まで残っていた。おそらく梅之助が石を打ち、火を立てたものであろう。

（おもったとおりだ……）

皿が落ちているすぐ傍《そば》に、黒い染みが見つかった。どうやら、血の痕《あと》であるらしい——点々としていて、けっして量も多くはない。切り落とされた指に残ったわずかな血が、置きならべたときに床のうえへこぼれ出したかして、このような濡れ染みを残したものとおもわれる。よくよく観察したが、染みのうえには、ほとんどほこりが見つけられなかった。

「源三さま。納屋のほうを見ましたるが、何もござりませなんだ」

と、力士のような体軀をした山伏姿の猪四郎が、戸口に姿を見せて云うのである。すると、そのうしろから夜藤次も貌をのぞかせて、仰せのごとくに母屋の周辺を見てまわったものの、「……足あとらしきものは、ひとつも見つかりませぬな」と、こちらも気落ちしたような報告の声をあげるのだ。はたして、源三の返事はない。戸口のふたりに背をむけたまま、板敷きのうえに背を起こしたかとおもえば、あとは沈黙——何かを、一心に見つめていた。

（ほう）

囲炉裏をはさんでむこうがわに、天井の垂木《たるき》を支える柱が一本立っていた……源三は、その柱の表面を見ているのだ……ちょうど人の頭の高さくらいのところへ、何やら意味ありげな一文字が、醜い疵痕《きずあと》のように刻まれている。おそらく、伝八と梅之助のふたりがここへ立ち入ったときには、すでに残されていたものであろう。はたして、ふたりがこの農家へ侵入したのは夜中の時分であったという。そのときは切り落とされた八つの指を見つけこそすれど、頼りない燭皿の火灯《ひあか》りだけでは、この柱の文字を見落としたとしてもやむを得ぬ。それとも、ふたりが立ち去ったあとに、何者かがここへ刻んでいったのであろうか。

（それは、なかろう）

囲炉裏の縁《ふち》をまわり込んで、柱の正面に立った。

源三はいよいよ貌をちかづけて、じっくりと表面を観察しはじめる。文字は鉄様《てつよう》の硬《かた》いもので、掻き削るようにして書かれてあった。刃物をつかったのではないらしい。指でなぞってみれば、削れて溝になった部分の輪郭がぎざぎざになっており、木の地肌が毛羽立っていた。よほど、力をこめて書かれたようだ。釘か、それに似たものをつかったのであろう。

（もしや、苦無《くない》かの……）

さらに、柱に刻まれた文字のうえには、だれのものとも知れぬ〈血糊《ちのり》〉までもが擦《なす》りつけてあった。指で触れたところですでに水《みず》けも失せて、赤黒く乾ききっていた。はたして、この柱の一文字に耳を寄せれば、骨髄《こつずい》に徹するふるい呪いの声が、いまにも染み出して聞こえてきそうな仰々《ぎょうぎょう》しさだ。いや、それこそ芝居がかっているとも云えなくはないのだが、「――いずれにしても、だれが何のために」この文字を、ここへ刻んでいったのかが気にかかる。

　さきほどから、源三の返事を待ちわびるような貌をして、夜藤次と猪四郎のふたりがあがり框のまえに突っ立っている。ついにしびれを切らした夜藤次が、声を潜《ひそ》めつつも源三の背にむかって問うような言葉を投げかけた。

「……源三どの、何ぞそこへ見つけなさったか」

「鳥跡《とりのあと》があるわい」

　と、音羽ノ源三が口を利く。鳥跡――つまりは、文字である――源三は貌も見せずにそう云ってから、ふたりにあがってこいとしずかな声でめいじた。いや、待て。周章《あわ》てて肩越しに振りかえる。

「床のうえに落ちておる皿の辺りを、おぬしら踏むでないぞ……」

云うや、夜藤次と猪四郎が了承したと返事をし、ようやく詰めていた息を吐き出せば、その場に腰を折り、雪泥《せつでい》に重くなったわらじの紐を解きはじめた。それぞれ板敷きにあがって、注意されたとおりに床のうえの皿を避けながら、囲炉裏をまわり込んだ。さてとふたり、音羽ノ源三のわきに立つ。指さされるがままに柱の一点に目をむけると、そこには何やら奇怪な文字が、呪わしげに刻まれていた——すると夜藤次、その目に困惑のいろを泛かべて、源三に斯《こ》う尋ねた。

「字でござりまするな……はて、これはどのように読みまするものか……空、鳥……」

もとより、巷間《こうかん》で常に見かけるようなたぐいの文字ではないゆえに、正直を云えば知らぬというのも無理からぬ。夜藤次ばかりか、となりに立つ猪四郎もまたおなじように、柱のうえの文字にむけた目を非常に悩ませていた。

——ぬえ、じゃ。

と、源三が云うなり、後退《あとじさ》るようにして柱のまえからひとり離れた。

「鵼」

そういう不気味な一文字が、柱のうえに彫ってあるのだ。怖ろしげに、赤黒く乾いた血を垂らして……源三はつけくわえて、斯うも云った。「……鵼とは、物怪《もののけ》がことぞ。まずまず、悪縁じゃな」

重苦しいため息をこぼしたかとおもうと、頬を掩う白胡麻のひげをひと撫でした。囲炉裏のまえに胡座《あぐら》を掻く源三、灰に刺さった火箸《ひばし》を見つけて手に取った。

（……怪異《けい》のことであるわい）

とうぜんながら、説話に生きる妖怪が、この甲斐で服部党の男らを手にかけたとはおもえない。そもそも、ばけものが字を覚えるものか。いったい、何が目的だ——源三は手にした火箸で囲炉裏の蒼白い灰を刺しては抜き、四隅《よすみ》をついて、また深く刺しては抜きと、満遍《まんべん》なく探ってはみたが、虚《むな》しいばかり。

（ぬえ、か。どこにおる……）

灰のなかには、何も見つからなかった。

人誑し

さて、おなじころ——。

富士川をさかのぼって支流の常葉《ときわ》川、さらにそこから枝分かれ、水系《すいけい》をおなじくする栃代《とじろ》川の滔々《とうとう》たるながれを辿ったさきの渓谷《けいこく》に、焼畑《やきはた》のけむりを見るような、濃い朝靄《あさもや》が立ち籠《こ》めていた。まるで絹を透かしてものを見ているかのような、じつに秘奥の余情に濡れそぼつ景観である――ところは、甲斐府中の武田氏本拠「躑躅《つつじ》ヶ崎館《さきやかた》」から見て、南にくだっておよそ七里半（約三十粁）という距離だ。

冷えびえとしてせせらぐ川の音を耳にしながら、あらためて岸辺に目をこらし、そうして渓谷のずっと奥のほうまで歩いてゆくと、はたして夢幻泡影《むげんほうよう》たる靄のまだむこう、薄らと雪をかぶったおおきな蒼い岩影が見えてくる。そこへ背をもたせ、釣り人の風情をした男がひとりきりで佇《たたず》んでいた。

歳のころは三十半ば、中背で牛のように貌が長かった。防寒に蓑《みの》を着込んで、矢竹の釣り竿《ざお》を一本手にかまえ、月代を剃りあげた頭には黒ずむ角笠《かくがさ》（菅笠）をかぶっている。貌の下半分を掩う無精ひげは苔《こけ》のようにも見えて、酔人《すいじん》さながらに鼻の頭が赤らんでいた。白く染まる吐く息が、かすかに熟柿《じゅくし》くさいのは、どうやら酒を呑んでいるものらしい……おそらく、その腰から提《さ》げている竹筒の中身というのは、川の魚にくれてやる餌《えさ》ではなく、おのれの血を温めるついでに、上戸《じょうご》の舌を常に悦《よろこ》ばすための白馬《しろうま》（濁酒）でもはいっているのであろう。

男の名を、

――山田ノ蛇《じゃの》之助《すけ》、という。

いったい、この蛇之助というのは「酒飲み」を呼ぶときにつかわれる綽名《あだな》でもあるが（大酒飲みのことを「蟒蛇《うわばみ》」といった）、呼称に見えるとおり酒を手放せぬ質《たち》なのかもしれない。正体、伊賀者である。

「どうだ、男の宿許《やどもと》（住処）は分かったか」

と、背をもたせている岩のうえから、いきなり声が降ってきた。これに酒飲み蛇之助、肝《きも》を消すほど愕《おどろ》いた。とつぜんの声に肩を跳ねあげ、ために竿のさきがおおきく振れると、川のながれのうえで寒々と揺れていた浮子《うけ》もまた、驚嘆したように躍りあがるのである。ままに手にした釣り竿を足もとに伏せ置いて、振りかえり、笠をかたむけた。岩のうえにむかって、返事をする。

「まったく、耳の愕くわい……いどころは分かったぞ、くだんの男はいま了伊《りょうい》と名乗りをかえて、川（富士川）むこうの粟倉《あわくら》の辺りの僧房に身を寄せておる」

「案内《あない》してくれ」

云って、岩のうえから飛びおりてきたのは、息を呑むほどに見目麗《みめ》しき青年であった。女性と見紛《みまが》うほどに膚のいろが白く透けていて、闇より濃い黒髪を根結いにしている。その口辺には少壮に抱く皮肉に満ちたこころをあらわすかのような、不敵な微笑を泛かべて消さず、木蘭《もくらん》いろの如法衣を身にまとい、背には「榛摺《はりずり》染めの布」に包《くる》んだ笹琵琶《ささびわ》を負っていた――はたして、この青年の名は新堂ノ弁才天――通称を、弁天という。実名は弥介《やすけ》。伊賀の上忍「藤林長門守《ふじばやしながとのかみ》」につかえた孤高の忍びであり、抜け忍を追って各地の潜伏先へと出向いて捕らえ、とうぜん下知《げち》あらば殺人もいとわない。

「ふむ。熊四郎太郎《くましろうたろう》が、了伊と名乗りをかえたと……して、人体《にんてい》に相違の非《あら》ずや」

「わしの目と耳はたしかぞ。疑うか」

「さてね」

と、貌にかかる酒くさい息を手ではらい、足もとに置かれた魚籠《びく》の中身をのぞき込む。

弁天が興味深そうな目をして尋ねた。

「何だ、これが山女魚《やまめ》か……」

「石斑魚《うぐい》じゃ」

「一尾《いちび》きりか」

「なに、午《ひる》までにはあと二、三尾も釣ってくれようえ。さても（ところで）、おぬしが探す熊四郎太郎とやらは、国もとから何故のことに追われる身になったものや」

「人誑《ひとたら》しさ」

云って、弁天は微笑んだ。さてほんらい、この人誑しというのは「人をだます詐欺師」のことである。そうした意味も何も歪曲されて、いつしか「人心を掌握《しょうあく》して操るのがうまい人物」、あるいは「多くの人から好かれるような質の人」というような、褒《ほ》め言葉としてもちいられるようにもなるのだが、決してそのようなものではない。芥屑《ごみくず》である。あるいは、壁蝨《だに》ともいえる。口さきで人をだます人物というのが、もともとつかわれていた語意なのだ。とても、褒められたものではない。

ここに弁天が探している熊四郎太郎こと了伊という男は、国もとで三人の女をたらして、挙げ句に身を破滅させた外道《げどう》の者だ。二年まえのある日のこと、仲間らと盗みをはたらき、老人をひとり刺した。強盗に共謀した者らは通報あって、ほとんどが身柄を捕《と》り押さえられ、即日死罪ともなったが、熊四郎太郎はその隙を突くや、国外《くにそと》へひとり遁げ出したのである。

まさに、煙のごとし消えたのだ——しかし、それでは終わらなかった——自死を図った女のうちのひとりが、さる郷士の娘であったのがいけない。いわば、人誑しの運の尽《つ》きというやつだ。伊賀国山田郡喰代《ほおしろ》の上忍「百地丹波守《ももちたんばのかみ》」のもとへ、娘の親から相談がなされ、くだんの案件はすぐにも阿拝郡東湯舟に在する「藤林長門守」の屋敷にもち込まれたのである。そこでいざ、戦闘《いくさ》をつかさどる女神《にょしん》「弁才天」の異名をとりし青年忍者の出番であった。御屋敷から呼び出されると弁天は、「生死を問わず、男を始末せよ」とめいじられた。もちろん殺したとしても、その証しに首を持ちかえらなければならないわけだが。

「何やい、阿呆なやつじゃのう」

と、蛇之助が呆《あき》れたようにひとり言ちた。つぶやきながら、腰に提げている竹筒を手に取った。栓《せん》にしてある枝を抜き、中身をひと口《ご》するや、噎《む》せかえる。弁天が懐中から鈍《にび》いろをした丁銀《ちょうぎん》を取り出して、石斑魚《しま》がはいった魚籠のなかへ三枚いれたのだ。

「これで、都合《つごう》四尾だな。さて、釣りは終いにしてもらう。おれは、了伊と申す男の貌を見たい。案内を恃む」

たわけの人誑しが、その身を隠しているという僧房まで、ここからわずか一里（約四粁）ていどの距離であるらしい。

（——急《せ》くこともないが）

それでも弁天は、さっそく蛇之助に先導に立つよう云って、柄代川沿いに渓谷をくだると、そのまま西をさして富士川を渡るのであった。

そこからさらに、支流の早川を辿りつつ、身延山《みのぶさん》の北がわをまわり込んだのが、はたして巳《み》四つ（午前十時頃）のことである。

源三は魅入られたように、いつまでも柱の文字を見ていた。

幽体が脱《ぬ》け出したかのごとく、この男の持つ一己《いっこ》の気配すらも、血に汚れた妖《あや》しき文字に集中せられて、まるっきり人の脱け殻も同然の姿をしているのである——音羽ノ源三は、囲炉裏のまえに胡座《あぐら》に坐り、ただ一心になって、文字が残された意味について考えていた。

かまどのまえには、山伏の装束をした猪四郎の背なかが見えている。すでに結い袈裟を取り去り、左右の手甲も解《ほど》いていた——力士のような固太りの軀を土間にかがめて、片手につかんだ竹筒を口に寄せては、なんどもかまどの火口《ひぐち》にむかって息を吹きかけていた。あらためて納屋のまわりを探ってみたところ、乾いた柴木《しばき》の束を見つけたらしく、これを母屋のかまどにくべては、火を熾《おこ》すことに一念しているのである。

「怪しむようなものは、何もござらなんだ」

と、夜藤次が戸をあけてはいってきた。するや、冷えた外気が音を立て、腹を空かせた飼い猫のように、いっしょになって滑り込んでくる——さて、消えたふたりの前任者の行方について、何か証跡《しょうせき》となるようなものが見つからぬものかと考えた源三が、近隣の村々で聞き込みをするよう申しつけたがために、この男はひとり出かけていって、いままで祈禱《きとう》をしてまわっていたのだ。案のじょう、とくに不審におもわれるようなことは、村のほうでも聞き出せなかったという。

夜藤次はそのように報告すると、さっそく手にする錫杖を戸口に立てかけた。母屋の戸を閉ざし、斑蓋《はんがい》の紐を解くと、手拭いで足首の汚れを叩《はた》いて落とす。ふと、かまどのほうに目をむけて、低声《こごえ》に斯う云った。

「……猪《いの》、おまえ火を焚《た》いておるか」

「さよう。源三さまの仰せゆえに、うましめしを炊《た》き申す」

猪四郎が口に当てていた竹筒をはずし、咳き込みながらそう答えると、疲労した細面に困惑のいろを泛かべる夜藤次である。とうぜんながら、火を熾《おこ》せば煙が立とうというものだ。

「敵《かたき》を、これに誘《おび》くのよ――」

源三が振りかえり、温顔を見せるや、ひと言云った。わざと煙をあげて、夜になれば灯《あか》りをも点じ、おおいに人のにおいを香らせて、さて何者ともいまは知れぬが、これに牙をむいて襲ってくる者があれば、かえり討ちにしてくれんという、この老忍の魂胆《こんたん》なのだ――じっさい、源三が夜藤次に聞き込みをせよとちかくの村にむかわせたのも、何やら近辺のことを嗅ぎまわっている「山からす（山伏のこと）」がいるとの風聞《うわさ》をひろめ、かたきにわれらの入国を教えんがための計策でもあったのだ——たしかに、正体の分からぬ相手の影を不馴れな土地で追いまわすよりも、こちらの存在を暗に知らしめて、誘い出すほうが手っ取りばやいとおもわれた。

——源三、迂直《うちょく》の計《けい》をやる。

（さても、伊賀流かな）

夜藤次が、あらためて囲炉裏のほうへ目をむけると、外気に凍えて険しくなった表情を蕩《とろ》かした。囲炉裏の灰のうえには炭火が点され、そのうえに鉄鍋がかけられている。鍋で湯を沸かし——それぞれが携行していた「干し芋茎《ずいき》」を熱水のなかにもどしながら、そこへ味噌まで溶いてあるらしい——そうした暖かいにおいが、戸口まで芬々《ふんぷん》として香ってくるのだから、いままで祈禱の寒さにさらされていた男が厳しい相形《そうぎょう》を崩したとして、とうぜんであろう。

「まず、夜藤次よ。おまえはそこらに坐って、息をしずめよ。めしを喰い、夜を待とう」

きっと何かが起こるはずだと源三は云って、また柱の文字に目をむけるのであった。

待ち伏せ

さすがに、冬の日没ははやい——。

すでに西の空は夜の貌、雪に閉ざされた冬の日の、寂寥《せきりょう》たるおもいをますます募《つの》らせるに相応しく、暗く沈んだ紫紺《しこん》のいろにあっという間もなく塗り込められたかとおもえば、そこへ肩を寄せ合うようにして群がる雲のかたまりが、火を噴いたかのように赤く燃えあがるのであった。一瞬ののちには、はやくも雲という雲が闇黒《あんこく》に翳《かげ》りはじめている。

東の空に、糸のようなほそい月が出ていた。

——ほどなく、日が暮れた。

山寺が、ある。

切り立つような石段を登ったそのさきに、檜皮葺《ひわだぶき》のおおきな屋根を乗せた山門が、まっ黒い口をあいていた……はたして蛇之助におしえられたとおり、門をはいってまっすぐ奥にむかうと、三尺ていどの高さに荒石が積まれており、そのうえに瓦《かわら》を葺《ふ》いた僧房が建っていた……石垣の中央には木製の階段が設《しつら》えられて、登り口の左右に一基ずつ、なま木を三脚《みつあし》に組んだ台のうえにかがり（鉄製の籠《かご》）が据えつけられている。ときおり小坊主が、かがり火の具合をたしかめるためにやってきては、檜《ひのき》を割った薪《たきぎ》をくべ足していた。

僧房むかって右がわは、竹を編んだ垣根がいくつも植えられ、ながい塀《へい》をなしている。ここにもかがり火の灯りが二つに三つ、暗い夜空に火の粉を迷わせ白々と燃えており、木の爆《は》ぜる音を夜のしじまにひびかせていた。垣根のまわりには、闇をぎざぎざに切り取ったような灌木《かんぼく》が、まっ黒になって生いしげっている。小径《こみち》があり、ちいさな鐘楼堂《しょうろうどう》が見え、そこから山の木々が見境もなく、敷地に迫っていた。枝分かれに径《みち》がしかれていて、奥まったところにもうひとつ、ちいさな小屋が建っているのは、おそらく雪隠《せっちん》(厠《かわや》。便所)であろう。そこからさきは、山肌が途切れて崖《がけ》になっていた。

いま、小径をやってくる男がひとりある……手燭《てしょく》の淡い灯りを右手に掲げ持ち、夜衣のうえから艶《あで》な模様を織りなす襤褸《ぼろ》の小夜蒲団《さよふとん》を一枚着込んで、腰には酒のはいった瓢《ひょう》箪《たん》ひとつをぶらさげていた……面《つら》を見れば眉が濃く、頬の骨が高かった。なるほど女をたらすに具合のよさそうな、苦味ばしった貌つきをしていて、首のうしろが長々として直線が美しい。いっぽうで、どこかしら足の運びに粗暴なところが感ぜられ、見目に強引な性分がにおうのである。もちろん出家であるから、頭の毛は剃りあげている。か弱き女を三人たらし込め、強盗仲間を見捨てた壁蝨《だに》奴だ——国もとで殺人をはたらいたすえに出奔《しゅっぽん》した伊賀下忍の熊四郎太郎、いまは出家して「了伊《りょうい》」を名乗る。

「待たせたか」

と、その了伊。闇のむこうに、酒くさい声を投げた。はたしてよく見ると、鐘楼堂のまえに人影が立っている。体軀《がら》はけっして、おおきいほうではない――外衣に蓑《みの》を一枚まとい、笠をかぶって、闇のうえにじっとたたずむその姿は、どこかしら待ち人の風情をしており、いやそれこそ三途《さんず》の川の岸辺に渡しの舟を待つ、亡霊かのように儚《はかな》くも目に映る。

「道人《どうじん》どのは現下《いま》、いずれの地に在《お》わされるぞ。それとも、国へ舞いもどられたか」

人誑し了伊が足もとの定まらぬようすで人影にちかづいて、ふらりとそう訊くのだ。

「いまは、諏訪《すわ》の海《うみ》（諏訪湖）のほうへと参られておりまするゆえ、この甲州の地に御姿はございませぬ」

愕いた。まさか、応答したのは女の声――山門は総じて、女人禁制であるというのが定律だ。とは見せかけで、所詮は体《てい》のいいうそであるらしい。もとより、神仏の御名を笠に着て、山号《さんごう》を隠れ蓑にする、約《つづ》まるところは迷い人たちのあつまりなのだ――既得権益を守らんとして一己のくだらぬ正当性を庶《しょ》に訴えるが精一杯、十重禁戒《じゅうじゅうごんかい》を守る気など、端《はな》からないのである。

「天下の嘲弄《あざけり》をも恥じず、天道の恐れをも顧《かえり》みず、淫乱魚《いんらんぎょ》鳥《ちょう》を服用せしめ、金銀賄《まいない》に耽《ふけ》りて、恣《ほしいまま》に相働《あいはたら》く――」それが坊主の正体だ。山賊《やまだち》どもと、いったい何処がちがうというのであろう。なるほど、そこは似たもの同士ということか。人誑しが身を隠すのには、これほど都合のよい場処もあるまい。

「わしが、恐いか。どうじゃ、ハハ。女、名はよ。何と申すか」

と了伊が云って、いざ手燭を額の高さに翳《かざ》せば、なるほど待ち人の貌膚《かおはだ》は、雪のように白かった。肩のうえにひと房《ふさ》の黒髪を垂れていて、あごの線には不思議と憂色《ゆうしょく》がこぼれているかのような、どこか寂しげな貌つきをした女である。ちか寄る壁蝨奴を毛嫌いするかのように、女が一歩――左へ、避《よ》けた――躯をかえすと、身にまとう蓑のしたに白衣《しらぎぬ》が、ちらとのぞいて見えた。どうじに緋《ひ》のいろが見えたようにもおもうが、はたして目の錯覚であったかもしれない。

「由《よし》なきことを。そのようなことよりも、くだんの物をお渡しやれ」

「素気《すげ》ないやつじゃな。まあ、良《え》えわい――それ、これじゃ。道人どのには、この伊賀者の熊四郎（太郎）、いささかも腕の劣《おと》らぬぞと、然様《さよう》に伝えてくれよ」

了伊が云いつつ、たもとから何やら紙束《かみたば》を抜き取った。

「……どうじゃ、浜松の指図《さしず》（原意は「設計図」の事）が写しの残りと、中村の屋敷のものをこれへしたためておる。この甲斐にふるくから棲《す》みついておる伊賀者の名も、三人ばかり知れた――ほかにも何ぞ知れたら、のちほど報せるわい。わしは差しあたり、これが山門に紛《まぎ》れておるゆえ、良えかの。くれぐれに(返すがえす)、おれのはたらきに見込むところありやと、道人どのに腕のほどを勧めておいてくれよ」

おもわせぶりに紙束を寄こすともなく差し出す素振りを見せて、了伊が微笑しながらに云うのである。鼻で酒くさい呼吸を繰りかえしながらに。すると、女がじれたようすで、足を一歩まえに踏み出した。紙束を取ろうと手を伸ばすが、さっと躱《かわ》される。

「……待て、待て」

了伊が濃い眉を怪訝《けげん》にひそめて云い、さらに不敵な笑みを口辺にこぼすのだ。くだんの紙束をいったん小脇に差し挟み、女のほそい腕を取る。そのまま肩を乱暴につかんで、軀を引き寄せようとした。漆黒《しっこく》の地のうえに、手燭が落ちて……火が消えると、糸のような煙が立ちあがり、ふたりの足もとに闇が満ちていく……了伊は暗がりに女の目をまっすぐ見つめ、ますます好色な微笑を口もとに艶《つや》めかせると、相手のかぶる笠のしたにゆっくり貌をかたむけた。さらにと、酒くさい微笑を寄せたその瞬間、女がかすめ取るようにして、人誑しの小脇から紙束を奪っていた。おもうや踵をかえして、小径のほうへと姿を消した。

「何やい、傀儡女《くぐつめ》ごときが……鼻持ちがせられぬわい、けッ」

と、立ち去る女の背を見送りながら、了伊が足もとの暗闇につばを吐き棄てた。さらに怒り冷めやらぬものか、見えぬ地面を忌々《いまいま》しそうに蹴りつけるのだ。どうじ、であった。その首に、黄いろい糸が巻きついた――琵琶の糸だ――とたんに息を詰まらせ、了伊が闇のうえに目をむいた。あっという間に、膝のうらを蹴られて身を崩す。仰けぞるような姿勢のままで、鐘楼堂のうしろへ引き摺《ず》り込まれた。

たすけをもとめる叫《し》び声……いや、愕きの声すらも……何ひとつとして、言葉が出なかった。了伊は首を絞められたままに林の暗がりへと引き摺られ、そこで無理やり立たされると、またしても膝のうらを蹴られて、枯れ葉と霜《しも》の積もった暗い地面に跪《ひざまず》く。うしろから首に巻きつく黄いろい糸が、さらに深く食い込んできた。う、う、う……闇のうえに、悲痛な声がかすかにもれるのである。すると背後から、悚《ぞ》っとする気配が掩いかぶさってきて、耳もとに死神の冷ややかな声を聞いた。

「熊四郎太郎……国もとの喰代《ほおしろ》の御屋敷から、伝言《つてごと》がある。死ぬまえに、しかと聞き入れよ」

はたして了伊の背後に立つのは、まるで蒼白い幽鬼を見るかのごとし、双眸《そうぼう》に冷酷非情な光を帯びて、垢《あか》じみた木蘭《もくらん》いろの「如法衣」を身にまとった美貌の青年だ。これに云わずと知れた、新堂ノ弁才天――その両手に、にぎる琵琶糸で――人誑しの首を絞めあげると、さらにぎりぎりと力を込めていく。

「ま、まて……まて、待て……待ってく……く、くれ」

かすれた声でいのち乞いをする了伊が、この期《ご》におよんで「喰代の御屋敷」という、伊賀の下忍にとってはあまりにも畏《おそ》れ多い郷士の名を聞いて、とっさに事情を覚《さと》りもすると、「大事ぞ、はま――はままつ――まつ――」と諸膝《もろひざ》をついたまま、身を仰けぞらせながらに云うのであった。どうにかして、首を締めつける糸に指をかけようと、悪あがきにあがきつつ、なおも助命を乞うその姿のみじめさはどうだ。弁天は蔑《さげす》むような目をして、坊主頭を見おろしながら、五寸の釘でもあればこのたらし奴の頭の天辺に二、三本、打ち込んでやろうかともおもうのである。そうした狂気の衝動を押さえ込むと、

「浜松の大事とは何だ、ひと言で申してみろ。聞いてやる」

云いながらも、人誑しの首にまわした糸をけっしてゆるめない。弁天は片手で馬の手綱をさばくような器用さを見せて、右手に琵琶糸の両端をしっかりつかむと、甲に巻きつけるようにしてにぎり締め、空《あ》いた左手でじぶんの懐中をまさぐった。さっと取り出したるは、紛《まご》うことなき琵琶の撥《ばち》。象牙《ぞうげ》いろの、公孫樹《いちょう》の葉に似た形状をしている――ときに弁天は、この絃《げん》を掻き打つ道具ですら、刃物も同然にあつかった――いまも、撥のするどい角《かど》を了伊の首すじにあてがい、のどを切り裂いてくれんと思惑すれば、闇の

うえにその冷酷無慈悲な双眸を蒼白く光らせるのである。そこで、あらためて質問をした。いまの女は何者か、と。

「伊賀の同朋がどうのと申しておったな……何をたくらむか、申せ」

糸を巻きつけるようにしてにぎる右手を、ぐいと引く。了伊の貌膚はいまや、火を噴いたかのようにまっ赤に燃えあがっていた。坊主頭に蚯蚓《みみず》のような血管を幾《いく》すじも泛かびあがらせ、首にきつく巻きついた糸の辺りは、むらさきいろに変色している。まるで別人かとおもわれるほど、貌の輪郭が膨《ふく》れあがっていた。はたして弁天、返事を聞くつもりがないのか、まったく容赦がない。撥をにぎったその左手に、すこしずつ力をくわえていくと——わずかに、首すじの皮膚が裂けて——赤というよりは、ほとんど見た目に黒い血が、すじをなして了伊の首の横から胸もとへと滴《したた》り落ちるのである。

血に濡れた感触がはっきりと、じぶんでも分かったのであろう。絶体絶命に息をあえがせながら、了伊がいかにも苦しそうなかすれた声をこぼして、途切れとぎれに話しはじめるのであった。

「み、みかわ、かみ……み、三河の、かみどの……は、はま、浜松……た、断たん……と、とく川の……家の血を呪わんとし……ぬ、ぬえ……ど、どう……じん……でしども……」

何やらわけの分からぬことをそこまで云って、肩をびくつかせたかとおもうと、まるで蓋《ふた》でもしたかのように、了伊の声がふつりと消えた。さては、力の加減をまちがえたか。

（死んだな）

と、弁天が糸をにぎるその手をわずかにゆるめ、地面に跪く人誑しの貌を見ようと、背後からのぞき込む。あっと、目の玉が飛び出さんばかりに見ひらかれた、たらし奴めの赤い貌……その額に、はたして角《つの》が一本生えていた。いや、楔型《くさび》の棒手裏剣が突き立っているのだ。

（どういうわけだ——）

藪蛇

見たとどうじに、わが身の危険をとっさに察した弁天は、了伊の屍骸《しがい》を楯《たて》にしながら地面に膝を落として息を呑む。

……まずい。

前方の闇に、目を振りむけた。するや、どうじだ――しげみのなかから飛びだしてくる黒い影――その手につかむ一刀が、刃面に銀いろの光をすべらせ、まっこうから闇を斬りさげた。頭蓋《ずがい》を断ち割る、にぶい音。了伊の頭がふたつに割れて、闇黒《あんこく》に深紅《しんく》のしぶきが噴きあがる。弓のように背を仰けぞらせ、哀《あわ》れ人誑しの軀が地面に頽《くずお》れた。

すわやと弁天、うしろの闇へ飛び退《すさ》り、絶世美貌のまえに象牙の撥を逆手《さかて》にかまえたかとおもうと、相手の正体をたしかめんとして凝視した。

(こやつ、武士ではないぞ)

もちろん、僧形《そうぎょう》でもなかった。骨張った貌つき、目は落ちくぼみ、膚が青黒い。身が痩せていて、振り乱した髪の加減のためか、どこかしら狼の雰囲気を醸《かも》す男である。手にした刀は、みじかい三尺。反《そ》りがなく、鍔《つば》のかたちが四角い。黒い裁付袴《たっつけばかま》に、筒袖《つつそで》を着ていた。あきらかに、忍びの者だ。

双方、相手の名乗りなど尋ねはしない。とうぜん、仕合《しあ》う理由なども訊かなかった。無言である。そしてたがいに、息を詰めてにらみ合いだ。間合いを計って足をにじらせ、相手の出方をうかがいながら、ふたりとも神経を限界まで研ぎ澄ましていた。まさしく、一触即発である。鐘楼堂のうら手の闇のなか、まるで狼と豺《やまいぬ》とが鼻さきを突き合わせたような、危うい緊張の気が漲《みなぎ》った――はたと弁天、気がついた。

横手の木のうえに、人外の気配が隠れている。膚がひりつくほどに、すさまじい殺気を放つ奴だ。弁天の額に、あせが泛いた。

（……見たぞ、小僧）

弁天の一瞬の表情に焦燥を見破り、正面の刺客《せっかく》が薄らと唇をひらくのだ。すうっと、その胸に冬の夜《よ》の、冷たい息を吸い込んだ。刹那、男の気魄《きはく》に息が発火した――むこう上段にかまえていた太刀を無言で振り降ろし、弁天の姿を直下に斬りつける。はたして、避《よ》けた。左に軀をひらいて紙一重に太刀すじを躱《かわ》すや、弁天はすぐに腰を捻《ひね》ってその身を翻《ひるがえ》し、背後の木のうえへと目がけて、手にある撥を投げ放っていた。一瞬、枝のうえの闇が膨張《ぼうちょう》したかのような錯覚があった。隠れていた人影が、風を巻いて飛びおりてくる――すると、さきの男が刀の剣尖《けんせん》をすかさずかえし、水平に斬りつけてくるのを、弁天がまたしても肩さきで避けた。躱《かわ》しつつ、胸のうえに掛かった負紐《おぶいひも》に右の手首をくぐらせて、背の笹琵琶を振りおろすや、鹿頸《ししくび》（琵琶の首の部分）を両手につかみ取っている。つかんで、振りむきざまに、地面に降り立つ人影にむかって、大事の楽器を投げつけた。

――がつんッ。

と、まっ黒い木の幹にぶつかって、笹琵琶がふたつに毀《こわ》れた。見ると、飛びおりてきた奴めが、投げつけられた笹琵琶をとっさに避けて、ままに身を低くかがめて地面に両手をついている。まるで、獲物をねらって腹這う蜥蜴《とかげ》のようだ。黒々とした容姿に、邪悪に満ちた目を星のように白く光らせていた。そいつが立ちあがるを待たず、弁天はすでに走り出していた……鐘楼堂の土台を蹴って飛びあがり、そこへ水平にぶらさがっている鐘木《しゅもく》（鐘を撞《つ》くための木の棒）から垂れた綱《つな》を片手につかむと、いきおい両脚を振りあげ、反動をつかってむこうがわへと転がり込んだ。

ゆれた鐘木が御堂に吊りさがる梵鐘《ぼんしょう》を強烈に叩いて、夜闇も割れるような音が一撃のもとに鳴りひびく――すでに弁天は鐘楼堂のむこうの闇のうえを二回転、地を転がったあとは、すぐさま跳ね起きて、厠《かわや》のあるほうへとまっすぐに駆け出していた。ふたつの影が、あとを追う。もちろん弁天、便所に用はない。鉄の扉ならばいざ知らず、いまさら鍵もないような、簡素な板戸のむこうへ身を隠したところで何になろう。弁天は厠のまえを駆け抜けると、右手の木立《こだち》に飛び込んだ。そのさきは、地面が切れて何もない――

――いや、八間（約十四・五米突）の崖《がけ》がある。

（止《よ》してくれ）

おもったところで、いまはこれを遁げるしか法はなく、ほかに何の手立ても見つからなかった。弁天は崖の縁《ふち》をめざして、なお駆けた。ここで立ち止まったとして、追手のふたりといいのちを取り合うしかないのだ……もしやわが手に一刀あれば、ここで仕合うてくれよう……さすれば、わずかなりとも勝機のひとつも見えてこようが、襟《えり》うらに隠してあるえぐり（漆《うるし》を採るための刃物）を抜いたところで、どれほどのことができようか。ふたつの足音が、すぐ背後に迫ってきている。重厚な鐘の音《ね》が、いまだ夜空にこだまして消えていない。と、地面がさきに掻き消えた。

（くそっ）

飛んだ——弁天は駆けるいきおいそのままに、崖のうえから飛びおりた。八間だ。眼下に拡がる白雪《はくせつ》をかぶった竹林、冬の冷たい夜風がひょうと鳴る。そこを目がけて如法衣姿の弁天が、腕を振りまわしながら落下していくのである……足のした二間、夜天にむけて高々と梢を突きあげる一本の竹が見えた……弁天は落ちながら、そいつを一瞬のうちに見さだめると……一間半……如法衣の裾《すそ》をはためかせながら、まっ暗い冬の夜を落ちていく……風の吹く音にまぎれて、わが心ノ臓の音が耳の奥に鳴るのを聞いていた……一拍、二拍……と、つぎの瞬間、鬱蒼たる竹の枝に身を打たれながら、弁天がねらい定めていた一本の梢を、とっさにつかんでいた。

すさまじい音を立てて、弁天の手につかまれた竹がそりまがる——弓のようにしなりにしなると、肥《ふと》った辺りの幹が、弁天の体重に耐えきれずに爆《は》ぜるように縦《たて》に割れてなお、しなやかに撓《たわ》むのだ。まわりに生えた竹の枝葉に打たれながら、弁天はつかんだ竹をまだ離さない。しなるにまかせて、雪の凍りつく地面が見えたところで、ひょいと飛び降り着地した。それまで弁天がつかんでいた竹が人の重みを失うと、あっという間に梢をもたげて、こんどは亢奮した牛が首を振るようすに左右の竹を打ちはじめた。弁天は、走った。竹の根もとを縫《ぬ》って、闇間《やみま》を疾風のように駆け抜けていく。

と、崖のうえに立ち止まるふたつの影——鬱蒼たる竹藪のざわつくようすを見おろして、

「どうだッ。これに身を投げ、いまの小僧絶え果てたか」

「見えませぬが、もしやすれば……」

言葉を交わしながらも、まっ赤に熱《いき》り立つふたりの目が、弁天の姿を足もとに虚《むな》しく追いつづけている。もちろん、夜の竹藪を高みから見おろしたとて、何かが見つけられるわけもない。とは云えまさか、いったん足を止めれば八間もの高さ、あとを追ってこれを飛び降りようなどという狂気めいたおもい切りなどつこうはずもなく——弁天のこころのつくりとその芸当が、あまりにも異常なのだ——崖縁に立って、したをのぞき込むのが精一杯であった。

「小僧奴、何を耳にした……」

と、舌を打つ男。頬の肉がごっそり削《そ》がれたような、病みつかれた面立ちである。ところが、もうひとりの狼じみた男と見較べても、眼光が刃物のようにぎらぎらとしていて、ちらとその目を見ただけで気圧《けお》されるほどにするどいのである。まるで、悪魔ぞ斯《か》くやあらんといった怖ろしげな風貌だ――口が横にながく、あごが尖《とが》り、砂鉄をまぶしたような貌のひげ、鼻すじがほそく、総髪にびなんかずら（美男葛。整髪につかう液）を塗りつけているために黒艶《くろつや》が水のようにゆらめいて、どうじにその貌つきを病的なまでにほそく見せていた。まるで手を触れると指が切れそうな、そうした印象の男である。

（生きておれば、つぎはかならず殺してやる……）

どうやら弁天、はからずも藪を突《つつ》いて、毒蛇どもをここに誘い出したようだ。

鵼啼かぬ

凍《い》てつくようであった長夜《ちょうや》の睡りから目覚めると、三人は昨夜《ゆうべ》の釜に残った米に味噌を混ぜ込んで、つましいかぎりの朝餉《あさげ》をすませて外に出た。

冬の冷たい風がしずかに吹き渡り、土中の霜《しも》や、軒さきに牙をむくつららの割れる音がそこかしこから聞こえてくる。さてまた、東方の空が白みはじめて、するどい暁光《ぎょうこう》が射し込めば、地上の闇を彼方に追いやろうと、黄金《こがね》いろをした見事な尾羽をひろげるのである。鴇《とき》いろに染まった厚い雲が、雪をかぶった山影のうえに堂々たる翼をかたむけるようすが、じつに美しかった。

そうした光景を仰ぎ見ながら、この不馴れな土地に〈人殺し〉を捜し出すという任務をおもうと、どうして気が塞《ふさ》ぐ。

（人生十方《じっぽう》、禍福《かふく》わからぬものぞ）

はたして源三、五日ぶりに拝《おが》んだ晴天である。

息の詰まるような一夜を、この隠所《いんじょ》の母屋に過ごしたが、敵《かたき》はついぞ姿を見せなかったのだ。不吉な想像のなかに立ち籠める、黒い霧のようなものが現下《げんか》も脳裡《のうり》に渦まいて、源三の胸のうらには死すらにおう不安が頭をもたげて消え去らず、朝陽を見ても気分がいっこう晴れないでいた。柱に爪痕《つめあと》を残していった悪魔の貌もかたちもついぞ分からずして、ましてやひと言の声も聞くことなく、平穏のうちに朝を迎えるに至れば、非常に矛盾することではあったが、どうして残り惜しくもおもわれるのである。

いっぽうで、ほんとうに「鵺《ぬえ》」のしわざであるとすれば、滅多のことでは姿を見せまいとも納得されるのであった――如何《いか》ん為《せ》ん、一夜で決着をつけられるほど、忍びが請け負う仕事は甘くないのだ――ついさきほど、夜藤次と猪四郎のふたりにめいじ、自身もまたいっしょになって、母屋のまわりを注意深く探り歩いたところ、白雪《はくせつ》のうえに見つかる足跡は、どれも正銘のけものが残していったものばかり。その多くは、夜のうちに山から降りてきたきつねであったろう。なかには、でたらめに駆けまわる野猫《のねこ》の足跡らしきものも紛れていたが。

「猫のう……猫が、おるか」

そうしたひとり言をつぶやきながら、源三はその目に怪訝ないろを泛かべると、雪のうえに残されたちいさな足跡を踏みつけた。そこで、ふと斯《こ》うおもうのだ。

（やはり、ぬえかいな）

われ知らず、六十一歳の貌が自嘲するような苦笑にゆがめられていく。甚《はなは》だその記憶もあいまいながら、源三がとおいむかしに聞いた説話をひとつおもい起こせば、この「鵼」というのは正体のまるで知れない、ばけもののことをさして云うらしかった。

「――其形頭ハ猫《ねこ》、身ハ鶏《にわとり》也、尾ハ如蛇《じゃのごとし》、眼尺ニ光アリ、希代怪鳥《けちょう》也」

とは、『看聞日記《かんもんにっき》（後崇光院《ごすこういん》「伏見宮貞成親王《ふしみのみやさだふさしんのう》」が残した日記）』の応永二十三（1416）年四月二十五日に記された、「鵼」についての記述である。京都「北野社《きたのやしろ》（北野天満宮)」の境内、夜の帳《とばり》がおりたところに、二叉《ふたまた》の杉に止まって何かが大声で啼《な》いていたという。参詣《さんけい》に通う人々皆肝《きも》を消し、はたして声のぬしを目にすれば、前述のごとくに世にも怖ろしき姿かな、「――猫の頭を持ち、身体は鶏のかたちをしていて、尻尾が蛇の、怪鳥《けちょう》(化鳥)」であったというのである。これがほんとうであれば、愕くべき怪物がいたものだ。

(まこと魍魎《もうりょう》の者なれば、わしの手には負えぬわい)

源三はおもいつつ苦《にが》わらい、もしやこの甲斐に棲《す》まうぬえの正体が人のかたちであるならば、かならず討ち殺すこともできようぞと、決意をあらたにするのであった。

三人は一夜を過ごした隠所を背にすると、ぬかるむ路辻《みちつじ》に立ち止まり、それぞれに貌を見合わせた。

「夜藤次よ、もしやむこうで敵《かたき》とおぼしき者と見《まみ》えたとて、刃物は無用のことぞ。よくよく心得や。おまえひとりの身で、断じて深追いは致すな。分《わ》こうたか」

「了解《りょうげ》致した」

と、夜藤次が笠をかたむけ、源三の貌をうかがい首肯する。このさき、二手に分かれることにした。源三が、そう決めた。まず、夜藤次をひとりで甲斐東部の国境へとむかわせて、いちおう「本栖《もとす》」の地で前任者の在否を確認させるつもりである。その足で路をまたもどり、「夜子沢《よごさわ》」に立ち寄ったあと、おなじく前任者の隠れ処《が》を訪ねて、身柄が無事かどうかをたしかめる。おそらく夜藤次の役目は、無駄骨に終わろう。切断された指の意味するところを考えれば、前任者八人はもはやこの甲斐に無事ではあるまい。

他方、源三は猪四郎ひとりを袖《そで》に連れ、この地でふるくからつなぎ（連絡係）をしているという伊賀者ふたりを、さきに訪ねるつもりでいた——ひとりは「夏見《なつみ》ノ左衛門《さえいもん》」と云い、もうひとりは「石川《いしかわ》ノ松之助《まつのすけ》」という男で、「かわ松」というつくり名をつかって潜伏しているらしく——これら目当てのふたりと会って、何か事情を耳にせぬかと問い質《ただ》し、その後、甲州南辺をめざして駿河との国境ちかく、鷹取山《たかとりやま》の南方に位置する「門野《かどの》」と呼ばれる山村へとむかい、三人目の伊賀同朋——この男は、「才良《さいら》ノ十九《とうく》郎《ろう》」という名だ——から、情報を収集しようと考えていた。

斯くして門野の地で、夜藤次ともふたたび合流し、いこうの行動については、三人が再会を果たしたのちにあらためて、それぞれの情報を突き合わせながら、一策を練ろうということに取り決めてある。

「かたきの国に居《お》るを、ゆめ忘れるな。ぬえが正体の定かならず、如何なる本意のものとも知れぬうちは、刃物を抜いて業《わざ》を交えるでないぞ。不祥《ふしょう》が事を退治するには、時宜《じぎ》をうかがうが一《いち》の肝心やと申すでな。しかるべき餌《え》を撒《ま》き、他日あらため、わしらで囲い討つ。それまで短慮《たんりょ》はするなや、夜藤次よ」

源三が念を入れてそう云って、いよいよ三人の山からすが路を二手に分かれた。

呪われた男

さすがに、いくら日射しが高かろうと、甲州の山々が地表に投じる濃い影に雪をはらうには至らず、山路に歩を移せば積雪いよいよ深く、まったく歩くに難儀した。

源三と猪四郎のふたりは、いちど富士川沿いまで出ると、河岸を歩いて北をさし、切石《きりいし》、寺沢《てらさわ》を経たあとに、鰍沢《かじかざわ》から足さきを西にむけて、こんどは御殿山を正面に見つつ山路を踏み分け雪を蹴り、十谷《じっこく》という峠をめざして直押《ひたお》しにおして隘路《あいろ》をすすむのであった。

雪に疲れ、「鳥屋《とや》」なる聚落《しゅうらく》で足を休めたついでに、地《じ》もとの人間に道を問い、ふたたび腰をあげて十丁ばかりもゆくと、おしえられたとおりの道祖神《どうそじん》を見つけたのが、その日の正午過ぎ——貌の欠けたちいさな六つの石像をめじるしにして、轍《わだち》に削られて激しく波打つ枝路《えだみち》を、さらに奥へむかってはいってゆけば、はたして広々とした空き地に行きあたる。

「これに相違ありませぬな」

と、猪四郎が荒れた白い息をととのえながら、口を利いた。三方を林に囲まれて薄暗く、奥に炭焼きの土窯《どがま》が見えている。まるで巨大な饅頭《まんじゅう》か、それとも小ぶりの古墳でも見るかのようだ。窯のうえには雨風《あめかぜ》や雪を避けるための鋭角な屋根があげられて、手まえには檜《ひのき》の木材が高々と積みかさなっていた。寝ずに火を見張るための腰掛けが置かれ、そこへ囲炉裏がまるく切ってある——炭焼小屋だ——人影が、見えた。

(彼《あ》の男であろう)

まず、源三がちかづきながら、あいさつの声をかける。窯からもれる煙のなかに振りかえった男が、いまだ平安時代に取り残されたかのようなふるい装束をしているのが、何とも奇妙な違和感をふたりの目に与えるのであった……柳いろをした括袴《くくりはかま》をはいていて、両脛《りょうすね》には山吹《やまぶき》いろの襤褸《ぼろ》の脛巾《はばき》を巻きつけ、淡黄《たんこう》の直垂《ひたたれ》の胸紐《むなひも》をまえで結んでいた……萎烏帽子《なええぼし》を頭に載せる代わりに、垢《あか》じみた手ぬぐいを掛け垂らすようにしてかぶり、ために貌が隠れてよく見えない。片手に燃えて黒ずむ木の掻き棒を一本にぎったまま、さて男は源三の問いかけに返事をするわけでもなく、山伏の姿をした訪問者たちのほうへ軀をむけると、警戒する猫のように、じっとようすをうかがうばかりだ。

「夏見《なつみ》ノ左衛門《さえいもん》とは、其許《そのもと》が事かえ」

と、源三が云うのである。云いつつ、相手の形相を見てぎょっとした。頭からかぶっている手ぬぐいのしたに、一生分の苦痛が張りついたままの貌がのぞいていたのだ。疱瘡《ほうそう》（痘瘡）の怖ろしい瘢痕《はんこん》が一面に拡がっていて、唇が引き攣《つ》ったようにゆがんでいる。右目に白内障をわずらっているらしく、白く濁《にご》った睛がやぶにらみにこちらを見ていた――自身の名を耳にして、男がうなずいたとも分からぬていどにあごを引き――ゆっくりと、手ぬぐいを脱ぎ取った。ほとんど頭髪は抜け落ちており、わずかに残った銀いろの毛髪が、黒ずむ表皮に蕪《かぶら》の根のようになってひょろひょろとしがみついていた。

「何者じゃ」

男が源三の問いかけには答えずに、そう訊きかえしてくる。その声はひどくしわがれて、のどを絞められでもしたかのようにかすれていた。老いている。おそろしく、高齢に見えた。源三が印象したところでは、九十歳《そつじゅ》にちかかろうとおもわれる。もはや、妖怪である。

「わしは三河岡崎から参った、源三郎と申す。ながらく服部党にくわわる身のうえではあるが、じたいは音羽の出の伊賀者じゃ。由無《よしな》しごと（詰まらない事）ではあるがの、是非とも話が聞きとうて、これへ立ち寄った。左衛門どのに相違あるまいか――」

男がはっきりとうなずいて、源三の背後に立っている猪四郎をちらと見た。睛の黒いほうで。まるで、刺すような力づよい視線だ。

「入《い》れやな。なかで、聞こう」

云って、手にある掻き棒をそこへ抛《ほう》り出し、敷地のはずれに見える粗末なつくりをした小屋のほうへと歩いていく。源三と猪四郎がその背につづきながら、なかなか足腰のしっかりしたものだと感心した――と、左衛門が節くれだった手を、戸の端《はし》にかけた。がたついた。戸板のしたを蹴って、あけて、内にはいった。

「話とは何《なん》かいの」

胡座《あぐら》に坐ると、まるで病が爪を立てて掻き毟《むし》ったかのような貌を引き攣《つ》らせ、やぶにらみに云うのである。板敷きにあがって囲炉裏を囲む三人は、それぞれ縁の欠けたようなお椀《わん》を手にしている。居屋のあるじはかたわらに置き据えた「ちいさな甕《かめ》」のなかに柄杓《ひしゃく》を突っ込むと、ひと掻きしてから、濁酒《どぶろく》を掬《すく》いあげ、椀にそそいで舐《な》めるようにして呑みはじめた。源三と猪四郎のふたりは遠慮をし、酒の代わりの茶葉などは置いていないと云うので、湯冷《ゆざ》まし（沸騰後、温《ぬる》くしたお湯）にしておいた。まだ、聞かねばならぬ話があるのだ。

「この甲斐で、探しものをしておる」

と、源三が切り出した。行方知れずとなった服部党の男たちのことをおおまかに語って聞かせたあと、近年の甲斐の情勢がどのようなものかと尋ねるのであったが、さて左衛門は何も知らぬと気のない返事をするばかり。ここ十数年来、ほとんど忍びの仕事には、かかわっていないという。炭を焼いて、売り歩いているだけの日々であるらしい。

「ぬえと聞いて、おもい当たるふしはなかろうか」

源三のその言葉に、椀のなかの酒を舐めていた赤い舌が、わずかに痙攣《けいれん》するのを見た。男がとぼけるように、しわがれた声でつぶやく。

「はて……ぬえ、とな」

知っている。源三は相手が見せた微妙な挙措《きょそ》に、うそを見破った。となりに坐っている猪四郎の貌に視線を転じ、預けてあった旅銭を出すよう云って、その手に巾着《きんちゃく》を受け取った。さっそく、袋の口を閉じた紐を解く。なかを見せて、さて源三は云うのである。

「其許《そこもと》の欲《ほっ》するがままじゃ。わしらの仕度の銭ゆえ、遠慮はせぬでよろしいぞ。手に取られよ。酒《ささ》を買うには、銭も要《い》ろうぞ。にごりばかり呑んでおると、胃の腑《ふ》に辛かろう。新酒《にいしぼり》はどこぞで買えようか」

「そら、府中《ふちゅう》（甲府）までゆけば、手に入ろうな」

左衛門が云って、節の立った指で北東《うしとら》の方角をさし示す。疱瘡の痕《あと》に表情も何も崩れた貌が、笑みじわを刻むようすがすさまじい。左目のなかに黒い睛が、戸惑うように泳いでいる。すかさず源三、柄杓を手にすれば、左衛門のあいた椀に酒をそそいでやった。もういちど、欲しいだけ銭を取るようにうながすと、左衛門が巾着の口に指を伸ばしてきた。銀銭《ぎんせん》を五分《ぶ》ばかりつまんで首をひねるのを見て、源三がもっと取れと微笑する。あとは、酔いも手伝うか、九十歳の舌がもつれながらも滑《すべ》りにすべるのだ。老人ながら、じつに饒舌《じょうぜつ》だ。

「ほう、いまごろになって、ぬえやと申すかい——わしが知らぬものけえな。彼《あ》れはな、ふるい忍びの男じゃ。いや、本の名は知らぬがの。口のかたいやつじゃったからな。天文《てん》文《ぶん》のころに上州《じょうしゅう》（上野国）で捕らえたのをや、どのようにしてか知らぬが遁《に》げよった。そのころから、わしらの内で、ぬえと申す忍びはよくよく知れておったでの。それ、知れておったと申しても、姿の知れぬことで知れておったという意じゃがな」

云って、口をさらに引き攣らせてわらうのである。何がおかしいのか分からぬし、その声の不気味さは、まるで雛鳥《ひなどり》の悲鳴かとも聞こえるような甲《かん》高さ、あるいは引きつけを起こした人の危うさがあり、じつに何とも喩《たと》えようのないわらい方なのである。老人に、一種の狂気があった。性分を見抜いて、源三が苦わらう。

「天文とは、またふるい……姿が知れぬゆえに、ぬえか。では、その男の異名《いみょう》を申して呼ぶのであるな」

「おぬし、あかるいのう。左様、さよう。ぬえは、たれが付けたか忘れてしもうたが、彼《あ》れの醜名《しこな》じゃな。おぬしらなんぞは知らぬであろうが、善太郎《よしたろう》や申す伊賀の鉄炮の上手がおってよ——わしもむかしは、このように見えても撃ち手の腕のほうは、善太郎にも劣らぬ見事なものやったがな——それでや、彼やつを追うて追うて、えらい目に遭《お》うたわい。そらあ、雪んなかやで、鉄炮《てっぽう》でねろうてもちっとも当たらぬやろ。そのうち空が乱れてや、雪もなんも目のまえはまっ白じゃ……」

くだんのぬえなる忍びの男を、この怪人左衛門と善太郎という名の伊賀者が、雪原に追いかけて鉄炮を撃ち放つも、ついには嵐に見舞われて姿を見失ったのだ——そう、云うのである。云って、左目がとおくを見た。

「死んだものと、おもうたわい……」

「おもう、とは。いまも、生きておると」

「ほれよ、弘治《こうじ》のころに、この国で服部党の男らが十二人、殺害《せちがい》されたやな——あれは、ぬえの手にかかったのやなかろうかと、わしは見ておる……岡崎服部党の者らも、彼《あ》れの拷問《ごうもん》のことには血道《ちみち》をあげておったからのう。亡骸《むくろ》は、どれも膾《なます》やったわい。そらあ、凄まじかったで」

と、いつの間にか下忍の猪四郎が、左衛門のかたわらに坐を移し、あいた椀に注意の目を配っては、そのつど酒を注《つ》ぎ足していた。源三は横目に見ながら、べつのことを考えている。もしこの男が云うように、たったひとりで服部党の男十二人を手にかけたのだとすれば、怖ろしいほどの腕まえだ。まさしく、ばけものではないか。

（わしら三人で、かなうわけがない……）

と、巾着袋から銀銭を選んでつまみ取り、一分二分と囲炉裏の端《はた》にならべながらに尋ねた。

「して、ぬえと申す男は、上州の忍びと云われるか」

「いやいや、この甲斐の出や。武田の先代（信玄）が飼《こ》うておった忍びでな、ほれ岡崎の棟梁（半三保長）がまだ在《お》わされたころぞ。服部党の者らと上州まで追うて、わしらで捕らえたのや。なかなかに、しつこい奴でのう。難儀したものじゃ」

またそこから、遁げたうんぬんのくだりを話しはじめると、源三が貌に出さずも、じれたようすに胡座《あぐら》を掻いた脚を組みなおす。いっぽうで、くだんの怪人左衛門は、そうしたあいだに椀の酒をあけては酔いに酔い、ひどい痘痕《あばた》貌にしわをゆるめている。ゆがんだ鼻の頭は血のけが失せて蒼白く、左目だけをまっ赤に染めて、どこを見るともなく視線を彷徨《さまよ》わせながら、ひとりで話しつづけて四半刻。

「荒《あら》けのう責め問うたわい……おお、責めた……拷問や、拷問。責めたなあ、鞭《むち》打ってよ、白状せぬかとよう責めた。何を嗅ぎまわっておるか云うて、一本一歩指をつかんで、わしらで爪を剝《は》いでやったわい……ヒヒヒ、ヒヒッ。これが口を割らぬで、ようしたものじゃ。せやが、これでもかと皆でまた責めた。そらあ、責めてやったわい……ヒヒ」

と、またしても不気味な声でわらい、目をほそめて酒を呷《あお》るのである。まるで、蟒蛇《うわばみ》であった。その痛ましい貌つきも、いまやそっくり蛇である。

(爪を剝がしたと……莫迦《ばか》なことを)

源三は拷問と聞いて、不快な気分になった。しかも、複数の人間でひとりに暴力をふるい、そうした悪魔の所業かとさえおもわれるようなおもい出を、いまになっても喜ぶようすに語るのだ。目のまえで酒に酔う怪人の、嬉々として口をひらく姿が疎《うと》ましく、気が狂っているのではないかとさえおもえてきた。はたして、ぬえと申す不祥の忍びは、そのときの復讐を果たそうとしているのではあるまいか。ふとそうおもったとき、外貌も何も人のかたちが崩れた老人が、酒くさい口をまたもやひらくのである。

「されどや、おぬしらの申しざまじゃと……ぬえや非《あら》ぬな」

「何故に、さようと推量されてか」

「指が落ちておったとな、ふん。仕様《しざま》が若いわい。あれが生きておるならば、八十にちかかろうぞ。指を切り落として、人数をしらしめようなどと、左様な手効き《てき》（器用な人）の真似はするまいて。わしなら、毒を盛るわいな」

返事を聞いて、源三は唸《うな》った。沈黙し、しばし考えた。

（八十か――とすれば、ぼんさいどのと歳のころも変わらぬな）

見ると、瘂痕《あばた》のかたまりのような老人が、奇妙なほどにながい首をうなだれていた。まるで、その姿は怪鳥《けちょう》のごとしだ。何やらつぶやきながら、軀が舟を漕《こ》いでいる。すると猪四郎が源三に密《ひそ》として声をかけ、炭焼きの釜のようすを見ないとまずかろうと坐を立った。

さて、源三は内に残って、左衛門がなおも何かを話そうとしているのを見つめながら、ひとり自問をはじめている。ほんとうにぬえの異名で呼ばれた男が、いまも生きて復讐を遂げようとしているのであろうか。どうも、疑問におもわれる。八十の男が、ひとりでか――いや、ありえない。どのような術達者であろうと、歳が若ければいざ知らず、いまさら服部党の男らと真っ向から仕合えばきっと力負けするはずだ。たしかに左衛門が云ったように、毒をつかうほうが手っ取り早い。

（……しからば、柱にわざわざ名を残すというのは何のためであろう）

もちろん、あのようすからは激しい主張が見てとれる。血まで塗りつけられて、文字には怨念がいろ濃くあらわされてもいた。じつに、芝居じみているではないか。そこに喧伝《けんでん》の意味合いが、非常につよく感じられる。そして、何かが紛れてもいるのだ。それは、何だ。

(さては、門徒《もんと》のしわざか)

ぬえを語る忍びの一族――あるいは、一味となる弟子どもがいるのではあるまいかと、源三はおもうのである。だとすれば、じつに厄介だ。

(いまだ敵の人数は知れぬが、わしら三人では到底かなうまい)

すると、呪われたような風貌をした酔っ払いが、横ざまにどっと倒れ込み、そのまま囲炉裏の端《はた》で高鼾《たかいびき》だ。この男を含めた男らが、とおいむかしにふるった暴力を、いまになって尻ぬぐいせねばならぬのかとおもうと、どうにもやりきれぬ。

「この悪縁を断ち切るに、わしではちと歳を取り過ぎておるわい……」

と云って、これへ連れてきた夜藤次と猪四郎のふたりに始末できようか。いや、なるまい。源三はさまざまにおもい悩みながら、鉛のように重苦しい息を囲炉裏のまえでひとり吐きつづけていた――もしや、悪魔の者《の》をこれに破滅させようとおもうならば、いかなる不祥もはらい除けるだけの、神に同等するこころを持ち合わせた勇気の者か、そもそも「悪魔」それ自体しかあるまい。

女の影

ようやく目当ての居屋に辿り着き、急《せ》かすように戸を叩きながら呼ばわった。

「おい、おれだ。戸をあけろ」

日が暮れようかという時分になって、何と騒々しいことかと土間を踏み、つっかい棒を外すと、引き戸の隙間から不機嫌そうに貌をのぞかせるのは、はたして山田ノ蛇之助だ。

「何やい、おぬしであったかい。はやばやと、たらしめとやらの首を打ち落としたけぇ……」

「それが話はあとだ」

戸板の端をつかんで、外から引きあける新堂ノ弁才天――さっそく内にあがり込むと、蛇之助に詰め寄るようにして斯《こ》う云《い》った。

「装束を替えたい。それと、刀が要る。ととのえてくれ」

人誑《ひとたら》しの強盗奴、熊四郎太郎こと了伊の首を獲《と》り損じた。つまりは、藤林の御屋敷から賜った大事の下知を、これにしくじったということだ。ありえない……弁天、忍びの仕事をはじめて蹎顚《ちてん》した。くだんの獲物は死にこそすれど、手もとに首がないのである。邪魔がはいった。

（くそっ）

腸《はらわた》が煮え繰りかえる。いったい、何者か知らぬが決着してやる。おれに、斬りかかってきたのだぞ……その一事だけでも、ここにあらためておもいかえせば、いよいよ腹が立ってしかたがない。

（畜生《ちくしょう》め――）

はたして弁天、こころに怒りの火が燻《くすぶ》りつづけて、どうにも感情の押さえが利かなかった。その身形諸共《みなりもろとも》に、ながれる血もまた若いのである。少壮気鋭の者ゆえに、一己の矜恃《きょうじ》がどうしてつよいのだ。いかなる干渉《かんしょう》も許せない。ぎりぎりと奥歯を嚙むと、舌のうえに絡む瞋恚《しんい》の味がじつに苦かった。いちど胸のうちに燃えあがった激情の火は収まるところを知らず、その美しい双眸のうえへと、地獄の門前に置かれたかがりの蒼白い炎を点ずるようすは、まさに「悪魔」である。

（あのふたり、ただでは置くまいぞ……）

たしかに、弁天のようすが尋常《ただ》ごとではないと、蛇之助の目にもはっきりと分かる。

青年の姿に、一種の鬼気が立っていた。正対すれば軀が強《こわ》ばり、緊張してしかたがない。蛇之助がどもるような口ぶりで、いったい何があったのかと尋ねてみれば、弁天がまずは荒ぶる息を鎮めるためにも、水をくれと所望を云う。さっそく手に渡された柄杓《ひしゃく》に口をつけると、あっという間に水を呑み干した。そうして息を落ち着かせたあとに、ようやく僧房で起きた次第を蛇之助に話して聞かせ――とくには、襲いかかってきたふたりの男の、外貌についてを詳しく説明し――語り終えたところで、さて弁天は斯う云うのである。

「この甲斐に、左様な忍びがあることを、おぬし何ぞ耳にせぬか」

そのように蛇之助に問いながら、木蘭いろの袈裟《けさ》を脱ぎ取った。さらに弁天は、袈裟のしたに着込んでいた褊衫《へんざん》の襟《えり》をつかんでまえをはだけると、胴巻《どうまき》を解《ほど》きはじめるのである。いったい、裸になって何をするつもりかと気にかけながら、

「徳栄軒《とくえいけん》（信玄）ありしころは、手もとに飼われておった忍びの者も血気《けっき》盛んであったがの、あるじが死してのちには手綱も断ち切れ、おのが散々《ちりぢり》に散ったと聞くわい――どれがおぬしを襲った忍びであるか、さてわしにも、いっこう分からぬ。相済《あいす》まぬことだ」

そう正直を云って、謝するのである。ところで、ここに蛇之助が云うにはそのむかし、

信玄手飼《てが》いの忍びが三人から五人ほどあったらしい。ちなみに甲州では、忍びのことを「すっぱ（透破・水破）」と呼んだ。

じっさい、信玄はこの透破《すっぱ》の者を操るのがうまかった。七十人ほどを召しかかえ、その内より三十人、「――足手すくやか成《なる》者えらひ（選び）出し妻子を人質に取り甘利備《あまりび》前《ぜん》に十人、飯富《おぶ》兵部《ひょうぶ》に十人、板垣信形《いたがきのぶかた》（信方）に十人、右三十人の人質を三處に預け（『甲陽軍鑑・品第廿二』）」という。さてまた信玄、存命中には甲斐の隣国信州小県《ちいさがた》郡祢《ね》津《づ》村に、「巫女道修練道場《みこどうしゅうれんどうじょう》」なるものまでも、つくらせている。いわゆる、「アルキ御子《みこ》（歩き巫女。渡り巫女ともいい、〈神子《みこ》〉の字をあてることもある）」の訓練場であった――ここに集められた女たちは、「口寄《くちよ》せ」という法を仕込まれる。占いや予言、神託《しんたく》、あるいは死者を憑依《ひょうい》させる「死口《しこう》」といった一種の呪術を覚えるわけだ――いっかいの女が巫女に育つと、いよいよ諸国に派遣され、ならい覚えた「口寄せ」をしながら各地を歩いてまわり、そうして他国の情報を集めておくのである。このようすが、後世になると、「くの一《いち》」としてつよく印象されるようになるのだ。

さて、なかでも信玄が手もとに秘してかかえていた透破の者が、この春さきいこう、どのようになったかが分からない。おそらく、直接たる主人の信玄が死没して、武田家に仕えた臣下の家のいずれかに、あたらしく召しかかえられたものとおもわれるのだが、じっさい名まえどころか、正確な人数もまったく知れないのである。信玄の後嗣《こうし》にして、現武田家当主の「四郎勝頼《しろうかつより》」に仕えているというのが、推察も妥当《だとう》なところではあろうが、そうした風聞《うわさ》はまったく聞こえてこなかった。

（なに、それならば見つけてやるさ）

かならず見つけ出して、代償をはらわせてやらねばならぬ——それはともかくとして、この甲斐で不祥の男らを探し歩いてまわるのに、楽器を持たぬ琵琶法師ではどうにもまずい。そうおもって弁天は、蛇之助を恃んで武士の旅装につくろうと考えたのだ——幾重《いくえ》にも折りかさねるようにして、かたく締めてあった胴巻を解いたあとは、そこへ包まれている数枚の丁銀を、さっそく両手に取りあげて、

「差物《さしもの》（刀）は二本でも、一本でもいずれとかまわぬ。おれは、竹光《たけみつ》（鈍刀）は佩《は》きとうない。銘《めい》はあらぬともよいが、切れるやつを恃む。長さは、おぬしにまかせる」

そう云うと、これを代銀につかってくれと、框《かまち》のうえに鈍《にび》いろの板をあるだけならべて置くのである。衣は藍《あい》染めか、なければ黒でもかまわない。袴《はかま》のかたちは、むろん裁付《たっつけ》だ。ともかく、派手な柄《がら》は必要ないのだと注文し、投擲《とうてき》につかう手裏剣も欲しいのだが、其許《おぬし》は何を持っているかと蛇之助に尋ねた。

「わしは、棒を打つのが下手ゆえに、四方《しほう》（十字に丸みが付いたもの）をつかう」

それを二枚ばかり譲ってくれと、こんどは前かがみになって脚絆を手で探り、またもや丁銀一枚を抜き取って、框のうえにならべて置いた。さっそく蛇之助が、弁天から侍まれた衣裳と刃物を調達するために、居屋から飛ぶように出ていった。

さて、ここへひとり残った弁天は、わらじを脱いで板敷きにあがり込み、疲れた軀を休めようと力なく、大の字に寝転がる。ふうと吐いたひと息が、ようやく激情の火を消し去った。

(貌は見たのだ……屹度《きっと》に、ふたりを探し出してくれる)

おもいながら、死んだ了伊の最期《いまわ》に発した言葉が気にかかって仕方がない。いったい、あいつは何故にふたりにねらわれていたのであろう。まさか、この甲斐で詐欺をはたらいたのではあるまい。三河守。浜松。徳川の血を呪わん――そう云ったようにおもう。いったい、何のことだ。

(あの女が、知っている……)

ちがいないと、弁天はいきなり跳ね起きた。

「そうか、あの女。ののうだ」

おもいだした。いまさらながらに、合点《がてん》がいった。女が蓑のしたに着ていた衣裳は、きっと巫女の白衣《はくえ》であったろう。ちらと見たとおもった緋《ひ》のいろは、袴《はかま》がのぞいたのだ

――いま弁天が口走った「ののう」とは、歩き巫女の別称をいうのである。それ占うか、加持祈禱《かじきとう》をせぬかと、巫女が人に声をかけるとき、「のう、のう（もしもし）」と呼び止めていたのが、その呼称に由来する――女忍者《くのいち》、そう云い換えてもいい。

「おれは、女の貌も見ているはずだ……」

と、じぶんに云って聞かせて目を閉じた。まずはこころのうえから、とつぜん襲いかかってきた男ふたりの姿を追いはらう。そのまえの景色――人誑し了伊が、手燭《てしょく》を掲げて小径をやってくる姿をおもいだした。何やら声をかけて、女のまえに立ち止まった人誑し。生来《せいらい》の好色悪人づらが、記憶の縁《ふち》でわらっている。右手に持った燭の火で、女の貌を照らし出し……笠のしたにのぞいた横貌は……そうだ……雪のように、白かった。

（たしかに、見覚えておるぞ）

どこか、寂しげな表情をしている……あごに、ほくろがあった……口の横にも……何かもの云いたげに薄らとひらいた、唇のかたち……ひねくれた性分をあらわすかのような、そのかたち……歳は、二十前後か……目じりが切れあがり、気の強そうなまっすぐな睛《ひとみ》をしている……横貌が悲愴《ひそう》のいろ合いを帯びているのは、何故か……そして、肩に垂れた艶《つや》めく髪……美しい、黒髪……そこまでだ。像が切れた。風に吹かれて煙が渦まくように、女の姿が闇黒淵《やみわだ》の彼方へ消えていく。

（くそっ。いや、いまいちどやろう——）

と、弁天はまぶたを閉じたまま、脳裡に薄らと刻まれている一瞬の記憶のなかから、女の横貌だけを引っ張り出してくる。勝手な印象や感傷などをくわえぬように、できるだけ逸《はや》るこころを落ち着かせた。

（しずかに。ゆっくりと、息を吸え）

こころの目を信じて、もういちど女の姿を闇のなかに凝視した。その白膚がにおってくるほどに、生々しい像を結んだところで……可《よし》と弁天、納得したように肯《うなず》いて……豁《かっ》然《ぜん》と、目をひらくと……土間のむこうに、煤《すす》けた戸が見えている。そこに女の姿はなかったが、いまも脳裡にしっかりと焼き付いていた。

（さきに、ののうを捜そう）

襲いかかってきた男らふたりを追うよりも、そのほうが早い。はたして、あのとき了伊の手から、さっと女が奪い取った紙束だ。きっと、何かある。

（——指図、さようと申しておったな）

男らもまた、あの紙に書かれてあった何かしらの設計図の写しをねらっていたのではあるまいか。いや、それとも用心のために、女が受け取るのを監視していた護衛の者であったのかもしれない……とすれば、女とふたりは一味か……分からない。いずれにしても歩き巫女であれば、姿は目立つであろうし、この甲州で立ち寄るところは何処《どこ》かと考えてみても、そう多くはない。甲斐武田氏の本拠、甲府《こうふ》（府中《ふちゅう》）の地に建つ、「躑躅《つつじ》ヶ崎館《さきやかた》」だ。きっと、その付近に姿をあらわすはずだ。

（まずは、府中の辺りを見てまわるか……）

女の影をとらえれば、男ふたりの姿もそこに見つかるであろう。弁天は確信し、また も仰向けに寝転がる。冷えた板敷きのうえに横になり、天井を見つめ、こんどは闇のなかから斬りかかってきた男の太刀すじをおもいかえして、

（よし、相手になってやろう）

その口辺に皮肉げな、冷たい微笑をこぼすのであった。

お告げ

お堂のなかは、黒い蚊帳《かや》でも吊したかのように薄暗い。春の野辺に花を嗅ぐように、白檀《びゃくだん》を燻《いぶ》した濃い香《こう》のにおいが立ち籠めている。燭台の火が吹き消されて、すでに半刻（一時間）ちかくが経っていた。声がしている。

（怪異《けい》な）

夜の寝所にささやくような、秘密めいたほそい声。あるいは、落ち葉の蔭を這いずる虫の立てる音にも似ていて、何か背すじがそら寒くなるような厭《いや》な声だ……まるで、土中に埋もれた棺桶《かんおけ》のなかの死人の言葉かと疑うほどに、じつに不気味に聞こえてくるのである……あるいは、蛇の舌の音でも聞いているかのような怖ろしさ。しかも、常人には覚えのない言語をつかう。おそらく、口にしているのは何かの真言《しんごん》なのであろう。

――老婆が、いる。

白衣を着て、額に白い鉢巻きをし、まるで滝でも見るかのようなまっ白い髪を背に垂れて、香の煙が揺蕩《たゆた》う祭壇のまえに坐り込み、骨と皮ばかりの両手に、黒い石でつくった数珠《じゅず》をにぎりしめていた。もはやその姿、人というよりは一疋《いっぴき》の魔物といったほうが相応しい。しわばんだまぶたをやわりと閉じて、薄く刃物で割いたように口をあけ、手にからめた数珠を摩《す》りながら、歯のあいだからしきりと息をしているのである――そうして白い息といっしょに軀のうちへ、声を出し入れしているようすは、何とは云えぬ不吉な観がある。「ノウマク・サラバ・タタギャテイ……ビヤサルバ・モッケイ・ビヤサルバ、タタラタ・センダ・マカロシャナ……」

箱がひとつ、床のうえに置いてあった――誦経《ずきょう》をつづける、老婆のまえにだ――巾一《はば》尺（約三十糎）くらいであろうか。奥行八寸（約二十四糎）あまり、高さは五寸ほどの木製の箱。

「外法箱《げほうばこ》」

という。

箱のなかには、「口寄せ」につかう巫女の道具がはいっている。一寸五分の木彫りの仏像、そのほかにも藁《わら》でつくった五寸ていどの案山子《かかし》と、干した猫の頭《かしら》、ちいさな犬の頭蓋骨《ずがいこつ》、そして雛《ひな》（人形）——。

このいま外法箱の蓋は閉じられて、中身は見えず、水のはいったお碗《わん》（御器）がひとつ載せてある。そのかたわらに添え置かれているのは、いまも五、六枚の黒い葉をつける一朶《いちだ》の枯れ枝だ。お椀の水がまるで、鏡のように見えた。石を平らに切ったような水面に、お堂のなかの闇が映り込んでいた。

（小気味悪《わろ》し……）

人外なる老婆の姿を見つめるその目に一瞬、嫌悪のいろがかすめ過ぎていく。それでも、なお男は黙してこころを語らず、神託のひと言をひたすらに待っていた。

「小幡豊後守昌盛《おばたぶんごのかみまさもり》」

——通称を、又兵衛《またひょうえい》という。

この男の血すじは、遠州勝間田《かつまた》氏のながれを汲《く》み、先代信玄、子の四郎勝頼によくつかえ、のちに武田二十四将にもかぞえられた勇将だ。いまは、領国下における桑門《そうもん》（僧侶）の監督職をもつとめている。天文三年うまれの、四十歳。左右にそれぞれ、近習《きんじゅ》の者が控えていた。右の男は三十半ばの歳のころ、角張った貌をしていて、名は藤代彦右衛門昌充《ふじしろひこうえいもんまさみつ》。いっぽう、左がわに坐《すぐ》っているのが小川三郎治則《おがわさぶろうはるのり》といって、戦場に働かせれば、槍のあつかいのなかなか勝れた男で、ながいあごをした小肥《こぶと》りの三十男だ。

（ほう）

……誦経が、止《や》んだ。

妖しげな真言の声が立ち消えて、お堂のなかが水を打ったようにしいんとしずまりかえった。すると、老婆がしみを泛かべた貌をあげ、にぎる数珠を手首に通し、印契を結んだ指を解く。しわだらけのまぶたをひらくと、まるでくすんだ真珠《しんじゅ》のように、まっ白い瞳孔《ひとみ》をしていた――どうやら、盲人《めしい》らしい――見えぬ両目をくわっと見ひらくや、辺りに人の気配を探るように、怖々《おどおど》と貌を動かしはじめた。

「おのこが、双《ふた》り……見え、申《も》した……問われし影は、男のものでござりまする……さよう、月は雪も消えし恵風《けいふう》の、日は末広《すえひろ》の八と見え申する。弥頻《いやしく》しくに徳の川、家運もこれにて盛んとなりましょうやな……手をお打ちになさると仰せなれば、はやいほうが宜しゅうございましょうぞ。目の、あかぬうちにも……」

かすれた声でそう云ったあとに、それこそ蛇の卵でも見るような、まっ白い目を宙に泳がせるのであった。はたして応答や如何にと、くだんの老婆、祭壇のまえに坐ったままで、しばらく返事の声を待っている。ながい、沈黙があった。だれも歩かぬというのに、床板のきしむ音がする——天井の梁《はり》がみしりと骨の鳴るような、みじかい音を立てた。

さて、壁ぎわの暗がりに胡座《あぐら》に坐る小幡豊後守昌盛こと又兵衛が、胸のうえに腕を組んだまま、なおも無言をつらぬいて、いっこう分からぬ「なそたて（なぞなぞ）」でも解こうかというふうに、何とも思案の深い貌つきをしている。ほかの者らも一様に、お堂の張り詰めた空気に息を詰め、威儀を正して静坐したまま、咳ひとつ立てず、びくともうごかない。やがて又兵衛、重苦しいその心境を吐き出すか、お堂に太いため息をひびかせた。

「ううむ……」

ちらと目をあげ、老婆を見た。祭壇のまえの暗がりのなか、ぼうと泛かんで見える白衣と白髪。その額に締めた白い鉢巻き、白い目をして、枯れ木のように痩《や》せほそり、それこそ亡霊かとも見紛うその姿に、又兵衛は悚《ぞ》っとするものを覚えるのであった。

「彦（彦右衛門）よ。いまから、あの化生《けしょう》の者どもに会え。これに仕損ずれば、おれにもさしあたっての智恵がない。直《す》ぐに、化生どもをこれに喚《よ》び集《つど》え。はたらかせよ」

「承りて、ござりまする」

「ときおかずして、諏訪に棲《す》まうやに申すかしらの者に、いま聞きしお婆《ばば》の言《げん》と、おれの伝言《でんご》を届《とど》けるようにめいじておけ。尻に鞭《むち》をくれてでも、あのばけものを責《せっ》つけ（急がせろ）。くだんの秘せし事計《ことはかり》（計画）を早むるようにと申しつけ、いそいで為《な》せと告げろ。よいな。いや、待て。ちと待て――おれがまず、西庵《せいあん》に会おう。会って、内談しておく。おまえは、そのあとのことだ」

と、まくしたてるようにして云う又兵衛。何をおもうか、歯噛みした。

（時宜《じぎ》のことぞ。逃《のが》すまじ……）

はたして、この年の夏の四月に「徳栄軒信玄」入寂《にゅうじゃく》し、いこう武田の家中には見えぬ罅《ひび》がはいっていた。跡目《あとめ》を嗣《つ》いだ「武田四郎勝頼」公、いまだ二十八歳――かたや、世に最強とうたわれた精鋭ぞろいの武田軍、その貌ぶれを見れば、まるで駻馬《かんば》を御《ぎょ》するようなものである――これの手綱を引き締めるには、あたらしい当主の歳も声も、まだ若すぎた。先代信玄公ですら、武田の家中をまとめあげるのに、その一生をかけて、どれだけこころを砕いたことか。けっして、家中は一枚岩ではないのである。武田の足なみ揃《そろ》わぬうちに、大がかりな合戦《いくさ》がはじまれば、どのようになるか分かったものではない。ところがじっさい御当主勝頼公は、すでに外征《がいせい》のことを決断しているのである。

(ともこうも、ここで武田の旗を折るわけにはいかぬのだ……)

いまのうちにも敵将家康の背を刺して、戦場に立てぬようにしておきたいとおもうのは、はたして武田の家中に又兵衛ひとりではなかったろう。

……それに、もうひとつ。

気懸かりがある。生前の信玄に飼われていた透破たちの存在が、又兵衛にはどうにも目障りでならないのであった。いまは目立ってその姿をおもてに見せぬようだが、いぜんのように餌《えさ》を容易に与えてはもらえぬ身のうえともなり、あの者らはいったい何を為《し》出《で》かすか知れたものではない。野犬とも変わらぬ勝手な身分、ここにひとつ仕事をめいじて果たせばよし、しくじったとしても所詮は無足《むそく》の者ども、始末する手間も省《はぶ》けようというものだ。飼い主を失ったこのいま、黒い刃物を振りまわし、妖しげな術を心得たる奇怪の者が、敵に通じたればこれほど厄介なことはないのである。処分するならば、はやいほうがいい。

(いずれにせよ、いまぞ方略をくわだつに損はなかろう。一箭双雛《いっせんそうちょう》ともなれば、なお良いわ)

そこで又兵衛、じぶんの決断にいよいよ合点《がてん》する。諾《うん》とひとり唸って、さて云った。

「彦よ、おれがこれから西庵に会う。すぐに、さがして参れ――おまえは、あすの夜だ。あすにあらためて、成就院《じょうじゅいん》（円光院《えんこういん》）で待っておれ。あすこに、くだんのすっぱどもを呼び出すゆえ、おまえが談合せよ。おれは、会わぬ。おまえが男らに会《お》うたらば、秘して始末を為《な》せよと、くれぐれにも申しつけるを忘れるな。闇中《あんちゅう》のことぞ。よいか。いっさいが、もらすなとすっぱの者どもに心得させろ。おのが生命《いのち》にかえて、決着《けっじゃく》すべし。決着ならねば国へもどるなと、さようと念してめいじておくのだぞ。あとの仕方《しかた》（方法）は、諏訪に居《お》るばけものの智恵にまかせよう」

まさに、この瞬間であった――悪魔の計画が発動されて、局面は一変したのだ――まったく、きな臭い下知である。きわめて悪《あ》しきにおいが、鼻をつく。

もちろんこの現今《いま》、とおく離れて、怪人の棲まう炭焼小屋にいる音羽ノ源三は、そうしたことをまだ何も知らないでいた。いったい、じぶんが何にかかわってしまったかということにも、まるで気づいていないのだ。ましてや弁天などは、まさかおのれの知らぬところでまたしても、因縁生起《いんねんせいき》の歯車が動きはじめたことを予感すらしていないのである。

「御意に」

彦右衛門が返事をして、いんぎんに頭をさげたあとに立ちあがり、香の立ち籠めるお堂からひとり出ていった。

柄の秘密

（――縦《よし》んば、それが）

とおいむかしのできごとであり、とうぜんながら自身にいっさい責《せめ》はなく、まったく関知せぬことではあっても、どうにも割り切れないものがあった。

まがりなりにも、故郷をおなじくする伊賀の男が、非人道的なる「拷問」という行為をはたらいたことを耳にもすれば、何かしらここに同罪を担《にな》わされたような気分がして、こころがいっそう暗く沈むのだ。いずれわれもまた、この甲斐に足を留《とど》めていれば、連《れん》累《るい》を陥《くら》わされる運命にあるかと、覚悟に身をかたくする音羽ノ源三なのである。

（いったん、忍びの者がその道を踏み外しもすれば、かように酷《むご》い姿に成り果てるか）

いまも、痘瘡《とうそう》の瘢痕《はんこん》が見た目にすさまじく――いや、待て。かたちの崩れた老人の、その醜い外貌ばかりを印象するものではない――夏見ノ左衛門と名乗るこのもと伊賀者は、こころのなかまでも病みわずらい、まっ黒に出血さえして、貌膚におなじく松かさのような痂皮《かひ》に掩われ尽くし、疾《とう》のむかしに人としての姿を無慙《むざん》に噛み砕かれてしまっているにちがいないと、源三はあらためておもうのであった。

——夫《そ》れ忍びの本《もと》は正心《しょうしん》也。

正心とは、仁義忠信を守るにあり（『万川集海・巻之二』正心第一）——この伊賀の道義を見失えば、もはや忍びの者は人ですらもなくなるのだ。さらにおしえに曰《いわ》く、「忍《しのび》の方術曾《かつ》て私《し》慾《よく》の為《ため》ならず、無道の君の為に不謀事《はからざる》を知べし……」なのである。

（これに、狂気しか残さぬ老人だ）

そうした強烈な印象を、夏見ノ左衛門という男の姿のなかに受けながら、いっこう表情には見せずして、さて音羽ノ源三はあくる日の朝になり、夜すがら窯《かま》の火を見張っていた猪四郎に出立を告げると、早々に炭焼小屋をあとにするのであった。

はたしてその別れぎわ、「しからば、ちかくまた立ち寄る——」と、表情をあくまでも温厚につくって、あいさつの声をかける源三であったが、かたや怪人左衛門のほうは、昨夜の饒舌《じょうぜつ》も何も忘れてしまったかのようで、ひと言の返事もしないのである。まるで、痴呆《ちほう》と変わらぬようすであった。きのうとそっくりおなじに、垢《あか》じみたおおきな手ぬぐいを、その禿《は》げた頭に掛け垂らすようにしてかぶれば、尖端が燃えて黒ずむ木の掻き棒を片手に持って、土窯からもれ出す蒼白い煙と、まっ白い蒸気のなかに立つのである。

まるで、黄泉路《よみじ》の霧に呑まれる亡霊の姿でも見るような、暗然《あんぜん》たる淋《さび》しさが影にある。

ついぞ、無言であった――怪人があたらしい炭を焼きはじめていた――そうしたようすを振りかえり見ながら、源三はふとおもうのだ。

（彼《あ》の忍びは、疾《と》うのむかしに死んでいるのかも知れぬな……）

じつに、感ずるところがあった。左衛門という老人の姿に、一種の非情を見たようなおもいがした。忍びとしてこの世にうまれたがために、身もこころも赤錆《あかさ》びた鎌刃に刈《か》られる雑草も同然の過酷な一生を過ごし、涯《はて》はこうして久しく訪れる者もいない淋しい場処へと追いやられて、ただ余命をまっとうすることになる。魂が滅んだままに生きている人の姿が、どうして悲しかった。

「いず地へと、参られまする」

と、ふいに猪四郎が問うてきた。

「東じゃ」

これから、二人目のつなぎと会うために、「乙黒《おとぐろ》」という土地にむかうつもりである。

山間を離れて、ふたたび富士川の岸へ出た。

川のながれに逆らいながら、身延《みのぶ》の路を踏む。甲府盆地をさらに北上しつづけて、鰍沢《かじかざわ》から青柳《あおやぎ》へ——釜無《かまなし》と笛吹《ふえふき》の両川《りょうせん》が合流する手まえで、渡《わた》し（渡船業）をしている男らを見つけ出し、声をかけたあとに猪四郎がふたり分の料銭《りょうせん》として、代《しろ》十文の支払いをさっそく済ませて対岸に足をつけた——そこからは笛吹川に沿いながら、雪も溶けて泥濘《ぬかる》むあぜ路を歩いて一里とすこし、今福《いまふく》という土地に辿り着く。

ここでようやくのこと、足を休めることのできた音羽ノ源三と猪四郎だ。路程《ろてい》のほどは、およそ四里（約十六粁）といったところであろうか。さすがに、初見の途《みち》であった。そのうえ、雪に閉ざされた悪路をなんども迂回しながら進むので、じつに要した時間は三刻（六時間）にちかい——しかし、ここまでくれば、めざす「乙黒」までの距離もおもうにわずか、さきの渡しの男に尋ねたところでは、あと一里もゆくと村の境いを踏めるらしく、ひとまず雪を避けつつ路傍に腰を落として、乱れた息をととのえた。

村境を踏んだのは、未《ひつじ》八つ（午後二時頃）をまわったころであったろう——空はいまだ高く、めまいがするほどに青かった。そこへ、籾殻《もみがら》のような小雪がときおり吹き寄せる風のなかに舞い散って、冬の寒さを源三たちにおもい出させるのである。

すぐに、鎮守の杜《もり》が見えてきた。

「あすこに、ござりましょう」

と、猪四郎。杜のうらてにまわり込むと、なるほど渡しの男らが云っていたとおりに、川原の石をまぶしたような小径《こみち》がしかれてあり、歩いたさきで藪《やぶ》に出た。藪を抜けると、とつぜん見事な屋根を載せた農家が両わきにあらわれて、これまた渡しの言葉から、目じるしに覚えていた「白壁の蔵《くら》」が視界にはいってくる。ながい土塀を辿ったあと、さらにうねる小径を一丁（約百九米突）ばかり進むと真正面、「要黐《かなめもち》のいけ垣」を結った見窄《みすぼ》らしい家屋が五、六軒ばかり建ちならんでいるのが見えてきた。

はたしてその一劃《いっかく》に、肥った松の木が根をおろしている――おそらく、あすこが住処《じゅうしょ》であろう――松の木のうしろがわに、目当てと思しき居屋が軒をかたむけていた。前面の路に目をやると、積雪はきれいに掻かれて、松の根もとに掃き寄せられたままに、蒼白く凍りついている。うすい柿葺《こけらぶ》きの屋根を載せた玄関が見え、ちか寄り、くぐると、籾《もみ》干しにつかうためのちいさな庭を踏んだ。奥に母屋らしき平屋が、一棟建っていた。屋根を見るといまも雪を載せ、軒さきに水滴をつつと落としている。まるで、水晶の玉でも見るように美しい。

「恃《たの》もう、かわ松と申す男をたずねて参った」

山伏の装束をした源三が、白い息を吐きながらそうした声をかけると、待つ間もなく母屋正面の引き戸があいて、女がひとりあらわれた。柿いろの地味な小袖に湯巻《ゆまき》姿、まっ白い手ぬぐいを頭にかぶり、いかにも農婦といった恰好である。髪は枯れたような灰いろ——見たところ、六十がらみの小柄な女だ——目がしわかと見まちがえるほどにほそく、受け口である。片手に、手桶《ておけ》を提《さ》げていた。

「たずねたい。かわ松と申す男の、これが住処《じゅうしょ》に相違《そうい》なかろうかな」

「えい」

「そのほうは、たれか」

「むすめでおじゃるわ」

「では、父主《ちちぬし》を呼んでくれ。わしは、そのほうの父と生国《しょうごく》をおなじゅうする、音羽ノ源三郎と申す者だ」

「これへ居《い》んと、午《ひる》に川へむこうて、網干《あみぼ》しにからこうておらっしゃるず」

どうやら、「かわ松」こと石川ノ松之助は、二刻《ふたとき》ほどまえに川岸へと出て、漁につかうための網を干しているらしかった。猪四郎がおよその居処を「むすめ」という女から聴き出すと、くだんの伊賀者「かわ松」を探しに駆けていく。源三は残った。ふたりの帰宅を待つあいだ、いったん居屋にあがらせてもらうことにして、ゆるりと囲炉裏の傍で暖をとり、寒気《かんき》に凍える軀をあたためた。

（むすめ、か）

ふと感慨に胸を詰まらせもすると、源三はわが四人のむすめの姿をここにおもいかえして、目もとに力をなくすのである。しずかに、暮らしたいとおもう。切実である。源三はおのれが伊賀にうまれた忍びであるということに、いまさらながら云い知れぬ怖ろしさを感じていた。炭焼小屋に棲む男のことを考えればなおさらに、ほとんど恐怖にちかい感情を抱くのである。あの怪人左衛門こそは、忍びの男の「成れの果て」の姿ではあるまいか。

（この一生よ……）

幼少のころ、あかるい声でわらうむすめたちの姿がおもい出されると、さて不思議と岡崎を出立した夜の景色が連なって、記憶の底から鮮烈な像となって泛かびあがってくる。あのとき、背に聴いた……妻の、見送りの声……そして、十徳の肩のほつれ……暗い路のうえにたたずむ、下忍辰造の姿。

「――中子《なかご》に錆《さび》が出ておるやも知れませぬゆえに、手が空きますれば御目にてたしかめられまするように」

そうした辰造の声が、いまはっきりと耳の奥に聞こえた気がした。

（錆が、な）

猪四郎がもどってくるまで、とくに何をすることもない。おもい出に耽《ふけ》るもいいが、それではあまりに実《じつ》がない。

「繕《つくろ》う（手入れ）てみるか」

源三はおもって、禅四郎から餞別《せんべつ》として拝領した「刺刀《さすが》（小刀）」の鋳をいまたしかめようと、腰から鞘ぐるみに抜き取った。床に置いた。そこで引敷の隠し袋から、こんどは棒手裏剣を一本取り出した。ふたたび、小刀を取りあげる。しっかり柄をにぎると、棒手裏剣の尖端を目釘《めくぎ》に押し当てた。ゆっくりと、慎重に押し込んで、反対がわから出てきた釘の頭をつまんで引き抜いた――刀を縦《たて》にして、柄《つか》をにぎるその右手――つぎに左手でこぶしをつくると、柄をにぎったままの右手の甲、親指のつけ根のあたりを叩くのである。軽く五度ばかり叩くと、その振動が右手から柄へと伝わって、みじかい刀身が半寸（約一・五糎）ほど泛きあがる。そうして、ゆるんだ柄を取り外すのだ。

「はて、な……」

見て源三、眉《み》けんを曇らせた。中子に錆など、どこにもありはしない。代わりに、切羽《せっぱ》（鍔《つば》の下に嵌《は》め込まれた金物）に噛ませるようにして、わざわざ落ちぬように工夫がなされ、ほそく畳まれた紙切れがはさまっているのだ――源三はまったく知らぬことであったが、禅四郎が伊賀八幡宮からいったん用事があるといって退席したのは、これの用意をするためであったらしい――紙切れを慎重に抜き取り、折り目をひらく。何やら、墨文字がつづられてある。じつに、まずい字だ。一瞬、書かれてある言葉が読めずに、貌をしかめる源三であった。

……読んだ。

とたんに源三、土間のほうにするどい目をくれた。かわ松のむすめであるという女が、こちらに背をむけて炊事をしている姿を見た。紙切れをもとのように畳んで、囲炉裏のうえの火にかたむける――この三つの動作はほとんど、どうじに行われた――一瞬のうちに、である。火に舐められた紙切れが燃えあがり、源三の指に赤くまつわりついてきた。熱い。灰のうえに落とし、すぐに火箸《ひばし》を手に取ると、黒い燃え滓《かす》をこまかく砕いた。わずかに、源三の息が乱れている。

(わしひとりで、始末をつけよとの仰せやったかい……)

苦《にが》わらったあとに、もういちど灰のうえに目を落とし、証跡がこれに残らぬものかと念を入れて確認したが、いま見た文字は灰のなかにすっかり消えてしまっていた。

この甲斐にたったひとりで、戦わねばならぬのか――そうおもって源三は、じぶんの鼓動を耳の底に聴くのであった。六十一歳の軀には、すこしばかり血潮《ちしお》にいきおいが過ぎる。心悸《しんき》が暴れるようであった。身中の節々で、まるで警鐘を叩くかのような、力づよい脈が打たれている。この男の本能が、非常な危険を知らせるのであろう。もういちど、紙のうえに書かれていた言葉を脳裡に読みかえしてみた。たしかに、こう書かれてあったのだ。

「夜に猪かえり忠と心せよ、もろとも討て」

夜藤次と猪四郎のふたりは、甲斐方に寝がえった裏切り者（かえり忠）の可能性があると警告しながら、どうじに「殺せ」ともめいじる文言だ――むろん、八十翁《おきな》の禅四郎が書いたにちがいなかった――はたして、これがひとむかしまえの話であれば、何とかできたかもしれない。そこは、忍びの達者と伊賀に聞こえた音羽ノ源三である。相手の裏を見事に掻いて、最後は力づくでも決着したことであろう。しかし老齢の身で、そこまではできぬ。買いかぶり過ぎだ。いまになって、まさか往時に得た忍びの評判というものが、いのちの足かせになろうとはおもいもしなかった。

（これは、いよいよ困ずるぞ。手すじをひとつ過《あやま》れば、わしのいのちが危《あや》ういわ……どのような肚《はら》づもりで、わしをこれが地に送り込んだものかな）

禅四郎翁のこころが、いったいどこにあるのかが分からない。ともあれ、味方が必要である。どうあってもだ。あの炭焼小屋に棲む怪人に恃むか。それとも、これから会う「かわ松」という老忍の手を借りたものか。

（……ぼんさいどのも、なかなか食えぬ御仁《おひと》だわい）

とてもではないが、ひとりで甲斐の後始末をつけるには、もはや軀のほうが追いつかぬであろう——いつしか源三の額に、玉のようなあせが泛いていた。

三ツの声

月が出た。

まぶしいほどに白々とした光を、地に投げている——薬師堂《やくしどう》がある——創建されたころの面影はいまやなく、夜の闇に見透かしても相当に朽《く》ちていた。どの窓も蔀《しとみ》はおろされ、燭の灯などはひとつも見あたらず、むろん正面の格子戸は閉じられている。雪を載せた檜皮《ひわだぶ》葺きの屋根が、水のような美しい月の光に照らされて、闇のうえに白く泛きあがって見えた。

境内に千古《せんこ》の根をおろす、一本杉——。

お堂のまえに、杉の巨木が枝影を押し拡げているのである。人の一生をはるかに越えた樹齢をかさね、肥りにふとった幹は苔生《こけむ》して、根もとに薄らと雪をかぶっていた。それこそ夜天を摩するような、おおきな杉の木だ。

梢《こずえ》ちかくの枝のうえ、一羽の鳥の影が止まっている。啼《な》いていた。ホオン、ホオン、
と虚《うつ》ろな声がした。

「どこぞに、ふくろ（禍鳥《かちょう》。梟《ふくろう》のこと）がおるな」

と、男がしわがれた声で、ささやくように云うのである。闇を閉じ込めたかのような、暗い薬師堂のなかで。むろん、外から男の姿はけっして見えぬ。ホオン、ホオン。

「これが地に、山伏があらわれたようでござりまする」

べつの男の声がした。こもり声で、他人ごとのような口ぶりだ。

「ほう。何者か」

さきの男が訊きかえし、またべつの男が返事をする。堂内には、どうやら三人の男がいるらしい。いよいよ、月が明るい。杉のうえで、ふくろうがまた啼いた。ホオン、ホオン。

「――三河岡崎。服部党の男らでござる。これに尻宮《しりみや》（面倒の種）が一人《いちにん》、まぎれておるようすとのこと……」

「尻宮。何じゃ、それは」

と、しわがれ声。

「伊賀出《で》の男と申し、忍びの達者《たっしゃ》であるとのことでござりまする」

こもり声の男が、疑問に応じるかのように説明した。

「羅刹《らせつ》、始末かなうかえ」

「機会《しお》をはからねばなりますまいな」

と、三人目の男が返事をする――さてこの男、名を羅刹と云うらしいが――それこそは、煩悩《ぼんのう》を喰らうとされる如来《にょらい》の化身にして、もとはこの世に災禍《さいか》をもたらすという、怖ろしき破壊神「羅刹天《てん》（涅履底《ねりてい》）」の御名を、騙《かた》るのであろう。何とも、禍々《まがまが》しい名乗りではないか。はたして、その羅刹が殺人を引き受けてもよいと返事をするいっぽうで、つづけて斯《しま》うも云う。

〔note: 〕

「いま、ひとり……何やら正身《しょうじみ》（正体）の知れぬ小僧が、これが甲州に潜り込んでおるようすにござる。背に琵琶をしょいて、いかにも法師の装束（恰好）をしておりましたるも、それが小僧もまた忍びではあるまいかと思われる。しかれど、さて。いまだいずれと、姿をくらまし行方も知れず。西庵《せいあん》どの、何ぞ存じあげられてはおられぬか」

わずかながら言外《げんがい》に、怒りがにじんでいるのはどういうわけか――その、羅刹が――先刻から、会話の相手と定めるしわがれ声の男は、はたして西庵という人物らしかった。名から察するに、出家《しゅっけ》（僧侶）の者か、隠退した武士であろう。

「おまえの分からぬことに、わしが知るすべもなかろうぞ。山伏と小僧、何の兆《きざ》しかえ……して、くだんの指図はどのようにした」

「これに、取り受けてござりまする」

と、こもり声の男がそう云って、お堂の床板が軋《きし》む音がする——杉の木の枝のうえで、ふくろうがまばたきをした。薬師堂の軒さきから、ひとかたまりの雪が落ちたのを見ていたようだ。首をかしげたあと、いまは夜空の月を見あげている。いこう啼かずにじっとして、枝のうえで沈黙だ。どこかしら、素知らぬ貌につくりながらも、お堂のなかの声を聞き届けようとしているような風情にも見えた。

「これが指図の写しは、わしが諏訪《すわ》へ持ちかえる。おぬしたちは、あすの夜、豊後守《ぶんごのかみ》(小幡昌盛《おばたまさもり》)どのの家中につかえた男に会え。名は、藤代彦右衛門——円光院《えんこういん》に居るわい。男と会うて、しごとの談議をせよ。如何《いか》に況《いわん》や(云うまでもなく)、豊後どのは知っておろうな」

「又兵衛どのでござりまするな」

と、羅刹。

「いかにも左様。くわだてを、急《せ》いてすすめよとの仰せじゃった。いずれと諏訪のほうへは、わしのほうから注進さしあげておくわい。こちらは追っ付け、ご沙汰《さた》があろう。

かつは、豊後どののほうよ。あの口ぶりでは、おぬしらは日を待たずして浜松へむかうことになるわえな。左様に思うて、こころしておくがよい。いよいよ、おぬしらの素懐《そかい》を遂げよ。仔細《しさい》がことはあすの夜、彦右衛門という男にじかに問え」

「うけたまわった。されども、西庵どの——山伏に化けし男の始末は。如何《どのよう》にお考えか。斯《か》くながら、われらが浜松にむかえば、これが甲州に身を紛らせておる仇《あだ》たる忍びを見張る者は、一人《いちにん》としておらぬようになりまするが。しどなしや(結構か)」

「いまいま障《さわ》りにならざれば、あとのことでかまわぬ。これがくわだてに、障るようであれば時を置かずしてさきに討て。それが小僧とやらは、如何に致そうかの……雨宝《うぼう》、おまえに考えはないか」

「てんに(全く)」

——ない。

そう返事をしたのは、こもり声の男であった。名は、雨宝。この男もまた、畏れ多くも神の御名を騙るのであろう。雨宝童子《どうじ》。「三界《さんがい》における、有情非情の根本也《なり》——」その御足に、神変《しんぺんじ》自在《ざい》の白狸《はくり》を踏む神だ。

夜空にたなびく一朶《いちだ》の雲が、月のうえで裾《すそ》をほころばせている……うちも外も闇黒の、薬師堂がじっと固唾《かたず》を呑んでいた。しばし沈黙したあとに、堂内で息を吸い込むちいさな音がして、さて羅刹の声が斯う云った。

「雨宝よ、これにいまいちどあらためて参れ。朱雀《すざく》が何ぞ、なまぐさ了伊《りょうい》からようすを聞き知っておるやもしれぬ。すでに、問うたか」

「いなや（いいえ）。まだし、何も」

「すぐに、たしかめよ」

「承知」

「もしやあの小僧、これに付け出《いだ》すが難《かた》げともなれば、浜松のあとに始末致そう。おまえの剣を躱《かわ》したのだ。このまま、棄《す》ててはおけぬ」

「いかにも。いまいちど、わが剣にて刺し貫《ぬ》いてくれん」

「しかれど、本意の知れぬ奴ではある。このいま見えぬ彼奴の姿を追うて、下手に師のくわだてを遅らせるは憚《はばか》られよう。うむ。これへ立ちかえりし瀬に、しかと始末してやろうぞ……いかにや、雨宝よ」

「羅刹さまの御意でござりますれば、さようと従いまする」

「してや、西庵どの。これではいずれ、ことごとく手がまわらぬようになりまするぞ。甲州すっぱの人数《にんじゅ》がことは、如何とお考えにあらせられようか。徳栄軒さまの入寂なされていこう、御家はあまりにわれらの身を無下《むげ》にあつかいなされる。じつに、非道《ひどう》のことでござるぞ」

「まあ、待て。人と申すは、畑でとれる玉菜《たまな》や一文字《ひともじ》（葱《ねぎ》）ではないゆえな。育つに、それなりの数多年月《あまたとしつき》を要ずるものじゃ。料簡《りょうけん》せよ、羅刹。いまに、幾人かは育つわ。堪忍《かんにん》（我慢）せい。いずれ、道人《どうじん》さまの馳走《ちそう》がある。それを待て」

西庵のしわがれ声をかぎりにして、いっせいに立ちあがるものか、どかどかと床板を踏み鳴らす音がした。

……すると、杉の枝にじっとしていたふくろうが。

まるまるとした両眼を、とつぜん金いろに光らせて、お堂の軒さきを見おろすのである。一本杉の高みの枝のうえ、その軀を前のめりにしたとどうじに、黒い翼を左右に拡げ、飛んだ——月光のしたで悠々と翼をはばたかせると、一羽のふくろうが闇のうえを滑るように飛翔して、林のほうへと姿を消し去った。

するやどうじ、薬師堂の戸があいて、男らが姿をあらわすのだ。先頭の男は、なるほど雲水《うんすい》の姿である。頭髪を剃りあげ、眉が濃い。狡猾《こうかつ》そうな目つきをしていて、左頬に刀疵《かたなきず》があった。歳のころは、五十がらみ。この男が、はたして西庵であろう。手にした紙束をたもとに収め、腐りかけた階段《きざはし》をまっさきに踏みおりてくる。

その背につづく男は、荒々しい総髪を頭の天辺で茶筅《ちゃせん》に結び、一見したところでは、武家者の外形をつくっていた。いや、武士にはあらず……骨張った貌つきをして、目は落ちくぼみ、膚が青黒い。腰に佩いた一刀は、けっして武士がつかわぬ無反《むぞ》りの三尺だ。黒い裁付袴《たっつけばかま》に、筒袖《つつそで》を着ている。その身はひどく痩せていて、どこかしら姿のうえに、凶暴な狼の雰囲気を持つ男だ。名は、雨宝童子――はたして、伊賀の抜け忍であった熊四郎太郎こと、了伊が身を隠していた僧房で――あのとき、あの闇のなかから、突如として弁天に斬りかかった刺客である。まちがいない。

……つづいて、三人目の男。

まるで、悪魔でも見るような怖ろしげな風貌をしている。そのあごは尖《とが》り、口が横にながく、頭にびなんかずらを塗りつけて整髪し、病みつかれたように半ば閉じられたまぶたの隙間からこぼれる眼光が、刃物のようにするどかった。手を触れると、膚が切れそうな危うさが全身からにじみ出ている。この男こそは破壊神涅履底《ねりてい》、その化身とされる「羅刹天」の異名で呼ばれた忍びの者――いまは亡き、「徳栄軒信玄」秘蔵にするところの、不祥の透破の生き残りだ――斯くしていま、いにしえの神の名を語らう悪魔ふたりが、薬師堂の階段を踏んで、闇のうえにおり立つのである。

はるか頭上に、ぎらぎらと刃物のように光る月を見た。ちらと見て、羅刹と雨宝のふたりが苦々しい貌つきをする。月を囲うかのように、光冠《こうかん》が拡がっているのだ。また、雪が降るやも知れぬ……すると、雲水の姿をした西庵が、一本杉が地に投げる影のなかに立ち、ふたりの姿を振りかえった。

「ちかく、かならず沙汰する。馳走を待て」

しわがれた声でそう云って、手にした丸笠を頭にかぶり、「……あすの夜じゃぞ。よいな、彦右衛門と申す男と会《かい》するを、ゆめ忘れるな」云い終えて、ままに闇の彼方へ立ち去った。無言でその背を見送りながら、

「雨宝、すぐなに宿処へむかい、朱雀を問い質《ただ》して来い」

悪魔のような貌つきをした羅刹という名の男がそうめいじると、もうひとりの、狼のような姿形をした男――雨宝童子が――お堂のかたむける影のなかにかしこまり、「承知致した」とこもった声で返事をする。

「何ぞ、あの小僧で知り得るところのあらば、おれは明日聴こう。円光院へむかうまえに、ここで待っておる。刻限は、暮れのころでよかろう」

首肯《しゅこう》して、雨宝が境内から出ていくと、羅刹がふところを探って何やら紙片を一枚抜き出した。折り畳まれてあるのを器用に片手でひらき、紙のうえに目を落とす。人の名が三つばかり、そこへ書かれてあった。月光のしたに差し出して、殺気に満ちた羅刹天の目が読んだ。

(ついに見つけたぞ、老い耄《ぼ》れし伊賀の忍びどもめ……序《ついで》がてらに、始末してやる)

と、また畳んで懐中にもどすのだ。

いったい、この男たちは何をたくらむのであろうか。はたして、指図とは何を意味するものか。浜松にどのような目的が、待っているのであろうか——悪魔のこころは、いまだ深い闇の底に隠され、杳《よう》として全貌はうかがい知れないのである。

林のほうで、ふくろうが啼いていた。ホオン、ホオンと滑稽《こっけい》なまでに虚ろな声が、冬の夜の静寂《しじま》に冷たくひびいた。

挿し櫛

ふと真夜中にもの音がして、朦朧《もうろう》ながらに女は目を覚ました。

何とも喩《たと》えようのない哀切《あいせつ》なる声が、しずしずと耳もとへ寄せてくるのだ。するとやがて、夢と現《うつつ》の境いに深く垂れ込めていた靄《もや》が晴れ、そこではっきりと目が覚めた。いらい四半刻、まるで睡《ねむ》れない。

いまも、台所《みづし》のほうから聞こえている……少女の、泣き声が……じつに幼い声で、しきりと咳《せき》あげながら……繰りかえしくりかえし、何ごとかを謝っているようすであった。そこへ幾度《いくたび》と知れず、中年女の叱《しか》りつける声が掩いかぶさるのだ。癇癪《かんしゃく》の発作でも起したかのような、かな切り声がようやく止んだかとおもえば、また怖ろしげに沸きあがる。

そうした声が廊下を伝わって、いよいよ寝所にまで聞こえはじめると、もはやわがことのようにおもわれてならなかった。動悸が声につられて、はやくなってくる。

(やめて——もう、じゅうぶん。じゅうぶんに、詫《わ》びているわ)

こんどは、棒で打つ音がした。もう、やめて——少女の泣き声は火がついたように、ひどくなるいっぽうだ。午間《ひるま》にちらと耳にはさんだ話では、だれかが皿を割ったらしい。割れた皿が隠してあったのが見つかって、ゆえにいま少女がひとり、きびしい声で問い詰められたあと、いよいよみづしで折檻《せっかん》されているのである。

こころが引き裂かれるような子どものわめき声を耳にしながら、何もしてやれぬ自身のことが、どうして疎《うと》ましくもおもわれた。

——だれも、わたしを扶《たす》けに来てはくれないわ。

そうおもった過去のじぶんの、おなじような姿がおもい出されもすると、いよいよ我慢がならないのである。いつも、さきに恐怖がうまれた。つぎに許しを請うて、怯えるのが常であった。そして、打擲《ちょうちゃく》される痛みとともに、最後に襲ってくるのは、天涯孤独の身のつらさ……はたしてそこに、どのような反省がうまれようというのか……おさな子に、刺々《とげとげ》しい感情をともなう大声をあげたとて、いったい何になろう。それこそ、子どもにとってみれば、心臓が飛びあがるようなおもいがするばかり。たしかに吼鳴《どな》りつければ、先達《せんだつ》に対する子どもらの恐怖心はいっそう煽《あお》られもしようが、そこに真の意味での謝罪の意識が芽生えることはなく、むしろ大人の力に屈することを覚えんと畏縮《いしゅく》して、混乱したこころが悲鳴をあげるだけのことである。まさに、烏滸《おこ》の沙汰だ。

ほんらい子どもというものは、憤《むずか》ることはあるけれど、怒りなどという暴力的な感情は、まるで知らないものなのだ。それを、大人たちが植えつけた。子どものまっさらなこころに憎悪の貌を振りむけて、立場の弱い相手を抑圧してくれんとし、殊更《ことさら》に怒気をふくんだ感情をあらわにすると、それがまたわれ知らず手本ともなるのである。おもいも寄らぬことながら、先達どもが躾《しつけ》と称《つ》し、子どもの心底に瞋《じん》(怒り)の火を点じさせることになるわけだ。この火はいちど点いたら、いこう消すのはむずかしい。おのれをこそ貶《おとし》める原始の感情に、絶えず見張られながら、わが身が朽ち枯れるまでそのことに気づかず生きていくことにもなった。そうして、人は半ぶん餓鬼《がき》になる。

――とまれ。

いまも、泣いていた……みづしの少女か、それとも記憶のなかの私《わたくし》か……いったい、幼い子どもが遁げ込める場処など、この世のどこにもあるものか。どうか折檻をつづける女のこころが別人のように鎮まり、鞭《むち》打つ手を諦《あきら》めるのを、ひたすら神に願うばかりである。

（もう、じゅうぶんよ――）

廊下の奥から聞こえてくる泣き声にもはや耐えきれず、女はもの音ひとつ立てずに寝所を抜け出した。庭へおりた。冬の夜、霜に凍りついた地面が素足を噛むが、足の冷たさなどいまはまるで感じない。走った。悲鳴が届かぬところまで、行きたかった。折檻の音など、二度と聞きたくはないのだ。

女は月明かりを避けるようにして裏庭を横切ると、つつじのしげみを越えて、草むらに立ち尽くす……すぐ目のまえに、月明かりに照らされ、きらきらと……さざ波を刻みつづけている巾《はば》一間に満たぬ瀬の浅い、一条の小川がながれていた。

そこの岸辺へ根をおろす、欅《けやき》の木。おうぎ状に、枝を拡げている。女は草を踏んで、欅の根もとへむかった。木の枝が落とす影に身を投じ、膝をかかえるようにして坐り込む。その横貌に、憂色がこぼれるようであった。

――雪のように、白い貌膚。

あごのうえと、口の左端にほくろがある。歳のころは、二十前後であろう。こころの声とは相反し、目じりが切れあがり、気の強そうなまっすぐな睛《ひとみ》をしていた。それこそ口唇《こうしん》などは、そもそも笑みをつくるためのものにはあらずとでも云いたげで、ひねくれた性分をあらわすかたちに薄らとひらかれ、いまにも舌打ちが聞こえてきそうである。

（あの、おおきな手……）

みづしで折檻されていた少女の泣き声が、とおい記憶を呼び覚まし、まぶたのうらに恐怖の象徴を甦《よみがえ》らせた。それこそは、手だ――あの、男の手――ごつごつとして青黒く、甲に蚯蚓《みみず》が這うような静脈が走り、爪がはがれた怖ろしいかたちをしたおおきな手が……少女であったころの私の腕を、鉄輪《かなわ》のようにぎりぎりとつかんで離さなかった。つかまれると頭のなかがまっ白になって、何もじぶんでは考えられず、こころが黒い恐怖の感情に掩われて、そのまましばらくも石のごとくに軀が固まった。血が、凍りつく。

（……いまも）

あの怖ろしげな男の手に、腕の辺りをつかまれているような気がした。それこそは、悪魔の手――女はおもい出すたびに、そのような印象を、ますます強めるのである。

無意識のうちに、ほそい首から提げた編紐《あみひも》を指にからめていた。紐の先端には、何かがぶらさがっている……四角いかたちをしていて……くすんだ赤いろの布が、ちらと女の胸もとにのぞいていた……おおきさは一分銀ていどの、ちいさなものだ。どうやら、「守巾着《まもりきんちゃく》（御守り袋）」であるらしい。

まるで、そのちいさな御守り袋が、いまの怯えたこころを唯一落ち着かせてくれるのだというように、両手でやさしく包み込む。そうして、冷たくせせらぐ小川の波のうえ、砕けてはきらめく月光を、女は見つめはじめるのである。そこに、過去がながれていた。歩き巫女として、幼少のころから厳しい修練をかさねた日々が、さざ波のうえに見えていた——おもい出される辛い日々、いまも胸が締めつけられて、しぜんと涙の露《つゆ》が頬を伝い落ちてくる。

（ここに、いのちはあるわ……）

と、女は両手のなかにある御守り袋をしっかりつかんで、少女のころのおもい出を、恐る恐るとのぞきつづけるのであった。まるで悪夢のような記憶の何処かに、きっと見落としている大切なものがあるのだと、定《さだ》めもなく目を瞠《みは》っているのである。

はたして、歩き巫女の道場に身を寄せた少女たちは、じつに過酷な修練を積んだ。じっさい道場のくらしに耐えきれず、遁げ出す少女も多かったという。ならいの覚えが悪いと——今宵のような、冬の日であったとしてもだ——外へ引きずり出されたあとに、雪のなかに坐らされたまま、しつように叱責《しっせき》されつづけた。それで済まぬと、青竹で叩かれる。井戸に身を投じて、自死を選んだ者もあったという。

（わたしは……）

いのちを、選んだ。どれだけ、辛かろうと。いや、もとより遁げたところで、ゆく宛《あて》もない身のうえだ――じっさいは、道場で耐え忍ぶしかなかったのだ――でなければ、飢え死にするか、見知らぬ土地の片隅で野垂れ死に、白骨の骸《むくろ》を晒すしかなかったであろう。

五年という歳月を経て、ようやく「口寄せ」と「忍びの法（甲陽流。甲賀流ともいう）」を仕込まれた。そこまでになると、試《こころみ》（試験）を受けることになる。簡単なことだ。さる武家屋敷に侵入して、符牒《ふちょう》の書かれた紙が隠されてあるのを取ってくる。たった、それだけのことであった。

しかし、じっさいはきわめて深刻たる問題なのだ。あらためて云うまでもないが、屋敷の者に見咎《みとが》められたとしても、試験のことはいっさい口外してはならず、もしや自白しようものなら、忍びとしてつかいものにならぬという理由から、

（殺される……）

十一歳には、じつに試煉《しれん》であった――夜を選ばずして、午《ひる》のうちにくだんの屋敷へ侵入した。人が出払った隙をうかがい、いそいで門をくぐったときの怖ろしさはどうだ。

もう、あとには退けぬ。周囲に人の気配を探ったあと、庭石の蔭に隠れ、いきおい廊下にあがり込んだ。部屋をまわっては息を潜めて、どこに隠してあるか分からぬ符牒を探しつづけた。一々に、緊張したものだ。ほとんど、じぶんとの戦いである。下手に焦《あせ》れば、仕損じよう。乱れる息を落ち着かせることにこころを砕きながら、めいっぱい聴覚を張り詰めた。そうして、離れの部屋に忍び込んだときである。机《つくえ》のうえに、見つけた。

（何かしら……）

十一歳の少女の目が、釘づけになった。探しもとめていた符牒ではない——櫛《くし》、である。挿《さ》し櫛（飾り櫛）というものを、このときはじめて見た。しかも毛立《けたて》のような柄《え》のついたものではなく、月形をしていて、峰《みね》の部分に花を写す螺鈿《らでん》が細工してあった。

（まあ、綺麗だわ）

ほんとうに、美しかったのだ。この櫛で髪を梳《す》けば、どれほど艶《つや》が立つであろうか。わが卑賤《ひせん》の分際などは忘れて、少女のこころの目が、机のうえの櫛にすっかり魅入られていた。

（……綺麗）

くだんの符牒も、探し出した。何ら問題もなく、道場の試験は終わったのである——隠してあった場処は何のことはない、台所の柱にかけられた三方荒神《さんぽうこうじん》の「護封」の裏がわだ——そこでいよいよ、歩き巫女として巷間《こうかん》に姿をあらわし、世の途を踏んだ。もはやそこには、いっぽう的で、威圧するような先達らの叱責の声はない。少なからず、雪のうえに坐らされて、青竹で打《ぶ》たれることはなくなった。何故か知らん、この世にうまれてきたことに対して抱きつづけてきた罪の意識、あるいは見えぬいのちの呪縛というものが、いちどきに解けるようなおもいがしたものだ。しかしいっぽうで、日が経つにつれて、こころが暗く沈むのである。

（あのとき、盗んだわ……この櫛を）

だれにも云っていない私だけの秘密が、こころを重くした。いまさら返す方法もしらず、といって棄てるにはあまりにも惜しまれた。いまも大事に、懐中に隠し持っている。取り出して、その手に持つと、いつもおもうことはおなじであった——きっとあの屋敷に、むすめがあったのだわ——いったい歳がいくつであるのか、いまでは知るよしもなかったが、玉を磨くように、大事に育てられたことであろう。人世に恐れというものを知らぬ少女が、この櫛で髪を梳いている姿を想像すると、それが不思議とまた、じぶんのことのようにもおもわれてきて、一瞬嬉しくもなるのである。もっとも、われにかえれば、いつものように良心の咎《とが》めを覚えて胸が痛むのであったが。

（もしや、いまもこの櫛のゆくえを探しているかしら）

それとも後日、櫛をなくしたことで親に責められたであろうか。いや、それはなかろう。このような立派な挿し櫛を、わが子に与える親のことだ。子を責めるなどと、けちなことは致すまい。そう、おもいたかった。

——漆《うるし》の半月に、虹いろの貝の花を散らす、うつくしい櫛。

手にしてこのいま、女はようやくと、耳の底で泣き叫ぶ少女の声が薄らぐおもいがするのであった。いや、もう悲しみのほうへ、こころの目はむいていなかった。この美しい櫛を眺めていると、やがて螺鈿《らでん》の輝きに目を奪われて、いつもの夢想の世界に誘《いざな》われ、すべての罪が許されるように感じられるのだ。かえさなければならぬものなら、きっと神様がそのように手を差しむけられるはずだ。それまでは、私がこれを大切に持っていたい。できれば大事に、いつまでも……ふと、そうしたことをおもったときだ。

（だれ——）

はっとして、貌をあげた。愕きのあまり、手のうえに載せていた櫛を取り落としてしまい、草むらの深い影に見失う。

「あっ」

とおもったが、目は櫛を追わなかった。小川のながれを挟んで対岸に、鬱蒼と葦《あし》の群がる影のなか、見知らぬ男が立っている。目をほそめて、こちらをじっと見つめていた

——黒い装束に身を包み、腰に刀を佩いていた——たぶさに結わえた総髪は、黒々としていてなお闇より濃く、一瞬女かと見紛うほどに美しい容姿をした青年だ。まさか、幽鬼か。そうおもえたほどに、人外の気配を全身に漂わせているのである。

「朱雀《すざく》やあるッ」

いきなり背後で、中年女の呼び声がした。愕いて振りかえると、庭のうえに人影が見えた。ひとりは、吉乃《きつの》さま……もうひとりは、まさか。

「雨宝《うぼう》さまが、お呼びじゃ。そこなところで、何をしておやるッ。はよう、もどれ。そのほうに、問いたきことがおありとの仰せじゃ」

周章《あわ》てて、欅《けやき》の蔭に立ちあがる女——朱雀という名の、歩き巫女——は、たったいま目にした青年のほうへと、もういちど視線をくれたが、まるで夢まぼろしのごとくに姿が掻き消えていた。まさか、幻覚を見たのではあるまいか。注意深く辺りを見まわしたが、やはりどこにもいなかった。冷たくひびく川のせせらぎを耳に聴き、風に吹かれる葦が揺れるのを見るばかり。

「朱雀ッ」

ふたたび名を呼ばれ、女は返事をした。その目が一瞬ばかり、こんどは足もとの草むらを探っている。櫛を何処に落としたか、まったくもって分からない。あとで、きっと探しに来よう……そうおもって、とにかくいそいで、吉乃たちの待つほうへ駆け出した。つつじのしげみを越えて、裏庭のうえへ出た。それとどうじに、中年女がおおきな声で、斯う云うのが聞こえてくる。

「おまえ、その様《さま》は何じゃ。素足で、何をしておったか。はよう、拭《ふ》きや――」

月光の降りそそぐ庭のうえ、吉乃と朱雀という女、そしてもうひとり男が立っていた。見た。しっかりと、わが目に確認した。

(フフフ。また、会ったな貴様……)

と、いつしか小川を渡り、しかももの音ひとつ立てずして、脛《すね》を濡らすこともなく、たったいままで朱雀という女がしゃがみ込んでいた欅の蔭に、最前《さいぜん》の青年が半身《はんみ》を隠すようにして立っている。これに云わずもがなの、新堂ノ弁才天――その目が――庭にいる男の横貌を、射るようにして瞶《みつ》めていた。

(あのとき、おれに斬りかかってきた奴だ)

そうおもいながら、口辺に冷やりとするような微笑をこぼすのだ。ふと、目を落とした。ちかくの草間に、何かが落ちている。

(ああ。いまの女が、手にしていたものだな――)

拾いあげると、はたして挿し櫛だ。懐中に入れつつ、貌をあげた。自身におなじく黒衣に身を包んだ男が、縁台のうえに腰をおろして、履きものを脱ごうとする姿が、つつじの影のむこうに見えていた。

「雨宝か。覚えたぞ……もうひとりの男の居処《いどころ》へも、いずれ案内してもらおう」

木蔭につぶやきながら、にやりとわらう。弁天のその目にいま、地獄の門前に燃えあがる蒼白い炎の灯りが、妖しく映っていた。

ねずみ

朝から陽の射さぬ曇天《どんてん》に、まっ白い羽根のような雪が舞いはじめると、腰をまげた松の枝——濃い緑の葉のさきが——いつしか寒々としたいろに、染めあげられていく。

ちょうど、刻《とき》が午《ひる》を打った時分から、しだいに空が貌いろを変えてきた。憂鬱ないろに曇り、冷たい風が吹き込んで、そして雪が降りはじめたのである。

濡れ雪が地に落ちて、水と消えるうちはまだよかったが、やがて路傍の木々が白い華を咲かせはじめると、気温がいっきに冷えてくる。地面がいろを失い、だれかが塩でもこぼしたかのように白くなり、空高くにおどっていたぼた雪が、いよいよこまかくなってきた。ほとんど、降雪の音はしなかった……景観に忙しいのは、雪ばかりだ……まるで、時間すらも白く凍りついてしまったかのような冬の風景が、見晴らすかぎりに拡がっている。

さて、いまし方まで、人家の屋根や木の梢、河原のうえに姿を見せていた鳥たちは、疾《とう》に声を消してもの蔭に身づくろい、目にする景色はどこもじつに関寂《ひっそり》として、何やら目には見えぬ蓋でもしたかのようにしずまりかえっている。仮令《たとい》、針が一本落ちただけでも、鐘を打ったように辺りにひびき渡りそうな静寂に占められていた。

――薬師堂。

ここへ根をおろす杉の大樹もまた、梢の辺りを白く染めはじめている。ふくろうは、いなかった。林のどこかへ姿を隠し、晴れた夜に月が出るまで、午睡《ごすい》を貪《むさぼ》っているのであろう。

男があらわれ、お堂にむかって歩いていく。踏み板の腐りかけた階段《きざはし》を踏んだとき、頭上に格子戸があいて雨宝童子《うぼうどうじ》が貌をのぞかせた。膚が青黒く、目は落ちくぼみ、骨張った貌つきはどこまでも陰鬱だ。あいかわらずの、黒衣を着ていた。

「朱雀には、会《お》うたか」

と、声をかけつつ、階段を踏みのぼる男は羅刹天《らせってん》――かぶった笠を取ると、水に濡れたような黒髪が、はらりと肩のうえに垂れた――尖《とが》ったあご、横にながい口から歯をのぞかせて、真綿《まわた》のような光沢のある白い息を吐いている。

「……会うて、何ぞ知れたか」

と、病みつかれた風貌のなかに、研ぎあげられた刃物のような眼光をぎらりと光らせた。まさに外貌、悪魔の怖ろしさ。

「くだんの小僧がことは、仔細《しさい》存ぜぬと。さように、申しておりまする」

と、雨宝がこもり声で返事をする。その吐く息もまた、まっ白だ。

「まことを申しておったであろうな」

「女《め》の言葉に、嘘はありますまい。如何となされまするか」

ふたりはお堂にあがり込むや、戸を閉めて、ままに板敷きのうえへ胡座《あぐら》に坐る。暗い。枠木の腐った窓の蔀《しとみ》は開かず、ゆえに正面の戸を閉ざしてしまえばなおのこと、なかは一面墨《すみ》を刷《は》いたようになる。お堂の奥には、深沈厚重《しんちんこうじゅう》とした面持ちで、如来の姿を彫りあげた木の像が、右の掌《てのひら》をこちらに見せて、黒い影を立てていた。〈施無畏《せむい》〉の印。左手につかむ木の薬壺《やくこ》が、割れていた。

「なれば、さきにこの男らをひとりふたり片付くるぞ――」

羅刹がそう云って、雨宝に一枚の紙片を手渡した。暗闇に目をこらし、紙をひらいて文字を読み、さて雨宝がひと言斯《こ》う云うのである。

「伊賀者、でござりまするな」

「いかにもさよう、師には宿執《しゅくしゅう》たる仇《あだ》どもだ。まだ、生きておった。国を出るまえに、門野《かどの》に隠れておるやと申すそれが耄碌《もうろく》の貌を見ておこうとおもう。そこに名の見えるふたり目の男は、あすにも片付くる肚《はら》だ。どうか、雨宝。何ぞ存念《ぞんねん》のあらば、いま申せ」

「それがしに考えなぞ、何もござりませぬ。羅刹さまの仰せのごとくに――さよりも、気懸かりなるは、くだんの山からす。われらのあとを嗅ぎまわっておると申しておりましたが、さても屹度《きっと》がことに、浜松の辺りまで跟《つ》けて参りましょうぞ。事を仕掛くるまえに、くわだてを知られたらば、とんだことでござる。これは、如何《いか》となされるおつもりか」

「なに、それも門野だ。とくに、同心のからすと申し合わせしておるゆえ、抜かりはない。総《す》べて（まとめて）、あすこで始末してくれようぞ」

そうした会話をしているうちにも、夕暮れを告げんと打たれる昏鐘《こんしょう》の音《ね》が、とおくの空にあがるのだ。耳にして、「――さて、刻《とき》だ。円光院まで参ろうず」とひと言云って、羅刹が膝を打つ。立った。ほとんど、どうじに雨宝も腰をあげていた。

ふたりして、お堂の外へ出ると、一陣の風が唸《うな》り声をあげた。じつに、寒い――雨宝が、身顫《みぶる》いをした。夕暮れの風に吹かれるこごめ雪が、白い虫の群れでも見るように、お堂のまわりを舞っている。格子戸を閉めると、さきに羅刹が階段をおりてゆく……はたと立ち止まり、ままに悪魔のような貌を曇らせた。

——これに、しばらく。

薄らと積もった雪のうえ、羅刹がじっと立ち尽くし、「……如何《いかが》なされた」と雨宝が不思議におもって、その背に尋ねた。

「見よ、あれを」

羅刹が尖《とが》ったあごをあげて、左のほうをさし示す。お堂の横手にも、まっ白い雪が、おおきな布をしき拡げたように薄らと積もっていた——そこのうえへ、人の足跡が浅く残っているのだ——さすがに、忍びの巧者《こうしゃ》といえども、雪のうえを歩くことは難儀するものらしい。もっとも、常人であれば足跡にまるで思慮はなく、さらにはっきりとしたものになっていたであろうが。

（あの、小僧だ……）

直感がある。

「床下で、ねずみが聞き耳を立てていたようだ」

羅刹が云い、ふたりの殺意をたたえた視線が、足跡を追いはじめた。お堂の横手から何かが這い出したような形跡が残っており、すぐに人の足跡へ変じたあと、点々と忍ぶようにして一本杉の根もとまでつづいていた。そこで、ふつりと消えている。

（……あれへ、登ったものか）

雨宝の目が、巨大な杉の幹をうえへうえへと辿りながら、白く染まった枝間《えだま》を探ったあとに、いざ駆け出そうと足を一歩踏み出した。

「いや、待て。ここで、急《せ》いて仕合《しお》うたところで詮《せん》無いわ。約束がさきだ。いまは、かまうな。棄《す》ておけ――」

羅刹が口もとに、冷ややかな微笑を泛かべて云うのである。その刃物のような目もまた、雨宝におなじく杉の枝間を探っていたが、

（おれに罠《わな》を仕掛けるか、小賢《こざか》しや。いずれ決着してやるぞ、小僧……）

梢を見あげたところで、羅刹はあきらめた。

「――何者か知らぬが、そこの辺りに隠れて居《お》らばわが声をよくと聞け。おまえは、死んだのだ。おれの貌を知ったからには、ただでは済むまいぞ。心しておくがよい」

そう云い残すと、雨宝を袖《そで》に連れて薬師堂をあとにした。

身虫

　あかつきにも「乙黒《おとぐろ》」の地を離れ、白雪《はくせつ》に掩われた笛吹川の岸辺を踏んで、きのうの渡しの男らを探し出してさっそく渡河《とか》すれば、ふたたび甲府盆地を南に辿りはじめている。

　はや一夜をまたいで、天の雪も底をついたか、暁闇《ぎょうあん》のころには白いものが頭上にちらついていたのを見もしたが、いまは冷たい午前の風が、木々の枝葉をいたずらにゆらしては落雪を誘い、霜《しも》に白く染まった草間を吹きゆくばかり――はるか南に臨む蒼い山影などは、いまや一面に白い不香《ふきょう》の花を咲かせて、まるで白粉《おしろい》でも塗り立てているかのように見えた――かわらず空は、鉛でも溶きながしたような暗い貌つきをしている。朝陽は一面の寒雲に隠されて、どこにも見えなかった。からすが、啼いていた。何やら、世上に不満でもあるらしい。

　嘘鳥《おそどり》（からす）の、いつもと変わらぬ憮然《ぶぜん》たる気分のことはさておいて、音羽ノ源三は猪四郎を先導に立てると、ひたすら南部の宿駅《しゅくえき》をめざしていた。刺刀《さすが》（小刀）の柄に仕込まれていたぼんさいどのからの秘密の伝言を読んでからというもの、背後に非常な警戒を覚えて、六十一歳の身が重かった。心ノ臓がいまも、わずかに動顚《どうてん》しているようだ。かえり忠かも知れぬという猪四郎を、わが背に立たせるわけにはいかぬ。

（どのように、してくれるぞ……）

はたして、乙黒の居屋に立ち寄って「かわ松」の変名をつかう古参の伊賀者、石川ノ松之助に会いこそしたが、有力な情報はほとんど何も得られなかった。炭焼小屋に棲《す》む怪人左衛門ともさほど歳の変わらぬ男で、声にも外貌にも陰気な印象をまるで持たず、どこかしら毛のない鳥をおもわせる風貌の老人であった。

「徳栄軒が死んで此方《このかた》、甲斐の忍びどもはいよいよ身過ぎ（暮らし）も立たずに苦しかろうで。しばらく、おとなしゅうしておるわい――はて、ぬえと申す透破が事を尋ねるかい。さあて、とうに死んだやと聞き申すがな。天文《てんぶん》のころやなかったかと、覚えるが……どうであったろうかな。おぬしの申すように、弟子のひとりやふたりは囲うておったやも知れぬ。ああ、さようさよう。ひとり、面様《おもよう》のえらく痩せたのがおったわい。名は分からぬが、いかにも人相の悪い若人じゃったな。あごの尖《とが》り、あたまの毛にびなんかずらを塗りつけておったの……彼《あ》れは、忍びやと申すより、ひとごろしじゃ。さような、眼居《まなこい》（目つき）をしておった」

陰にぬえと呼ばれた忍びの男は、たしかに存在した。さらに、男には弟子があった。あるいは、血をひく一族の者かも知れぬ。どちらでも、かまわない。そうしたべつの男が、ぬえの跡目《あとめ》を嗣《つ》いで、服部党の男ら八人を手にかけたのだ。

（何のためか――）

もちろん敵《かたき》たる国の忍びどもが、自国の土を踏むのが気に喰わぬのだ。他国者が忍びの業を誇り、国境を侵《おか》したうえに、こそこそと物蔭に嗅ぎまわることが許せぬのであろう。とうぜんの心理というものだ。これを度々許せば、甲斐の忍びの名折れともなる。

（……してや）

そうした理由はもっともなことにおもわれるのだが、さていっぽうで、柱のうえに名を刻むのは何のためであったか。たんに、往時《おうじ》の復讐をここに遂げんと引き継がれた執念が、いまになって威を誇るものであろうか。

（忍びは忍びらしゅうして、柱に名乗りをあげたるものやも知らん……）

それとも、余処《よそ》者に対する威嚇《いかく》のために、わざわざ名を彫り残しておいたかた、山に棲む毛物《けもの》（獣）のように、おのれの縄張りを知らしめんとするものか。あるいは、自己顕示欲のあらわれであったのかも知れない。とうぜん、そうした稚拙な慾心なども、理由のひとつにはあったろう。ほかにも、この国にふるくから根ざす「一、透破たちの存在意義」を、あらためて武田家に知らしめんとして、「二、反目する国の忍びたちを殺した」と、ここで手柄を宣布《せんぷ》するという意味合いがつよく込められていたのかも知れぬ。直截《ちょくせつ》たる下知を仰いでいた主人の徳栄軒（信玄）が滅んでいこう、この甲州に——いや、この戦国の世のどこにもだ——わが身の置き場を失うようにおもい、相当に気が焦《あせ》っているのだ。忍びの男が狼狽《ろうばい》し、いまさらながらに、功名をもとめている姿が目に泛かぶ。

信玄が死んだときに、甲州の忍びたちの命運も決したにちがいなかった。飼い犬がついぞ主人を喪《うしな》って、もはや野良犬も同然の境遇に身を窶《やつ》し、この甲州の地で行き場を見失っているのであろう。所詮は、無足人だ。いずれは、お役御免ともなる身分の者である。じつに、世知《せち》がらい世のなかではないか。忍びのしごとをやめたとして、どうして身過ぎが立てられようか。

そうしたことをさまざまに考えてみると、犯人と思《おぼ》しき男は自身のゆくすえか、あるいは一族の将来を不安におもい、現武田家の当主たる「四郎勝頼」の目に止まるような功業《こうぎょう》をあげるか、それともまた、いずれの家中の武士《さむらい》に取り入るしかないと見たのであろう。そのためにも、透破を抱えておくことの有用性をしらしめんとして、手ずから服部党の男らをつぎつぎと殺してまわったというのが、いまの源三の見立てであった。斯《か》くのごとくして——これにまだ見ぬ、殺人鬼が——柱のうえに「鵼」の文字を刻みつけると云うのは、過去の男の事績もろとも結びつけ、透破の評価を高めんとするものであり、あらたに不祥の伝説をつくりあげることが目的なのだ。

はたして長享元《ちょうきょう》（1487）年の「鈎《まがり》ノ陣」いらい、世に高名をあげし忍びと云えば、伊賀甲賀の男たちだということに、だれも異論はなかろう。ほかにも、相模《さがみ》の北条氏につかえた小太郎という人物を棟梁とあおぐ「風魔《ふうま》（風間）衆」というものがある。隣国信州真田家には、忍びの者らが独自に組織されており、三河に新興した服部半蔵督《とく》する「岡崎服部党」の活躍もいずれに劣らず、家康の麾下《きか》で存分であった。そしてこの甲斐にもまた、名に負う武田の忍びがあることを、国の内外に触《ふ》れ散らさんとして――甲州武田に「すっぱ鴉」の在《あ》り――そう、云いたいのであろう。だとすれば、

（愚《おろ》かなやつじゃ）

……かも知れぬ。承認欲求というものが身のうちからあふれ出し、押さえが利かぬのだ。幼少期に何かしら暴力的な抑圧を受けて、人の姿がねじまがっているのかもしれない。もとより忍びは、殺人集団ではないのである。

（して、猪四郎と夜藤次は、如何なる役まわりを果したるものかな……）

ふたりがこの甲州に潜伏していたのは、じつに八年まえだという。とうぜん、信玄が存命していたころのことだ。おそらく、正体が破《ば》れたのだ。そのときに脅《おど》かされたか、身のほどに余る条件を提示されたかの理由で、甲州方に寝がえったのであろう。人質と

いう線も微妙ではあったが、ひとつの論《ろん》としては棄てきれない。ふたりが現地に妻子《さいし》をつくったかして、これを質に取られて脅迫を受けたのではあるまいか……猪四郎と夜藤次は交代要員と入れ替わりに三河へ立ちかえったあとも、甲州の忍びらと通謀をつづけた。そこで、後任者の名と潜伏さきをおしえたという可能性はじゅうぶんに考えられよう。そうした推察をしたところで、源三がはたと気づいて息を呑む。

(縦《よ》しや、じゃ。服部党の男らの居場処を、どのような手をもちいて報《しら》せたかはいまだに知れぬが、けだしくも猪四郎と夜藤次のふたりがおしえたものとしよう。而《しか》して、こんどはわしが斯くのごとし、ぬえとやらの夢の跡を追いつつ甲州の地を方々《ほうぼう》にめぐり、伊賀同朋の隠れ処《が》にしるしを付けてまわっているのではあるまいかな――とすれば、じつに阿呆なことをしたものだ)

甲州透破の意趣《いしゅ》がえしに、自身もまた手を貸している……そうした謀略が打ち立てられたことなど露《つゆ》にも知らずして、自ら伊賀者たちのもとを訪ね歩いているのだとしたら、これほど滑稽《こっけい》なことはなかろう。この甲斐に潜伏していた服部党の男ら八人の始末は、すでに済んでいる。つぎに透破どもが報復をちかう伊賀者らの在所に一々と、しるしをつけてまわっているのだとすれば、何とも怖ろしいことだ。

(これは、欺《あざむ》かれたやも知れぬぞ。すっぱどもに、食われたわい)

そこでまた、べつな疑問が湧いてきた。かえり忠の猪四郎、そして夜藤次は国もとでこの八年間、いったい何を考えていたかということである。ふたりはひそかに甲州透破の手さきとなって故国へ舞いもどり、いこうも三河岡崎で何かしらの謀略の一端を担《にな》いながら、水面下で人知れずうごいていたかも知れぬのだ——おそらく帰国後は、もとの三河人の仮面をかぶって背叛《はいはん》のこころを押し隠し、日々に常と振るまいつつ、甲州の透破らと秘密の通信をかさねていたのであろう——あの信玄が打ち立てた「西上《さいじょう》作戦（三方ヶ原合戦を含む三遠侵攻計画）」では、猪四郎と夜藤次のふたりが敵方に、有益となる情報をながしていたのではあるまいか。

（そもそも、ふたりだけのことであろうか）

八年である。何かをくわだてるには、じゅうぶんな月日がながれている。もしかすると猪四郎と夜藤次のふたりがこのあいだに、国もとでさらなる通謀者を仕立てあげ、仲間に引き込んでいるかも知れない。

（もしや家中《かちゅう》に、すっぱの身虫《みのむし》が紛れておるのやも知れぬぞ……）

この「身虫」とは、忍びの術のひとつを云った。敵方につか《つか》えている者をひそかに寝がえらせて、忍びに仕立てるのである。「身虫《みのむし》ト云《いう》ハ、敵ニ事ヘ居ル者ヲ味方ノ忍《しのびのもの》者トナス故《ゆえ》ニ敵ノ腹中《ふくちゅう》ノ虫ノ其身《そのみ》ヲ喰《くらう》ニ似タルヲ以テ也、故《ゆえ》ニ身虫ト名《なづ》ク——」つまりは、敵地に裏切り者を工作するわけだ。じつに音《おと》こそ似ているが、木の枝からぶらさがる蓑《みの》蛾《が》の幼虫「蓑虫《みのむし》」ではなく、「身中《しんちゅう》の虫」のことであり、腹の虫といったほうが分かり易《やす》いか……さて、服部党のだれひとりとして知らぬ間に、徳川という家屋の根太《ねだ》に白蟻《しろあり》が、二疋《ひき》潜り込んで木を喰いあらし、巣をつくっている……そうおもうと源三は、何やら血の気がひいて、背すじに冷たいものがながれ落ちるのであった。

いまやその存在も慥《たし》かならざる男の姿を、夢まぼろしと追いもとめながら、雪深い景色のなかを捜しまわっているばあいではなかった。国もと三河と、遠江——そちらのほうが、よほど兇変の差し迫った状況にあるのではなかろうか。危険な身虫が、紛れているかも知れぬのだ。もしかすれば、浜松に在《お》わされる大御所「三河守家康」公のすぐ傍《そっか》に。あるいは、岡崎の城主とならせられた「岡崎三郎（徳川信康）」どのの足下にも、いつわりの仮面をかぶった殺人鬼が、血に飢えた懐剣に鞘《さや》を履かせて、隠れ潜んでいる可能性がある。

（ぼんさいどのが、何ぞ気づいておられるやな……）

身延《みのぶ》の路をまたもどり、富士川沿いに南下しつづけると、市場《いちば》（八日市場）に出会《でくわ》したので、しばし足を休めることにした。「餺飥《はくたく》（ほうとう）」を食したのが、午《ひる》まえだ。気がつけば、乙黒を発して、およそ六里（約二十四粁）の道程を踏んでいた。はたして、そのあいだのこと――ほうとうを、口にするときでさえも――石仏のごとくに黙然《もくねん》として、ひたすら思案にふける源三なのであった。

かたや猪四郎もまた、ほとんど道々無言の態《てい》である。音羽ノ源三が口数少なくしているのは、きっと服部党の男八人を殺害した犯人のぬえについて、あれやこれやと考えをめぐらしているからであろうと、いっこう怪しむことを知らぬのである。まさか、わが身を疑われていようとは、露《つゆ》ともおもいはしない猪四郎。

（軀が、温《ぬく》もった。さて……）

しっかりと腹ごしらえをしたあとに、さらにふたりは雪路を踏んで、いまより三年まえの元亀元（１５７０）年――甲斐武田氏の一門衆「穴山伊豆守信君《あなやまいずのかみのぶただ》（梅雪《ばいせつ》。武田二十四将の一人）」によって――ここへ創建されたばかりの、「境宮神社《さかいみやじんじゃ》」の境内にいったん息を休めることにした。ひと息ついてから、脚絆を締めなおし、からの水筒に補給を済ませ、さていよいよ梅平《うめだいら》へと通ずる峠路に足を移すのだ。おもうと、冷えた身もまた引き締まる。

積雪に白く染まった嶮難《けんなん》たる峠に歩を進め、幾度《いくたび》と知れず手足を滑らせながら、これをふたりはようやく踏み越えて、およそ半里もゆかぬうちに、めざしていた「門野《かどの》」という聚落《しゅうらく》に辿り着く。

ちょうど時分は、逢魔《おうま》が刻《とき》――悪夢が、待っていた。

不意打ち

染料《せんりょう》に浸したように、闇のいろが蒼く見える。

大小さまざまな砂利のうえには、黒い落ち葉がところ狭しと降り積もり、さらに薄らと雪が掩《おお》うたつづら折れ、ようようのぼった坂路のさきに、めざす男の住処《じゅうしょ》があった。

辺りは夕暮れどきに蒼ざめた竹木《ちくぼく》が、蔚然《うつぜん》として生いしげり、枝葉にかぶった雪塊《せっかい》が地に落ちて、陽に干した蒲団《ふとん》を叩くような音を立てている。

見るからに「末葉《すえば》の宿《やどり》」といったおもむきの古家《ふるえ》が、藪《やぶ》を拓《ひら》いたような場処に一軒ぽつりと建っていた。家の右手に視線をくれたとき、丸太を支柱にして破れ板《や》を掛け渡しただけの「棚《たな》」が組まれてあるのが目についた。そこへ人の頭くらいのおおきさをした、酒甕《さかがめ》のようなものが蓋《ふた》のうえに藁《わら》をかぶして、口のところへ十字に紐《ひも》を結いまわし、ずらりとならんでいるのである。薄闇に目をこらしてかぞえても、十数個。ちか寄った。はたして泡盛《あわもり》でも入っているのかと、甕にかぶさる藁をむしって、ひとつ蓋を取ってみた。鼻を寄せた……あぶらが、におう……どうやら、荏油《じんゆ》（荏胡麻《えごま》あぶら）のようだ。

まさかこれだけの量を、ひとつの世帯でつかいきれようはずもなく、おそらくは地《じ》もとの油神人《あぶらじにん》（油座《あぶらざ》に属した商人）を通じ、燈油《とうゆ》か塗料につかうものとして、市場におろしているのであろう。世は菜種《なたね》のあぶらをつかうことが多くなってきているから、ここにあるのは行き場を失った荏油なのかも知れない。

「夜藤次は、まだ着いておらぬかの」

と、源三が指にまつわりつく藁くずを叩《はた》いて落とし、怪訝な低声《こごえ》につくってそう云った。はたして、三人がふたたびこの門野に貌を合わせるのは、あすかあさっての午前と定めてあるのだ。夜藤次はひとり、とおく離れて本栖《もとす》のほうまで、前任者のようすを探りに行っている。ふつうに考えると、着いているわけがない。

「多分がこと、今ごろは夜子沢《よごさわ》の辺りを辿《たど》り歩いておりましょう。あすには――追っつけ夜藤次もこれへ合流するであろうと、猪四郎が声をひそめるようにして云うのであった。

あぶらの甕がならんだ棚を離れて、ふたりは古家の正面にまわった。戸のまえの地面にちらと視線を落とすと、昨夜《ゆうべ》に降った雪のうえに、いくつもの足跡が蒼く凍りついている。さてそれが、ひとりの人間がつけた足跡なのか、それとも複数の人の出入りがあったのか、じっさいは、あたらしいものかふるいものかすらも分からない。かたちはほとんど崩れていたが、よくよく注意の目をこらして見てみると、いくつかはっきりとした足跡が残っていた。おおきさからして、男のものであろう。

戸のわきに目をくれると、大人の肩の高さくらいのところへ、横にながい格子窓が設《しつら》えてある――蔀《しとみ》がおりていて、灯《ひ》が洩れるふうでもない――伺《うかが》うまでもなく、まっ暗だ。

しかも耳を欹《そばだ》てたところで、古家のなかは水を打ったようにしいんと静まりかえっていた。もしや、留守にしておるのかも知れぬ……背後の藪で、竹の枝葉に積もった雪塊がまた落ちた……聞こえる音は、それかぎり。からすも鳴かぬとは、何とは云えぬ異様な空気に満ちているではないか。不祥がにおう。するや源三、ひとつ息を吸い込んだ。黒く騒立つ気分を落ち着かせたあとに、

「恃《たの》もう」

と、貝を吹くような一声《いっせい》をあげた。

「これは、才良《さいら》ノ十九郎《とおくろう》と申す男の居屋であるか。われは音羽ノ源三郎と申し、三河の岡崎から訪ねて参った者である。少用《しょうよう》あって、これへ立ち寄った。おらば、貌を見せられたし」

そう云って、返事を待った。しばし戸のまえで沈黙し、もういちど「恃もう――」と

声をあげたが、まるで反応がない。戸を叩く。「われは、音羽ノ源三郎と申し……」と、またおなじことを口にした。云い終えるや、

「らっそく（蠟燭）を持っておるか」

と、かたわらに立っている猪四郎に声をかけた。如何にも持っていると、すぐさま返事をする猪四郎。背に負うた笈箱《おいばこ》を、薄らと雪の積もった地面におろし、蓋を開け、なかから松脂蠟燭《まつやにろうそく》を一本取り出した。いちおう「蠟」とは云うが、いわゆる「和蠟燭」と呼ばれる櫨《はぜ》の実からつくった〈木蠟《きろう》〉を溶解して固めた上等なものではなく、じっくりと湯煎《ゆせん》して柔らかくした松脂を、糠《ぬか》などを混ぜ込み棒状にして、竹の皮で粽子《ちまき》のように包んだものである。火をつけると、においがする。それが、また臭《くさ》い。

「かまわぬ、点《つ》けよ」

源三の声を相図《あいず》にして、猪四郎が石を切る。蠟燭の尖端にちいさな灯りが爆《は》ぜて、すぐにも竹の皮と糠、やにの焦げるにおいが、寒々とした薄闇のうえに拡がった。と、猪四郎が灯火《とうか》を寄せてきて、源三が戸板の端に手をかけた。すんなりと、だ——戸が、うごく——引き戸をゆっくりとあけながら、なかのようすをふたりの目が探る。どうじに何やら、生臭いにおいがした。

（血じゃな……）

おもうや、源三がさきに戸をくぐり、蠟燭を手にした猪四郎がその背につづいた。ふたりの足が、慎重に土間を踏んで──と、おもわずも「あッ」と息を呑んだ猪四郎──奥に見えている囲炉裏の傍《そば》に、まっ黒い人の影が寝転がっている。いや、人であったといったほうがいい。一見して、あきらかに死んでいるのだ。

(……あれで生きているほうが、よほど怖ろしかろうぞ)

囲炉裏のまえに斃《たお》れている人影には、頭がないのである。衣を脱ぎ捨てたかのように、痩せた胴体だけが取り残されていた。

「灯りを」

そこへ、増やせ──と、源三があごで指示をくれた。見ると、その辺りに木製の燭台《しょくだい》やら切り燈台《とうだい》、鉄製の持ち手のついたものが、いくつもならべて置いてある。売り物、であろう。

「如何《どれ》ほど、点けますればよろしかろう」

「明《あか》るうにせい」

さっそく、猪四郎が燭台のあぶらをしらべたあとに、土間の隅に置いてある一口《いっこう》の甕から、黄いろくかがやく荏油を柄杓《ひしゃく》にすくいあげると、皿のうえに移してまわった。つぎに、手にある松脂蠟燭の火をかたむけて、燭のひとつひとつに灯りを点じていく。すると陰鬱な薄闇が払われて、古家のなかが白々と、午間のように明るくなった。

「手燭はあるか」

声を聞いて、猪四郎がちいさな灯《ひ》をひとつ用意した。源三が手に受けて、わらじも脱がず、板敷きのうえにあがり込む。燈火をかざしつつ、わが血に溺《おぼ》れている「首のない男」のもとへとちか寄った——いや、首はあった——柱のところへ、それこそ荏油のはいった甕のように、見知らぬ老人のなま首が置き据えてあるのだ。目は閉じられ、無念に口をゆがめた貌は蠟のように蒼白い。灰いろのほそい毛が、耳の辺りにまつわりついていた。歳をかさねて、おそらく米寿《べいじゅ》（八十八）は迎えていようかと見えもする。湯にふやけた指のように、しわだらけの貌。われと郷里おなじくして、この甲斐に長らく素性を隠し、余生を迷いくらした忍びの男の貌に一片《ひとひら》の、望郷の念が張りついていると見るのは感傷が過ぎるか。二度と目を覚ますことのない、忍びの男の貌つきはどこかしら、胴を失い安堵しているふうでもあった。

（酷《むご》いことだ……）

源三が手燭を捧《ささ》げ持ち、老人のなま首に灯りを寄せつつ、柱のうえに視線を這わせた。そこへ見つけた、「鵼」の文字。やはり、釘様《くぎよう》のもので痛々しく彫りつけてある。わざわざ往時の怨念を訴え出んとするものか、おどろおどろしいまでに血糊《ちのり》が擦《なす》りつけられていた。考えずとも、胴体から首を切り離された老人の、身中にながれていた血をつかったのであろう。源三が、ひとさし指を立てた。柱の表面に寄せる。文字に触れると、指の腹が赤く濡れた。血があたらしいのだ。

（いつ、手にかけたか……）

おもいつつ、苦渋に満ちた息を吐く。どうにも、腹に据《す》えかねた。ほとんど抵抗もしかねる足弱の老人を、殺害したうえに首を斬り落としたという残忍さをおもうと胸が悪くなる。そればかりか、おのれの名を売らんがために、伊賀の忍びの生命《いのち》をまるで見世物のごとく利用しようとするこのしざまはどうだ。胃の腑《ふ》が、熱くなってきた。どうやら、音羽ノ源三の老いさらばえた身中に、いままで睡っていた忍びのふるい血が、湯のように沸騰しはじめたようだ。

「猪四郎、こちへ参れ。柱をたしかめよ」

「柱を——」

と、まるで力士のような立派な体軀《たいく》をした猪四郎、源三におなじく手燭を片手に、わらじも脱がずに板敷きのうえへあがると、血の飛沫に染まった囲炉裏をまわり込む——そこへ斃《たお》れている首のない血まみれの胴体とは、反対のほうからだ——と、くだんの文字が彫られた柱のまえに立った。目をこらし、不祥の一字を観察した。なるほど、いぜんに見たものとそっくりだ。だから、何だと云うのか。猪四郎は怪訝に目をほそめたあと、はてと振りかえって源三に問うた。

「……何ぞを、たしかめよと仰せでござりましょう」

「そこへ、もうひとつ字があろう」

「字が――」

と、柱のうえに悪魔が彫り遺《のこ》していった名乗りの一字に、もういちど貌をちかづけた。よく分からない。「鴉」という文字のほか、柱のうえにそれらしき掻き疵《きず》は見あたらないのである。もしや、この一字を縁取るように、妖しく塗られた赤い血が、何かべつな文字を象《かたど》っているのであろうか。猪四郎は貌を柱のうえから離してはまた寄せて、しかし到頭《とうとう》分からず、眉根のしわを深くするばかり。振りかえりざまに、「……どこぞに、文字が」と源三に問いかけた。その刹那、目のまえに銀いろの光がきらめいた。

――戛《かつ》ッ。

と、まるで馬の後脚に蹴られでもしたかのような、すさまじい衝撃を面上に受けると、一歩よろめき、つぎの一歩で退《しさ》り……斬られた……貌を……いったい何が起きたのか分からぬままに、天地が引っくりかえるような眩暈《めまい》を覚える猪四郎。

まったくの、不意打ち……。

白状

「む、むむッ」

とつぜん刃物に割られた貌を左手で鷲《わし》づかみ、どうじに腰に佩《は》いている柴打《しばうち》（山伏が携行する小刀）へ、右手をかけようとしたところでまたしても、刺刀《さすが》の刃が一閃した。もはや猪四郎、避けるすべもない。

おもうやどうじ、手首を打たれていた——ごつり、とにぶい音が鳴り——庖丁《ほうちょう》を入れられた大根のごとくに、猪四郎の右の手首のつけ根がきれいに割《さ》けた。骨ごとだ。柴打の柄に指をかけるも虚《むな》しく、切断された手首が足もとに落ちて……白い肉を見せる切り口が、あっという間に深緋《こきあけ》のいろと染まり、床のうえに血を吐いている……蜘蛛《くも》の脚かのごとく、一瞬ぴくりと指がうごいた。

右の手首が床に落ちたのとほとんどどうじ、猪四郎の貌のうえに毒々しいまでにまっ赤な花が咲く。手首を失った右の手からは、赤黒い血潮《ちしお》がほとばしり、後《おく》れて火のつくような激痛に襲われもすると、この世のものとはおもえぬうめき声をあげる猪四郎。うめきつつ、囲炉裏の端《はた》にもろ膝をついた。どんッ、と音を立てて膝をつき——ままに、のめるように軀を折った——これは、たまらない。貌を掩うた左手の、五本の指のあいだから留《とど》めもなく血が溢《あふ》れ出し、床のうえに滴々《てきてき》として赤いいろがこぼれ落ちている。そこへ無念なるかな、言葉にならぬ悲痛な声が滴《した》った。

「……うぬぬ」

と、茫然自失の声をあげる男のまえに、すさまじい鬼気を烟《けぶ》らせて、音羽ノ源三が仁王立ちになっている。もはや、好々爺の貌つきではない。この男がふだん見せていた温厚な表情は煙のように掻き消えて、それまで隠されていたほんらいの貌つきが——それこそは、数多《あまた》の戦場に駆り出され、いのちを度々賭《と》してきた伊賀忍者の覚悟を決した形相だ——燈油の灯りのゆらめくなかに怖ろしげに泛かびあがり、じつに冷酷無慈悲な光を目の奥に、爛々《らんらん》とかがやかせるのである。

血に濡れた刺刀を片手にかまえ、さて床のうえで縮《ちぢ》こまる猪四郎を睨み据えるや、するどい声を浴びせかける忍者音羽ノ源三——その姿はまるで、天邪鬼《あまのじゃく》を踏みつける「毘《び》沙門天《しゃもんてん》」の立像を見るかのようであった。

「どうじゃ、死ぬまえに噓《うそ》を申してもつまらぬぞ。有り様《よう》を包《つつ》まず云うて、いまわに忍びのこころを全うし、おのれの本懐《ほんがい》を遂げて見せよ。おまえは透破か、それとも服部党の者か。いずれに味方するぞ、まずは答《いら》えやッ」

源三、ここで乾坤一擲《けんこんいってき》の賭けに打って出た。猪四郎が口を噤《つぐ》んでこのまま斃《くたば》れば、あとから合流する夜藤次から、おなじことを聞き出すだけだ。しかし、さて。ぼんさいどのの見立てが万にひとつも、まちがっていたとしたらどうするつもりなのか――この猪四郎という忍びの男が、もとより同朋を裏切ってはおらず、正銘の服部党の男であったとしたならば――そんなことは、いまや微塵も考えていなかった。そこに葛藤《かっとう》するようでは、忍びはつとまらぬ。

それよりも、敵方に寝がえっていたばあい、いこうの旅の危険の度合いが弥増《いやま》すようにおもわれるのだ。この機を遁《のが》したれば、つぎにいつぞ機宜が訪れるか知らん、向後は圧倒的に不利なひとつ身だと、源三は判断したのである。まさか、猪四郎と夜藤次のふたりを相手に、刃物を斬り結ぶなど六十一歳の身にはできかねる。ここで手を打たねば、自身のいのちがまず危《あや》うかろう。

(……わしが死のうものなら、ぬえとやらの正体は闇に隠されたままだ)

そこで、またあらたに服部党の男らが密命を帯びて、この甲州へと送り込まれ、悪魔の餌《え》じきともなるか、それともさきに――この地にふるくから隠れ潜む、同朋の伊賀者たちが――じつの正体を看破《かんぱ》され、またひとり、つぎにひとりと始末されることにもなるであろう。悪の連鎖を止めねばならぬ。それが仮令《たとい》、強引になろうともだ。

（わしが役目は、それであろう）

ぼんさいどのが源三に、甲斐で起きた不祥のしらべを恃んだのは、生死のことに躊躇《ちゅうちょ》を見せない伊賀者の性分でこそあったのだ。何のためらいもなく、ましてやいっさいの慈悲を棄て去って、猪四郎と夜藤次のふたりを処分することのできる忍びの男をもとめていたにちがいなかった。よし、この猪四郎という男が、敵方の一味でないのだとしよう。とすれば、源三がここにはたらく行為そのものは、「憎し殺人鬼」の所業とも何ひとつ変わりはしない。それこそ人道を外れた、「人殺し」の振るまいだ。まさに、外道のしわざである。畜生《ちくしょう》にも劣る、屑《くず》である。しかし、もとより忍びとは、そういう際疾《きわど》さのなかを生きているのだ。源三は——正銘の忍びであった——音羽村にうまれ、伊賀者の血肉でできている。

「い、いつぞ……み、見破られたか……」

と、赤くふたつに割れた貌を左手で押さえつつ、猪四郎が血に溺《おぼ》れる声でついに返事をした。貌が痛いらしく、小刻みに顫《ふる》えながら、息を吸うようにかぼそくうめいていた。

「ぬえとは、何者じゃ。どこぞに、隠れておるか。申せ」

と、源三がかさねて問うのである。無慈悲な声で。

「……し、知り得ず……身実《むざね》は、知らぬ……ら、らせつ……羅利天……」

源三の一撃で断ち割られた頤《おとがい》が、左右にずれはじめて、もはや発声すらままならないようすだ。折れた歯のかけらが、ひとつふたつと床に落ちた。すでに左手のうえに溢れる血に濡れて、猪四郎は目もあいていない。鼻すじは深々と裂け、割れた額から脳漿《のうしょう》がにじみ出し、床のうえに血とともに滴り落ちて、どうにか貌がこれより裂けぬようにと、左手で押さえつけておくのが精一杯であった。

「何をたくらむか、申してみよ」

源三が感情のない目で見おろしながらにそう云うと、瀕死《ひんし》の猪四郎が息も絶えだえに、床のうえに右肩を押しつけて、低い苦痛の声をあげた。溢れ出す血で鼻の奥をつまらせながら、歯の合わぬ声で、やおら白状しはじめる。最期《いまわ》のきわになって、ようやく服部党の恩義に報《むく》いんとするものか。まさに、慚愧《ざんぎ》の至りとはこのことだ。

「し、しのびを始末して……む、む、むかう……三河のかみ、どの……は、はまつ、はままつに……羅利ら潜《かづ》きて、あんしょう……安祥まつだいら……」

「三河守（家康）どのが、どうした。いま、安祥と申したか」

「お家の血を断たん……安祥松平の血を……とくえいけん……しんげん、し、しん玄《げん》の、下知でござる……信玄、とくがわの家の血を断てと申しつけ……かおが、貌が痛い……

て、手、右の手が……噫《ああ》、いたい……痛い……」

そう云ったのを最後に猪四郎、床のうえに赤黒く池をなす、じぶんの血のうえにうつ伏した。苦しげに咳《せき》をしたあと、のどに詰まった血を吐き出そうとするものか、たくましい背なかが痙攣している。

いや、すでに余喘《よぜん》は絶えていた。軀が引き攣《つ》るのは、冷えた肉体から魂が引きはがされようとしているのであろう。陸《おか》にあげられた魚の尾鰭《おひれ》のように、うつ伏せた猪四郎の右脚が、床のうえで暴れたかとおもうとそれかぎり。死んだ――やはり、この男が「かえり忠（反《そ》り忍）」であるといういぼんさいどのの見立ては、正しかったのだ。

「三河守どのの御身に、何ぞ禍事《まがごと》をたくらむか……」

と、ひとりつぶやく音羽ノ源三だ。一刻もはやく、この不祥の甲斐から立ち去って、いまの言《げん》を報せねばならぬ。ぬえのことは、あとまわしだ。春さきに滅んだ徳栄軒（信玄）の亡霊が、いまなお現世にさまよっているらしいのである。その遺志を受け継いだと思しき何者かが、尋常ならざる策をくわだてて、ひそかに浜松にむかおうとしているのだ。決して、国境を越えさせてはならぬ。国に入れては、探し出すのもいよいよ難儀となろう。

「らせつ……羅刹天と、さように申しておったの。さて、其奴《そやつ》が人ごろしの本体（正体)か」

そういう異名で呼ばれた信玄秘蔵の透破が、いまなおこの甲斐に生きて、人界の陰に何ぞ謀略の目を光らせ、家康公を屠《ほふ》らんとしているものらしかった。ほんとうであろうか。それが事実であれば、いまの話は聞き棄てならぬ。「ぼんさいどのに、今々《いまいま》(すぐに)伝えねば……」と、源三がうなったそのときだ。

——ごとりと音を立てて、何かが落ちた。

視界の端に、まるいかたちをした影があらわれ、板敷きのうえを転がっていく。源三、はっとした。見た……人の首である……この古家のあるじ、才良ノ十九郎のものではない。十九郎の首は、いまも柱の足もとでしずかに目を閉じている。とうぜん、わが手で始末した猪四郎の首でもなかった。転がる首が壁にぶつかり、横むきに倒れて、貌が見えた。

(おお……)

知っている。すっかり血の気も失せて膚は海鼠《なまこ》いろをしていたが、まるで一生分の苦痛が張りついたような表情に変わりはなく、ひどく唇がねじれたその風貌を、源三はよくよく見覚えていた——すさまじい疱瘡《ほうそう》の瘢痕《はんこん》が、一面に拡がり——青黒い頭皮に残った銀髪が、蕪《かぶら》の根のようにひょろひょろと生えていた。はたして二日まえ、あの炭焼小屋で会見した怪人左衛門の首だ。それが何故、ここに転がるのか。

「――して。おまえが、身実《むざね》伊賀者と申すげんぞ（源三）か。それが首は、土産《とさん》だ。手に取れ。取って、おのれも地獄へ去るがよい」

源三が声に振りかえると、戸口に見たこともない男が立っていた。

病みつかれたような風貌をしていて、鼻すじがほそく、あごが尖《とが》り、口が横にながい。梳《くしけず》った総髪の表面には、水で濡れたような黒艶《くろつや》がゆらめいている。半ば閉じかけた目を見れば、刃物のようにするどい光を帯びていた。じっさいの悪魔とは、このような姿をした男をいうのではあるまいか。全身から、殺気のようなものが烟《けぶ》っているのである。

……まさに、殺人鬼だ。

（羅刹天じゃな）

源三は男の姿をひと目するなり、直感した。

援軍二人

いそいで峠路に足を踏み入れたが、頭上にもつれる木々の枝葉が鬱蒼《うっそう》として暗く、夕暮れになったことも気づかぬうちに、すでに陽は西の山（七面山《しちめんさん》）のむこうがわへ沈んでいるらしかった。四方《よも》を囲う木々の根かたに目をむけると、はたして冬の夜の深い闇が迫っていた。

「おい、蛇之助《じゃのすけ》よ。はやく、おれを案内《あない》しろ――左様にだらりとしておるうちにも、早々に年まで明けてしまおうぞ」

云われたところで、どうにも仕様《しよう》がない。坂を一面掩う蒼白い雪は、凍結して石のようにかたまり、さらに丸みを帯びてもいて、いくら忍びの歩行法（「足なみ十か条」）をならい覚えていようとも、こればかりはふつうに足が滑ってならぬのだ。

いちおう峠を踏む旅人のためにと、難所と思しき坂へ差しかかるときにはその都度《つど》に、誘導の綱《つな》が張られてもいるのだが、腐って断ち切れている箇所もあり、さてまた岩のかどに絡んで分けのわからぬ方向に引っ張られるなどして、いっこう頼りにならぬのである。どうして足も凍えておぼつかず、もとより、冬にわざわざ峠を越えようという者の気が知れなかった。見よ、まわりを。われらのほかに人っ子ひとり、見かけぬではないか……冬の日暮れに斯様《かよう》なことをおもい立つのは、気の触れたあの小僧くらいのものぞ……「側杖《そばづえ》を食う」とは、まさにこのことだ。

しかも、である。何の仕打ちであるのか分からぬが、ついさきほど腰から提《さ》げていた大事の水筒を、崖のうえから取り落としもして――もちろん、中身は味もそっけもない水ではなくて、いのちのように尊《たっと》き「酒」である――いらい、がぜん元気が湧かぬのだ。

「せわしい小僧じゃ。ようなり（まるで）、わしが従者《ずさ》ではないかえ……」

最前《さいぜん》から蛇之助は、通行の補助に張られた綱を両手につかんだまま、なんどもそうした愚痴をこぼすのである。するとまたしても、坂のうえから「はやくしろ」という声が降ってくる。分かっているわい。じゅうぶんに。しかし、峠がわしの足を嫌うのだ。

「ちと、待ちやれッ。すぐにのぼるわい」

と、返事の声を張りあげた。恨《うら》みがましい目をくれると、はたして夕暮れの闇を背負いし青年の影が、十丈（約三十米突）ばかりあがった坂のうえ、一本の黒い棒杙《ぼうくい》のようになって立っている。いまや馴染みの如法衣は脱ぎ棄てて、変容遂《と》げたるは武士の形《なり》。蛇之助の用意した黒衣を、その痩軀《そうく》に颯爽《さっそう》と着つける忍び武者《むしゃ》――地膚には胴巻《どうまき》をしっかり巻いて防寒し、懐中にも胴《どう》ノ火《ひ》（忍者が工夫してつくった「懐炉《かいろ》」のようなもの）を入れてある――総髪を荒っぽく天辺で結いまとめ、腰に一刀を挿していた。

夕闇に映える白い膚、曲線の甚《はなは》だ美妙なる額から、まっすぐに鼻背《びはい》がさがり、口辺に皮肉げな微笑をこぼす、若々しい青年だ。その麗容《れいよう》ただならず、女性かとも見紛う娟麗《けんれい》さ。いまそこへ、この若者の性分なのであろうか、一種の狂気に似たものが垣間《かいま》見えると、とたんに印象もがらりと変じて、三途《さんず》の川辺に迷いし幽鬼を見るかのごとく、じつに悚《ぞ》っとするような美しさをその姿のうえにたたえるのである——これに云わずもがなの伊賀忍者、新堂ノ弁才天だ。

「蛇之助、門野《かどの》まであとどれくらいだ」

と、弁天が急《せ》かすような口調で、繰りかえし云った。あの薬師堂の床下で、会話を盗み聞きしたまではよかったが、どうして甲州の地理にまったく暗いのである。門野という地名を耳にしたところで、はたしてどこにあるのかさっぱり分からない。そこで、蛇之助を呼び出すや事情を伝え、こうして案内に立てたのだ。あのとき、羅刹という名の甲州透破が、「——伊賀者を、片付けるつもりだ」そう云っていたことが、どうにも気になって仕方がなかった。

(多分に、おれのことを云うのではなかろう。つなぎのことであろうか。だれぞ、身もとが破《ば》れたのやも知れぬ……)

ならば、いそいで報せねばともおもうのだ。そして、もうひとつ。盗み聞きしたことで、どうにも分からないことがある。

(おれに斬りかかってきた、あの雨宝とやら申す男だ。彼奴《あやつ》が「気懸かりなるは、くだんの山からす」などと云っていたのを耳にしたが、はて……山からす、か……いずれと、

山伏に化けた忍びがことを申すのであろうが、どうであろう）

　そのからすが、透破どもの背を嗅ぎまわり、「浜松まで跟《つ》けてくる」などと口にしていたのを聞いたが、さてどういう意味だ――くわだてが、どうしたとか云っていたな――何かが、におった。くわしい理由は知らぬ。しかし、不審の残香《ざんこう》のようなものが鼻につくのである。忍びの勘《かん》というやつだ。

（念をするよう、はや伝え申しておかねば）

　気づかれている。くれぐれも忍びのしごとに注意せよと、ひと言告げるは伊賀の仁誼《じんぎ》というものだ。しかも、いのちを狙われている可能性が考えられた。

　とすれば一刻もはやく、薬師堂で耳にしたことのいっさいを、門野にいるという伊賀者に会って、教えて聞かせねばならぬと、弁天はますます気持ちが逸《はや》るのである。ところが、どうだ。案内に立つ蛇之助の為体《ていたらく》、おなじ伊賀の忍びであるというのに何だあの様は。さきほど、それと気づかぬように腰から提げていた水筒を――もちろん中身が水ではなく、峠を越えるのにまったく要《い》らざる「酒」であると知ってのことだ――崖に差しかかったところで、うしろから叩き落としてやったが、それからは腑抜《ふぬ》けの呆助《ほうすけ》だ。

（まずかったかな）

　と、すこし反省がある。

「おい、いそいでくれ。おれでは、たしかな場処が分からぬ」

坂のしたにむかって声をかけると、ようやく蛇之助があがってきた。

魔法

「――おまえが、方々《ほうぼう》で忍びを殺してまわっておる悪魔の者かえ」

と、源三。その口ぶりこそものしずかながら、怒りを火と点じた目をして訊くのだ。

「いかにも、さよう」

まるで抑揚《よくよう》のない、冷淡な声で返事があった――その不吉な風貌のうえに、ちらとも人の感情をうごかさず、夜を背にして戸口にじっと立ったまま、こちらを見据えている。

羅刹天だ――背後に、何者かの影が立っていた。陰鬱とした人の姿を隈取《くまど》るかのように非常な殺気をにじませて、それこそ血に飢えた狼の印象を放つ男である。はたして、雨宝童子――きのうまでの黒衣は脱ぎ棄てて、商人風情の旅装につくっていた――さらにそのうしろにも、同族の者と思しき人影がある。見えるだけでも、三人いた。

ひとりは、源三にもよくよく見覚えのある貌だ。はいってきた。歳のころは、四十がらみ。かわらず山伏の装束をしており、上背がある。八字ひげをはやして、じつに神経質そうな目つきをしていた。源三とおなじく、三河岡崎服部党に属す忍びの者、

（夜藤次、か）

である。約束どおり、源三に合流した。もっとも路を別れたときとはちがい、いまや裏切り者としてであったが。

「これはまた、慮外《りょがい》な真似をなされたるものぞ――」

と、その夜藤次がしずかに云った。はたして囲炉裏の端《はた》に斃《たお》れているのは、頭部が切り離された老人の死体と、よくよく見知った仲間の……猪四郎、らしい……死んだか……馴染みでもあった男の遺骸を一瞥《いちべつ》すると、怨念を燃やした目をあげた。

「源三どの、猪《いの》めを討ちましたな」

「おのれらこそ透破どもに一味して、何をせんとする肚《はら》であったかえ。そこに倒れてお る伊賀の男の首を落としたるは、おまえか――控《ひか》えや、夜藤次ッ。なべて、白状せい。浜松のくわだては、いまわに猪四郎から聞いたわい。許さぬぞッ」

と、源三がいかにもすべてを見越しているかのごとくに仄《ほの》めかし、毅然《きぜん》とした調子で云うのである。もちろん、いまだ「浜松のくわだて」がいったい何であるかは知らないが、承知していると相手におもわせておけばいい。動揺を誘って、隙あらばそこを突く。

「何を耳にしたところで、おなじことだ。おまえは、ここで死ぬ」

と、すぐに羅刹が口を差し挟み、夜藤次に余計を云わさず、うしろへさがらせた。睡《ねむ》りかけのように半ばまぶたを閉じたその目には、血に飢えたけものの殺意がぎらぎらと光っていた。まさに、殺人鬼の目つきだ。かたや源三は、悪魔の眼光にも引けをとらず、心胆《しんたん》寒からしめるような敵意を双眸に泛かべて睨みかえすと、その口もとには不敵な笑みすらにじませている。手につかむ刺刀の切尖《きっさき》を相手にむけて、落ち着きはらった声をつくって、さて云った。

「おまえの負けだ、羅刹とやら——」

「ほう」

「己《うれ》らの悪《あ》しきくわだては、これより蹴違《けちご》うた（失敗した）ものと心得よ。どろの深くに嵌《は》まり込み、抜けることとかなわずして、屹度《きっと》にその身を滅ぼすことになろうぞ……魔《ま》計《けい》は、これに破滅じゃ。ハハハ。よくよく、いまの言葉を覚えおくがよい。おまえは、くわだて諸共に破滅する。おまえの思いもよらざる処より、神の御手がくわわり、計はまっとう出来ぬ」

滅びの言霊《ことだま》をここに解き放ち、相手のこころを呪詛《じゅそ》の効験に縛ろうとするものであろう。源三、覚悟があった。戸外にあとどれくらいの人数が控えているのかまるで見えぬが、ひとりでこの者らを斬り防ぐことは、もはやかなうまい。そうおもい、せめてものことながら言霊を恃んで、相手のこころを揺さぶろうとするのである。

と、そのときであった――古家の外の壁ぎわで、陶器《とうき》が打ち割られるはげしい音がしたのだ。どうやら居屋の四隅で、荏油《じんゆ》の甕《かめ》を叩き割っている者があるらしい。

（火をかける気じゃな……）

この古家をあぶらに包んで、燃やそうというのであろう。むろん、源三もろともにだ。

すると、戸の外に立っていた雨宝が、ひと言の声もなく敷居を踏んで、内にはいってきた。その左手に、半弓《はんきゅう》を一張提《ひとはりさ》げている。右手には、二本の矢をつかんでいた。歩きながらに一矢を口にくわえると、残る一本を弓につがえた。ちらと、板敷きのうえを見て、囲炉裏の傍《そば》に立つ源三にねらいを定めたその刹那、足も止めずに弦《つる》を引く。びょう――

と、放たれた矢が、居屋のなかの空気をするどく切り裂いて――かとおもうや、源三の右の太腿《ふともも》を貫《ぬ》いていた。さらに雨宝、口にくわえていた矢を弦にかけ、間髪おかずにこれを射た。まっすぐに矢が飛んで、源三の左膝に戛《かっ》と立つ。

（あっ）

と、軀の均衡《きんこう》を崩した源三が、囲炉裏のうえにくずおれた。灰を撒き散らしながら、いそいで右の太腿に刺さった矢を折るが、左膝に喰いついた矢のほうは、膝蓋骨《しつがいこつ》を貫通していて折ろうにも骨が邪魔となり、引き抜くこともままならぬ。はげしい苦痛に貌をゆがめつつ、囲炉裏のうえで矢を立てたままの左脚を掻き抱くと、自ら膝の関節を砕きながら、その場に坐禅の姿勢をつくる音羽ノ源三であった——落とした刺刀《さすが》を右手につかみ、灰のうえに突き立てるや目をあげて、雨宝童子を睨《ね》めつけた——はたして源三、木《こ》っ端《ぱ》に割れた膝の激痛を呑んで足組《あぐ》みつつ、左右の手を胸のまえに持ちあげた。すると、それぞれに頭指《とうし》（人差し指）と中指《ちゅうし》を立てて結ぶは〈刀印《とういん》〉だ。すかさず右手の刀印を貌のまえに寄せるや、「ふッ」とするどい息を吹きかける。つづけて、

「悪魔《あくま》降伏《ごうふく》、怨敵退散《おんてきたいさん》、七難速滅《しちなんそくめつ》、七復速生秘《しちふくそくしょうひ》……」

唱えたとき、羅刹が土間の隅へと歩いていった。燈油のはいった甕《かめ》のうえに腰をかがめて、颯《さっ》と木蓋《きぶた》に手をかけた。片手、である。蓋を取り棄てると、右の手で甕の口の縁《ふち》をつかむ。持ちあげて、うしろへ退《しさ》り、踵《きびす》をかえしつつ抛《ほう》りあげた。投げられた甕が、重々しく弧をえがきながら、宙を飛ぶ。板敷きのあがり框《かまち》に落ちて——割れた。それこそ、岸壁に砕ける波のように、あぶらが辺り一面に飛び散った。

「おまえの術法など、おれには利かぬ。そこで、魚《いお》のごとくに身を焼かれて燃えつきよ」

と、怨念をこめたような声つきで、羅刹が云った。

云って、かたわらで一穂《いっすい》の火を立てている燭台を、然《さ》らばとばかりに蹴倒《けたお》すのである。

からりと渇《かわ》いた音を立て、燭台が土間に倒れるや、あぶらのうえにそのちいさな火が飛び移り……すさまじい怒号をあげたかとおもうと、一瞬にして赤い翼を拡げる炎の悪魔に化けて……まるで夕陽を直視するかのような眩《まばゆ》い光が、あっという間に視界を掩いはじめた……燃えていく……外壁《がいへき》にも火がかけられたらしく、熊の吼《ほ》えるかのような荒々しい音がひびいて聞こえ……すべてが、燃えていく……とたんに古家が発狂し、まっ赤な悲鳴をあげはじめるのであった。

（もはや、わしの道はここまでだ……）

源三、観念した。

すると雨宝童子をしたがえて、外へ出ようとした羅刹のその背を、もの凄い気魄《きはく》の声が打つ――何ごとかと愕き、おもわずも振りかえる羅刹と雨宝、そして裏切りの夜藤次だ――はたして囲炉裏のうえに坐り込む源三が、眼前を掩う炎にむかって、大喝《だいかつ》するような声をあげていた。

「臨《りん》、兵《ぴょう》、闘《とう》、者《しゃ》、皆《かい》、陣《じん》、烈《れつ》、在《ざい》、前《ぜん》ッ」

炎の幕に包まれながら、そうした絶叫の声をあげつつ、右手に結ぶ刀印で空《くう》を切っている。横《よこ》に五線、縦《たて》に四線を引くのである――これを古来、伊賀者たちのあいだでは「早九字《はやくじ》を切る」と云っていた――いわゆる、忍びの隠形秘術《おんぎょうひじゅつ》「九字護身法」だ。

源三が九字を切り終えたとき、背後に立つ柱の根かたにまわり込んだ一朶《いちだ》の炎が、古家のあるじの老忍十九郎、そのなま首をまっ赤な舌で舐《な》めあげた。さらには蛇のような鎌首をもたげると、「鵜」の字を刻んだ柱に巻きついて、天井へと這いあがっていく……なまめかしい、炎の蛇が……淫靡《いんび》な腹で柱のうえを這いずりながら、そのまま棟木《むなぎ》にからみつき、無数の黄いろい舌を見せて、天井の板を舐めまわしはじめた。

「それへ、滅びよ」

と、さいごに羅刹がひと言云い棄てて、炎に包まれる古家から出ていった。すでに、聞こえなかった。見ることもない。とうぜん、羅刹の声に返事をすることもしなかった――かたくなに坐禅の姿を崩さぬ源三は、いまや火焔《かえん》の幕に囲まれて、囲炉裏のうえで身動きひとつできないでいた。矢で砕かれた左膝のすさまじい痛みを堪《こら》え、火に貌膚を焼かれながら、棘《とげ》の立つような高熱に、背なかの肉を嚙み破られる苦痛にも耐えつづけている。

やがて呼吸を棄て去り、しずかに目を閉じた――ひとり紅蓮《ぐれん》の怒髪《どはつ》を振り立てて、濛々《もうもう》たる白煙を頭に噴きあげながら、黙然と坐するその姿は、それこそ人のかたちをした炎そのものであった。

　とつぜんのように天井一面が、赤い悲鳴をあげた……火事の熱で湿気も何も蒸発し、乾燥しきった床板がめりめりと音を立てて裂けると、呼応するかのように炎に嚙み破られたまっ赤な壁板が内がわへと倒れ、居屋のなかへ外気を呼び込んだ——すると、すさまじい風が呶《ど》っと吹き込んできた——火という火がもつれあい、そこへ怖ろしき赤龍があらわれて、とぐろを巻くのである。とたんに炎の化け物が、灼熱の咆吼《ほうこう》をあげて、無情にも源三の影をあっという間に呑み込んだ。

「皆ども、出立だ。向後は、しかと心せいッ」

　と、怒り狂ったように燃えあがる古家を背にして、羅刹が声を振り立てる。はたして敷地の闇に、巫女が隠れていた。吉乃《きつの》、朱雀《すざく》、いし、寅子《とらこ》、うね女《め》の五人だ。さらに、最後にひとつ残った燈油の甕を、足もとから抱《かか》えあげたかとおもえば、頭のうえに高々と持ちあげて、そのまま雪のうえに叩きつける大男——鉄紺《てっこん》のいろに白浪《しらなみ》を染め抜いた袖無《そでな》しをはおっており、広々と月代を剃りあげ、腰に一刀を佩いている——名を、角行《かくぎょう》という。歳のころは、三十前後といったところか。羅刹につかえた、甲州透破だ。もうひとり、おなじような歳恰好をした小柄の男を、飛行《ひぎょう》といった。そして雨宝童子と、反《そ》り忍の夜藤次である。

羅刹を筆頭にして、都合《つごう》十人の影……いや、九人か……悪魔羅刹が、いきなり腰の小刀を抜きあげた。となりに立っている夜藤次の肩を押さえつけたかとおもうやその刹那、首すじに刃をぴたりと沿わせて、ままにのどを割《さ》いて足をかけ、地のうえに押し倒す。釣りあげられた魚が水をもとめて口をひらくようすに、雪のうえで喘《あえ》ぎにあえぐ夜藤次であったが、すでに気管が断たれて呼吸ができぬ……婆娑《ばさ》と二度ばかり、脈に合わせて血がしぶく……周章ててのどの裂け目を両手で押さえつけるも、まるで桶《おけ》の底が抜けたように、ぼたぼたと血が垂れた。愕いた貌に恐怖の目をむいて、ついには失神だ。夜藤次、死んだ――これで、九人である。

「此奴《こいつ》の役目は、ここで終わりだ。よいか、向後のことを考えよ。二心《ふたごころ》（裏切りの心）を抱く者は、斯様《かよう》なさまとならんことを瞭《しか》と覚えておけ」

もとよりまさか、夜藤次ひとりを国もとへもどすことなど、到底《とうてい》できぬ相談だ。屹度に疑われて、服部党の男らに責めるように詰問《きつもん》されたことであろう。そこから、どのような歪《ひず》みがうまれるか、分かったものではない。しかも猪四郎などは、あのげんぞといい男に何か、われらの密事を喋ったというではないか……ここで始末しておくほうが、利巧《りこう》というものだ。どうせ、信に足りぬ裏切り者というのが、この男らの性分である。

（――忍びに非《あら》ず）

これよりさき、二心を抱く者に使途《しと》はない。必要なのは、いのちを棄てる覚悟のある者だけだ。

「飛行、角行。御子《みこ》らを連れて、路のさきを歩け。おれは雨宝と、うしろを跟《つ》ける。何ぞ不審に出会《でお》うても、ゆめ刃物は抜くな。それは、おれと雨宝が引き受ける。よいな」

「かしこまりまして、ござりまする」

と、飛行と角行のふたりが辞儀をした。そこでさっそく用意の荷を担ぎ、巫女ら五人を引き連れると、古家を焼き尽くそうとする業火に照らされ白々と、まるで午間のようにあかるくなった敷地のうえから立ち退いた。

はたして、その直後のことだ――炎に呑まれた古家の屋根が、ぎしぎしと音を立てたかとおもうや、右に左におおきくかたむいて、そのまま柱を残して、うしろへ崩れ――落ちた。落雷の一撃に樹木が裂かれたかのようなすさまじい音が鳴り渡り、夜空に無数の火の粉が噴きあがる。火事の熱に地面の雪が溶け、そのうえをながれる荏油が火の背鰭《せびれ》を立てていた。まるで、赤い魚が地に群れて、無人の古家の残骸に、餌《えさ》をもとめているかのような騒がしさ。火焔のいきおいはおさまらず、辺りかまわずあぶらを舐め尽くすまで、けっして鎮火する気配を見せなかった――いつの間にか、羅刹天と雨宝童子のふたりの悪魔の姿が消えている。さきに出発した巫女らを護衛するために、いずれと立ち去ったのであろう。

なおも屋根が崩れた古家の残骸が、はげしい炎に喰われながら――いきおいのついた火はそれこそ、路傍《ろぼう》に倒れた犬の屍骸に、くちばしをいれようとして群がる赤い鳥であった――煌々《こうこう》と火事の灯りが夜天を焦がし、荏胡麻のあぶらのにおいがする白煙を噴きあげていた。いまも、まっ赤な火焰の幕を張りめぐらして、そのうちがわで忍者音羽ノ源三を焼きつづけているのである。

鎮火したのは、およそ二刻後のことであった――到頭《とうとう》、間に合わなかったのだ。どうして悔恨《かいこん》の念が、胸に苦かった。

手遅れであったと気づいたときには、何故か知らぬが、敗北したような気分になった。わらじの裏底に踏んでこびりつくのが、はたして雪にはあらず、まるで鉛かとさえおもえるほどに、差し出す一歩が重く感ぜられた。さてまた不思議と、吐く息の白さも濃くなったようにおもわれる。

（くそッ）

目のまえには煤《すす》けた家屋《かおく》の残骸が山を為《な》しており、黒い鱗《うろこ》をまとった痩せた柱が幾本となく、肝心の屋根を失ったというのに気づかぬか、無用に突っ立っていた――さながら柱は、胴体を引きちぎられた虫の脚のようにも見えた——いまもあぶらの焦げるにおいが、鼻をつく。そして、肉と毛髪が焦げる異臭がした。

はたして、敗者の見る世界とは、こういう景色なのかも知れぬ。そうおもった。手のつけられない燃えかすの山と、夢の焦げついたようなにおいと、そして静寂と——。

おそらく居屋の正面であったと思《おぼ》しき場処の辺りに、熱に溶けた雪にうつ伏せて、のどを斬り裂かれた山伏の遺骸が倒れていた。水に薄まった血が、池をつくっている。ちか寄った。

「山からす……多分に、この男が事であろう」

と、弁天は腰をかがめて、死体の貌をたしかめた。もちろん、知らぬ男である。背後で呆然と立ち尽くしている蛇之助を振りかえり、知っているかと尋ねたが、ひと言の声もなく、ただ下唇をつき出して首を振るばかり。すると蛇之助、

「おい、見やれ。居屋のなかにも、死人が倒れておるわい……」

そこまで云って、ぎょっとした。弁天も立ちあがり、家屋のなかに目をくれた。すると、あれは何だと愕いて、あっと口をひらくや押し黙り、まばたきも忘れて凝視した。

……人か。

おそらく板間であったと思しき処へ、まさに影と呼ぶに相応しき、人間のかたちが残

っているのだ。坐禅を組んだまま、まっ黒に焦げついた人がいる……まったく、異様きわまる光景だ。蛇之助などは、その焼死体の姿に恐怖をすら覚えて、すっかり身もこころも凍りつかせてしまっていた。極度に血が冷えて、牛のようにながいその貌が蒼褪めてもいる。ほんとうに、人なのであろうか……弁天が目をこらし、ちかづきながらに疑った。まるで、木を彫ってつくられた仏《ほとけ》の坐像が炎に焼かれてなお、かたちを崩さずに耐え忍んでいるかのようにも見えるのだ。炭化《たんか》した木像なのでは——そう、おもった。

焼け崩れた戸口をまたぐと、火焔が舐めたあとの黒ずむ土間を踏み、散らばった陶器の欠片《かけら》を避けながら、坐禅を組んだ姿のままで焦げついている死体を正面に見た。ほかにも、首のない人の胴体が倒れている。さらに、すっかり壁も燃え落ちた居屋の奥に目をやると、炎に背の肉を裂かれて、骨をのぞかせているべつの遺体がうつ伏せていた。まっ黒になったその軀は、火事の高熱によっていまにも破裂するかとおもわれるほどに膨《ふく》れあがっており、よく見ると右の手首がなかった。

「いったい、ここで何があったのだ……」

弁天が怪訝におもいながら、視界の中央に坐っている異様な死体が、ほんとうに人であるのか——それとも、やはり燃えた木像なのであろうか——はっきりと、わが目にたしかめようとして、黒い麩《ふ》のように焼け枯れた框《かまち》のうえへ、できるだけ体重を載せぬようにと、慎重に右の足をかけた。踏んだ。わらじのしたで、みしみしと厭《いや》な音がする。

……と、そのときであった。

（あッ）

とつぜん、目を見ひらいたのだ――影のように、まっ黒い人のかたちをした坐像が――闇に塗り込められた眼窩《がんか》をのぞかせると、さらに炭の粉を吹きながら口をあけたのだ――まさか、と弁天が息を呑むとどうじに、人の姿を象《かたど》る炭のかたまりが、声を発することの怖ろしさ。いかな弁天と云えども、唖然《あぜん》となった。

「旅の者よ、よくと聞けッ。われは音羽ノ源三郎――浜松へ、大事を告げよッ。甲州の悪魔の者らが、国を越えて、浜松にむこうた。いざ、報せよやッ」

地の奥底から叫ぶような、怖ろしげに響《とよ》む声を発したつぎの瞬間、炭と化したあごの部分が砕け落ち、さらに黒い頭部をうなだれたかとおもうと、その姿がいっきに崩れはじめた。頭につづいて、肩と背の辺りがひび割れて、ばらばらと黒い粉となり、まるで波にさらわれる海浜の砂山のごとくに儚《はかな》くも無慚《むざん》に砕け散ってゆく。いましがたまで見ていた人のかたちが……一瞬にして、崩壊を起こし……黒い塵《ちり》の山、となっていた。まるで、端《はな》からそこには何もなかったかのような一瞬の錯覚に眩暈《めまい》がした。男の懸命となって訴える声が掻き消えて、静寂が訪れてなおもしばらく弁天は、夢か現《うつつ》かとわが目を疑っている。

（何だ……いまのは……）

圧倒されて、声も出ない。ようやくわれにかえると、うしろを振りかえった。するとそこへ、ただ呆然と立ち尽くしている蛇之助がいた。落ちるかとおもうほどに目をむいて、非常な恐怖に襲われたようすで身をかたまらせている。弁天は蛇之助にむかって、いま何かを見たかと尋ねようとしたのであるが、返事を聞かずともじゅうぶんだ。

床の抜け落ちた板間を慎重に踏んで、さきほどまでそこに坐っていたはずの影人《かげびと》の、姿はどこぞにないかと探してまわる。まだ火の燻《くすぶ》る黒い木片があちこちで、白い煙をくゆらせていた。荏胡麻のあぶらと、人の肉が焼けた異臭が胸を圧して、息苦しい。まっ黒になった床の裂け目を踏み越えた。目のまえに、ひとかたまりの灰燼《かいじん》が、黒々と山を為して積もっている。そこへ一口、小刀が突き立っていた。弁天がそっと柄に手をかけると、まだ火に灼《や》かれたときの余熱が残っていたが、かまわずつかんで抜き取った。

（いまの男のものであろうか……）

火に喰い尽くされた古家の残骸のなかにたたずんで、もういちど周囲を目で探ってみた。やはり、生きている人の影はどこにもない。夢ではなかったという証左はただひとつ、つまさきの一歩むこう、そこに砕けた炭の山だ——もとより、憂《うれ》いに沈むような弁天の双眸が――いっそう淋しさに翳《かげ》り、いましがたまで人のかたちを懸命に保ちながら、儚くも崩れ去った黒い残骸をしばらくも瞶《みつ》めていた。いったい、何者であったのか。

「蛇之助、浜松だ。遠州浜松へ出るに、いずれの道がちかいかおしえろ」

とつぜん奮起するような口ぶりでそう云うと、刃面が黒く焼けた刺刀《さすが》を手につかんだまま、古家の残骸から出てくる新堂ノ弁才天。そこへ蛇之助が、まだ動揺しているような貌つきで突っ立っていた。魂《たまげ》消るとはまさに、この男のいまの姿を云うのであろう。

「おい、蛇之助。案内を恃む」

「ど、どこぞへ……」

「浜松さ。おぬし、いまの男の声を耳にせぬか――浜松へ、大事を報せろと申しておったろう。甲州に棲む悪魔が、浜松へむかったものらしい」

おそらく、あの羅刹と雨宝のことだ。弁天には、直感があった。追って、決着してやる。

「浜松なれば服部党の何某《なにがし》か、三河守に所縁《ゆかり》のある者に会いたい。遠州にも伊賀の男が、だれか居《お》ろう。おれを、つなげ」

「し、しょ、承知した」

と、いまだ驚嘆の余韻にとらわれたままの蛇之助が、しどろもどろに返事をするや、弁天が手ぬぐいを一本寄こせと声をかけ、受け取ったあせ臭い端布《はぎれ》で、拾った刺刀を包《くる》んで腰に挿した。

「おい、はやくしろッ」

すでに弁天は走り出しており、敷地の外れではたと足を止めて云うのである。ようやくわれにかえった蛇之助が、周章《あわ》ててその背を追いかけた。

あぶらを舐めて亢奮《こうふん》し、激情に駆られたような怖ろしき火が立ち消えて、さて人の気配もいっさいなくなると、辺りに冬の夜の静寂がまたもどってきた。漆黒《しっこく》の夜空に、荘厳たる雰囲気を醸《かも》す白雲が一条たなびいて、布を裂いたような隙間には、星の光が美しくまたたいている――ほそい月が白銀に濡れて地を照らし、冷たい夜風が吹き過ぎていった――竹藪から度々聞こえてくる雪塊の、地に落ちる音がしじまに虚《むな》しくひびき、焼け落ちた古家がまるで息をしているかのように、そこかしこに白い煙を吐いている。

と、そこへいま……。

ひとひらの、白い花びらのごとし雪片《せっぺん》が、冷たい風に舞いつつ、焼亡した古家の残骸のうえに落ちてくるのである。いや、紛《まご》うことなき花片《かへん》であるらしい。いまだ季節は冬であると云うのに、さていったい、どこの枝から降ってきたものか、何という名の花であるのかは、いっこう知れないが、たしかに一枚の花の欠片《かけら》が風に吹かれてひらひらと、火事跡の地のうえに芥《あくた》となって山を為す、闇を砕いたかのような炭のうえに舞い落ちるのだ。きっと、「徒花《あだばな》」という名の花びらであったろう。

……じつに、静かだ。

まるで、刻《とき》をきざむことを忘れた墓場でも見ているようだ。

斯《か》くして、源三という名で俗世《ぞくせ》に呼ばれた忍びの生命《いのち》がひとつ、ここに敢《あ》えなくも滅び去ったのである。ついに、であった。岡崎の忍びたちのあいだでうわさに囁《ささや》かれた「人智《じんち》を越えた秘法（魔法）」を、源三は見せたのだ――いや、それとも――忍びの意地、であったのかも知れない。

はたして、「密教《みっきょう》（大乗仏教の教法）」から派生した異端の秘密法門《ひみつほうもん》のなかに、自在に死体を歩かせ、その口をつかって予言を語らせる術法があったという。そうした呪術の一種を学び、これにもちいたものかは、いまとなっては分からない。しかし、まぎれもなく弁天たちの眼前において、すさまじい悪魔の法を披露して見せたのだ。

「音羽ノ源三、魔法をつかう――」

たしかに、つかった。

棺桶

とおく離れて、甲斐の隣国は信州諏訪湖《すわこ》のほとりに、名も知れぬ古刹《こさつ》が藪《やぶ》にまぎれて建っている。辺りは立ち枯れた葦《あし》が鬱蒼としげり、境内を取りまくように生えた笹の群れ、葉を落とした柿の木や、梢を高くあげた辛夷《こぶし》の木、土中に際限もなく根を拡げる竹の林に、氷をこまかく砕いたような雪が掩いかぶさっていた。

一見したところでは、禅宗様《ぜんしゅうよう》（唐様《からよう》）のつくりをした七堂伽藍《しちどうがらん》――といっても、仏殿《ぶつでん》、僧堂《そうどう》、庫裡《くり》、山門《さんもん》、東司《とうす》（便所）、浴司《よくす》（浴室《ひしょう》）まで建てられていながら、どれもが壮大な景観をつくるには及ばず、それこそ卑小とさえ云えるような小ぶりな建築をしていて、ほとんどが廃屋《はいおく》も同然の様相である――そこへ冬の夜の帳《とばり》がおろされて、もの音のひとつとして聞こえてこないのだ。嚔《くしゃみ》をするだけで、辺りにひびが走りそうなほどの静寂に包まれていた。

いや唯一、法堂《はっとう》（いわゆる講堂）にだけはいまも灯りが点いている。花頭窓《かとうまど》が夜闇にぼうっと、黄いろく泛かんで見えているのだ。

柿《こけら》を葺《ふ》いた屋根のうえに、薄らと雪を載せた法堂のなかに立ち入れば、はいって右手の壁ぎわに、葛籠《つづら》や長持《ながもち》が山と積まれてあった。さらには、竹で編んだ籠《かご》や杉板を組んだ樽《たる》、蓑《みの》に菅笠《すげがさ》、ふるめかしい鎧櫃《よろいびつ》、ほこりに白くなった古色蒼然《こしょくそうぜん》たる平安兜《へいあんかぶと》や、鞘《さや》をかぶせた薙刀《なぎなた》に、野太刀《のだち》や手槍《てやり》などといったさまざまな長柄《ながえ》のたぐいと弓箭《きゅうせん》がずらりとそろい、鳥居のようなかたちをした衣桁《いこう》がならんでそれぞれに、艶《あで》な女の着物が干されてあって、ほかにも商人、農夫、山伏といった衣裳がさまざまに吊され、からの棺桶《かんおけ》までもが置いてある。禅の講義につかう場処というよりも、およそ蔵《くら》といったほうがふさわしい。不要の品の、墓場といったところか。いや、待て——どうもようすが、おかしいのだ。ここに押し込められている品々は、もしや変装にもちいるための道具ではなかろうか。

そうしたなかに置かれた一対の燭台に、ほそい火が立てられて、花頭《かとう》の曲線をえがいた窓をふたつ抜く、南の壁のうえへと淡い灯りを投じているのである。

人が、いた。

ふたりの男が火燵《こたつ》（火鉢）の傍に坐って、暖を取っていた——はたして下坐に腰を据えている人物のほうは、五十がらみの歳のころ、墨染《すみぞ》めの直綴《じきとつ》を着たその形《なり》は、まさに雲水といった風姿である。頭の髪をきれいに剃りあげて、釉《なめ》したような老いた頭皮に燭台の灯りを黄いろくにじませ、眉ばかりが黒々として濃かった。左頬に目立った、刀疵《かたなきず》。

いかにも、狡猾《こうかつ》な性分をあらわすかのような目つきをした甲州透破――はたして、西庵《せいあん》である。

「羅刹めが手に入れ申《も》した浜松の指図と、中村の屋敷のものでござります る」

と、しわがれた声でそう云って、冷たい床のうえに置かれた草いろの、風呂敷の結び目に指をかけ、解くや、なかから八つに折り畳んだ紙束をふたつ、さっそくその手に取りあげた。そうして上坐に胡座を掻く、もうひとりの男の膝のまえへと、そっと差し出すのだ。これが例の見取り図であると、みじかい言葉を云い添えて。

「あやつは、どうしておったか」

と、男が訊いた。一見して、八十にはなろうかという高齢の人物で、灰いろをした総髪を長々と背に垂らし、膚の黒ずむ貌に無数のしわをきざむようすは、世のあらゆる苦痛を呑んだ証しだと云わんばかりである。黄いろく濁《にご》った、ひとえの目。どこか、蛇をおもわせる冷たい目であった。貌のまんなかには鷲鼻《わしばな》がするどい影をつくり、よく見ると耳の縁が石のように青黒く固まっていた。

さて、この上坐に席をとる老人であるが――しぶい鼠《ねず》いろの小袖《こそで》のうえから、檳榔子《びんろうじ》で染めた柔らかい黒の羽織をかさね着て、そうした装束のようすを見るかぎりでは、まったく品のよい隠居者といった印象を受けるのだ――しかしいっぽうで、全身からただならぬ妖気のようなものが立っている。いわば、狐狸妖怪《こりようかい》のたぐいかとおもわれるような、人外の妖しき印象がにおうのだ。とくに、その双眸であった。故意に人を殺《あや》めたことのある男に特有の、冷血な目をしていた。

――無洞軒道人《むどうけんどうじん》。

この老人の名である。むろん妖怪にあらず、人である。ちなみに、道人というのは「どうにん」とも読み、いっさいの俗事を棄てて、神仙《しんせん》（仙人）の道を得た人のことを云う。つまりは、悟《さと》りをひらいた人――というほどの意味だ。

「羅刹は皆がら引き連れ、ついぞ遠州へむけて発ちましたろう。豊後守《ぶんごのかみ》（又兵衛）が家中の男に、さようと仰せつけたようすでござりましたからな」

と、西庵が上坐に坐るその道人にむかって、心中の困惑を隠すような貌つきで返事をした。するや道人無洞軒、老い錆《さ》びた声でまた問うた。

「なにゆえ、さようと急《せ》いておるのだ」

「わかりませぬ」

「四郎（勝頼）さまの、貴命《きめい》にあらせられるか」

「ちがいましょう。豊後どのの勝手たる差配《さはい》ではござるまいかと、推量つかまつる。先君（信玄）が罷《まか》られてからと申すもの、甲州が勝手も頗《すこぶ》る異なり、われらなぞは捨て駒《ごま》と変わらぬ仕扱《しあつか》い、やれとの仰せなれば断るすべもござりませぬ。つぶつぶと詑言《かごと》（愚痴）を申すも何ではござりまするが、ひとつ見誤れば国の内外《うちそと》にかかわらず、身が危《あや》うござる」

「ふん、臆《おく》するかおのれ。して、甲斐に潜《かづ》きおった服部党の者らは、如何《いか》と相なったぞ」

「八人皆《みな》がら、討ち果たしておりまする」

「ようした。浜松のくわだてが事は、左様との下知なれば承知致す。何ぞ、四郎さまの御身《おんみ》に大事の出《い》で来たるものやも知れぬゆえな」

「はや、ご出馬なされまするかな」

「であろう。なれば、先君の頃に計りしくわだてを、ここにて果たし、馳走《ちそう》するもよい。本望である。西庵、あと十日待て。手はふたつある。いまいちど、われが謀り、ついの手立て（仕上げの手段）を拵《こしら》えよう。三河守家康か、ならずば婆の申す腹の子か。含む毒《どく》が調合も、はや終わっておる。これが手に入れし指図もよくよく考《かん》ごうて、おまえに次第を告げ越すゆえ、遠州へむこうて羅刹に伝えて差配せい。よいな」

「承りまして、ござりまする」

と、西庵が頭をさげてかしこまると、無洞軒が床のうえから指図の書かれた紙束を取りあげて、八つに畳んであるのをゆっくりと拡げはじめた。見よ、紙を繰《く》るその手の怖ろしさ……まるで、枯れた梅の木の枝さながらに、灰黒色《かいこくしょく》のいろをしていて、しかも、どの指にも一枚として爪がないのである。地獄の鉄扉《てっぴ》に挟んだものか、鉤《かぎ》のように骨がまがってさえいるのだ。ふつうであれば、爪が生えるはずの指の尖端部分には、ふるい肉がちぢれて醜く盛りあがり、うえから掩う皮膚が灰いろに固まっているのである……何と、怖ろしき容子《ようす》をした手かな……それこそは、骨髄《こつずい》に徹する恨みを晴らさんがために、相手の心ノ臓を掻き毟《むし》ろうとする悪魔の手であった。

「して、道人さま。ついの手立てにこしらうとの仰せでござったが、良き男子《おのこ》どもは、いずれに見つけなさったか」

「うむ。すでに六、七人、つけ出《いだ》してこれに囲うておるわい」

「ほう、六、七人。それは、ずいぶんでござる」

「されども、ここでいよいよわが術に念しておかねば、むこうで目を覚ますやも知れぬ。ゆえに西庵、十日を待て。これより十日、子らの枕《まくら》に術をかけなおし、こころをしたたかに縛っておく。ゆめ一ト月は解けぬように、かたく拵えてから、おまえに預《あず》くる考えだ。多分であるが、うち三人はつかえよう」

「十日でござりまするか」

「十日だ。坊《ぼう》（部屋）はいくらも空いておるゆえ、おまえは境内のいずれと見てまわり、好きに荷を解くがよかろう。あすにも、案内《あない》させよう。十日のあいだ、おまえはここで長旅の足をじゅうぶん休めるがよい。他日、浜松までいそがねばなるまいからな。今宵は庫院《くいん》（厨房）で火にあたりながら、めしでもとれ。宋念《そうねん》か、善進《ぜんしん》のいようはずじゃ」

「ありがたき仰せに」

「あとは、あすだ。わしは、いまより指図をたしかめる。おまえは朝粥《あさがゆ》の時分に、子らの貌をのぞいておけ――」

そう云うと、無洞軒が痩《や》せた膝を押さえて坐を立った。合わせて西庵、床のうえに両手をつくや平伏し、道人のあとについて立ちあがる。そこで、一対の燭台に歩みを寄せると、ほそい息を吹きかけて、灯《ひ》を消した。あっという間に、堂内が闇に掩われた。

斯くして、法堂から出てゆくふたり――さていったい、無洞軒道人とは何者なのであろうか――ここに話した計画とは、何のことであったか。さてまた、「ついの手立て」とは、じっさい何をさして云うものなのか。あの悪魔のような羅刹天に指示をして、何やらよからぬことを謀り、戦国の世の陰に秘密をうごかしているらしいのである。おそらくは、暗殺……この廃寺の境内のどこかに、とらえた男子が六、七人あるという。毒を調合したと、そう云ったか。いまだその全貌はうかがい知れずも、遠州浜松にいる

「徳川三河守家康」公の身のまわりに、何やらきな臭い兇事が迫っているようであった。

……と、そのときだ。

堂内の壁ぎわに山と積みあげられた葛籠《つづら》のまえ、そこへ置かれた棺桶の蓋がじわりとうごくのだ。わずかに持ちあがった蓋の隙間の闇のなか、ちいさなふたつの目がのぞく。まさか、棺桶のなかに、ねずみか何かが潜んでいたのであろうか。すると、ちいさな手がそろりと蓋を押しあげて、ひょいと見せた貌つきの用心深さ……何としたものか、棺桶から貌をのぞかせるのは、はたして人の子どもではないか。

きらきらとした目をおおきく瞠《みは》ると息を詰め、辺りを包む闇《くら》がりを探るようにして見ている。そのちいさな鼻の付け根の辺りから、やわらかそうな頰のうえに拡がる雀斑《そばかす》が、じつに可愛らしい。いや、待て。幼く丸みを帯びた貌のかたちも、きゅっと引き結ぶ口もとが勇ましく、この少年を凜々《りり》しくも見せるのである。その、少年が――頭のうえに持ちあげた蓋を横へずらすと、桶の縁をまたいで、音も立てずに床のうえへ飛びおりた。

見れば、藍《あい》染めの小袖を着ており、腰の辺りにひも状の白い帯を締め、つやのある黒い髪をたぶさにして、これまた白い元結《もとゆい》で二度巻きに縛っている。みじかい前髪が、まるで鳥の尾羽のように額のうえにふわりと垂れて、ほそい眉を撫《な》でていた。辺りに視線をめぐらしたあとに、両手で棺桶に蓋をして、戸口を振りかえるその貌は、はたして生死をわけるような危険な国越えに、非常な勇気を示した忍者小僧、——犬丸、だ。

棺桶を離れて忍び足、床板が鳴かぬように窃《ひそ》と駆けるや、衣桁《いこう》にかかった艶《あで》な女の着物のうらがわへ、ひたと足を止めて身を隠す。衣のうしろから、その凜々しい貌をのぞかせると、いまし方まで腹のまっ黒い老人ふたりが嗇《しわ》い会話をしていた席を盗み見て、燭台からにおう煙を鼻で嗅ぐのである。そこでまた、息をひそめて抜き足、差し足、忍び足……と、おもいきって、戸口のほうへ駆けていく犬丸だ。

格子戸《こうしど》に手をかけるや、隙間から外のようすをうかがった。人の気配は、どこにもない。もちろん、無洞軒と西庵という名の老人の姿も見えなかった。するや犬丸、頭を低くしながら、戸の外へ出た。濡れ縁のうえに身をかがめると、そおっと、うしろ手に戸を閉めた——さて、どうしてここへ犬丸がいるのであろうか。

そしてまた、いったい棺桶のなかに隠れて犬丸は、何をしていたのであろうか。

三幕――信濃国

見知らぬ人

日本海を臨む、越後《えちご》ノ国（新潟県）西頸城《にしくびき》郡早川谷——「山本寺《さんぼんじ》上杉家」の屋敷を発して、五日である。

手に掬《すく》いあげると、まるで夢と透けて消えゆくような湧水《ゆうすい》の美しき安曇野《あずみの》を踏み越えて、積雪に白くかすんだ千国道《ちくにみち》（千国街道）をさらに南下し、道程四日でようやく信濃《しなの》ノ国（長野県）は深瀬《ふかせ》郷に属す「信府《しんぷ》（信濃府中。松本市）」まで辿《たど》り出た。そこからなおも、銀いろの小波をきざむ奈良井川《ならいがわ》に沿いながら、筑摩野《ちくまの》へ歩を移してしばらくも進んでいけば、洗馬《せば》村に行き着くわけである。

信州松本盆地の南端部、ここからいよいよ谷が深くなり、「木曽路《きそ》（古くに吉蘇路。木曽街道。後に中山道《なかせん》の一部となる）」を踏んだ。

宿駅があった。

「熱川《にえかわ》（贄川）」

という。温泉が、湧いている。

およそ四丁（約四三六米突）ほどつづく坂路の両がわには、冷えびえとした渓谷《けいこく》の空気のなかへ、まっ白い炊煙《すいえん》を立てる旅宿《りょしゅく》が軒をつらねていた。はたしてそのほとんどが、大部屋に泊まる形式の――おおくは宿泊者が米を持ち込んで、相当の薪代《たきぎ》を支払うかたちの「木銭宿《きせんやど》（木賃宿《きちんやど》）」である――ものであったが、宿がわで食事の用意もととのえる「旅籠屋《はたごや》」の看板が数軒見えて、一膳飯《いちぜんめし》や酒を出す茶屋があり、旅人むけに帯や脚絆《きゃはん》につかう白布などの、衣料まわりの雑多な品々や、笠や蓑、履物《はきもの》に枕《まくら》などを売って、商《あきな》いをしている店《たな》も出ていた。

宿場の北面には、外周にずらりと柵を植え込んだ「関所」が設《もう》けられ、日暮れまでは灯もいれず、この駅を往来する人や荷のようすを側面から、しずかに監視しつづけている――通りを直接遮断するようなものではなく、横手へ引き込む様式だ――ここより、人の移動は勝手を許されない。つまりは、いっさいの「浮浪」行為が堰《せ》き止められて、山賊や引き剝《は》ぎ（追い剝ぎ。強盗）の手から、旅人の身を護《まも》るわけである。路をゆく者は皆、ここで過所《かしょ》（通行許可書）を提示し、関銭《せきせん》（通行税）を支払った。

溶けた雪でひどく地面がぬかるむ坂路に沿うて、一対《いっつい》のおおきな「関門《かんもん》」が口をひらいている。泰然自若《たいぜんじじゃく》たるおもむきをしていて、それこそ官権の威勢をしらしめんとする、めじるしかのように建っていた。

つくりは質素ながらも、不思議と高圧的な感じを受ける結構だ。人の胴まわりよりもなお太い、重厚な檜《ひのき》の柱を左右に立てて、そこへ貫《ぬき》(横木)が渡してある。ちょうど、鳥居の天辺の横木の部分を取りはずしたような外形《がいけい》をしており、重厚な観があるいっぽうで、何とはなく怖ろしげな雰囲気を醸《かも》していた——ちなみに、こうした形状のものを「冠木門《かぶきもん》」といった——門をくぐったさきには、板葺きの屋根に雪を載せた番所が見えて、前面にまっ白い幕を垂れている。井戸が掘られ、制札場《せいさつば》がある。番士らが三人いて、それぞれが赤樫《あかがし》の六尺を肩に倒し、見張りの目をこらしながらも、寒そうに吐息を蒼白く染めていた。

「おまえは、そこで待っておれ」

と、男が云った。

——歳のころは、三十半ばであろう。

よく日に灼けた膚は、暗い赤銅《しゃくどう》いろをしている。頭にすげ笠、墨染めの旅装束《たびしょうぞく》で身を包み、外衣《がいい》に古びた蓑を一枚はおっていた……脛《すね》には柿染めの脚絆《きゃはん》をきつく締め、おなじいろの手甲《てこう》をつけている……さらに火薬や火縄《ひなわ》、火打ちの道具、鉛弾などを入れたちいさな「玉箱《たまばこ》（玉薬箱）」を背に負って、布にくるんだ鉄炮《てっぽう》を一挺、胸にしっかりと抱え持つ——はたして伊賀者、重蔵だ。

その片貌に垂れた髪をはらいつつ、ふくろうのようなまるまるとした目に忠告のいろを泛かべたあとに、もういちど念を入れ、
「そこかしこと動きまわるなや。おとなしゅうして、それにて待っておれよ」

白い息を吐きつつ云い残し、いまだ歳も幼き犬丸ひとりを路傍《ろぼう》に待たせておいて、さて、これに同行している玉瀧ノ次助を背にしたがえると、いちおう通行の手続きを踏むためにも、冠木門をくぐって関銭の支払いにむかうのである。

そうして、すでに半刻（一時間）ちかくも経ったであろうか……。

さすがに刻《とき》を持て余した貌つきで、路傍に待ちくたびれたようすの犬丸だ。笠も取らずにかぶったままで、あごの紐をしっかりと結んでいる。足もとの溶けかかった水っぽい雪を踏みしめ踏みしめしながらに、じぶんの足跡をなんども追いかけまわし、ちいさな輪を描いては暇をつぶして、重蔵たちの姿が関門にあらわれるのを今かいまかと、ひとり待ちつづけていた。

さて、道中の防寒のためにと、身の丈に合わせて誂《あつら》えられた蓑《みの》をまとっているために、

軀の芯こそ冷えないが、やはり膚寒さは如何ともしがたいものだ。足さきなどは、どうして凍えてならぬ。そこで到頭《とうとう》犬丸は、関門のまえから離れると、路の反対がわに枝を拡げた古松《こしょう》の根かたに坐り込むのである。

松の木蔭に雪をかぶって居ならぶ、六体の石地蔵――まるで膝を立てたような肥った松の根のうえへ、ひょいと腰をかけるや、犬丸もまた地蔵たちといっしょになって、往来する人々の姿を眺めはじめるのであった――とかく、商人風情がおおかった。山と荷を載せた、車を押していた。白衣を着た、巡礼者もいる。鼻息の荒い鹿毛《かげ》馬の背に、からの鞍《くら》を置いたまま、馬借《ばしゃく》が坂をおりてきた。すると、漆《うるし》を塗ったようにまっ黒な毛なみをした牛を曳《ひ》き、下男がひとり反対に、坂路を踏みのぼっていくのである。湯治《とうじ》に訪れた一行がある。雲水や、山伏が往来していた。一見、武士と思しき荒々しい風貌をした男がふたり、茶店のまえをうろついている。宿屋ではたらく女が通りに出てきて、泊まり客が頻繁《ひんぱん》に出入りしていた。目にも鮮やかな鴇《とき》いろに紅桔梗《べにききょう》、浅黄《あさぎ》の被衣《かつぎ》を身に着付けて、市女笠《いちめがさ》をかぶった女たちが歩いている……そうしたようすをしばらくも眺めていると、犬丸はふと疑問におもうのであった。

――いったい、この人たちはどこからきて、どこへむかうのであろう。

まだ年端《としは》もいかぬ子どものことであるから、それがはたして、じぶん自身に対する問いかけであったと気がつくまでには至らない。いや、幼き犬丸にかぎらずも、おそらく世人《せじん》のおおくはそうした疑問に答えられぬであろう。

越後を発して、いらい五日のあいだ——街道をゆく人の多さに目も愕いて、さまざまな装束の賑やかさに、眩暈《めまい》をすら覚える犬丸なのであった。何せ、訪れる人とて滅多にない、辺鄙《へんぴ》な山奥でうまれ育った身のうえだ。ちかしい友だちのひとりとしてなく、せいぜい山のけものか鳥たちを相手に駆けまわることが楽しみで、ほとんど地《じ》もとを離れたことすらないために、これだけおおくの人をしかも一遍《いっぺん》に、いちどとして見た覚えはないのである。

それがとつぜん、世間というものを目のあたりにしたのだ。じつに、魂消《たまげ》よう。うまれてはじめて、目があいたような気分であった——いろいろなかたちをした人の貌がそこにあり、さまざまな表情を泛かべていて、それぞれに背丈もちがっていれば、性別もちがっており、歳のころもとりどりで、山間には存在しない色彩というものが、目のまえに渦となって押し寄せてくるのだ。犬丸は、圧倒された。巷間の喧噪《けんそう》に、すっかり酔っていた。

……甚兵衛が、死んだ。

そうした受け容《い》れがたい事実を聞かされてからは、ちらとも哀惜《あいせき》の貌を見せぬけれども、かえって気丈に振るまうことで、ひそかにこころを励ましていた犬丸だ。しかし、正直な気持ちを云えば、いまも非常な悲しみに暗く沈んでいるのである。そのちいさな胸を人知れず涙に濡らし、尖《とが》った石で打たれたように痛めてもいたが、目のまえにとつぜん拓《ひら》けた景色のあまりの騒々しさに気分が呑まれてしまうと、はたしていちじ的なことかも知れないが、きのうの夜に観た夢ともかわらず、湿った感情は忘却の彼方へと追いやられていくのである。いや、これだけ沢山《たくさん》の人のようすを眺めていれば、もしや父様の甚兵衛は、どこか世間の片隅に姿を紛らして、いまも生きているのではあるまいかと、錯覚さえされるのであった。

(あ、馬がきた)

触《さわ》れるかもしれない――おもうよりさきに、興味いっぱいの目をおおきく見ひらいていた。関所の横手に、駅馬《えきば》(早馬《はやうま》)をつないでおくための「廄《うまや》」が建っている。そこへ馬借の男に曳かれつつ、坂をおりてきた一頭の、鹿毛がはいっていくのが見えたのだ。犬丸はそれが廄であるとは知らないが、どうやら馬たちの寝床だと見当すれば、魅入られたように目を瞠り、はや子どもの非凡《ひぼん》なる好奇心が、胸の裡《うち》がわを擽《くすぐ》るのである。

犬丸はすぐにも視線をかえして、大勢の人の往来のむこうに見えている「冠木門」のほうへと目をむけた。きらきらとして好奇の熱を帯びたままのその目が、保護者たる重蔵と次助のふたりの姿をしばらくも探したが、まだ当分のあいだはあらわれそうにもなかった——というのはおもい込みにほかならず、この世で子どもの見当する待ち時間ほど、あてにならぬものはないわけであるが——そこで、いまのうちに馬をちかくで見たいとおもい立ち、松の根かたから腰をあげると、溶けた雪と土にぬかるむ路をひとり横切って、往来を縫《ぬ》うようにして廏のほうへと駆けていくのである。

はたして、茅葺《かやぶ》きの屋根を載せた長ぼそい建物が、犬丸が目当てとする廏であった。柵をまわり込むと、うらてに柱がずらりとならんで廂《ひさし》を支えており、そこらのぬかるむ地面のうえには、馬の蹄《ひづめ》の跡が深々と残されていた。しかも、幾すじもの列を為している。いったい、どれだけの馬がいるのであろう。地面のようすを目で探っただけでも、一頭や二頭という数ではないらしかった。喜ぶほかはない。

廏の手まえには丸石が植えてあり、廂のしたのかたい地面をはさんで、踏み板が敷いてある。その辺りにも、沢山の蹄の跡が歩きまわっていた。蹄尖《ていせん》がきれいにまるくなっていて、まんなかには山型の切れ込みが入り、ほんとうにおおきかった。立派だなあ——と、犬丸は感心しきりだ。じぶんの足を、馬が残した蹄の跡の横にならべると、微笑をこぼさずにはいられなかった。

ついさきほど見かけた馬借の男が、脛《すね》に撥《は》ねたどろを手で叩《はた》きながら廏から出てきた。

犬丸の姿をちらと目にしたが、いっこうかまわぬふうで、ひと言の声をかけるわけでもなく、泥濘《ぬかる》む地面を踏みながら関所のほうへと立ち去った。

……それ、いまだ。

とたんに犬丸、ずらりとならぶ柱のところへ、一目散に駆けてゆく――飼《か》い葉を入れるための桶《おけ》が、柱のひとつひとつに掛けてある。桶のなかをのぞいて見ると、さてからっぽだ。廏舎《きゅうしゃ》の腰高《こしだか》の壁板のうえには連子《れんじ》を嵌《は》めた窓があり、まっ暗なところへ何かが動いていた。じつに力づよい、鼻息の音が聞こえている……ほとばしる、生命《いのち》の音だ。

窓にちかづくと、さながら薬罐《やっかん》の口から噴きあがる蒸気のような、濃い純白の息が暗がりに、濛々《もうもう》と逆巻いていた。犬丸は廂のしたを進んで、そのまま踏み板のうえに飛びあがると、いちばん左端の窓のしたに立った。窓枠に指をかけて、あとはつまさき立ちである。そうして、連子窓のむこうをのぞき見た――はたして、馬のほうも犬丸に興味をしめしたものか、暗がりのなかから貌をのぞかせると、連子に鼻さきを寄せてくる。

……蒼白い、芦毛《あしげ》だ。

犬丸は馬のおおきな貌を見あげると、しばらくは声もなく口をあけていた。目には、羨望《せんぼう》があった。何て、美しいのであろう。すると、馬の熱い鼻息が前髪をはらうのである。一瞬、愕いたが何ほどのこともない。やさしい目をして、こちらを見おろすのが、どうして犬丸のこころに安らぎをすら与えるのである。

　そこで、よくよく厩のなかをのぞいて見ると、どうやら部屋を区切るように板を立て、間仕切《まじき》りがしてあるようだ――仕切りのなかに馬が一頭ずつ入れられて、綱木《つなぎ》に差縄《さしなわ》が結わえてあった――芦毛がつながれている仕切りの右隣りには、黒鹿毛がいた。つまさき立ちのままで移動して、そのとなりの窓をのぞいて見ると、おなじく黒い馬がうなずくふうに首を振っていて、つぎに見たのは栗毛《くりげ》の痩せた馬である。ほかにもべつな三頭が、それぞれの仕切りのなかで鼻息を荒らげている。いちばん右端には、さきほど馬借が曳いていた鹿毛がいた。

　馬よりも、よほど犬丸のほうが亢奮しているようすである。連子の窓をひとつひとつのぞいては、馬の貌をながめることに飽きるということを知らぬのだ。そうして、どれくらい刻《とき》が経ったであろうか。四半刻（三十分）か……いや、半刻（一時間）ちかくも飽かずに、馬の貌を見ていたかも知れない。

「すこぶる目を立てておるが、よほど馬がめずらしいようじゃの」

　とつぜん、うしろで声がした。ようやく関所でようじをすませた重蔵が、これにむかえに来たものか。それとも、次助の声かともおもったが、ちがっていた。馬借の男でもない。

はたして振りかえると、まったく見知らぬ男がそこにいた。蓑をまとい、すげ笠をかぶった商人風情の三十男——その背には、何やら草いろの風呂敷に包んだ荷をかついでおり、貌膚が餅《もち》のように白く、どことなくきつねに似た貌つきをしている。ちらと一瞬、ほそくて吊りあがったその目が、犬丸に対して値踏みをするような視線を投げるのは、稼業のくせであったろうか。

「父御《ててご》と、はぐれたか」

と、男が笑顔で訊いてくると、いったん窓から離れる犬丸だ。眉《み》けんをひそめて、首を横に振った。そうした無言のしぐさを見るなり、「どこぞに、女親《めおや》が待っておるかいの——」と男がかさねて問うのである。すると犬丸、またもや首を振って否定した。

「おや。おまえ、ひとりかい」

きつねの貌に滴るような笑みを泛かべて、男がちかづいてきた。そこで、重蔵と次助を待っているのだと、正直を話す犬丸だ。

「ああ、探しておると申すは、おまえのことであったかな」

さて、男が云うにはである……すでに重蔵と次助のふたりの大人たちは、この熱川《にえかわ》の宿駅を発っており、一里さきの「奈良井宿《ならいしゅく》」にむかっているらしかった。何やら、子どもの姿を探していたとも云う。もしや、路に迷う男子の姿を見かけたら、つぎの宿駅で待っていることを是非に伝えてほしいと、往来に触れまわっていたらしい。いったい重蔵たちは、いつの間に出立してしまったのであろう。きっと、廏をのぞいたのがいけなかったのだ。

「奈良井は知っておるか」

と、ふいに男が尋ねてきた。とうぜん、この路すじも熱川の駅も、はじめて訪れたのである。知っているわけがない。犬丸が三度《みたび》、首を横に振る。

「それは、困ったものだな。よし、なればじゃ。しごとがてらに、おれが相具《あいぐ》さんものかな（連れ添うかな）……いまからむかえば、宿の手まえで落ち合うやも知れぬ。重蔵と、次助か。よしよし、その者らのもとへ連れていってやろう」

口をへの字に結んで、諾《うん》とひとり合点《がてん》にうなずくきつね貌。どこかしら芝居じみたそのしぐさ、さて犬丸の目にはどのように映ったであろうか。

「おれは、正之介《しょうのすけ》と申す。釵《かんざし》を売るが、おまえは買わぬな」

云って、わらいながら犬丸の肩にやさしく手を触れて、赤児でも宥《なだ》めるかのようにその背を叩くのだ。すると犬丸をそこに残して、ひとり路すじにむかって歩き出した。さらに数歩の間をおいたところで立ち止まり、ゆっくり振りかえる正之介。あの男のあとにつづいて、さいしょの一歩を踏み出したものか、さてどうしよう。そうしたおもいに迷う童子にむかって手招きしつつ、「それ、いそごう。日のあるうちに、むこうへ着いてしまおうぞ——馬なれば、奈良井にもしたたかに居《お》るゆえ、むこうへ着いたら重蔵とやらに申して、背に載せてもらえばよかろう。おれも、口添えしてやる」そうやさしく云って、人のよい笑顔で尋ねるのだ。

「名は、何と申すかな」

と、正之介。すると、元気な声で返事があった。

「犬丸——」

あとをついて、駆け出した。どうやら、男の術にかかったようだ。

神隠し

まったく、手間取った。

越後で頂戴《ちょうだい》した過所《かしょ》（通行許可書）には、まるで不備はなかったのであるが、やはり鉄炮という道具が珍しく、どうして人の注意の目を引くものらしい。

いちおう重蔵は、「鉄炮撃ち（熊撃ち）」という稼業を説明しつつも、これを納得させるために、わざわざ斬り落として乾燥させた熊の手や、肝《い》（胆嚢《たんのう》）を用意しておいたのであった。ほかにも、わが手で仕留めたという鹿の角《つの》と、干した睾丸《こうがん》を箱に入れ――じっさいは、どれも越後を出立するまえに買い入れたものであったが――さらに漢方《かんぽう》につかう薬草のたぐいと、引敷《ひっしき》や槍鞘《やりざや》にもちいるためのものだと云って、うさぎと鹿の毛皮も束《たば》に結わえて持ってきていた。それらにくわえて、熊と猪《いのしし》の鞣《なめ》した毛皮もそろえて縛り、鹿の角などといっしょに葛籠《つづら》に押し込めると、これを次助に背負わせて、よろず商いをしているふうに装っていたのである。まったく、落ち度はないはずであった。

　ところが、「――おまえたちは、狩りをする者か。それとも商いをするのか」そう問われ、なんどおなじことを答えたであろうか。この日の行事《ぎょうじ》（担当者）であるという男が、まるで融通《ゆうずう》の利かぬ人物で、なかなか重蔵たちの説明に納得しないのである。役目上、という理由は分かる。関銭の計算をしなければならないのであるから、仕方がないと云えばその通りであった。運ぶ荷の代価に対して、およそ百分の一の課税をかけねばならぬ。すると、鉄炮はどのように計算すればよいのか……。

　重蔵たちが「商いをする」と云うのであれば、じつに計算もはやいが、「狩りをする」ために鉄炮をかついでいるというのでは、どうしても見過ごせないらしいのだ。袖《そで》のしたを渡そうとも考えてはみたが、どうして相手は頑迷固陋《がんめいころう》の一徹者《いってつもの》だ。とても、賄《わい》賂《ろ》という手段は通用しそうになかった。とは云え、重蔵たちがもっとも懸念していた素性が露見するようなこともなく、忍びであるとはまったく疑われなかったことは幸いであった。

さて、結局のところ——鉄炮を所持していることについては双方の解釈が嚙み合わず、火薬のたぐいといっしょに没収されることになってしまった。こればかりは、いた仕方もあるまい。そのことよりも、はやくこの信州から立ち去りたいのである。忍びであることが、破《ば》れぬうちにだ。

鉄炮以外の荷から算出された関銭のはらいを済ませると、文句を呑んで礼を云い、背後にならぶ塩商人と入れ替わりになって番所を出た。そうしてようやく、重蔵と次助のふたりが関門の外に出られたのは、およそ一刻(二時間)後のことである。

面倒から解放されたことに、安堵の息をつくも束の間だ。さて、どこにも犬丸の姿が見あたらぬ。いったい、どこにいるのであろうかと、しばらく辺りを探して歩いたが、影もかたちも見つからない。しぜん、背に冷やあせがながれ落ちた。鉄炮を没収されたどころの話ではなかった。犬丸が、消えたのだ。

「次助、おぬしは宿を見て参れ……拐《かどわ》かされたものでもあるまいが、これによもやと云うこともある。恃《たの》うだぞ。何とて、ひとつも見洩らすなや」

重蔵、すでに動揺があった。まずは一軒ずつ宿泊所をまわって、茶屋も探すようにと次助にめいじ、自身はぬかるむ坂路をまたもどり、犬丸と別れた関所の門前まで駆けおりていった。いちおう門内をのぞいて、冠木門をまたくぐり、子どもを預からなかったかと番士に訊ねてみたが、犬丸が勾引《こういん》されたようすはまるでない。

「儂《わし》としたことが、なんと粗忽《そこつ》であったものかい……」

はたして、関門のまえの地面のうえに、子どもの足跡が見つかった。これは、もしかすると犬丸のものであろうか——ぐるぐるとおなじ処を歩いて輪を描き、路の反対がわに根をおろしている松の木のほうへと、その足跡はむかっていた。

重蔵はまるで、田畝に苗《なえ》でも植えつけるような恰好で、往来かまわず身をかがめている。ときには、人の通行も気にせず這いつくばりながら、路上を汚す雪とどろのなかに目当ての足跡を追いはじめるのであった。とちゅうでおなじような子どもの足跡とすれちがったが、ここはしっかり順序を追うべきだということを、忍びの重蔵はじゅうぶんに心得ていた。

路上の足跡を辿っていくと、はたして松の根かたにもおなじような足跡が見つかった。子どもの、ちいさな足跡が——さて重蔵、見事に肥った松の幹に手をかけて、うらがわをのぞいて見た。雪をかぶった下草《したくさ》が一面に生えていて、そこへ何かが落ちていた。まっ黒い。拾いあげると、笹の葉のかたちをした鉄のかたまりだ。長さは、握りの部分を入れても一尺にも満たず、およそ七、八寸（約二十二糎前後）。はたして、苦無《くない》であった。もちろん、常人が持ち歩いているようなものではない。忍器、である。

（犬丸のものぞ……）

腰のうしろに差してあったのが、帯が弛《ゆる》んだか何かして、ここへ落ちたのであろう。重蔵は着ている蓑をまくりあげると、手にした犬丸の苦無をじぶんの腰の帯にしっかり挟《はさ》んで、さらに足跡を追いはじめた。

いまや苦無とともに、犬丸のものと確信されたその足跡は、松の木蔭から出たあとに、ふたたび路上へむかっていた。忙しく通行している人々の足跡に踏まれ、牛馬や車の轍《わだち》に消されながらも、ちいさな足跡はぬかるむ路上をいよいよ横断した。すると、目のまえに廏舎の影があらわれて……あすこに、おるのやも知れぬわい……祈るようなおもいで柵をまわり込むと、馬が残した蹄の跡に沿って、ちいさな子どもの足跡が歩いていた。まさか、廏のなかに立ち入り、馬に蹴られて気絶しているのではなかろうか。

一心に無事を願いつつ、廏舎の壁ぎわへ駆け寄ると、はたして犬丸のものと思しき足跡がある。連子を嵌めた窓のしたをうろうろしているだけで、なかに入ったような形跡《ふし》は見られなかった。それでも念のためにと廏に立ち入って、よくよくしらべてみたけれど、馬たちをひどく怯えさせただけで、犬丸の倒れている姿を見ることはなかった。ひとまず、ほっと安堵の息をもらした重蔵である。しかし、いったいどこへ消えたというのであろうか。まさか、神隠し――いや、仮令《たとい》そうであったとしても、忍びの目は誤魔化せぬ。

すぐに、厩舎から外へ出た。もういちど、辺りの地面に目をこらす。すると、見つけた。ここにもあった。わらじの底の目が分かるほどに、はっきりとした子どもの足跡が。あきらかに、あたらしいものだ。

……おや。

と、重蔵がふくろのようなまるいその目をまたたかせた。

子どものちいさな足跡と、またべつな足跡が残っているのである。あきらかに、大人の足のおおきさだ。犬丸といっしょの方向へ歩いていた――いったい、何者であろう――とそこへ、宿と茶屋を探っていた次助が駆けてきた。重蔵はすぐさま手をあげて、制止のしぐさ。そのまま指を一本立てて、地面をさし示す。踏むな、と云うのだ。気がついて、次助もまたぬかるむ足もとに目を落としながら、慎重に重蔵の傍へとちか寄った。

「宿のほうは、どうであったか」

腰をかがめてなおも地面を目で探り、重蔵がそう訊ねると、「居《お》りませぬな。犬丸を見かけた者は、ひとりとして……」いなかったと、次助が残念そうな声で返事をした。

「たれぞとは知れぬが、次助——そこを、見よ。男のあとを、跟《つ》けておるようじゃ」

「すぐに、追い申そう」

と、次助もまた犬丸のものと思しき子どもの足跡を目で確認し、そう云うのである。

追う……とうぜん、だ。重蔵とて、疾《と》っくに決心はついている。何としても、犬丸を探し出すつもりであった。すると、ふたりがどうじに空をあおぎ見た。

見あげて重蔵、舌を打ち、焦燥をにじませた声でつぶやいた。「いそがねば、これに名残《なごり》（跡形）を見失うやも知れぬぞ……」

雪雲が出ていた。

しかも、夕暮れがちかい。

般若湯

はたして、そのころ——。

とうの犬丸は、重蔵たちがさきの宿駅で待っているという話を頭から信じて、鳥渡《ちょっと》も疑わず、正之介を名乗るきつね貌の男の声を背に聞きながら、雪の残る山路を踏みしめ踏みしめ、ひたすらにのぼっているのであった。さて、その片手……めずらしい錦綾《にしきあや》のちいさな「巾着袋」を、大切そうに提《さ》げ持っている。さきほど、正之介から預かった。

「これはの、おれの商いにつかういちばんの大事ゆえに念してくれよ。さあ、持ってくれ。犬丸が預かってくれたらば、おれもこころ安いというものだ」

そう云って、手渡された袋は、念を入れるというほどに重たくもない。

「なにが、はいっているんだい」

いちばんの大事と聞いて、興味津々にそう訊ねると、

「阿古屋珠《あこやだま》（真珠のこと）と申して、かんざしの細工につかうものだ。貝から採れるのじゃぞ。何、知らぬと申すか。ほお。なれば、ひとつ見せてやろうか」

云って正之介、袋の口を縛った紐を解《と》く。なかに手を差し入れ、抜いた指につまんだ真珠の美しさ。愕いた。ちいさな白濁《はくだく》の珠の表面は七彩に輝き、それこそ虹が宿っているかのようにも見えるのだ。「月の雫《しずく》」という別称も、なるほどうなずける。はじめて目にした真珠の煌《きら》びやかさに目を瞠り、犬丸は息を呑んだまま吐こうともしない。手を出してみろというので、素直にしたがった。

ひと粒、もうひと粒……。

ちいさな掌のうえへ、「月の雫」を載せられると、まるで魔法でもかかったかのように、犬丸の軀が緊張しはじめる。いちばんの大事と云うのは、満更《まんざら》うそではないらしかった。まったくの、宝石だ。それを……持たせてくれる……犬丸は何やら不思議と、じぶんが誇らしくもおもえてくるのであった。

それからというもの、犬丸のこころは片手に提げた巾着袋にとらわれてしまっている。重蔵と次助のふたりに再会するということも大事であったが、正之介のいちばんに大切な真珠を預かっているということに、何よりこころを砕いて慎重になっていた。

そうして気がつけば、人の往来もほとんどなくなって、いつしかうら寂しい山路をふたりきりで進んでいるのである。つぎの駅まで、たしか一里（約四粁）ていどという話ではなかったか――そう、耳にしたようにも覚えるが――さて、一里どころか、すでに二里は歩いているようにおもうのは、気の所為《せい》であろうか。しかも、街道というよりは、まるで杣人《そまびと》たちが足で踏みかためたかのような径《みち》である。巾《はば》がせまく、起伏がはげしく、草深い。あとどれくらい歩くのかと、犬丸が訊ねようとしたところへ、さきに正之介が口をひらいた。

「おい、犬丸。どうだ、すこし疲れはせぬか。おれの、ちからの水を分けてやろう。少しじゃぞ。口にすれば、身体《からだ》の芯が温《ぬく》うなる。さあ、そこへ腰でもおろせ」

ちょうど丸太を埋めた土階《どかい》を踏んで、山路をのぼりきったところである。正之介がうしろから犬丸にむかって声をかけ、天を摩するような杉の根もとに、その背に負った荷をおろす。前かがみになると、さっそく草いろの風呂敷を解《と》きはじめた。するとそこへあらわれたのは、古ぼけた木箱がひとつ――横面には、「飾」の一文字が墨書きしてあった――さて正之介、地面に片膝をつくや、木箱の上蓋を持ちあげた。つぎに、なかから白い瓶子《へいじ》を取りあげて、かたわらに立っている犬丸の貌を、おもわせぶりな目をして見あげるのである。

「それに、ちからの水がはいっているのかい」

疑問におもって訊ねると、餅のように白いきつねの貌が、わらいながらうなずいた。そうして笑顔も崩さず、声もなく、手にした瓶子を振って、なかの水が撥《は》ねる音を聞かせるのである。何と、気を持たせる男であろう。じつに、いやらしいその目つき。いや、それこそはこの男の術策なのだ。

見ると、正之介が手にしている瓶子には、ちいさな猪口《ちょこ》のような蓋が付いていた。蓋のうえには四角い赤紙がかぶせてあって、空いろのほそい紐《ひも》で幾重《いくえ》にも縛られている――さっそく、その口紐をほどきはじめた――まず赤紙を取り去り、蓋をつまんで引繰りかえし、そこへ中身を注ぎはじめた正之介。犬丸は男のかたわらに突っ立ったまま、ただ不思議そうな貌をして見守るばかり……すると、饐《す》えたあせでも嗅ぐような、何とも云えぬ不快なにおいがしてきた。猪口のかたちをした蓋へと注がれたのは、見た目にもほとんど水である。これがほんとうに、ちからの水なのであろうか。

「それ、呑め。よいか、一寸《ちく》とじゃぞ」

云われるがままに、ひと口呑んだ。とたんに、噎《む》せた。犬丸はひどく咳込みながら、両目を瞑《つむ》ったかとおもうと、息をあたらしくしようと大口をあけた。まるで、いま水底からあがってきたばかりの泳者のような貌つきだ。その右手には真珠のはいった袋をしっかりとつかんで放さず、あいた左手を貌のまえでやたらとあおぎはじめた。舌を出し入れして、何やら苦しそうだ。そうしたようすを見て、きつね貌が若気《にやけ》ていた。

「旨《うま》かろう」

わらってひと言、正之介。

……うまいものか。

と、犬丸が大口をあけたままで、首を横に振る。じつに、不味《まず》かった。まったく味が、厭《いや》である。何か酸っぱいような、そうして辛《から》いような、そこへ苦味もまじっているようなな——いや、甘いのかも知れない——ただの水だとおもったが、とんでもない味がした。呑みくだすと、のどが焼けるように熱くなり、胃の腑《ふ》に火のついた木炭《もくたん》でも落ちたかとおもった。しかも、強烈なにおいが息にまつわりついて離れないのだ。

「ハハハ、犬丸の舌には合わぬと見えるな。なに、般若湯《はんにゃとう》じゃよ」

つまりは、「酒」である。幼き子どもに飲酒をすすめるとは、何ともひどいことをしたものだ。すると正之介、腰の水筒を手にして、栓《せん》を抜き取った。「それ――」そこで口を洗えと、笑顔を崩さず犬丸に手渡した。いまも大口をあいたまま、諾《うん》と素直にうなずく犬丸である。男の手から水筒を受け取るや、すぐに水をたっぷり口にふくんで、なんども舌を濯《ゆす》いだあとに路端に吐き棄てる。礼を云おうとしたが、声が出ない。まだ、口のなかに酒の辛さが残っていて、鼻に抜けるにおいが、じつに不快だ。

「いましばらくしてみろ、身体《からど》が温《ぬく》うなりおるぞ。ハハハ」

云われてみれば、胃の腑が火にもまれているような感覚がある。耳と首のうしろの辺りが、何やら熱くなってきた。しかし、この口のなかのにおいは何とかならぬものか……犬丸はまだ、息をするにも口を閉じないでいる。そこの辺りに生えた草を毟《むし》って、口のなかに抛《ほう》り込もうかとさえおもうのだ。じぶんの呼吸が、どうにも酒くさくていけない。

「おれも、ちからの水をあずかろう」

と、正之介がひとり言《ご》ち、またも瓶子の蓋に酒を注いで、三杯ほど口にした。満足そうに目をほそめたかとおもうと、口もとの露《つゆ》をはらって瓶子に蓋をして、赤紙をかぶせて、紐を巻く。酒のはいった瓶子を木箱のなかへもどすと、草いろの風呂敷でまた包みはじめた。軽々と荷を背負って立ちあがり、膝の汚れをはらいながらさて云った。

「いざ、参るかな。どうだ、身が温もってきたであろう。これで犬丸もおれも、寒さに負けぬようになったぞ。われらこそは、鬼のちからにもまして強力究竟《ごうりきくっきょう》の者ぞ、ハハハ」

そうしてわらった男の目の奥に、悚《ぞ》っとするような何かが光った。狡猾《こうかつ》にして、邪悪な光だ。見逃さなかった……わずかにその一瞬、男の悪魔のような本性がのぞくのを……犬丸が警戒を覚えて、身をかたくした。

しかし、困ったことに頭がぼうっとしはじめている。いまの飲酒で冷えた軀が温まり、血のめぐりが良くなり過ぎていた。心ノ臓が、高鳴るのである。どうにも、こころが浮《うわ》ついて仕方がない。目のまえにいる男に対して、とっさに抱いた警戒心――それこそは紛れもない、この少年の血にながれる忍びの本能であったろう――も、すぐにほどけてしまい、あとは考えも何もあったものではなかった。男の笑顔につり込まれると、しぜんに口もとをゆるめる犬丸だ。さっそく、酔っていた。

「さあさ、犬丸よ。参ろうぞ」

正之介が上機嫌にそう云うと、是非もなく背につきしたがい、足並みをそろえて山路をくだりはじめる犬丸なのであった。

駆けに駆けつづけて、およそ一里の距離――。

熱川《にえかわ》から奈良井の宿駅までやってきた重蔵と次助であったが、とちゅうからまったく犬丸の足跡を見失っている。

「このほうへは、立ち寄っておらぬのではござるまいかの」

と、次助が息を切らしながら、そうした疑問を口にした。重蔵も、そうおもう。往来のなかを一巡し、路の奥から牛を曳《ひ》きつつやってくる、地下人《じげにん》（地元民）らしき男の姿を見つけて、ひとまず声をかけた。

「ちと、たずねたい。このさき、路はどのようになっておるかな」

「やぶはら坂でござりまするわえな。いまから、おいでになられてかの。いかにも、険しゅうございまするぞ」

やぶはら坂――かつては、「県坂《あがたざか》」という名で呼ばれた峠路だ――木曾路の難所として名高い、鳥居峠《とりいとうげ》のことであった。天文のとき、この一帯で晴信を名乗りしころの信玄と、木曾義康《きそよしやす》の軍が衝突している。初戦において、あの最強を謳《うた》われた武田軍が敗走したほど地形がわるい。まさか、いまにも日が暮れようかというのに、これからこの峻険《しゅんけん》たる峠を越えようと考える者などひとりとしているはずがなかった。牛曳きの声を耳にして、

（ちがうな……）

おもわずも、じっと唇を噛む重蔵である。さてそこで、牛曳きの男に礼を云い、路傍に息を白く染めつつ一考だ。奈良井の宿駅からさきを、犬丸がひとりで行くことはあり得ようか。まず、なかろう――仮に、同伴している大人があったとしてもだ――冬の夜に、女や子どもを連れて鳥居峠を越えるというのは、まったく以《もっ》て論外だ。いずれかの宿にて疲れた脚を一晩休め、朝を持つのが無難というものである。

「もどるぞ」

すぐに奈良井の駅まで引きかえし、しらみ潰しに宿屋を当たりはじめた。犬丸の姿は、見つけられなかった。おもっていた通り、ではある。何せ、ずいぶん手まえで、追っていた足跡がすっかり消えていたのだから。

「次助、ここで荷を解こう」

と、一軒の木賃宿に部屋をとる。主人に、路を尋ねた。この木曾路には、「脇路《わきみち》（脇往還）」のようなものが敷かれてあるかと質問してみたところ、はたして「枝路《えだみち》」なら

ばあるという。

「それが路は、どこぞへ通じておるかいな」

と、重蔵の声を待たずして、次助が逸《はや》るように問いかさねた。

「すわの海のほうへ、抜けまするわえ――されども、明神《みょうじん》さまへ参られると仰せなれば、洗馬《せば》へもどって塩尻《しおじり》よりまわったほうが、足もとが取られぬでよろしかろう」

枝路のくわしい場処を聞き出すと、木賃と余分の銭を支払った。案内された大部屋の隅に、荷を運ぶ。葛籠の蓋をあげて、うさぎの毛皮や鹿の角、熊の臓物《ぞうもつ》のはいった箱などの、中身をいったん取り出した。からにした。上げ底になっていた。薄い板が、一枚敷いてある。重蔵が底板の角《かど》に指を押し込むようにして潜《もぐ》らせると、二度三度ゆすって、持ちあげた。

すると――黒鞘《くろざや》を履いた「忍《しのびがたな》刀」が二本ある――葛籠の底に、隠してあった。長さ三尺の、直刀だ。嵩張《かさば》らぬようにと、鍔《つば》ははずしてある。次助が刀を取りあげた。一本を重蔵に手渡し、柄《つか》と鞘に巻きつけてある下げ緒《お》に指をかけると、すぐにもほどきはじめた。

……目釘を、抜いた。

慎重に柄を取りはずし、葛籠の底に隠しておいた四角い鍔を、重蔵がその手に拾う。

二枚だ。一枚は、次助に手渡した。鍔の孔《あな》を中子《なかご》に通すと、ゆるみが出ないようにしっかり嵌《は》め込んで、ふたたび刀に柄を履かせる。目釘を打ち、嵌めた鍔を指でつまんでぐらつきがないか用心にたしかめたあと、もとのように下げ緒を巻きつけた――刀の支度がととのうと、次助がもういちど、上げ底のなかへ手を差し入れて、「手裏剣（十字と棒形）」と「鳥《とり》の子（煙幕弾）」をその手に取った。数をかぞえて、重蔵と分けた。さらに、それぞれが胴《どう》ノ火《ひ》（懐炉）を手にして種《たね》を点《つ》け、ふところに入れる。もとどおり荷をもどし、ふたりはさらに防寒のためにと猪《いのしし》の毛皮を蓑のしたに着込んで、宿の外へ出た。偽装の荷は、ここへ置き棄てにするつもりだ。いまさらではあるが、鉄炮を没収されたことがどうして悔《く》やまれる。

（すわの海か……）

ほそる胸につぶやく、重蔵だ。はたして、犬丸がひとりきりで諏訪湖をめざしているとは、どうにも考えられないのである。理由がない。おそらく、見知らぬ何者かに拐《かど》わかされたとするのが、いまは妥当《だとう》な推察であろう。あるいはそれとも――犬丸がおのれの意思をはたらかせ、素性も知れぬ何者かについていったとして、物見遊山《ものみゆさん》か明神参詣《みょうじんさんけい》のような真似をするとは、到底《とうてい》おもわれぬ。とは、云えだ――それよりほかに、皆目見当《かいもく》もつかないのであった。とまれ、ゆくしかない。

「重蔵どの、はや追いましょうぞや……われらで犬丸の影を付け出《いだ》し、三人もろとも境《さかい》目《め》（国境）を踏み越え、いざ三州岡崎へ参りましょうぞ」

と、次助。

――安心される土地へゆく。

向後《こうご》ひとまず重蔵は、甚兵衛を失った犬丸を袖《そで》に連れ、しばらくのあいだ西三河の岡崎にいる知古《ちこ》の服部党の男のもとに身を寄せるつもりなのであった。いっぽうの次助は、故国伊賀へともどらねばならぬ。三州岡崎まで重蔵たちに同道するが、そこからさきは伊勢に出て、ひとり故国伊賀をめざすのだ。

「うむ、よし……さよう、三人だ。かならず、三人で岡崎へゆこう。ここでひとりも、欠《か》いてはならぬ」

そう返事をしつつ、定めもなく路のさきを見ている重蔵であった。一瞬、その脳裡に兄《あに》弟子の甚兵衛……いや、鬼丸の……最期の姿が、よぎって消えた。

（――二度と。ひとりも、欠けてはならぬのだ）

あのとき、たしかに約束したのである……〈屹度《きっと》に犬丸を、わしの手で引き受けた〉

……そう、誓ったのだ。

重蔵と次助のふたりが、ほとんどどうじに外衣《がいい》の蓑をまくりあげた。それぞれが腰に佩《は》いた忍刀の位置を落ち着かせてまた隠し、ひとつ息をおおきく胸に吸い込んだ。そうしてたがいに貌を見合わせて、決意の息を吐くのである。

これにいざと駆け出す、ふたりの伊賀忍者——その足の疾《はや》さは、まるで風——あるいは、野辺《のべ》を走り抜ける鼬《いたち》であった。

欺きし者

……いったい、どうしてここに寝ているのであろうか。

犬丸は目をあけたが、軀が鉛となってそのうえ鎖にでもつながれているかのようで、まったく起きあがれなかった。ただ墨を刷《は》いたような、暗い天井を見ている。

——頭が、いたい。

頭蓋《ずがい》の裡《うち》がわで、だれかがひび割れたふるい釣り鐘《がね》の、鐘木《しゅもく》でも撞《つ》いているかのようなひどい頭痛がするのである。何やら、眩暈《めまい》がしてならぬ。いまも口のなかが酒くさい。何があったのかと、おもい出そうとするけれど、どうにも記憶が曖昧《あいまい》だ。あのあと——山路をくだって、日が暮れて、そうだ復《また》だ——あの、くさい水を——般若湯《はんにゃとう》とやらを、正之介から分けてもらって、呑んだのだ。二度、いや三度……それから急に睡気《ねむけ》におそわれて、どこかのお堂に立ち寄った。

（……あのとき、だれかが来たぞ）

と、まぶたを閉じて、蒼白い靄《もや》にかすむような記憶をどうにか整理しようと試みる。

覚えているかぎりでは、正之介の仲間だという男がひとり、荷を積んだ車を曳《ひ》いて、夜なかのうちにやってきた。蓑を着込んだ小肥りが、犬丸を見てわらっていた。そのまるい貌つきは、どこかしら山のたぬきをおもわせる。いっぽう、きつね貌の正之介、たぬきといっしょになってわらいつつ、何かを云ったようにおもうが覚えていない。いや、貌をのぞき込み、手をにぎってみろと云ったのだ――犬丸は、云われた通りにしたことを、いまになって薄らとながらにおもい出した。

「……それ、もう手が開《あ》かぬ。おれの声が聞こえておるか、犬丸よ。自今《じこん》（以後）、おまえの自在（自由）にはならぬぞや。おれの声を聞き、おまえは縦横無礙《じゅうおうむげ》とならん」

そのようにささやいたあと、いままでいちども耳にしたことのない不思議な言語を口にして、何やら滔々《とうとう》と唱《うた》いあげたかとおもうと、またもや不敵にわらうのだ。さてそこで、正之介が斯う云ったのをおもい出す。

「おれの声を、よくと聞き覚えよ……自今は……無洞軒《むどうけん》さまの御声にしたがう……した

がう……したがう……おまえはいま、無洞軒道人《どうじん》に忠勤せし者とならん……犬丸よ……おのれのそれが手足は、無洞軒さまの御声にありてこそ、いよいよ自在となるのだ……」

そう云って、またしても正之介が謎めいた詛《のろ》いの言葉を口にして、洞窟に滴る水のように声を響《とよ》ませながら、つぎのようにめいじたのであった。

「おまえは……おまえは、無洞軒道人の種《たね》であることを知れ……おまえは……おまえは、尊《たっと》き道人さまの、御子である……おまえのその身体《からど》も、その心地も……いまより、無洞軒道人さまの片端《かたはし》（一部分）ぞや。無洞軒道人に、したがえ……したがえ……したがう……さあ申してみせよ、道人さまにしたがうと……したがう……したがう……」

「したがう……」

「おお、犬丸よ……おまえの声はいま畏《おそ》れ多くも、無洞軒さまの御声を代弁するものとなったぞ……したがう……その耳目《じもく》、またしかりであるぞ。覚えたか、犬丸よ……うなずいてみせよ……左様、さよう……したがう、したがう。無洞軒道人の御声により、おまえはいま、手の自在を得ん……したがうぞ……さあさ、手をひらいてみせよ。石のようにかたまったその手が、いま道人さまの御声でほどけるのだ……嬉しいことだのう……犬丸よ……さあ、ゆるりとじゃぞ。ゆるりと、ひらいてみろ」

ひどい眠気と、眩暈があった。頭のなかにひびく脈の音も騒がしく、まぎれて重蔵の声がこだましていたことを覚えている――〈そこかしこと動きまわるなや。おとなしゅうして、それにて待っておれよ〉――すると、ちかくで聞こえている正之介の声が、何故か知らぬが、鬱陶《うっとう》しくもおもわれてくるのであった。さりとて、何やら遊びの邪魔をするのもこころ苦しくおもわれて、そのとき胃が煮え立つような不快な感じを覚えながらも犬丸は、めいじられるがままに手をひらいてみせたのだ。

はたして、正之介を名乗る男が犬丸に仕掛けたのは、一種の催眠術であるらしい――そもそも熱川《にえかわ》の廏舎《きゅうしゃ》のまえで出会ったときの、この男のしぐさをよくよくおもいかえすと、まさに人誑《ひとたら》しの振るまいそのものであり、挙措の一々が不審であって、道々聞かされた四方山話《よもやまばなし》や、その都度《つど》呑まされた酒なども、予備催眠にかけようとした正之介の黒い罠《わな》であったようなのだ――しかし、犬丸はそんなこととは露《つゆ》にも知らず、云われたい、い、をしたのである。

(ゆるり、手をひらく。こんなふうかな)

……と、ひらいた。

腑《ふ》抜けたようになった軀をふたりにかかえあげられると、荷台に乗せられた。そうして、どことも知れぬお堂を離れ、悪路にゆれる車に酔いながら、ちからの水をまた口にして——そのあとの記憶が、どうにもあやふやである——星のまたたく夜空がかたむいて、目をあけていられなくなり、雪を削る車輪の音を耳に聞きつつ、荷台に積まれた俵《たわら》にもたれると、そのまま睡ってしまったようなのだ。気がつくと、こうしてまっ暗いところへ寝かされていた。ほこりくさい、襤褸《ぼろ》の衾《ふすま》（蒲団《ふとん》）を一枚着せられて。

……まだ、軀がゆれている。

車輪から伝わる振動が、いっこう消えていなかった。いまも、荷車に乗せられているような感じがするのだ。それと鼻さきに、あの厭な酒のにおいも残っていた。ああ、心《ここ》地《ち》がわるい……二度と、あれを呑むものか……まぶたを閉じると、世界が独楽《こま》のようにぐるぐるとまわりはじめた。そうしてまた、気分までもが漂泊しはじめると……ふたたび、あの崖底に落ちていくような……とても手に負えない感覚が、軀をとらえて放さないのであった。

恐る恐るとして目をあければ、はたして闇を塗り込めたような黒い天井がまた見えた。崖のうえから落ちているわけでもなく、もちろん地面がまわっているようなこともない。安堵して、鼻でおおきく息を吸って、また吐いて、気がつくと睡りに落ちていた。

「それ、起きや——」

と、声が聞こえてくる。

頭のずうっと、うえのほうからだ……若い、男の声だ……犬丸が目をあけると、はたして天井に陽が射していた。眩暈は消えていたが、すこしばかり頭が痛んで、まだ口のなかが酒くさい。そして、ほこりっぽい衾《ふすま》のにおいが鼻をくすぐるのである。くしゃみが出そうになって、おおきく口をあけたが出なかった。

「それ、目を覚ましたか。蒲団を横へ脱いで、そこへ坐りなおせ」

あいた蔀窓《しとみど》のまえに、静坐している人影があった。軀を横たえたままの犬丸が、首をめぐらし、声のあるじの姿をぼうっとした目で見ている。

歳のころは十五、六といったところか――ながぼそい貌をしていて、魚のように目のあいだが離れていた――何ら感情を見せぬその貌つきが、ひどく不気味である。まるで、檜《ひのき》を彫った面《めん》でもかぶっているかのような無表情。枯れた墨いろの裳付衣《もつけごろも》を着て、天辺が尖ったようなかたちをした頭には、毛が一本も生えていなかった。きっと、修行僧なのであろう。

（あ、しょうのすけの……ない。あの、大事の阿古屋珠《あこやだま》はどうしたろう……）

気がついて、犬丸が周章《あわ》てた。着ている衾の袖《そで》を両手で探りつつ、柱の蔭にしかれた筵《むしろ》のうえに起きなおる。真珠のはいった袋が、どこにもない。しまったぞ――と、血相をかえたところへ、窓のまえにいる男がかまわず口をひらくのだ。森《しん》とした朝の空気に、若い男の声がよくひびく。

「われは、宋念《そうねん》と申す。見覚えよ」

いっこう表情かわらずして、口すらもうごいたかどうか分からぬようすでそう云うと、じっと犬丸の姿を見ている視線の冷たさ。つづけて宋念、斯うも云う。

「然《しか》るを先度《せんど》（ところで、先程）、そこもとのお連れと申されし、じゅうぞうどの当寺《とうじ》に参られ言付《ことづ》けられたるには、慮外《りょがい》なる用事をつかまつりて、これより遠方《えんぽう》へ相《あい》むかわれるとの仰せにあり。これへ復《また》と立ち返りし其日《そのひ》まで、そこもとをお預かりせよとも言《こと》寄《よ》せられたゆえ、当寺にて承《うけたまわ》る由《よし》にては、さようと心得て、そこもとも恙《つつが》のう日を過ごすがよい。われが、よろずに介添《かいぞ》え致すゆえ、何ぞあれば、この宋念に申し出よ――」

何やら睡っているうちにも重蔵が、ここへ訊ねて来たらしいのだ。さっそく用事があって、とおくへ出かけ、犬丸ひとりを置き残していったと云うのである。しかし、まったく重蔵たちの気配に気づかなかったというのは、どういうことであろう……そもそもが、ほんとうのことを云っているのであろうか。どうした理由《わけ》かはじぶんでも分からぬが、犬丸は相手の言葉をまるで信じていなかった。

(怪しいな……)

そこで——宋念を名乗る、青年坊主——そのいっこう感情をあらわさぬ、お面のような貌にうたがい深い目をむけて、

「ここは、どこだい」

そう訊ねると、

「申したところで、そこもとは存ぜぬであろう」

まるで抑揚《よくよう》のない声で、返事があった。相手はちらとも表情をうごかさず、その冷静沈着とした姿に変化は見られない。いくら観察したところで、一己の意思というものがまるで感じられないのである——外形こそ人の姿をしているが、それこそ魂のない屍《しかばね》を見ているようなのだ——気配などは無きに等しく透けていて、空気とかわらず、じつに薄かった。人殺しの本性を見抜いた犬丸の眼力をもってしても、相手の本意が読めぬのが、どうして不気味である。さて、これは困ったぞ……こころの片隅でおもいつつも、犬丸は納得した素振りでうなずくしかない。

「ついて、参れ」

しずかに云うと、宋念が窓のまえで音も立てずに腰をあげ、天井へほそい影を投げた。そこで犬丸もまた、ようやく着ている衾を脱ぎ取って、もういちど真珠の袋がないかと

目で探り、朝の寒さに膚《はだ》をあわ立てながら、十五歳の背についていくのであった。

子どもたち

ついて来いと云われて案内されたのは、屋根に柿《こけら》が葺かれた長ほそい建物で、横巾が二間ほどしかなく、ほとんど渡り廊下とも変わらぬ狭さ、そのうえ天井も低く、しかも土台となる地形が傾斜しているようで、床が段状になっていた。これからどこへ連れていかれようというのかまったく知れないが、黙って宋念のあとを追う犬丸であった——十五歳の背につづいて、不思議なつくりをした建物の敷居をまたぐと——まず、目についたのが、左右に延々とつづく格子の窓だ。

左手に貌をむけると、境内が見おろされ、いっぽう右手の格子のむこうには、梢をうなだれた竹林が見え、その奥に雪をかぶった山影が横たわり、ちらと視界の端にのぞいた波光は海らしく、のぼったさきに射し込む冬の朝の光が、犬丸の目には耐えがたいほどにまぶしく感じられるのであった。とっさに、おもった。

（右のほうが、東だな）

階段状になった床が切れると、いったん外へ出た——そこへ簀《す》の子が三枚しかれてあって、藁《わら》で編んだ足半草履《あしなかぞうり》（足裏の半ばまでしかない、ちいさな草履）がならべて置いてある。それを一足履けと云うので、ちいさな足に突っかけた。

ふるい木くずを嗅ぐような、濃いにおいが降ってくる廂《ひさし》をくぐり、つぎにはいった建物は、はたして庫院《くいん》（厨房）であるらしい。ふるびた米炊き用の竈《かまど》が五つならんでいて、その手まえには煮ものにつかう、べつな竈がふたつ据えつけられている。どの竈もおおきくあいた焚口《たきぐち》に、まっ白い灰を溜め込んでいた。かたわらに、縄で結わえた柴木《しばき》の束と、こまかく割った薪《まき》が積んである。珠《たま》を咥《く》わえた鯉《こい》のかたちを彫った木の板が、天井から吊りさがっていた。禅宗に特有の法具で、「魚梆《ぎょほう》（開梆《かいばん》。魚鼓《ぎょこ》）」という。叩いて、時刻をしらせる鳴物《なりもの》だ。

奥に井戸が組まれてあって、四角い釣瓶《つるべ》がぶらさがっている。その横手に見えているのは、流しであろう——そこへ洗った笊《ざる》や俎板《まないた》や、底の浅い籠《かご》に入れられた食器類、水を張った桶《おけ》と柄杓《ひしゃく》が置いてある——暗い土間を踏みつつ、煮もの竈のまえを歩いて過ぎると、奥に板間が見えた。そこで宋念が足を止めるや振りかえり、草履をこれへ脱ぐようにと云うのである。まるで、表情のない声で。

さて、草履を脱いで框《かまち》にあがり込んだ犬丸が、軀をかがめて膝を折る。宋念にならって丁寧に、足半草履の鼻緒をつまむと前後をかえし、つまさきをそろえてから立ちあがる。ふたたび、十五歳のあとをついていった。みじかい廊下を踏んで、ひと迂《まが》り。十歩も進まぬうちに突き当たり、格子の襖戸《ふすまど》がひらかれると、はたして犬丸が通されたのは「食堂《じきどう》」だ。

見ると、三十畳はあろうかとおもわれる広々とした板敷きのうえに、角長《かくなが》の木のお盆が一枚、それこそ片づけるのを忘れられたかのように孑然《けつぜん》と据え置かれてあった。薄らにおいがする。どうやら、角盆のうえに載っているお椀《わん》には、芋粥《いもがゆ》がよそってあるようだ。そのお椀から、見えるか見えぬかの薄い湯気が立ちのぼっていた。それといっしょに、蓋をした器《うつわ》が見えた。あれは、汁物《しるもの》であろうか――そして、竹の箸《はし》が一膳だ――これへ、御斎《おとき》（僧侶の食事）が用意されているらしかった。もちろん、犬丸のためにであろう。

敷居をまたぐと、柱の横を通り抜け、お盆のまえまで誘導された。そこへ坐れと云うので、素直にしたがう犬丸だ。正坐した。宋念が立ったままの姿で合掌《がっしょう》し、お盆にむかって天辺の尖《とが》った頭をさげる。見ならって、犬丸もまた御斎に合掌だ。正坐のままで、お辞儀をして……そこでいざ、お椀の芋粥を目のまえにすると、おもわずも口のなかに唾《つば》がいっぱい滲《し》み出てくるのである。おそらく、一日ぶりに見た食事ではなかったろうか。おもうよりさきに、空《す》きっ腹が渦《うず》を巻くような声をもらすのだ。たしかに、腹が空いていた。

「斎を済ませたあとは、うつわを流しへと運び、おのれで洗え。そのころに、復参る《また》」

そう云って、宋念がどこへとも知れず立ち去った。すると、いそいで箸を手に取り、粥を口へ掻き込む犬丸だ。まったく米は米の味しかせず、芋はまさしく芋の味である。塩気も何もない。つぎに汁のはいった器の蓋をあげ、口に含むがこれまたほとんど味がしなかった。とは云え、空きっ腹にはかえって具合もよかろうと云うものだ。

たちどころに食事を済ませた犬丸は、満足そうに目をほそめて、ひと息ついた。まわりを見まわしたが人影はなく、耳を欹《そばだ》てたところで、もの音ひとつ聞こえてこない。お盆を両手に持ちあげ、食堂を出た。冷えびえとした廊下を進んで框を踏むと、そこで足半草履を突っかけて、土間を横切り、さいぜん目にした流しへむかう。云われた通りに、つかった器を水洗い。底の浅い籠にはいった食器類をちらと横目に見やり、そこへ一々真似て、いましも洗った食器や箸を重ねておいた。濡れた手を拭こうとおもい立ち、何ぞ手ぬぐいのようなものはなかろうかと辺りを見まわしたが——さて、どこにも見あたらない。しかたなく、着ている小袖の腰に触れようとしたそのときだ。

「お堂(僧堂)へ参るぞ」

とつぜん背後に声がして、これに犬丸、飛びあがらんばかりに吃驚《びっくり》した——目にも止まらぬ疾《はや》さで背をかえし、振りむきざまに右手が勝手にうごいて、腰のうしろを探っている。そればかりか、いまにも相手に飛びかかろうかとするいきおいで、腰を沈めて身がまえると、すでに脚を前後にひらいていた。この少年が持ち合わせた尋常ならざる反射運動の能力は、いまの挙動を目撃すればじゅうぶんであろう。その右手が……何にも触れない……どうやら無意識のうちに、苦無をつかもうとしたようだ。ところが犬丸、いまになって気がついた。

（あ、ない……）

しまったと、一瞬ばかり軀が凍りつく。大事な苦無を、どこかへ置き忘れたらしい。から手ながら、戦意を泛かべたまるい目が、なおも警戒するように声のあるじをじっと見つめている。お面のような貌つきをした宋念が、十歩ばかり離れて立っていた。いましも見せた犬丸の、愕くほど素早いうごきをその目にとらえ、わが身の危うきを知ったか、はじめて無色無形の表情に、あきらかな動揺をのぼらせるのであった。宋念は一瞬、呆然とするような貌つきを見せたかとおもうと、すぐにもそうした表情を消し去って、

「ついて、参れ」

沈着を装ったその声には、ほんのわずかであったが、こころの乱れがあらわれてもい

た。かたや犬丸は、警戒のこころを解くと、いざとばかりに踏み込んだ右足をうしろへ引いて、まっすぐに腰を立てるのだ。その口辺に、にっこり笑みをもらして無言のご挨拶。

（なあんだ、そーめんか……）

そうねん、である。声のあるじは、さきほど見知った若輩《じゃくはい》修行僧——敵にあらずば、こころもいったん安らげど、いったい苦無をどこに落としたのだろうと、いまもその表情のうえに戸惑いを隠せぬ犬丸なのであった。

すぐに宋念の背を追い、庫院の外へ出た。

右手に折れると、雪が浅く積もった小径《こみち》を踏んだ——径の両わきから霜《しも》に白く隈取《くまど》られた笹の葉が、鬱蒼として足もとに迫り、痩《や》せた老人のような松の木が苦しげに腰をまげている。松の根をまたいで十歩、すぐにも小径が切れてなくなり、土階のうえに辿《たど》り出た。

ほとんど木蔭に隠れているような、ひと目にもつかぬであろう狭い階段で、滑り止めに丸太や石が埋めてあるわけでもなく、一本の縄すら張られていなかった。これを用心しながら、十三段——踏んでおりたさきに、四間四方の草地があらわれた。

犬丸がそこでふと足を止め、きらきらとした視線をめぐらすと、雪をかぶった薪《まき》がそこかしこに積んである。一瞬、遊びごころが胸に沸き、山と積まれた生木《なまき》のうらがわをのぞいてみたい気持ちにもなったが、さきを歩く宋念が一歩として足を休めない。後続者のようすなどかまわずに、草地の横手に架けられた木の階段をおりていくのだ……これに周章てた犬丸が、宋念のあとをすぐに追い、そうして階段をおりると、そこには浴《よく》司《す》(浴室)らしきおおきな建物が軒をかたむけており、奥に東司《とうす》(便所)の黒っぽい板壁が見えていて、このふたつの建物を結ぶように、屋根を載せた廊下が「く」の字に渡してあった。廊下の軒端《のきば》に目をくれると、ちいさなつららがいくつも垂れさがり、ひたひたと透きとおった水滴を、数珠《じゅず》のように落としているようすが美しい。

さて犬丸、足半草履を小脇に挟むと、廊下にあがって浴司を過ぎた。東司のまえまで廊下を渡れば、いよいよ視界がひらけて、斑《まだら》に雪を残した境内が寂《せき》として眼界を圧するのである……はたして子どもの目からすれば、ずいぶんと広くも映るようであったが、やはり七堂を備えるにはすこし狭いか……西面にはすっかり立ち枯れして、骨のように灰白色《かいはくしょく》のかたまりと化した楠木《くすのき》が立っており、土から根をのぞかせ、肥ったままに割れたみじかい枝を曇天《どんてん》にむけている。その奥に見えているのは檜《ひのき》の緑、根もとの辺りを隠すようにして笹が生いしげり、そして彩《いろ》が抜け落ちた葦《あし》が一叢《ひとむら》かたまって、陰鬱たる微風にゆれていた――と、まず犬丸の目を引いたのは境内の荒れた木立のようすではなく、北面に威容を聳《そび》え立たせた御堂のほうであるらしい――仏堂が、建っていた。魅入られたようすに、犬丸がじっと見ている。

（あすこへ、ゆくのかな……）

屋根をふたつ重ねていて、一階と二階のあいだにびっしりと詰組《つめぐみ》（枓栱《ときょう》。軒桁《のきげた》を支えている建材）がならんでいるようすは、どこかしら魚の鰓《えら》がめくれあがって、うらがわがのぞいたような気味悪さだ。ふたつの屋根はいずれも両端が鳥のつばさのように反《そ》りかえっていて、とくに二階の屋根のほうがおおきいようである――建物の正面に見えているのは、軸受《じくう》けのある開《ひら》き戸で、つくりからして桟唐戸《さんからと》であろう――弓欄間《ゆみらんま》（通風のための格子）が、一階の屋根のしたに設《もう》けてある。三段ばかりの階段が戸口のしたに架けられていて、左右に赤樫《あかがし》の枠を嵌《は》めた花頭窓《かとうまど》があった。およそ、小ぶりながらも唐様《からよう》の造作をしているのだが、長《なが》の歳月に耐えきれずに朽ちかけて、何やら鬼でも棲んでいそうな雰囲気だ。

すると待たずや宋念、境内を横断しはじめた。犬丸もさっそく足半草履を突っかけると、霜で凍りついた地を踏んだ。その一歩……足もとで、霜柱が割れる音がする……耳にして、ふいと笑顔を見せる犬丸であった。必要以上に膝を高くあげて歩くのは、わざとであろう。霜柱の割れるのが、どうして楽しいらしい。

宋念の背についていくと、むかったさきは北面の仏堂ではなく、正面に見えている立ち枯れした楠木の方角――つまりは、境内の西面だ――そこへ、沈鬱とした気配に包まれた平屋の建物が、まっ黒い影を地のうえに投げかけている。ひびのはいった白壁に、茶いろに枯れた蔦《つた》を這わせて、仏堂におなじような花頭窓、赤みを帯びた桟唐戸を閉じていた。屋根には溶けかけて氷のようになった無色の雪を残し、軒さきにいくつもの透けた牙をぶらさげている。

「僧堂――」

である。

宋念が合掌したあとに辞儀をして、赤錆びたいろの戸をあけると、もういちど辞儀をしてからなかにはいっていく。おなじ礼儀をしめして犬丸があとにつづくと、堂の内部には壁ぎわに沿って回縁のようなものがめぐらされており、そのうえに一畳《いちじょう》ずつ、タタミがしかれてあった。これを、「単《たん》（内単）」という。僧侶ひとりが生活するための空間を意味した。つまりは、個人がこの現世をくらすのに、一畳の広さがあればじゅうぶんだという「禅宗」の教えである。僧侶たちはそこへ坐って、ひたすら壁にむき合い、瞑想《めいそう》（禅定《ぜんじょう》。坐禅）をするわけだ。

とうぜん、犬丸はそうしたことなど知る由もなく、ただ僧堂のようすを一望したその刹那、愕くような嬉しいような、何とも云いがたい感情を胸に覚えて、目をおおきく見ひらいたままに立ち止まるのであった。

（……人がいるぞ）

しかも、じぶんとおよそ歳のころも変わらぬ子どもたちが、ひとりひとり「単」のうえで、しおらしげに坐禅を組んでいるのだ。壁に軀をむけて、目を閉じて。もちろん、ひと言の口も利かなかった。痩せた子もあれば、頬に肉づきのよい子もある。坐っているが、背の高さもまちまちで、恰好もいろいろだ。しかし、一様にその表情はしずかであった。

一見したところでは、男児が多いようである――白衣のうえから裙子《くんし》（黒いろの、襞《ひだ》の多い腰衣《こしぎぬ》）をつけて、いかにも小坊主といった装束をし、頭の毛まできれいに剃《そ》りこぼっている子どもがいるいっぽうで、有髪《うはつ》のままにして、ざんばらの髪を天辺にまとめて結いあげ、着ている小袖も襤褸《ぼろ》のまま、そこらを歩いている恰好とも変わらぬ風体をして、じっと坐禅を組んでいる男子も見えた。犬丸が人数を目でかぞえてみると、

（四《よ》、五《いつ》、六《む》……）

はたして、七人目は女児であるらしい――束ねた黒髪、白い手ぬぐいを桂包《かつらつつみ》に頭へ

巻いて、着ている衣は掠《かす》れた赤の小袖である——ほかにも、女児がふたりいた。どの少女の頭にも、手ぬぐいが巻かれてあって、小袖のいろもおなじふうに見えた。

（……七《なな》、八《や》、九《ここの》か）

坐禅をしている子どもたちは、男女織りまぜて都合九人……見た一瞬、いちどに沢山《たくさん》の友だちができたかも知れないぞと、気を逸《はや》らせる犬丸であった。まだ年端もいかぬ子どもたちが、どうしてここに一念となって坐禅をしているのか、そうした疑問は鳥渡《ちょっと》もおもわぬようである——と、左肩に触れた——宋念の白い手が、犬丸の肩を押しつつ、そのまま僧堂の隅まで誘導すると、いちばん端の空いたタタミをあごさして、そこへ坐れと手ぶりで指示をする。

足半草履をまた脱いで、「単」にあがった犬丸が、まわりの子どもたちの姿を見様見真似で、坐禅をはじめた。しずかに目を閉じて——背すじを、まっすぐに伸ばし——ちらと薄目をあけて、横に坐る男児を見ると——真似をして、あごをひき——また目を閉じて、壁のほうへ貌をむけたあと、胡座《あぐら》を組んだ膝のうえに、力を抜いた手を載せる。

そうして、まわりの息ざしを耳に聞きながら、合わせて犬丸も呼吸を繰りかえす。しかし、頭のなかは、じぶんの声で騒がしい。あとで境内のどこで遊ぼうか、だれと口を利こうか、皆それぞれに名まえは何と云うのであろうかと、考えることがいっぱいだ。

何か素晴らしい遊びをおもいつかぬものかと、気持ちが昂《たか》ぶるいっぽうであった。邪念といえばそれまでであるが、犬丸にとってこれほど期待せられることも滅多にないのだから、どう仕様もない。無心になることなど、いまはとても無理である。

ところが、いちど坐禅がはじまれば、いつぞ終わりにならんかと苦痛を覚えるほどにつづけられるのだ。当初は、いますぐにも皆と僧堂の外へ駆け出て遊びたいという気持ちを抱《いだ》いた犬丸であったが、そんな考えなどすっかり頭から消し飛んでいた。じつに、一刻半（三時間）も坐禅をさせられた。心身の疲弊が甚《はなは》だしく、瞑想の終わったころには昂揚していた気分は雲散霧消《うんさんむしょう》、ひとまず立って歩くのも大儀なようすの犬丸なのであった。

いったん姿を消していた魚のような貌をした宋念が、ふたたび監視にあらわれた。あいかわらずの、無表情だ。戸をあけ放つと、深沈たる僧堂を一巡したあとに、子どもらを戸口のまえに呼びあつめ、皆から列をなして僧堂から出ていった——とちゅう東司（便所）に立ち寄った者は犬丸を含めて三、四人ほどあったが——そのまま庫院（厨房）の奥の食堂へと案内せられ、ひと言としてものを云うのも許されず、ひたすら黙って用意の夕餉《ゆうげ》を食す子どもたちである。

麦めし、芋《いも》の煮物、牛蒡《ごぼう》の味噌和《あ》え、煮しめた椎茸《しいたけ》、そして蕪《かぶら》の汁椀《しるわん》……それが、夜の食事だ。終われば、だれがめいじるともなくお盆を手に取り立ちあがり、ひとりひとり流しへむかうと、じぶんでつかった食器をきれいに洗って片づけを済ませてから、庫院を出た。

そこへ宋念に代わって、善進《ぜんしん》という名の中年恰好の坊主が待っていた――目がぎょろりとしていて、乾いて割れた唇からのぞく前歯が、黄いろくておおきい――いかにも血色がわるそうな貌つきで、膚が青黒くも見え、とうぜん宋念におなじく頭の毛はきれいに剃りあげている。どこかしら、うまれたばかりの鳥の雛《ひな》をおもわせる風貌であった。

さっそく、その善進という男に連れられて、子どもたちは東室《ひがしむろ》（寺域の東方に建てられた僧房。休息場）にむかった。犬丸も、いっしょについていく。歩きながらに、ふとおもった。何かが、おかしいぞ……それがいったい、何であるかは分からないのである。しかし、ここで目にする景色のひとつひとつに、何かしらの齟齬《そご》が感じられるのだ。

犬丸は疑問におもいつつも、じっと口を噤《つぐ》んでいる。そもそも、この寺じたいのようすが、どうにも怪しいのだ――一見して大層な造作ではあったが、何やら無理に縄張りされているような形跡が残されていて、それが犬丸の素直な目に、強烈な不調和を印象させるのであった――いまや、建物は経年とともに傷《いた》みがあらわれて、どこを見まわしても非常に枯れた印象が視覚につよい。謂《い》わば、不吉である。もの蔭《かげ》のいたるところに鬱積《うっせき》した恐怖がわだかまり、怨念の目をぎらぎらと光らせているような感じがするのだ。

ほかにも、宋念や善進という坊主の人ならざる雰囲気のことや、正之介はどこに消えたのかという疑問が解決せぬままに残っていたが、いまは考えたところで何ひとつ、答えらしきものは見つけられそうにない。

さらに、そうしたことにも増して、ここに出会った子どもたちの気配が、じつに異様なのである。どの童子を見ても、ほとんど口を利かずにいて、すべての動作が整然としており、しずかなのだ——いや、しずか過ぎた——たがいに目を合わせることもなく、どこかとおくを見つめているような、力のない眼《まな》ざし。皆で事前に申し合わせてあるのか、ひとつひとつの所作がそっくりおなじ。そうしたようすを見ていると、一種の戦慄すら覚えるのであった。行儀《ぎょうぎ》がよいというよりは、何やら一己の意思が欠いているような雰囲気がある。そこで犬丸、食事のときから鳥渡《ちょっと》した隙をうかがっては、ほかの子どもらの横貌をじっと盗み見て、何か事情を推察しようとするのであったが、ますます疑念は深まるばかりだ。

（いったい、どうしたのだろう……）

さて、そうしたいくつもの疑問を胸に秘めつつ押し黙り、善進に案内されるがままに、ほかの子どもらに紛れて東室までやってくると——そこは、はたして犬丸が目を覚ました部屋でもあった——いっさいの会話を慎み、けっして騒ぐことのないようにとの注意がなされ、銘々が衾《ふすま》を手渡されるとそれを着て、ままに寝処《しんじょ》へ押し込められた。

子どもらはそれぞれの寝場処が分かっているかのようすで、善進が戸を閉めたあとは、ひと言の声も交わさずして、さっそく床にしかれてある筵《むしろ》のうえをめざし、散りぢりに移動しはじめるのであった。まるで、名札《なふだ》でも見えているかのような正確さで歩いていくのだ。ひとりとして、じぶんに与えられた寝床をまちがえることがない。おなじような動作、そっくりの表情……そうして子どもたちは筵のうえに身を横たえると、それぞれが計ったように目を閉じるのである。

犬丸は何やら、そら怖ろしいものを感じて、その場にしばらくも呆然と立ち尽くしていた。何かひと言——どんな言葉でもよかった——はっきりとした声を口に出したかったが、うまい言葉が見つからない。しかたなく、いちばん隅にしかれた筵まで歩いていくと、そこへ膝をついてから、衾の袖に腕を通した。皆とおなじく、無言である。しずかに、横になった。見あげた天井が、陰鬱として暗かった。

云いたいことが、沢山《たくさん》ある。疑問におもうことは、それ以上だ——しかし、いまはひとつのことだけに思考を振りむけて、この不穏な空気にくすぐられて騒立《さわだ》つ気持ちを、できるだけ落ち着かせるのが精々《せいぜい》である。心配ごとなど、一生にひとつでじゅうぶんだ。

（苦無をどこへやったのだろう。落としたかな）

斯《か》くして、その夜のこと……。

悪魔の声

いつとは知れず、すっかり睡ってしまっていた。

気がつくと何やら人の声がして、首のうしろの生毛《うぶげ》をくすぐられたようで、はっとして目を覚ました犬丸だ。起きた、が……微動だにしなかった。

目を覚ましながらも、すぐに自身の気配を押し殺し、犬丸は音を立てぬようにと注意しながら、ゆっくりと鼻から息を吸い込んだ。とっさにうごくを止《よ》したのは、理屈をはるかに越えたこの少年の、謂《い》わば本能とでも云うべき資質が思考に勝《まさ》り、考えるよりさきに軀のほうが勝手に反応したのであろう。さらには——暗い寝所に薄目をあけて、まったく意識もせぬうちに、しぜんと耳を欹《そばだ》てているのである。いまだどこかしら、その貌つきに幼気《いたいけ》なところを残す犬丸であったが、どうして侮《あなど》るなかれ、常人にはけっして推し量れぬ卓抜たる神経の持ちぬしなのだ。

(だれかいるぞ……)

寝所のどこからか、不気味な人の声が聞こえている。それがじつに、雨降る夜更けに亡霊が唱《うた》っている声かのようで、何とも底気味のわるい感じがするのであった……しかし、待て。いぜんにも、どこかで聞いたような覚えがあるぞ……そこで犬丸、ふと気がついた。

(あのとき、しょうのすけが口にしていたのとおなじだ――)

お経にも似ているが、どこかがちがっていた。不思議な言語。およそ、呪文《じゅもん》。

「――バサラナン、タラタ、アボキャ、センダ、マカロシャナ、ソワタヤ、ウン、タラマヤ、タラマヤ、ウン、タラタ……」

怪しき響《とよ》みを帯びた冷たい声が、森《しん》とした寝所の空気を顫《ふる》えさせ、さらにそこへ重なるべつな男の声が、増して不気味にひびくのだ。

「三太《さんた》よ、わしの声が聞こえようか……おまえの身体《からど》には、わしの血が流れておる。おまえは、何も考えまい。考えまいぞ……心安げにしておればよいのだ。おまえの目で見るものは、わしの目にもよろず見えておる。おまえの打ち聞く声の有りとあるものが、わしの耳にも聞こえておるぞ……さあさ三太よ、力を抜くがよい」

老い錆《さ》びた声が、病者《びょうざ》を説きつけるふうにして云うのであった。まさに、説得の声だ。

あるいは、暗い夜路に迷った者の袖を引く、魑魅魍魎《ちみもうりょう》のささやきにも似ているか。どこかしら、その声には悚《ぞ》っとするようなところがあった。

「――左様、さよう。力を抜いて、よくと聞け。苦しきこの世を渡るに、わしの言葉に信を置くが、一《いち》の大事ぞや。三太よ。世は敵《かたき》じゃ……おまえの敵は、この世である……さあさ、心安げにわしの声を聞くがよい。その手を、握ってみせよ。握り拳《こぶし》をつくれ。さよう。それ、もう開《あ》かぬな。石くれのように、その握り拳は固《かと》うなったぞ。わしが、申せばその拳で敵を打て。それが力で、のど輪を絞めよ。わしの声にしたがえ。よいかな、三太。わしは、たれぞ。名は何と申すぞ」

「どうじん。むどうけんさま――」

「おまえは、何者か」

「むどうけんさまの肉のうちより、成り出《いづ》りし（生まれた）子にござりまする。御血《おんち》を継ぎし、養われし者のひとりにてござりまする……」

「よう申した、三太よ。わしの声が聞こえようか。ほれ、おまえの心はいま洞《うろ》となり、わしの声が響《とど》ろと鳴り聞こえておろう。三太よ、三太よ。わしが三つを数《かぞ》うに合わせ、おまえの握り拳は解《ほど》けてしまうぞ。よいか。よくと聞けよ。一つ、二つ、三つ……ほれ、手の解けはしたが、こころはままじゃのう。不思議じゃのう。ほんに、不思議じゃ。これぞ、神通《じんずう》である。おまえは、わしと通じておるのじゃ。ゆえに、いま手の解けたのじゃ。三太よ、力が湧いてこようぞ。どうじゃ、不思議じゃのう。いま聞こえておるのは、わしの声。おまえの心の奥底の声じゃ……おまえの心は、この無洞軒と諸心《もろごころ》となったぞ。さあ、礼を申せ。わしを、尊《たっと》べ。先生《せんじょう》の声にしたがえ。さすれば、おまえはこの人の慾に黒く塗《まみ》れし、怖ろしき世を生きてゆけよう」

そうした不吉な会話を耳にしているうちに、何やら犬丸にはおもい当たるところがあった。はたと気づいて声もなく、そのちいさな胸の裡《うち》がわでつぶやいた。

（むどーけん、どうじん……）

その名を、たしかに聞いているのだ。まちがいない。不覚にも酒に酔わされ、正体もなく心骨《しんこつ》の蕩《とろ》けたようになったあの夜のこと、きつね貌の正之介が、いまとおなじような不思議なひびきをした言語を滔々《とうとう》と声につくって聞かせ、そのあとおなじ名をなんども繰りかえしては、犬丸の耳もとでささやいたのだ——そうだ、そうだ、あのときもしょうのすけが云っていたぞ——無洞軒という名の男に、いい、したがえと。

その無洞軒なる人物が、このいまちかくにいるらしい。気持ちがうごく。その姿を見てみたいと、こころが逸《はや》る。しかし犬丸は、筵《むしろ》のうえに軀を横たえたまま、いまだ睡ったふりをつづけるのであった。

（動いては、いけないや）

何故か知らん、このままふりをせねばならぬとおもうのだ。いまの状況に、一種の警戒心がつよくはたらくのである。譬《たと》えば——嵐が訪れることをまっさきに鳥たちが勘づくようにして、犬丸もまたいざとなれば、わが身の危険を予覚するような、持ちまえの能力をここにあらわすのであろう。

あたえられた筵のうえでそら寝をして、無洞軒道人という男の声に聞き耳を立てながら、犬丸はふとおもうところがあった。そこで腰の横に置いたじぶんの手を、ひそかにかたくにぎり締めてみる。右と、左の手を……どうじにつよく、にぎったあと……ここ ろのなかで、一つ、二つ、三つとかぞえてから……いや、もうひとつ足して、四つにしよう……そうしてゆっくりと、ひらいてみた。何のことはない。はたしてそこには、じぶんの意思がはたらいていた。しかも、はっきりとだ。

あのとき、正之介も——犬丸に手をにぎるようにと語りかけてきて、このいま無洞軒とやらが声にしたのとおなじように、相図《あいず》をすれば「……ゆるりと、手をひらけ」と云ったではなかったか。犬丸はひどく酒に酔い、前後不覚の者となっていたが、しかたなくその場の調子にあわせようとして、云われた事をしたのであった。いまとおなじように、自己の意思がはたらいて手をひらいたのである。さていったい、これは何の遊びなのであろうかと、不審におもいながら。

（手をにぎったりひらいたり、いったい何をさせたいのだろう）

犬丸は、それこそ不思議でしかたがない。大体じぶんの手というものは、他人の勝手な意思がはたらいて、把持開放《はじかいほう》するものではなかろう。怪我をするか、縄《なわ》か何かで縛られぬかぎりは、手の自在はじぶんのおもうがままである――いったいこのような夜更けに、何の遊びをしているのだろうかと、犬丸はまたあらたな疑問をひとつ抱えて頭がいたかった。

そうしたいっぽうで、どことも知れぬこの陰険な空気に掩われた場処から、すぐにも遁げ出さなければならないともおもうのである。理由《わけ》は知らぬ。虫のしらせ、というやつだ。

（見よう）

どうして、我慢がならないのであった。まず無洞軒の貌を、たしかめようとおもう。そこで犬丸は首を横むけて……ゆっくりと、気づかれないようにだ……声のするほうへ、目をやった。もちろん、薄目にしている。息の音も消した。万全であった。

――見た。

寝所のいちばん奥まったところへ、窓から薄らと射し込む月明かりが見えていた。月が降らせる光は智慧《ちえ》に満ち、荘厳としていて、天女の羽衣かのようにじつに美しい。その白々とした月光を背に浴びて、頭のかたちが尖《とが》った男が静坐している。

（あれが、むどーけんかな）

睫毛《まつげ》を顫えさせながら薄目をこらせば、はたして宋念だ。肩をすぼめて合掌し、息をするように、不思議の咒文を唱えつづけていた。その背に、月光を浴びながら。

「……シャリテイ、シャミヤ、シャビタイ、センテイ、モクテイ、モクタビ……シャビ……」

宋念のまえには、白衣のうえから襤褸《ぼろ》の衾《ふすま》をまとった男児がひとり、首をうなだれるようにして坐り込んでいた。筵のうえに力なく坐ったたまま、ときに肩を前後にゆすっているのである。まるで舟にゆられているかのような、その容子《ようす》。あるいは、姿の見えない何者かの手に、肩の辺りを押されているかのような風情であった。その男児の背にむかって宋念が、不吉な咒文を吐きつづけているのだ。

（あれが、三太だな）

そう云う名で呼ばれていたようにおもうが、ちがったか。いや、待て……もうひとりいた。くたびれたようすで坐っている三太のむこうがわに、まっ黒い影がうずくまっているのだ。

すると、そこの辺りに射し込む格子状の月明かりが、じわじわと白さを増しはじめ——男の影を剝《は》ぎ取ると、怖ろしい輪郭を暗がりより泛かびあがらせるのであった。犬丸は見た。美しき月光に曝《さら》される、悪魔の貌を……無洞軒という、怪物の姿を。

一見したところ、歳のころは八十の老人である。腐った果実のように黒ずんで見える貌膚に、幾千とかぞえるしわを刻みつけ、灰いろをした枯れた髪を櫛削《くしけず》り、背に長々と垂れていた。ひとえの目をかっと見ひらいて、ちいさな三太の影を見おろす黄いろい眼光……まるで、蟒《おろち》の目とそっくりだ……しわだらけの貌のまんなかには、くちばしをおもわせる鷲鼻《わしばな》が隆々として盛りあがっていた。いちどならず骨を折ったことのあるらしく、鼻背《びはい》の一箇所が竹のふしのような影をつくっている。着ている小袖は、しぶめの鼠《ねず》いろだ。そのうえから、檳榔子《びんろうじ》で染めた立派な黒い羽織をかさねているのが、どこかしら巨大なからすをおもわせた。

三太という童子の姿に取り憑《つ》かんとするかのごとくに膝を寄せ、背後の壁におおきな影を投じているようすが、そら怖ろしい。いや、背後に見える影のほうにこそ、この老人の実体があるようにおもわれてならぬ。さらに云えば、蟒の目を水のように光らせながら、しわがれた声でぼそぼそと、何やら話しかけている老人の姿は、とても人であるとは見えないのであった。

それこそ、〈怪鳥《けちょう》〉と呼ぶのが相応しかろう――じつに、悪魔めいた容姿をしているのである――まるで、人の邪悪をその姿に練《ね》りかためたかのような男なのだ。悪の化身《けしん》……いや、権化《ごんげ》と云ったほうが適当かもしれぬ。

するや、蟒の目をした黒い怪鳥が、枯れ木のような二本の腕を振りあげて、坐った姿勢のままで前のめり、三太の両肩へ手をかけた。犬丸の耳では聞き取れぬほどに、ごく低い声で何かをささやくと、三太に「――睡れ」とひと言めいじて立ちあがる……こんどはとなりで寝息を立てている童子の傍へと、不気味に衣ずれの音を立てつつ足を運ぶ無洞軒……さてまたそこへ坐りなおすと、掩いかぶさる暗黒の妖しき影となり、やすらかな睡りについた子どもの貌を、蟒の目でのぞき込むのであった――どうやら、無洞軒は睡っている子どもらを順番に見廻りながら、一々に咒法《まじない》をかけているようである。とすれば、きっと犬丸のところへもやってくるのであろう。どうしよう……このまま睡ったふりをつづけるべきか、それとも正直に目を覚まして見せようか。

なおも犬丸、薄目をひらいてようすを見ていると、黒い怪鳥が右手に刀印を結んで一《いっ》颯《さつ》、美しい月明かりを無言で斜《なな》めに切りつけた。さらに刀印を解《と》くや、胸のまえに両手を持ちあげる。大指《だいし》（親指）と頭指《とうし》（人差し指）の腹をそれぞれ合わせて輪をつくり、左右の手にあらわした輪と輪を鎖のようにつなぎ合わせて、残る指を立てて拡げたるは

〈天狗印《てんぐいん》〉——そこで、「おんあろまやてんぐすまんきそわか、おんひらひらけん、ひらけんのう、そわか……」と、つぶやいた。

「捨吉《すてきち》や。目を覚ませ、捨吉……さあ、それへ起きなおれ。われは、無洞軒である。目を覚まして、われを見よ……」

なおも犬丸は、異様を見つづけている。

(困ったぞ)

どうかして、これを遁げ出す手立てはないものか……とおもった、そのときだ……そら寝をしている犬丸の目には見えないのであったが、どこか足のむこうのほうで子どもがひとり、とつぜんのようにまったく不明瞭な寝言をつぶやいた。かとおもうと、苦しげに息を吐きながら、寝がえりを打つ音が聞こえてくる。すると、いまだとばかりに犬丸もまた、寝返りを打つふりをした。肩をかえすと、悪魔たちに背をむけて、薄目を閉じたあとに考えた。あの無洞軒という老人は、いったい何の理由があって、子どもたちの睡っているところへ呪文を吐くのかと。

そもそも無洞軒が何者なのか、考えたところでさっぱり見当もつかなかった。はたして、ここはどこなのか。このままで居たら、どうなってしまうのか。遁げ出すことはできるのであろうか。とすれば、どういう方法が考えつこうか——いちどおもい倦《あぐ》ねると、つぎからつぎへと疑問が湧いて、そら寝をしていることなどすっかり忘れてしまう犬丸なのであった。

　そうしているうちにも、さきの捨吉の暗示が終わったものらしく、つぎにそのとなりに寝ている「とめ松」という男児が起こされて、そしてつぎに「梅子《うめこ》」――声のようすを聞く感じでは、どうやら女児らしい――が、睡眠を解かれて呪文につかまり、さきの三人とおなじく、宋念の不思議の声を聞かされながら、かたわらに坐った悪魔に応答しはじめている。終わると、となりにしかれた筵のうえに寝ているのは犬丸だ。いよいよ、であった。梅子がもとのように筵のうえに寝かされて、悪魔の足音がひたひたとちかづいてきた……こうなれば、運否天賦《うんぷてんぷ》の呼吸で乗り切るしかない。まったくの、博奕《ばくち》であった。

　犬丸の頭のうえで、宋念が咒文を唱えはじめた。つづいて、圧倒されるような無洞軒の悪しき気配が、懸河《けんが》に逆巻く黒い波かのごとくに押し寄せてくる。妖しき天狗真言を口にしたかとおもうと、犬丸に目を覚ませと錆びた声でめいじて、さらに起きなおれと云うので、素直に声にしたがうと――それ、悪魔の暗示がはじまった――犬丸は目を閉じたままで、力なく首をうなだれ、あたかも術法にかかっているかのような演技をしつづけるのであった。まったく、うまいものだ。犬丸は三太の姿にならって背をまるめることを忘れず、ゆっくりと息を繰りかえしている。肩をゆらすようすは、波に打たれる小舟であった。返事をするときなども、聞こえるか聞こえぬかの声でぼそりとつぶやいた。いかな悪魔と云えども、これが子どもの芝居であるとはおもうまい。

（あッ）

するやとつぜん、背後に坐っていた宋念が、その気配をうごかしたかとおもうと、犬丸の首すじに手をまわしてきたのだ。いったい、何ごとか。

（そら寝が、破《ば》れたかもしれないぞ……）

首を絞められるまえに、いよいよ出たとこ勝負の格闘を演ずることになろうかと意を決し、身がまえそうになったそのときだ——何やら紐《ひも》のようなものが、首すじに引っかかる——これにて、絞め殺されるか——おもうや犬丸、首にまわされた紐を振り解《ほど》こうと、その双肩にめいっぱい力を込めようとするのであったが、既《すんで》のところでおもいとどまった。

まさしく命運を分けるような、寸毫《すんごう》の差……首すじにまわされた紐がゆるりと垂れて、そのさきに何かがぶらさがっているのを、犬丸は一瞬のうちに感じ取ったのである。どうやら、首を絞めようとしたものではないらしい。宋念はうしろから紐様《ひもよう》のものを、犬丸の首にかけただけなのだ。もしや、ここで勇み足を踏みもして、無洞軒に飛びかかっていたらどうなっていたことか……おもうと、冷やあせがわっと背に噴き出すのである。ほっと胸を撫でおろしつつも犬丸は、無洞軒の術にかかったふりをつづけて、頭をうなだれていた。いったい首に何をかけられたのか、いますぐ見たくもあったが、そこはじっと我慢した。

はたして、目を閉じている犬丸はまだ見ぬが、その首にかけられたのは――赤い布で拵《こしら》えられた――ちいさな、「守巾着《まもりきんちゃく》（御守り袋）」であった。じつに、一分銀ていどのおおきさで、口の部分に編紐《あみひも》を通して閉じてあり、紐はそのまま犬丸の首のうしろへまわり込んで、ぐるりと一周している。

「よいか、それが頸《くび》に下げたる護符を、片時《かたとき》も肌身より放すでないぞ。それは、おまえの命である。命とは、われ無洞軒の功力《くりき》がことぞ。為せる仕業《しわざ》の一切を申すのじゃ……わしの声がそれへ封じてある……どうだ、嬉しかろう。無洞軒に心を安《やす》うせよ……おまえは、いまここに命を与えられたのじゃ。それが命のあるかぎり、おまえはこの憎し世から護《まも》られよう。有りとある加護《かご》を受け、神力《じんりき》（神通力）を得し者ともなり、不死不滅の体《たい》ともならん……」

無洞軒が云って、犬丸の両肩に手を置いた――爪が剝がれてなくなり、痕跡《こんせき》を埋める肉は灰白色《かいはくしょく》に硬化して、骨が鉤《かぎ》状にねじ枉《ま》がったようすは、まさに怪鳥の趾《あしゆび》を見るかのようである——そうして、しわばんだ唇を刃物で割いたかのごとくに薄らとひらき、蟒《おろち》をおもわせる黄いろい目を爛々《らんらん》と輝かせながら、犬丸の耳もとで斯《こ》うささやくのだ。

「おまえの魂は、いい、いい、わしのものだ……」

さらに、悪魔の声が云う。

「……それへ、睡るがよい」

ゆっくりと、肩を押された。そのまま犬丸は、力のはいらぬふりをしながら軀をうしろへ倒すと、筵のうえへ手をついて、しずかにわが身を横たえた。

それからまた、そら寝をつづけたが——いや、いつの間にであったろうか——ほんとうに、睡ってしまったようである。

つぎに気がつくと、朝になっていた。

視線

冬の冷えた空気に庫院のなかは、いくつもの竈《かまど》から濛々と噴きあがる炊煙《すいえん》で、それこそ方向が分からぬほどに、まっ白になっていた——子どもたちがつぎつぎに敷居をまたぐと、朝も暗いうちからいそがしく、炊事に立ちはたらく女たちのようすを横目に見ながら、框《かまち》のまえで足半草履を脱いできれいにそろえ、ままに廊下へあがって食堂《じきどう》にむかう。あとはもろとも静坐の姿勢で、朝餉《あさげ》を待っていた。

さて、このちいさな十人であるが——食堂にはいってすぐに二手に分かれたかとおもうと、底冷えのする板敷きのうえへ「二」の字になって列《なら》んで坐り、ひと言の声を交わすこともなく、ただしずかにむかい合うのであった。まるで、冬の空を渡る鳥たちのように、たがいの距離を見るともなく計りながら、不即不離《ふそくふり》の間隔をしぜんに保って整列するのだ。そうしたようすなどを見ていると、おそらく言葉を交わさずとも、子どもたちのあいだに伝わる何かしらの秩序がはたらいているらしかった。その貌つきもまた、じつに神妙なものだ——斯《か》くのごとくして、だれに云われるともなく寝所のときとまったくおなじかたちに坐るのは、偶然や本能と云うよりも、大人たちのつくり出した基準に従順たらんとする子どもらの心理が、そのように行動させるのであろう。もっとも犬丸だけは、ただ空いている場処に坐ったようなものであったが……やがて、廊下を渡る足音が聞こえてきて、がらりと格子戸が開かれた。

そこへ姿を見せたのは、はたして善進だ。貌膚が青黒く、うまれたばかりの毛のない鳥の雛《ひな》でも見るようなその風貌——と、口をひらいて、ひと言云った。

「御斎《おとき》である」

まったく情緒を欠く声でそう云ったあとに、三人の婢女《はしため》たちがつぎつぎとお盆を運んでやってきた。どの女も小袖に湯巻きという恰好をしており、晒《さら》しの手ぬぐいをかぶって黒髪を包み隠している。いかにも農夫の女房といった外見で、どうやら地もとにくらしながら、ときおりこうして雇《やと》われては、庫院で炊事をはたらいているものらしい。

子どもたちの膝のまえに、食事を載せた木盆がひとつひとつ配されると、最後に一同そろって合掌し――犬丸もまた見様見真似で、手を合わせたあとに、敷居を往復する女たちに対してお辞儀をした――そのあと、善進が口にする感謝の言葉を長々と耳に追いながら、十人がいっせいにこれを唱和して、可愛らしい声を朝の食堂にひびかせるのであった。そこでひとまず、朝の役目を終えた善進がきびすをかえし、子どもたちはそろえたように格子戸のほうへむきなおるのである。

すると、食堂から立ち去る善進の背を、ひたすら神妙な貌つきで見送りながら――犬丸ひとりは、皆から所作《しょさ》が遅れたうえに、どことなしかその姿のうえに余所よそしい感じが残っているが――拝むようにお辞儀をして、ふたたび姿勢を正すと御斎にむき合い、ちいさなその手に箸を取る。さっそく犬丸が、汁椀の上蓋をつまんで持ちあげた。よほど食堂のなかの空気が冷えていたのであろうが、貌のまえに濛々たる湯気が夏の雲のように立ちあがる……と、そのまっ白い湯気ごしに……ほかの子どもらの表情を颯《さつ》と盗み見て、犬丸はいまさらながらに気がついた。

(あ、おなじだ)

それぞれの着ている衣の襟《えり》もとに、あるいは首すじのところへ、そろえたように赤い編紐《あみひも》がのぞいているのだ。きのうはまるで気にも止めなかったが、さすがに夜中のできごとをおもいかえせば、見過ごせない……ああ、もしかすれば……そういうことかも、知れないぞ。

皆の貌つきが一様にして、憂鬱に暗く沈んでいるようにも見えるその理由——力のない眼差しを、どこか戸惑うように怖々《おどおど》と潤《うる》ませながら——めいじられるがままに行動し、いつまでも坐禅に勤《いそ》しむ異様な容子や、終始無言をつらぬく底気味のわるさ、あるいは魂の抜けたようになった姿の正体が、ようやくここに分かったような気がするのだ。

犬丸を除いて、九人の子どもたちの全員が、無洞軒道人の幻術《めくらまし》(催眠術)にかかっているのにちがいなかった。暗示をかけられたうえに、その重石《おもし》として首から護符をかけられているのである。自由な意思をまやかしの言葉に封じ込められて、すっかり無洞軒の術にこころを囚《とら》われてしまっているのだ……何かそこへ、悪魔の思惑が透けて見えるような気がした。と、ふいに、じぶんにむけられる視線を感じ取り、犬丸がそのほうへ、とっさに貌を振りむけた。たしかに、見ていたのだ。

(何方《どち》だろう)

むかい合った五人のうち、右手に坐るふたりのいずれかだとおもわれたが、さてはっきりとは分からない——多分ではあるが、いちばん右端に坐っている男児の視線ではなかったろうか——とうの犬丸は、寝所に睡っていたときとおなじように、相手と対角線を引いた端っこの席に坐っている。ために、一瞬の視線を追うも間に合わなかったのだ。

そこで、いちばん端だと勘をするどくはたらかせ、用心深い目をむけると、はたして歳のころは自身とかわらずも、ずいぶんと立派な体格をした男児が、おとなしく箸を手にしている姿があった。勝ち気のつよそうな面がまえをしているが、表情が灰いろに曇っているのは、ほかの子どもたちとおなじである。そのとなりに坐っている小柄な男児のほうを見てみると、頭の毛をきれいに剃毀《そりこぼ》ち、白衣に裙子《くんし》という小坊主の装束をしていたが、犬丸が見当をつけたいちばん端の男児はと云えば、それとはまたちがい、およそふつうの恰好をしていて、いろの掠《かす》れた藍《あい》染めの小袖を着て、腰には帯の代わりに縄《なわ》を巻いている——剃髪《ていはつ》などもしておらず、伸びきったその黒髪を、乱暴に頭の天辺で括《くく》りつけていた——四角い貌に眉が濃く、鼻が低くて、受け口だ。いまだその姿に、幼さは抜けきらないでいたが、しかしいっぽうで、大人びた義侠心《ぎきょうしん》のようなものを一抹《いちまつ》感じさせる貌つきをしているのであった。

はたして犬丸が視線をむけると、くだんの男児はその左手に持ったお椀のうえに視線を落とし、まったく何ごともなかったようすに箸をうごかしている。いやたしかに、こちらを見ていたぞ……犬丸はなおも疑いの目をむけたまま、相手のようすを暫《しば》らくもながめるのであったが、まるで素知らぬ貌をするので、止めていた手をまたうごかして、汁椀をひと口したあとは、とまれかくまれじぶんの食事を片づけた。

不審なる視線のことはそれっきり、朝餉を済ませたほかの子どもたちといっしょになって、きのうとおなじようにお盆を手にすると、食堂を出て流しへむかう——井戸から水を汲みあげ、つかった食器をきれいに洗い、犬丸は濡れた手を振りつつ庫院の外へ出た——するとそこへ、見計らったように善進があらわれた。まさか、監視でもしていたのであろうか。

「ついて参れ——」

庫院の横手から笹に掩われた小径を進んで、痩せた松の根をまだぎ、土階を踏み降りたあとは、薪の積んである四間四方の草地である。そこで動線《どうせん》をすっかり覚えていた犬丸が、ゆくてに視線を振りむけた。はたしてそこから、木の階段を降りれば浴司《よくす》（浴室）のうらへ出て、渡り廊下を進んだそのとなりが、東司のはずである。さらにそのさきまでゆくと、鬼でも棲んでいそうな、あの陰鬱たる仏堂が見えてくるであろう。

まさに、そのとおり――東司のまえに到着すると、さっそく善進からそうじをするように と云われて、それぞれの手に雑巾《ぞうきん》が渡された。東司のあとは、浴司《よくす》(浴室)のそうじである。

斯くして、水場をきれいにし終えた子どもたちは、ふたたび東室にもどって、筵《むしろ》を外へ出して天日《てんぴ》に干した。干しているあいだは、ほうきをつかって寝所のそうじだ。午《ひる》をまわって、干した筵のほこりを叩《はた》いて落とし、寝所にもどすと、こんどは僧堂へ移動した――坐禅、をする。おのずと「単」に坐って、二刻(四時間)の瞑想だ。

坐禅が済むと僧堂を出て、こんどは東司と浴司のあいだを通り抜け、ちか途《みち》をとった。いったん中庭のような場処へ出ると、まだらに雪を残した草地を踏んで、四角い口をあけた〈涸《か》れ井戸〉の傍《そば》を抜け、そこからつづら折れになった坂を踏みのぼる……するとはたして、庫院のまえにもどっているではないか。犬丸が坂を振りかえりながら、愕いたような、嬉しいような、何とも云えぬ感歎《かんたん》の白い息をついている。まるで、隠された秘密でものぞいたような気分なのだ。子どもにはこうした抜け路が、どうして楽しいらしい。

ふたたび食堂にあがって、夕餉を取った。寝所にもどったころには、すでに日も沈み、心身のすっかり疲れ果てた子どもたちは、ほこりがにおう襤褸の衾《ふすま》を冷えた身にまとい、そのまま筵のうえに膝を崩して、暗示にかけられずとも夜の帳《とばり》に横たわっている。

犬丸もまた筵のうえに仰向けになると、さっそく墨を刷《は》いたような暗い天井を見つめながら、さまざまに考えをめぐらしていた。いったい、このままで居たらどうなってしまうのであろうかと、おもうことは昨夜とほとんど変わらない。

——もし、遁げ出すとしたら。

どのようにすればよいかとおもい悩みながらも、あの無洞軒という老人が、宋念や善進といった異相の男らをその背に引き連れて、鬼の血相をして追ってくるという、余計な想像を膨《ふく》らませるのであった……怪鳥のごとき姿をした〈黒い悪魔〉が、二疋の〈餓鬼〉をしたがえて……闇路に雪を蹴立てながら迫りくる怖ろしい姿を空想しもすれば、しぜんに口もとに勇気をあらわし、きゅっと覚悟に引き結ぶ犬丸なのであった。

(ああ……)

この手に苦無があったならば、どれだけこころ強いことか——そうしたことを考えながらも、どうじに境内の縄張りを頭におもい泛かべる犬丸は、しぜんに忍びの思考法をやっている。この少年の天賦《てんぷ》の才は、そこに尽きた。うまれもっての、忍者なのだ。

この寝所のある東室から、めざして庫院へ……犬丸は想像のなかで、建物のなかを歩きはじめている……ながい格子窓のむこうに見える景色を仔細《しさい》におもい出し、影のかたむきから東西の方角を知るのである。記憶に留《とど》めたところで、いったん思考を止《や》めた。さらに立ちもどって、いちから歩数をかぞえつつ、およその距離を測りなおすと、だれもいない記憶のなかの寂然《じゃくねん》とした庫院に到着するのだ。あいだの工程は無視して、食堂のようすを見渡したあとに、ふたたび記憶が外へ出た。

……南はどちだろう。

方角をもういちど、脳裡に確認しなおした——きらきらとした活気を映すそのまるい目を、暗い天井にむけたままで——そうして、つづら折れになったあのちか途の降り口を記憶の縁《ふち》にのぞいてから、境内における庫院のおよその位置を、仮想の図面の中心に書き込んだ。そこからは、小径を伝いはじめ、松の木をまたいで、土階を踏んで、くだると薪が置かれてある草地に出て——と、犬丸はめじるしになるものを記憶のなかで順に辿りながら、木の階段のようすをおもい出し、降りると、浴司のまえの廊下を渡って、そうじのときに見た東司のなかの景色をおもい泛かべるのであった。

そこで、まぶたを閉じた……目を、瞑《つむ》ると……まっさきにおもい出したのは、あの不気味な気配を漂わせている仏堂だ。方角は北になろう。不吉な結構をながめたあと、記憶のなかのじぶんの視線がうしろを振りかえる。

仏堂とは反対がわに、瓦《かわら》を載せた土塀と山門《さんもん》が見えていた……方角は、南だ……そこの辺りには雪をかぶった竹が根を張り、屋根を隠すかのように枝をからめていて……土塀の高さを目で測ると、およそ一間ていど……門のむこうは、どうなっているのだろう……黒くておおきな扉が閉じられているのは見えるのだが、そのむこうの景色ともなれば想像の外である。

そこで記憶が、曖昧になりはじめた。山門を隠すような竹の一叢《ひとむら》が、犬丸をあざけるかのように枝を揺らしたかとおもうと、青々とした幹が粉と散り、そうしてまっ白い光が頭のなかに射し込んで、一転して景色も何も闇のなかに埋没《まいぼつ》していくのである――そこで目をひらけば、よほど集中していたのであろう、暗い天井が一瞬ばかり波打つような錯覚を覚えるのである。犬丸の昂《たか》ぶった神経が鎮まって、天井もまたうごくのをやめた。

（あの門から出ていくと、どこへ通じているのだろう）

記憶にきざまれている山門の結構をおもい出しながら、扉がひらかれるようすを空想していると、重蔵と次助のふたりがじぶんを待ち詫びたような貌で路傍に立ち尽くし、春の陽光を浴びながら、わらって振りむく姿が見えるようであった。また、会えるであろうか――ふとおもって、こころを躓《つまず》かせる犬丸だ。いや、いっしょに岡崎という処へ行くのである。約束したのだから、ほんとうに行くのだ。きっと、あの山門の外に出さえすれば、重蔵と次助に会えるはずだ。そうおもって犬丸は、ひとり納得するように諾《うん》とうなずいた。会える……胸につぶやいて、いちどは躓いたこころをあっという間に奮い立たせている。

そうしてあとは、何を考えるともとなく、刻《とき》の過ぎゆくにまかせて、筵のうえに横たわっていた。犬丸は腕を枕に暗い天井をじっと見あげていたのであるが、となりから刺すような視線が送られてくるのを察して、ふいと貌を横に振りむけた。するとそこに、不思議そうな目がまばたきをしているのに愕いた――貌の膚は白く明るく、頰がふっくらとしているようすが、いかにも幼い女児である。齢はかぞえで六つか、せいぜい七つと見えた。聞いてみなければ、ほんとうのところは分からないが……梅子《うめこ》……たしか、そういう名まえであったようにもおもう。

犬丸は相手と視線が合ったその一瞬、何かこちらから問いかけたものか、それとも声を待ったほうがよいかと、判断に迷っていた。じぶんを見ている目が、何を云わんとするものか、まったく計り知れないのである。そこで、おもい切りをつけたかとおもうと、口をひらくや一拍おいて、筵のうえに横になったまま、ひと言斯《こ》う云うのだ。

「おいら、犬丸って云うんだ――」

まわりを憚《はばか》るような、ささやき声。できるかぎり明るい調子で、じぶんの名まえを告げると、愕いたことに、となりに寝ている女児がつられるように返事をした。

「梅子」

やはり、そうだ……きのうの夜……あの黒い悪魔のような老人がささやいていたのを聞いて、耳に覚えていた名まえとおなじである。声を聞くと、犬丸は莞爾《にっこり》して、梅子の目を見かえした。この見知らぬ場処にやってきて、はじめて交わした会話だ。何のことはない、あいさつていどの自己紹介。しかしそれが、どうして嬉しいのである。すると相手は、その幼い貌のうえから不思議そうな表情すらも消し去って、

「夜は何も話しては、いけないのよ」

注意するような冷たい口調でひと言云ってから、寝がえりを打って、こんどは背を見せる。するや、呆気《あっけ》にとられたようすに口をひらく犬丸だ。あとはただ、梅子の背を見つめるばかり……まったく姫さまとは、ちがっているのだなあ……と、その一瞬、脳裡に泛かんだ笑顔のまぼろしを、すぐに頭から振りはらうのであった。

梅子の態度のことはさておいて、またも暗い天井を見あげた犬丸は、いよいよここに決意した。この場処に居てはいけないという、じぶんの直感が信じられた。

(うん。あの山門を、どうにかして出よう)

目を閉じると、ふたたび記憶のなかを探り歩いた。外の世界へと通じた秘密の抜け穴はないものかと、おもい出される境内を一巡し、さらにもういちど巡りはじめたところで、いつしか夢の深淵《しんえん》をうろついている。そのまま犬丸はいっさいの思考を手放すと、鎖が切れた錨《いかり》のように、深い睡りの海へと落ちていくのであった。

やがて子夜《しや》（午前零時）をまわって、丑三《うしみ》つのころ……月が雲に隠れて、闇のうえへ白い羽根のような雪が舞いはじめた。

境内の見廻りの役目を仰せつかっていた宋念が、ほそい火を立てた手燭を右手にかかげ、東室に立ち寄った。すっかり安息《あんそく》を得て、沈黙の降るような寝所をのぞいていったが、姿を見せた人影はそれかぎり。

あの黒い怪鳥《けちょう》のような姿をした老人――はたして悪魔の者、無洞軒道人は――その夜いちどとして、子どもたちの枕もとにはあらわれなかったのである。

金翅鳥

――闇のなかに、いた。

無洞軒は闇黒《あんこく》のなかにひとり閉じこもり、煙のように白い浄衣《じょうえ》に着替えて袈裟《けさ》をかけ、灰青《はいあお》いろの岩が剝き出しになった地面に半跏趺坐《はんかふざ》して、薄くまぶたを閉じていた。鳥の趾《あしゆび》かとも見紛うような、おそろしいかたちをしたその手を――それこそはこの男がけっして忘れ得ぬ、非道なる拷問の〈証左〉でもあった――胸のまえに持ちあげたかとおもうと、左右の掌《てのひら》をやわりと合わせ、そろえた指さきを正面の闇へとむけるや、一心に拝《おが》むようなかたちをつくるのだ。はたして、〈蓮華合掌《れんげがっしょう》〉の印契《いんげい》である……どうやら無洞軒はこれに、「三業《さんごう》（身《しん》・口《く》・意《い》）」の浄化をしようとするのであろう。

「オン、ソワハンバシュダ、サラバ、タラマソワハンバ、シュドカン……」

誦《ず》しつつ、蓮華合掌につくるその手を、まず額のうえに置くしぐさを見せてから、さらに左右の肩へ、そして胸のうえへ、つぎにのど首へと順に運ぶのであった。そこで、〈佛部《ぶつぶ》〉〈蓮華部《れんげぶ》〉〈金剛部《こんごうぶ》〉の三昧耶《さんまや》（三つの契約の意）のしるしを手に結んでは、「オン・タタギャト・ドハンバヤ・ソワカ」「オン・ハンドボ・ドハンバヤ・ソワカ」「オン・バゾロ・ドハンバヤ・ソワカ」と真言をつづけて三つ、唱えていくのである。

この男が「無（あるいは、空《くう》）」になるための時間は、ほとんど必要でなかった。息を三つ深く吸い込んで、あとはゆっくり五つ吐く――たったそれだけで、さきの真言印契の功力《くりき》と結びつき、こころの垢《あか》も落ちれば、たちまち〈空虚の者〉となる。空虚となれば、いよいよその肉体は〈大曼荼羅《だいまんだら》〉と化して、あらたにその手に結ばれる〈迦楼羅《かるら》通光《つうこう》〉の印契に、感応道交《かんのうどうこう》するところへ悟《さと》りを得しや、衆生機根《しゅじょうきこん》の相通じ、こころの眼《まなこ》に応現《おうげん》（あるいは、「応化《おうげ》」。衆生に応じた姿で神仏が現出する事）のきざしが見えはじめるのであった。

而《しか》して、火焔《かえん》の放つ光かのごとし……まばゆい閃《ひらめ》きが、こころの虚空にあらわれて……たちどころに、古代神の姿をかたどった……「噫《ああ》、そこへ見えしは霊鳥《れいちょう》の王〈金翅《こんじ》鳥《ちょう》〉にやあらむ」……いや、鳥には非《あら》ず……龍が唯一天敵とするところの、〈迦楼羅《かるら》天《てん》〉だ……背に金色燦然《こんじきさんぜん》たる翼をはやし、鎖を編《あ》んでつくられた鎧《よろい》を着て、その両手には主食たる小龍《しょうりゅう》を一頭ずつ、つかみ持っていた。

そして見よ、その頭を――まさに〈鳥頭人身《ちょうとうじんしん》〉のおそろしき姿を――まなじり吊《つ》りあがり、闇のように黒いだけの双眼《そうがん》をかッと見ひらいて、轟々《ごうごう》と燃えさかるは紅蓮《ぐれん》の怒髪《どはつ》、鳥のくちばしをしており、金剛杵《こんごうしょ》をくわえている。

「おお、神よ……オン・ガルダヤ・ソワカ……オン・ガルダヤ・ソワカ……」

密《ひそ》と、口のなかでつぶやいた。

――我、復讐の鬼となりて、世の人どもを呪《のろ》わん。

すっかり酸化して、緑青《ろくしょう》のいろをした乳鋲《ちびょう》が目につくおおきな扉はいま閉じられており、どうやら内がわから閂《かんぬき》がおろされてもいるらしく、横手に見える通用口の戸のほうをさきに探ってみた。

山門じたいは、唐様《からよう》の屋根を載せたものである。それが鼈《すっぽん》の甲羅のようにまるみを帯びたかたちをしており、どこか不気味でありながら、滑稽《こっけい》な感じがするのであった。門柱の両翼を見ると、平瓦《ひらがわら》を葺いた土塀が延々と立ててあって、いちども補修がなされたようすは見られず、瓦などもところどころ落ちたままに抛《ほう》っておかれてある。表面の漆喰《しっくい》は割れて痛みがはげしく、内がわの小舞《こまい》（格子状に組んだ竹）がのぞくほどに、ごっそり欠け落ちている箇所もあった――表面のいたるところに蔦《つた》が這っているようにも見えるのは、けっしてそうではなく、土中にびっしりと埋もれた竹の根が、塀の基礎部分を押しあげようとする執拗な力に屈して壁面そのものにゆがみが生じ、亀裂がはいっているのだ――そこへ鬱蒼と竹の葉が掩いかぶさり、まだ午前中であるというのに、どうして暗い。およそ土塀の高さは一間（約一・八米突）、これていどなら簡単に乗り越えられるが、そうはしなかった。

さて、山門のすぐわきにある通用口のまえには、低い踏み石がしかれてある。二段。これを踏んで、戸を押すと——難なくあいた。廂《ひさし》をくぐって、境内に立った。正面奥に、二重屋根の仏堂が見えている。

「いずれの御用か」

とつぜん声がしたので、右手へ視線を振りむけた。すると、歳のころは十五、六、枯れた墨《すみ》いろの裳付衣《もつけごろも》を着た若い僧侶が、三間むこうの鬱然《うつぜん》たる孟宗竹《もうそうちく》のつくる藪のなか、蒼白い貌を見せて立っていた。頭が尖っているようなかたちをしていて、貌がながぼそく、目のあいだが離れている。檜《ひのき》を彫った面《めん》でもかぶっているかのような、無表情。あるいは、死者の貌つきといったほうが適当かもしれない。口から白い息を吐きつつも、まるで人間の熱というものが感じられないのが、いかにも奇妙な印象の若者だ。宋念、である。が、はじめて会う。

(何と、面妖《めんよう》かな)

おもいつつ、声をかえした。

「上人様《しょうにんさま》はおられまするかいな。ちと、ものをお問いしたいのじゃ」

色黒の貌に白い歯を見せると、男は愛想のよい声をつくって、宋念にそう尋ねるのであった。さらに人好きのする笑みを口辺に拡げると、暗い藪を背にしてたたずむ亡者のごとし、影も消えるかとおもわれる若い僧侶の貌に射貫くような視線をむけるのである。しかしながら、相手はまるでつくりものの面でも見ているような貌つきであったから、表情をとらえようとしても、まったくむずかしい。ほんとうに、生きているのであろうか。男は怪訝《けげん》におもういっぽうで、ますます口辺に泛かべた笑みを濃くした。すると、男の笑顔などかまわぬふうで、宋念がほそい声で斯う云った。

「いかなる御用か存じ上げぬが、道人《どうにん》さまは朝出《あさで》のことゆえ、これへは在《お》わされぬ。日をあらためられよ」

すげなく云ったあとに、手首にからめた数珠をかちかちと鳴らしながら、ゆっくりとちか寄ってくるのだ。踏む地面に、昨夜に降った雪が薄らと積もっていた。

「上……道人どのは、いずれへお出かけにならせられたか」

いまいちど、男がゆくさきをそう問えば、

「海むこうで、ござる」

無表情がそう云って、さらにふたりの間合いを詰めてきた。追いかえそうというのであろう――ところが、ふいに足を止めた宋念、何やらにおいを嗅ぐ風情。左足で濡れた地を摩《す》り、軀をわずかにかたむけて、質問者の背後をのぞき見た。するとそこへもうひとり、蓑を着た男が立っている。山門の屋根が落とす影のなか……片貌に黒髪を垂れ、ふくろうのように目がまるまるとしている男が……太い支柱に背をもたれて、おのれの気配をじっと押し殺し、こちらを探るような目で見ているのだ。

(ほう、敏《さと》いやつじゃな)

おもって男は、もたれた柱から背を離して一歩、まえへすすみ出た。影に隠していた姿を宋念のまえにさらすと、無言で破顔《はがん》。笑顔で深い息を吸ったあと、「空に雪も無《の》うて、よろしき日和《ひより》でござるな」などと、つまらぬあいさつを云ったものだが、さていっぽう、宋念のほうはまるで返事をしなかった。薄らとひらいたその口から、白い息を吐いてはいたが――それこそ、この亡霊のような若者が、現《うつつ》に生きているという証しでもあろう――しかし表情ひとつ、うごかさないのである。すると男のほうが、いっそう声を温和につくり、不気味な静寂をたたえる若者に歩み寄る。そこで、斯《こ》う問いかけるのであった。

「朝出にむかわれたと、さようにいま耳に入れ申したが……道人どので無うても、いっこう構わぬ。貴僧《きそう》がほかに、たれぞおられようか」

「拙僧《せっそう》ばかり」

私ひとりだけだ――と、即答がある。まるで、斬り棄てるかのような物云いだ。

「それは愕く。これほどの大寺に、住持《じゅうじ》（住職）と貴僧のふたりとは、いかさま希有《けう》なり。日々の勤《つと》めも、ご苦労なされようことぞ」

男は同情するような口ぶりで、そう云った。しかし、その声にはどこかしら、挑発するようなひびきがある。するや宋念、もはや返事すらかえさずに、路を案内するかのごとくに右手をただ伸ばし、あいたままの通用口の戸をさし示すのである。はやく、あの戸をくぐって出ていけ――そう云わんばかりの、けんもほろろの連れないしぐさ。苦笑するしかない。

「何ぞ、貴僧の邪魔をしたようであるな……」

男が反省するふうにそう云って、含みのある微笑をかえしたつぎの瞬間、そのふくろうのようなまるい目で、景観の四方《よも》隅々をながめ渡している。そうして一瞬のうちに、境内のようすを記憶に焼きつけたかとおもうと、「……さすれば、貴僧の申すように、日をあらたむるが良いようじゃ。早速《さそく》のことに、わしらは道人どのを探し、海のほうへ参るとしようかい。しからば、これにてまた」

目礼をしたあとにもういちど、宋念が立っているうしろの地面をのぞき見た。見たその一瞬、男は何やら満足げにうなずいて、さらに宋念の履物《はきもの》にちらと視線を送ると、足のおおきさを目で測り、

（よし、希望《けもう》が見えてきたわい……）

颯《さっ》ときびすをかえすや、そのまま通用口のほうへと歩き出すのであった。

もうひとりの男もまた、境内の地面のようすを見ていたが、背を刺すような視線に気がついて、ふいと宋念のほうへむきなおる。何か含むところのあるような笑顔を見せつつ、お辞儀をし、そうして立ち去るかとおもいきや、宋念のわきを通り抜け――そこですぐまた立ち止まると、閉じられた山門の「門」のようすを横目に盗み見ながら、まるで強度をたしかめる大工の棟梁かのような手つきで控柱《ひかえばしら》（副柱）を二度叩き、さらに屋根を見あげて、およその高さを一瞬のうちに目測しているのだ――宋念を振りかえって、また笑顔。さきに退散した男の背を追って、通用口のほうへと歩いていった。

はたして、最後にもういちど境内を振りかえれば、十五歳の無表情がそこへじっと立ち尽くしたまま、こちらのようすを監視するかのようにうかがっている。

（ただの坊主ではあらぬな……）

敷居をまたいで、外へ出た。

通用口の戸を閉めたあと、背をかえしてから、ひと呼吸。けっして口を利かず、山門から半丁ばかりも離れたところで、男らふたりはようやく路傍に立ち止まり、冬枯れした木の蔭に貌を見合わせた。

「次助、見たか」

「見申した」

と、云わずもがなのこのふたり、重蔵とその弟弟子《おとでし》の玉瀧ノ次助である。どうじに背を振りかえり、杉の木立のむこうにわずかにのぞく、唐様の山門の影を遠目にながめ、

「うそを申しておりましたな」

云って、腹の底にたまった不満を吐き出すかのように、次助が重々しいため息をつくのである。まっ白い鼻息が、目のまえに雲をつくって、たちどころに掻き消えた。荒れるにまかせて訪れる人もなし、あの墓場も同然となった廃寺《はいじ》でさていったい、ふたりは何を見たと云うのであろうか。

(ぞうりの跡……あれは、童子のものに相違ないわい)

雪が溶けて、どろとなった境内の地面のうえへ——それこそ、干潟《ひがた》を歩きまわる水鳥たちの足跡のようにして——ちいさな草履の跡が、東西の方角をなんども往復していたのを見たのである。きっと、あれは足半《あしなか》(草履)であったろう。宋念が履いていたのは、かかとまであるふつうの草履だ。そもそも、どろのうえに残っていた跡と較べても、足のおおきさからしてちがっていた……まちがいなく、寺院の何処かに子どもがいる。

「ひとりと申すは、きっとあの若い坊主の妖言《およずれ》(虚言)であろう。上人が出かけたと申

すのも、多分にうそであったろう。何とは知れぬが、鼻さきに胡散《うさん》がにおうたわい。いまの寺には、人には申せぬ隠しごとがあるようじゃ」

それが、犬丸にかかわることであると信じたい。すでに必死と探し歩いて、四日が経っていた。それでも犬丸は無事で生きているのだと、重蔵も次助も信じて疑わないのである。それこそは、忍び武者の気骨というものだ。執念であった。

ぜったいに、「諦《あきら》めない」のである——。

夜の足跡

はたして、諏訪湖の周辺をめぐって二巡、南岸の上社《かみしゃ》、北岸にもどって下社《しもしゃ》と四宮すべてを訪ねてまわり、明神に無事の再会を祈りつつ、どこかに犬丸の足跡が残らぬかと目をこらし、忍びの耳をすまして、においを嗅いでまわった四日間。重蔵と次助のふたりは、疲れも知らず昼夜《ちゅうや》に草を分け、地を舐《な》めるようにして探しまわったのだ。

——どこにも、いない。

冬に凍《い》てつく広大なる湖をながめながら、もしやとおもったことは一度や二度ではない。諏訪湖の水底に生えた藻草《もぐさ》のあいだに隠れているというのであれば、潜ってでも犬丸を探すつもりであった。湖底に秘密の岩戸があって、それを押しのけろと云うのであれば、そのようにするつもりだ。どうあっても、犬丸を見つけ出す。そう決めていた。

「かならず、だ。三人そろって、三州岡崎へ参るのだ……」

決意をあらたにしたそのとき、ふたりの懸命たるおもいが天へと昇って通じたか、それとも諏訪明神の功徳に中《あた》ったものか、いま目のまえに一縷《いちる》の光明が射したのである。きのうの夕暮れ、次助が地《じ》もとのうわさを聞きつけた。これに曰《いわ》く、諏訪湖の東の山のうえに、名も無き廃寺があるという。

「ばけものが、棲まう寺があると申しております る」

「ばけもの……とな。どのような」

「猿猴《えんこう》」

どうやら、猿神《さるがみ》が取り憑《つ》いている寺院があるらしい。伝承によれば、ふるくに三百年のそのむかし、某《なにがし》といういちいさな豪族が、いくさのときに籠城するのにつかった古刹《こさつ》が山上にあって、その後は一族が滅ぶとともに、坊主たちも地域の威勢をうしない、まに廃《すた》れたのだという。そこへあるとき、鬼が棲みついたらしいのだが、どうにも眉《まゆ》つばだ。さて――廃寺に腰を据えたその鬼が、旅人をとらえては肝《きも》を喰らうというので、これを聞きつけた飛驒国の某なる高僧が退治にあらわれ、いらい寺は朽ち果て、いまではだれもちか寄らないと云うのであった。そこへ、こんどは猿神が居座っているというのだから、まったく人の想像力というのは逞《たくま》しいかぎりだ。

さっそく重蔵たちが、うわさの出処を探ってみたが、いっこうに仔細は分からず、こんどは廃寺にいるのは猿神ではなく、鬼子母神《きしもじん》であるというのであった。じつに、畏《おそ》れいる。鬼子母神……もとは人の子を取って喰らう夜叉《やしゃ》が正体、つまりは〈鬼女《きじょ》〉である。それが改心したのち、子を守護する神となる――さて、ところが――ちかくの村から度々と、炊事に駆り出されている女たちがあって、くだんの寺に食材を届けたあと、御《お》斎《とき》の支度までしているらしいのだ。しかもそのとき、賃銀が支払われているのだという。

「鬼と申せば猴《さる》と云い、狗《いぬ》か猫か、どこの阿呆《あほう》かは知らぬが、斎を喰って、神が銭をくれるとは莫迦《ばか》な咄《はなし》だ。能楽者《のうらくもの》（なまけ者）の亭主《ていしゅ》でも棲んでいるのであろう。叩き起こしてくれよう」

おもういっぽうで、何やら胸の底が騒ぐのである。犬丸もまた、その寺に囚われているのではあるまいか。人の子を攫《さら》っては、その肉を喰らったという伝説を残す鬼子母神……あながち人の想像も、ある部分においては、ほんとうのところを云い当てているのかも知れぬ。拐引《かいいん》。あるいは拉致《らち》をして、連れ去った子どもらを境内のどこかに軟禁し、何かよからぬことをしている坊主があるのだ。鬼にあらず、ましてや神でもなく、悪魔に魅入られた人が棲んでいるのにちがいない。

そこで、くだんの寺を訪ねたところ、ふたりの目のまえにあらわれたのが、まるで素性の知れぬ、気配も妖しき青年僧侶。そして、境内に残された子どものものと思しき足跡だ。しかも、鼻さきに芬々《ふんぷん》たる悪しきうそのにおいを嗅ぎとった。そこでいざ、忍びの嗅覚が――見つけたぞ――と、ふたりに告げるのである。忍者の勘がはたらいて、さらに探れと訴えてくるのだ。軀の芯が、どうして熱い。吐く息もまた白さを増して、冬であるというのに、ふたりの額にはあせが泛かんでいた。

「日が暮れれば、あれに立ち返り、屋根を引き剝《は》がしてでも内《なか》を索《さぐ》るぞ……次助、おるわい。犬丸は、きっとあの寺におる……」

と、重蔵が期待を押さえきれぬような声で云うのであった。胸のうちがわを、亢奮するように脈が叩いていた。次助もまた重蔵の言葉に同意をしめすと、力づよくうなずいて、

「ようやく、見つけ申したな――」

ひと言、そう云った。

夕餉が終わって食器を洗うと、皆といっしょになって寝所にもどり、さっそく衾《ふすま》を羽織った犬丸だ。まさか、日中のこと――ちょうど、坐禅をしていたときであった――重蔵と次助のふたりが、山門を訪れたなどとは想像もしていなかった。昨夜とおなじように筵のうえに横たわると、だれと会話を交わすこともなく睡りについた。そうして、二刻ばかり過ぎたころ、あの悪魔がふたたびやってきた。

（むどーけん……）

躾《しつけ》をされた忠犬かのごとし、おとなしく同伴している宋念が、睡っている子どもの枕に咒文を唱えはじめる。すると、またおなじだ。黒い怪鳥の姿をした老人が、子どもをひとりずつ起こしては、暗示をかけるのだ。さいしょは、三太であった。それから捨吉、とめ松、梅子のつぎが犬丸で――もちろん、犬丸はふりであったから、暗示にはかからずにうまくやり過ごしたのであるが――列が移って、「より」という名の女児が、無洞軒の声に一々と返事をしはじめる。さらに、そのとなりで睡っていた「ちよ」という女の子、さらにそのとなりの「亀吉《かめきち》」、「三助《さんすけ》」、そして最後に「五郎《ごろう》」という男児がつかの間の睡りから揺《ゆ》り起こされて、いかなる命令であろうとしたがうようにと、悪魔がささやく妖しき声に、すなおに応答するのが聞こえてきた。

（……五郎、と云うのか）

犬丸は筵のうえに横たわったまま、最後に暗示をかけられている男児の名を耳にして、しっかりと頭に覚え込んだ。きのうの朝、食事のときに不審なる視線をむけてきたと思しき少年である――すると、その五郎が――悪魔の声にしたがい、ふたたび筵のうえにしずかに横たわり、どうやらこれにて今夜の暗示は終わったようであった。

宋念が咒文を終えて立ちあがり、寝所のいちばん奥の戸をあけた。そのままふたりが出ていって、廊下を遠ざかる足音が消え去り……しいんと鎮まりかえった暗い寝所に、子どもたちの寝息だけが聞こえている……と、とつぜん犬丸が目をひらいた。

（よし、いまだッ）

と、軀を起こしてもういちど、戸のむこうに人の気配がありはしないかと耳を欹《そばだ》てる。どうやら犬丸は、これから寝所を抜け出すつもりらしい。午間《ひるま》に境内のようすを探るのは、とても無理である。宋念や善進という、監視者の目があった。そこで今夜、もしやまたあの悪魔が来たならば――じっさい、無洞軒はやってきたのであるが――子どもたちに暗示をかけてまわったあとの油断をついて、寝所から密《ひそ》かに抜け出し、山門のようすを見にゆこうと考えていたのである。

ふいと、貌を横に振りむけた。となりで睡っている御節介《おせっかい》梅子の寝息をよくよくたしかめて、さっそく着ている衾を脱いだ。脱いだ衾を筵のうえにまるめると、あたかもそこにじぶんが寝ているふうに、できるだけ人のかたちにしておいたが、朝陽が射せば簡単に見破られるであろう。

（それでも、いいや）

と、暗い寝所に立ちあがる犬丸の、ちいさな影が戸口をめざして移動する。無洞軒たちが出ていった戸のほうではなく、いちばん手まえの板戸にむかっていた。そこへ睡っているよりという名の女児の横を通り抜け、引き戸に手をかけると、建て付けの具合を探りながらそろりとあけた。貌をのぞかせ、左右に目をこらし、しっかり廊下のようすをたしかめる。抜き足に一歩……室から、出た……と、もうひとり目をあけた者がいる……はたして、五郎であった。犬丸が寝所から出ていくと、五郎は筵のうえに横になったまま、ふいにまぶたをあけると頭を起こし、いましもそろりと閉まる戸を見つめ、そうして何をおもうか目を爛々《らんらん》とかがやかせるのであった。

さて、そんなことは露《つゆ》にも知らず、犬丸は寝所から抜け出したあと、廊下を横切り、縁台のうえに手をついている。四つ這いになって、何やらのぞき込んでいた。踏み石のうえにそろえて脱いである、十人ぶんの足半草履……はたして、どの草履がじぶんの履いていたものであったか、暗くてよく分からないのだ。ええい、かまうものか——と、適当に突っかけて、足を踏み出そうとするもその一瞬、はっと気づいてうごけなくなってしまった。

雪が……。

いつの間にか、降っていたらしい。しかも、薄らとではあったが、地面を隠すにはじゅうぶんなほど、広域におよんで積もっているのだ。見ると、若輩僧侶の宋念と悪魔無洞軒の履物《はきもの》の跡だけが黒く、はっきりと雪のうえにきざまれている。そこへ犬丸が一歩踏み出そうものなら、いったいどうなろう。

（あしあとが、増えるぞ）

これは、困ったな……と、犬丸はべつの方向に目をむけた。いまから見にゆこうとおもっていた、山門の方角だ。そこの辺りの地面の雪は、まるで白い漆喰《しっくい》が塗られたようになっていて、とても歩けたものではなかった。踏めばきっと、きれいな足跡が残されるであろう。

夜空を見あげると、雪は降り止んでいた。雪雲が見えていたが、犬丸に味方をするつもりはないらしく、まったく押し黙ったままである。雪が降っていればまだしものこと、いまから山門まで歩いていったとして、どうして足跡が消せるであろうか。だれかに見《み》咎《とが》められでもしたら、それこそ一巻の終わりだ。

……然《さ》なれば。

と、犬丸は考えを変えたらしい。無洞軒たちの足跡に視線をもどすと、その目に煮え立つような好奇心をあらわすのである。折角おもい切りをつけて、寝所を抜け出したのだ。いまさら、あとに引く考えはなかった。ここで何かしらの行動を起こさないと、あしたもまた、おなじ一日を迎えることになろう。食事をして、そうじをし、坐禅を組んで、そうしてじぶんがだれかも分からず、黙っているだけの人形になる。

(何をしているのか、見てやる)

おもうや犬丸、新雪に残された足跡のうえにゆっくりと、そのちいさな足を載せるのであった。これならば、大人の足跡に紛れて、じぶんの足跡を残すことはないであろう。そうおもって、さらに一歩。つぎの足跡を踏んで、また一歩……。

斯《か》くのごとくに犬丸は、仏堂のほうへとつづく足跡を踏みしめ踏みしめ、無洞軒たちのあとを跟《つ》けていくのであった。

悪魔の眼

おおきな一枚の白い絹布《けんぷ》をしいたかのようにも見える境内に、ふたすじの黒い足跡が、北の方角をめざして歩いている。積もった雪がよほど浅いらしい。人に踏まれたところだけ、地膚がのぞいているのだ……そのうえを右足が踏んで、つづいて左足で一歩。おだやかな川のながれにのぞく飛石《とびいし》を踏むようにして、犬丸が大股に歩いていくのである。

やがて境内の北面に、不吉な影を聳《そび》え立たせている仏堂が見えてきた——二重の屋根を白く染め、冬の夜の閑寂《かんじゃく》たる空気に凍りつくその外観は——どこかしら、一幅の水墨画をながめているかのような幽玄たる趣《おもむき》をしており、とおく離れていても目に迫ってくるのである。振りかえると、はたして山門の影……一瞬、そこまで見に行こうかともおもったが、まっ白い地面のようすを目にもすれば、やはり足跡を残すことに躊躇《ちゅうちょ》されるのであった。

犬丸は正面に貌をもどすと、いまは葛藤など余計だと云わんばかりに、口もとをきゅっと引き締めた。また、足もとに視線を落として、さて一歩。雪のうえに残された悪魔と宋念の足跡を選《よ》るような目でたしかめながら足をあげ、さらにつぎの一歩と慎重に踏みしめていくのだ。どうして、大人のものとは歩幅が合わぬ。犬丸の踏み出した一歩が、一瞬ばかり空に迷うのは、いた仕方もなかろう。

ふいに、犬丸の足が止まった——両足を前後にひらいて、まったく無理な姿勢をしたままで——その場にじっとしてうごかず、表情のうえに緊張を走らせている。仏堂のまえに、一穂《いっすい》の灯が立っていた。

（あ、そーめんだ……）

黄いろい火を点じた手燭を右手に持って、宋念が悪しき外観をした仏堂の段木《だんぎ》（階段）のしたの辺りで、神妙にかしこまっているのだ——それまで手燭の灯はその背に隠れ、犬丸の目には見えていなかったのであろう——いましも、悪魔無洞軒が仏堂の正面に見える暗い戸を、観音開きにひらいて、内《なか》にはいっていくところであった。犬丸はなおも大股に足をひらいたまま、緊張した息を呑み込んで、どうにか気配を押し殺そうと一心一意《いっしんいちい》の姿である。視界に障壁となるものが、何もなかった。あるのは、ふたすじの足跡ばかり。まずいぞ……犬丸は薄い白布《はくふ》に掩われたような境内の端にじっと踏み留《とど》まって、うごかぬのが精一杯だ。

すると、宋念がくるりと背をかえして、右手のほうへ——浴司と東司を結んだ「く」の字の廊下が見えているほうにだ——しずしずと、歩き出した。これから、庫院のほうへもどるらしい。境内の隅にじっと身を固まらせているちいさな人影には、まったく気づかぬようすであった。おそらく、手燭の灯が原因しているのであろう。目のまえの灯りに、宋念の瞳孔《どうこう》がちいさくなっているのにちがいない。対光反射《たいこうはんしゃ》で縮小した睛《ひとみ》では、灯りの届く外はすべて黒一色に塗られた闇であり、そのうえ犬丸が石のごとくに微動だにせぬので、まさかそこに人がいるとはおもわないのである。

はたして、忍びはそうした光の特性を知ったうえで、闇を利して敵の虚を衝《つ》く法をならうものだが、まさかのこと、いまだ幼き犬丸に忍びの特異なる知識があるとはおもえない。やはり、天性のものであろう。石のようにうごかぬ法というのもまた、忍びたちのならう呼吸術のひとつにあったが、しぜんに犬丸はそれをしているのだ。

宋念が立ち去るのを見届けると、犬丸がまたも悪魔の残した足跡を踏みはじめた。仏堂の手まえまでくると、用心に身がまえながら、耳を欹《そばだ》て、暗闇に慣れた目をこらし、足半草履を脱いで小脇に挟み持つ。探るように段木のうえにちいさな足を載せ、ゆっくりとゆっくりと……一段ずつ……また、一段……踏みのぼっていくのである。

広縁にあがって、唐戸に手をかけると難なくあいた——しかし、戸口の長押《なげし》に嵌《は》まったふるい軸木《じくぎ》が苦しげに、ぎいと軋《きし》む音を立てるのだ——犬丸は周章《あわ》てて手を止め、息を詰め、そうして耳を欹てるが、お堂の内《なか》に人のうごくようすはない。中腰のままで神経を研ぎ澄まし、戸のむこうのようすによくよく耳をこらして、もういちど気配がしないことをたしかめる。そこで、ようやく隙間から内を覗《のぞ》き見た。

（いないや……）

お堂のどこにも、無洞軒の姿が見えないのである。それどころか、内にまったく人のいるような感じがしないのは何故であろう。たしかに、ここへはいって行くのを見たぞ――犬丸はおもって、わずかにひらいた戸の隙間から、そのちいさな軀を滑り込ませると、仏堂の内にいよいよ侵入した。

灯明《とうみょう》のひとつも見えず、どこととも知れない窖《あなぐら》のなかに迷い込んだかと、一瞬錯覚するほどに堂内は暗かった。外陣《げじん》（がいじん。戸の付近、参拝者が坐る区劃）を踏んで、正面に目をむけた。すると、内陣《ないじん》（外陣に対して、本堂の深奥部中央。両翼に余間がある）の奥に欄干《らんかん》を立てた須弥壇《しゅみだん》が見え、そのうえに二枚扉を閉じた長方形の箱のようなもの（厨子《ずし》。あるいは「龕《がん》」という。他宗に云う「仏壇」）が載っていた。さらに、須弥壇の手まえには四角い机（護摩《ごま》壇）が据え置かれ、何やら紐《ひも》のようなものが張りめぐらしてあり、護摩を焚《た》くための炉がまんなかに置いてある。たしかに、仏堂に立ち入ってからというもの、しきりと香のにおいが犬丸の鼻さきをくすぐるのである。さらに闇を透かしてよく見れば、香炉の両わきに置かれて白く光っているのが、どうやら人の髑髏《しゃれこうべ》らしいのだ――犬丸は気がついて、愕くよりもさきに警戒し、腰を低く沈めて身がまえた。

（ああ……ここにもまた、鬼が棲んでいるのかもしれないや）

ふと、頭上に目をむける。香炉と髑髏が飾られた「護摩壇」の置かれている辺りの天井から、おおきな笠のようなものが吊り降ろされていた。印度《いんど》の王侯貴族が日よけなどにつかう傘蓋《さんがい》を模した「人天蓋《にんてんがい》」という装飾具《そうしょくぐ》で、咲きごろの藤の花がしだれるように、鈴なりになった宝珠《ほうじゅ》の飾《かざ》りが幾つもぶらさがっているのであった。いや、それがよく見ると、どうやら宝珠や宝網《ほうもう》のたぐいではないらしいのだ。蝙蝠《こうもり》、であろうか。それとも、猫であろうか……あるいは、小猿かもしれない……そういったけものたちのちいさな頭蓋骨《あとじさ》が、宝珠を模《も》して無数にぶらさがっているのである。あまりの不気味さに、さすがに後退る犬丸であった。

後退りながら、頭上を見あげて視線をぐるりとめぐらせば、天井は二重に折りあげたかたちをしており、幾つもの正方形を組んだ格縁《ごうぶち》に闇がわだかまっているようすが、何やらこころのうえに不安をつのらせるのである。もとより、堂内にこもっているこの不穏なる空気の奇怪さ。目には見えない、不吉な気配……何故か理由は分からぬが、さきほどから首すじに生えているうぶ毛が、静電気を帯びたかのように逆立つような感じがしてならなかった……いったい、無洞軒はどこへ消えたのであろうか。犬丸はおもいながらも、このお堂に危険なにおいを嗅ぎ取って、一歩二歩となおも後退る。もういちど柱の蔭や、四方四隅へ視線をめぐらせてから、音も立てずに戸の外へ、風のように飛び出した。

軸木が鳴らぬように慎重な手つきで戸を閉めて、段木をおりたところで、仏堂を振りかえった。そこへ閉まった扉が、何やら無言で訴えるかのように犬丸を見おろしている。立ち去れと、そう云っているようにも見えるのだ。

（このお堂は、何かあやしいぞ……）

おもいながら背をかえし、犬丸はふたたび雪のうえに残された足跡を踏んで、寝所のほうへもどっていくのであった。

まさかとおもって、その一瞬――犬丸は、目をまるくした。

まったく予想すらしていなかったことが起きたのは、その日の朝、御斎《おとき》を済ませたあとのことである……犬丸を含めた十人の子どもたちは、さっそく宋念の背にしたがって、東司《とうす》のうらてに掘られた井戸のところへ連れて行かれたのであった。竹でつくった熊手《くまで》と、笊《ざる》を手渡され、周辺のそうじをするようにとめいじられた。地面の雪を掻いて、落ち葉や小石を拾うらしい。そのあとは、浴司のうえの草地に移動して、薪を積みなおすことになっていた。

とまれかくまれ、云われるがままに、そうじをはじめたのが午《ひる》まえだ。犬丸は熊手で雪を掻くのははじめてのことで、なかなか楽しいものだなあと、目を活きいきとかがやかせるのであった。じつに夢中になって、そうじをやった——そうしてあつめた雪は、笊に移して涸れ井戸のなかへ捨てるのである——と、傍へやってきた五郎を見て、あいさつ代わりの笑顔をむけると、相手もまた眉の濃い四角い貌に、一瞬ではあったが笑みをこぼすのだ。見て、犬丸は目をまるくした。まさか、笑顔がかえってくるとはおもいもしない。どういった風《かぜ》の吹きまわしであろう。いったい、何が起こったのであろう。

犬丸は声をかけようと口をあけたが、ひとつも言葉が出てこない。それこそ虚をつかれたような貌をして、五郎の目を見つめるばかりだ。

「おいら、犬丸って云うんだ」

ようやく口をついて出た言葉は、じぶんの名まえである。すると、相手もまたうなずくようなしぐさを見せて、「おれは、五郎……」そう声をひそめて云うのであった。

知っているよと、犬丸が満面に笑みを泛かべたあとに、両手ににぎった熊手をうごかし、地面の雪を無言で掻きはじめた。まるで、地面を掘るかとおもわれるほどに、その手に力がこもる。どうして、嬉しいのだ。相手の声が聞けたことが、じぶんの意思が通じたことが。犬丸は五郎を見たまま、さらに斯う云った。

「五郎は、どこから来たんだい。ここに来てから、どれくらい居るんだい——」

と、訊きたいことは、ほかにも山とある。しかし、相手がすこしばかり気圧《けお》されたようすに、身を退《ひ》くのが分かって自制した。たったふたつばかりの質問で、口を閉ざされてはつまらない。犬丸は逸《はや》る気持ちを抑えると、笑顔をつくって、あとは相手の返事を待つばかり。

「どこから……」

五郎が自問するようにつぶやいたあと、前後に用心深い目をむけている。視線の意味に気がついて、犬丸もまた大人の目がこちらを見てやしないかとまわりを見まわすのであったが、宋念の姿は疾《とう》に消えていて、善進が監視しているような気配もないのである。あらためて、五郎を見た。するといまも、犬丸の質問に答えたものかどうかと、非常に悩むふうな貌つきをしているのであった。やがておもい切りをつけたらしく、五郎は唇を嚙んだかとおもうと、犬丸をまっすぐに見て斯う云った。

「おれは、忍びになるんだ。大人しく（原義は「分別のある」こと）して、道人さまの声にならって、甲州とか云う国に行って、忍びになろうとおもうんだ……」

「ふうん。しのび、に――」

「どうしてかは、おれも知らないけれど、道人さまの術にかからないんだ。おまえも、おれとおなじみたいだな……術にかかっていないだろ」

云われて犬丸は、目をしばたたかせた。即答は止《よ》したが、五郎の云う通りである。まったく、幻術が利かないのだ。むしろ、あの悪魔の声にしたがってなるものかと、反撥すら覚えるのである。

ところが、この五郎もまた無洞軒の幻術にまったくかからない——おそらく犬丸とおなじで、もともと催眠術や暗示といったものが通じない性質にできているのであろう——と云うのに、あたかもかかっているような芝居をつづけているのは、それもこれも甲州へ連れて行ってもらうためらしいのだ。このままふりさえしていれば、いずれ甲州で透破の者になれるのだと信じている……と、五郎は何やら暗い声で云うのであった。犬丸がふりをするのとは、まるで意味がちがっていた。

さて、その五郎が犬丸に告白するところでは、どこかの村の百姓の家にうまれたようで、名に見えるようにまさしく五男坊であったから、とても家を嗣《つ》ぐことは叶わないのだという。しかも家が貧しいものだから、ここへ身柄を売られたのだと、ふと望郷の想いに声をつまらせて、愁《うれ》いに沈むような目をして云うのであった。ともかくも、このさき生きていくために、「——忍びになる」とそう決めたらしい。あの無洞軒道人の声にしたがえば、その願いも叶うはずだと、五郎は信じて疑わないのである。あと二、三年もすれば、甲州へ連れて行ってもらい、透破のひとりになって、世に身を立てようと考えているのだと云う。生きるために。

「忍びに、なるんだ」

「なれるよ」

と、まるで陽が射すような笑顔を見せて、犬丸が返事をした。すると一瞬、五郎が嬉しそうな貌をして、諾《うん》と同意をしめすようにうなずくのである。そうした表情を見ると、犬丸も何故だか嬉しかった。冬の陰鬱たる雲に掩われた低い空、ときに吹く風も膚に冷たく、まるで閉ざされたような灰いろの世界が、春にむかって押しひらかれていくような、あかるい気分がするのである。期待というものが犬丸のこころにも満ちてきて、不思議と元気が出るような気がしてきた。それこそは、人の活気というものであろう。あるいは、一縷《いちる》の希望が胸に射したのだ。

「あたしは、巫女《みこ》さまになるのよ」

とつぜん、そうした声が割ってはいって、犬丸と五郎のふたりを愕かせた。ふたりがどうじにうしろを振りむくと、そこへ石をいっぱいにあつめた笊を腰の高さにかかえて、御節介梅子が立っていた。いつの間にかふたりの背後にまわって、いまの会話を立ち聞きしていたようだ――はたして梅子は、巫女になるために「道場」とやらへ行くのだとつづけて云った。この信州のどこかに、巫女たちを養成している場処があるらしく、そこへ行って白衣に緋《ひ》いろの袴《はかま》を穿《は》くのよと、大《たい》そう自慢げに語るのだ。「道人さまが…

……」いつかその道場へ、梅子やほかの女児たちを連れて行ってくれるらしい。犬丸も五郎もそんなことは鳥渡《ちょっと》も訊きやしないのに、御節介梅子がひとりで早口にまくしたてるのが、何やらもの凄い。犬丸はただただ圧倒されて、目をおおきく瞠《みは》って聞いているしかなかった。すると、少女の姿のなかに一種の異常があることに気がついた。

（あッ。梅子は、術にかかっている……）

貌のうえにあらわれた表情が、上下にちがっているのだ。夢を語るその口もとに、期待を込めた笑みを泛かべていながら、半ば閉じかけた目のまわりを、ひどく緊張させているのである。まるで、狐《きつね》の霊が取り憑《つ》いたような貌つきだ。気がついて、犬丸は得体の知れない怖ろしさを感じたその一瞬、梅子から目を逸《そ》らし、愕いた貌を見せまいとしてうつむくのであった。少女の目の奥に、譫妄《せんもう》の兆候があらわれていた――精神の亢奮が冷めやらぬままに意識が混濁《こんだく》し、人格が破綻して、ひそかに錯乱している者の目だ――しずかな狂気を宿す、その視線。じつに、悚《ぞ》っとした。

梅子は声こそ勝ち気で、子どもの元気があったが、まるで宋念や善進とそっくりの目をしているのである。悪魔に魅入られて、一己の意思が消えかかった暗い睛《ひとみ》……そのうしろにはもうひとつ、どことも知れない暗い洞窟のなかで薄目をひらいて、ひたすら人界を呪うように見つめている陰湿な視線が隠されていた……それこそ、梅子の外見は稚《いとけな》い少女の姿そのものである。しかし、まるでべつな人格が、そこに棲みついているようにも見えるのだ。あきらかに、五郎とはちがっていた。

(悪魔の目だ)

犬丸はおもって、何やら悲しかった。一己の希望を口にする梅子の言葉がいまや、ひどく虚《うつ》ろとして聞こえてくるのである。すると、「救わなければ、いけない――」と声がした。こころのどこかずっと奥のほうで、だれかがそう云ったような気がするのだ。

しぜんと、犬丸はうなずいていた。いま聞こえた声が、何故か信じられた。その声にこそしたがうべきだと、直感がするのである。

うなずきながら、梅子の異常なようすをその目に見て、現下《いま》はっきりとおもった。この「悪魔の棲む寺」から、皆といっしょに遁げ出さなければならないと。

しかし、いったいどうやって……。

伊賀者参上

またも、悪魔がやってきた。

子夜《しや》の時分をまわったころ、子どもたちの睡っているところへあらわれて、いつものように宋念が枕に咒文を唱え、悪魔の道人無洞軒が滔々《とうとう》と悪しき言霊《ことだま》を吐きつづけている……いかに世のなかが危険であるかと耳に吹き込みながら、さまざまな人の悲しみや憎しみを説き聞かせ、それに負けぬようあらゆる競争に打ち勝てといい、ゆくすえにどれだけ不安なことが待ち受けているかと心配させることを聞かせておいて、さて子どものこころを暗に怯えさせると、そこへ道理という刃をあてがい、こころの自由の芽をひとつひとつ摘み取ろうとするのである。そして最後に、余《よ》の言葉にしたがえとめいじるのだ。

いっぽう犬丸は筵のうえに横になり、衾《ふすま》にくるまったまま睡ったふりをして、あの仏堂のことを考えていた。悪魔の戯言《たわごと》など、聞いているばあいではない。たしかに、無洞軒はあすこへはいっていったのだ……そこから、どこへ消えたのかはいまも分からないが、けっして仏堂から外には出なかった。その一事が、いまの犬丸の関心を非常に誘うのである。

(あすこに、むどーけんを閉じ込めることができれば――)

そうすれば、皆といっしょになって山門まで駆けて行ける。そーめんとぜんしんのふたりの僧侶は、朝餉の時分まではあらわれない。あかつきに決行すれば、もしや何とかなるかもしれないぞ——まるで精緻《せいち》を欠いて荒っぽい、じつに「大雑把《おおざっぱ》な計画」を打ち立てようとする犬丸なのであった。子どものことだから、それで何とかなろうとおもうのは、いた仕方がないとは云え、あまりにも無謀な考えだ。

「犬丸よ、目を覚ませ。犬丸……さあさ、それへ起きなおるがよい。われは、無洞軒である。目を覚まして、われの声をよくと聞け——」

と、ちかくで悪魔の声がした。そこで犬丸は肩の力を抜きつつ、筵のうえに起きあがり、暗示にかかっているような芝居をはじめるのである。いまここで、いきなりこの悪魔に飛びかかってやれば、きっと愕くぞ——その隙に皆を起こして、外へ出るんだ——

——そのような声が、なんども頭に泛かんで逆巻いた。

（いや、いけない……）

危ないあぶない、そんなことをすれば逆さまに、悪魔の腕に組み伏せられるぞ。相手が老人といえども、その黒い怪鳥のような姿に、いったいどのような力を秘めているか分かったものではないのだ。それに、すぐうしろには宋念もいるではないか。まだ、はやい……いまじゃない……犬丸は目を瞑《つむ》ったまま、こころを落ち着けようと頑張った。

逸《はや》る気持ちを戒《いまし》めて、気を逸《そ》らそうとして、懸命になればなるほどに、躯が熱くなってくる。するとやがて、うなじの辺りが、何やら湿っぽくなっていることに気がつくのだ。

……あせだ。

耳の辺りの髪の生えぎわにも、冷やあせがじわりとにじむのが、じぶんでもはっきりと分かった。ここであせを落としたら、それこそ大変だ。悪魔に怪しまれたら、すべてが終わりである。睡っているふりが、破《ば》れてしまうかも知れない――考えれば考えるほど、軀が意思に反して緊張し、思考にいきおいがついて止まらない。しだいに、背なかの筋肉が強《こわ》ばってきた。あせが泛く。呼吸がはやくなってくる。すると動悸にもいきおいがついてきて、

(まずいぞ……)

と、おもったそのときだ――無洞軒が犬丸の肩にずしりとした手を載せて、錆びた声で云うのである。「――横になれ」と。云われるがままに犬丸は、どうにか芝居をつづけて、筵のうえに力なく手をついた。そうして軀を倒すと、まるで水を浴びたように、背なかがあせで濡れている。冷たいッ、と吃驚《びっくり》した。しかし、鳥渡《ちょっと》も貌には見せなかった。何せ、睡っているのだから。

そのあとも無洞軒は、子どもをひとり起こしては暗示をかけて――より、ちよ、亀吉、三助――そうして最後に、五郎のもとへむかうのである。犬丸は筵のうえでじっとして、芝居が破《ば》れなかったことで安堵しているが、ふいに五郎のことが気になると、軀を横た

えたまま聞き耳を立てはじめた……するとやがて、暗示を終えた無洞軒と宋念が、奥の引き戸を押しあけて、寝所から出ていく足音が聞こえてきた。斯くして不吉の者どもが、夢うつつと微睡《まどろ》みに彷徨《さまよ》う子どもたちのもとから立ち去った。

——あとは、静寂。

犬丸はしばらくも、筵のうえに横たわったままうごかない。考えていた。山門を見ておく必要がある。できれば、どうにか外へ抜け出して、路がどの方向にむかっているのか下見をしておきたい。それとも、あの仏堂をもういちどしらべておくべきであろうか。いったい無洞軒が、仏堂のどこに隠れているのか探っておいて、ついでに閉じ込める手立てを考えておいたほうがよさそうだ。そうしたことを考えながら、四半刻（三十分）。ほんとうに睡ってしまわないうちにも行動しようと、いざ決心。唇を噛むと、

（山門を、見にゆこう）

目をあけて、起きあがろうとしたまさにそのときであった。こん、ここん——と、枕もとの床が鳴るのだ。乾燥した床板が、冷えた夜気に収縮して軋《きし》むのではない。けっして、幽霊が悪戯《いたずら》に立てる音でもなかった。あきらかに、人の意思が感じられるもの音だ。だれかが、床下にいる。そう、気がついたとき——こん、ここん——と、また鳴った。

犬丸は筵のうえに、じっと息をひそめてうごかない。警戒のいろを泛かべたその目を、

暗い天井にむけたまま、いったい何が起ころうとしているのかと、床下の気配に神経を集中するのが精一杯だ。すると、またしても床下から――こん、ここん――と音がして、つづいて聞こえてきた人の声……まるで蚊の鳴くようなほそい声が、斯うささやくのが聞こえるのである。「返事は致すな――犬丸、わしだ。次助だ。玉瀧ノ。分かるか、犬丸。聞き分けたものなら、床をしずかに三度叩け。しずかにじゃぞ。指の爪のさきほどでかまわぬ。わしを真似て、三度叩けよ」

愕いた。犬丸は何故のことに次助が床下にいるのか、まったく分からなかった。しかも、ほんとうに次助であるのかどうかも、あまりに声がちいさくて、どうして判然としないのである。

――三度、しずかに床を叩け。

そう、云った。犬丸は、一瞬悩んだ。もしや、これは悪魔の術か何かで、無洞軒がもどってきたのではあるまいか。ほんとうに睡っているかどうか、試そうとしているのかもしれないぞ……そんなふうにおもえてくると、犬丸は床を叩くことが、どうして躊躇《ためら》われるのである。ここで云った通りのことをすると、とつぜん悪魔が襲って来やしないかと、非常に疑われるのであった。さていったい、どうしたものかとなおも迷っていると、床下からまた――束《つか》だか、根太《ねだ》だか分からぬが――拳《けん》で木材を叩く音が、聞こえてくるのだ。そして、おなじことをまた云って、沈黙するのである。

——こん、ここん。

と、犬丸が爪のさきで軽く床を叩いて、無言の返事をした。ほんとうに次助であると、信じて。あの悪魔が欺《だま》そうとしているのではないことを、一心に祈りながら。

「……よし、犬丸聞こえようか。そこから、抜け出せようか」

そう声がして、犬丸はまた三度、人さし指のさきで床を叩いた。するとすぐに、床下から声がかえってくる。

「……東司《とうす》の裏手に、涸《か》れ井戸があろう。そこで、待っておる。よいか、山門のほうへむかうなや……あすこにはいま、見張りの男がいる……おまえが午《ひる》に、立っておった井戸のほうへまわれよ。ゆめ、急《せ》くでないぞ。よいな、井戸のまえだ。おまえが参るまでは、かならず待っている……急くな。用心にしろ」

それっきり、しずかになった。どうやら、床下にいた次助は移動したようだ。涸れ井戸へ……犬丸は筵のうえに横になったまま、しばらく判断に迷っていた。ほんとうに、いまの声は次助のものであったろうか。もしも、悪魔のしわざだとしたら、これほど危ないことはないのである。考えれば考えるほどに、なかなか決心がつかないものだ。正否をわきまえようとすればするほどに、そこへ根をおろすのは混乱だ——と、となりから梅子の寝息が聞こえている——犬丸はふと気がついて、貌を横むけた。この世に何を怖れるでもなく、すっかりこころの安らいだような貌をして、梅子はたしかに睡っていた。午間に見たあの悚《ぞ》っとするような貌つきの少女はそこにおらず、犬丸はすこし安心せられるのであった。

（よし、ゆこう）

決心して、筵のうえに起きなおった。無言で寝所を見渡したあと、さっそく犬丸は衾を脱ぎはじめている。まるめてそこへ置くと、できるだけ人のかたちに見えるようにとのえてから、音も立てずに寝所から抜け出した。廊下を横切り、縁台からおりた。ならべて置いてある足半草履を、どれを選ぶともなく突っかけて、建物の影を踏みつつ壁に沿い、床下の声が云った通りに、東司のうらての涸れ井戸のところへと駆けていく。

……が、だれもいなかった。

（どうしたのだろう）

さては、欺《だま》されたか。やはり、悪魔の罠《わな》であったのか。無人を不審におもって犬丸は、よくよく警戒しながら、辺りのようすに目をこらすのであった。夜空に月は見えなかったが、雲もなく、氷を砕いたような千万の星が明るくまたたいて、井戸の辺りは見えぬというほどに暗いわけでもない。正面に目をむけたまま、一歩後退《あとじさ》る。冬の冷たい風が吹きつけて、音といってはそれかぎり。明るい夜の静寂が、何とも不穏だ。この場から離れよう、そうおもってもう一歩……とそのとき、涸れ井戸のむこうに人の影が立ちあがる。しかも、ふたりいた。よく見ると、ひとりはまちがいなく次助である。そして、もうひとりは——。

（あ、重蔵だ……）

おもうがはやいか、犬丸が駆け寄っていく。

「しッ。もの音を立てるなや、犬丸」

と、声をひそめて云う重蔵。走ってくる犬丸にむかって、「——坐れ、坐れ」と手ぶりで示しながら、いっしょになって涸れ井戸のまえにしゃがみ込んだ。そこでいざ、三人そろうと安堵の息がまっ白にうずを巻き、視界に立ち籠めるのである。犬丸、次助、重蔵と、それぞれよほど亢奮しているようすであったが、いまは再会を喜んでいる暇はない。そこで重蔵がひと言、怪我はしていないかと犬丸に尋ねた。すると、きらきらとした目にこぼれるようなこころの喜びを映したままに、「ない」と首を横に振る犬丸だ。つづけて、次助が低声《こごえ》に斯う訊いた。

「彼奴《あやつ》は、何者だ」

おそらく次助は、無洞軒のことを云っているのであろう——重蔵と次助のふたりは、すでにきのうの夜のうちにこの境内へと侵入しており、もの蔭に隠れて目をこらし、床下を這っては移動して、壁の隙間や屋根裏に潜むと、あるかないかの声を盗み聞きしていたのであった。もちろん、きょうの朝に犬丸たちが、この場処でそうじをしていたときなども、もの蔭からそっと見ていたし、夜になり、無洞軒が子どもたちに暗示をかけてまわっていたときにしてもまた、次助がひとり床下に隠れ潜んでいたのである。そして、あの悪しき咒文を聞いたのであった……さて、そこでだ……どうやらこの廃寺には老僧がひとりいて、その男が住職であることはおよそ分かったものの、いっこうに正体が知れないのである。この廃寺でいったい何をしているのか、子どもたちが修行らしきこともほとんどせずに、何故ここにくらしているのか、あのまじないを何時《いつ》からやっているのかと、疑問におもうことは山とあり、そもそも何故に犬丸が、しかもどうやってここへ来たのかも知りたかったが、それは寺を抜け出したあとに、重蔵が仔細を聞き出すつもりでいた。

「むどーけん」

と、犬丸が次助の質問に答えた——はたして、無洞軒と名乗る悪しき気配の老人がひとりいて、その無洞軒が夜な夜な子どもたちに暗示をかけてまわっているのだと説明し、ほかにも僧侶がふたり、朝に夕にと監視をしていることを教えるのである。このいま寝所にいる子どもの人数や性別、ひとりひとりの名を云いかけたところで、重蔵が待てと制して、犬丸の声を遮《さえぎ》った。聞きたいことは、まだほかにもあった。じっさい、かぞえきれぬほどの疑問があって、犬丸のほうでも話したいことがそれ以上にあるだろう。しかし、いまはこの寺から出て行くことが何よりも急がれた。

「とにもかくにも、犬丸よ。いまから、わしと次助のうしろをついて参れ——よいか、しずかにじゃぞ。何があろうと、声を立てるなや」

と、重蔵が涸れ井戸の蔭に立ちあがり、いよいよ三人そろって、この廃寺から抜け出そうと云うのである。ところが、犬丸ひとりは浮かぬ貌。いざ往《ゆ》かんとすれば、否《いな》とばかりに首を横に振り、これより一歩として足を出さぬといった強い意志をその目に示し、ふたりにむかって云うのだ……いますぐには、ついていかないと。

「何故か」

と、愕く重蔵である。次助もまたしかり。すぐに、三人そろって井戸の蔭に屈み込む。なるほどと、犬丸の決意に気がついて、首をうなだれる重蔵であった。白いため息を足もとにこぼしつつ、

「おまえは、どうしたいのだ」

そう尋ねると、案のじょう。犬丸が期待に満ちた目を星のようにかがやかせながら、

「皆も、ここから連れていこう」と云い出す始末だ。重蔵は犬丸の無謀な提案に、すぐには返事をしなかった。考えた。忍びの路とは、はたしていずれにあろうかと——三人でこのまま人知れず立ち去るか、それとも犬丸の云う皆を扶《たす》けたものか——次助と目を見合わせたあとに、ため息をつきつつ重蔵は、

「おまえの申す皆とは、何人いるのだ」

そう訊くと、

「九人」

井戸の蔭に声をひそめて、どこか嬉しそうに答える犬丸なのであった。するやまた、重蔵と次助がたがいの貌を見やって無言の相談である。重蔵がうなずくと、次助がしずかな目礼をかえし、すわ一決だ。

「よし、心得た。しかしながら犬丸よ、卵《たまご》を渡る真似は致すまいぞ。良いな」

危険が過ぎる真似はするなよと、重蔵は忠告するのである。分かっているよと、しっかりうなずく犬丸の貌を見て、重蔵はつづけて斯《そ》うも云う。

「万事《ばんじ》に急《せ》くな。わしと次助で相図《あいず》をするゆえ、其れを待て。わしの勝手《かって》に合わせよや。おまえは、押手《おして》じゃ。其れを忘れるな」

了解《りょうげ》したと、犬丸がまたうなずいた。勝手というのは、弓の弦《つる》を引く手を云った。押

手は、弓を持つ手のことだ。それでやる。犬丸がしっかり状況を押さえつつ、重蔵と次助のふたりがきっかけを探りながら、三人がねらいを定めて的を射る——と、重蔵が腰の辺りから何やら抜き取った。犬丸の顔のまえに差し出し、さて云った。

「これを隠しておく場処はあるか」

喜色を泛かべた目が一瞬悩んで、ああそうだ……あの寝所のところの縁台、あのうらであったら破《ば》れないぞ……おもうや、力づよく首肯する。

「ある」

そう返事をすると、笹の葉のかたちをして、長さは握りの部分を含めて七、八寸、鋼《はがね》いろににぶく光る「苦無《くない》」を手渡され、得たりや応という目をする犬丸であった。非常に大事にしっかりと、両手ににぎり締めた苦無のこころ強さはどうであろう。その鉄の重みに何故かしら、軀がようやくそろったような感じがするのである。

「わしか次助のいずれか、交替《すがい》にちかくで見守っておる。とは申せ、良いか犬丸。おまえが押手であることを肝《きも》にめいじて、ゆめ己《おの》が勝手と勇《いさ》むなや。相図を待てよ」

云われてもういちど、首を縦《たて》に振る犬丸であった。しかし、いったいその相図をどのようにして知ればよいのかと尋ねると、そこへ屈んでいる次助が涸れ井戸の桁《けた》（枠木）に右手をかけた。そうして、人さし指を鉤《かぎ》のかたちにしてから、井桁《いげた》を叩くのだ。こん、ここん――と。

するとと犬丸が、陽が射したような明るい笑顔を見せて、元気に分かったとうなずいた。その肩を叩いて、重蔵が無言で往けと云う。犬丸は両手にしっかりとにぎった苦無を腰の帯に挿し、立ちあがるやふたりを振りかえる。

「いや、待て。犬丸、それは何だ……」

と、重蔵もそこへ立ちあがり、とつぜん犬丸の襟《えり》もとへ手を伸ばすのだ。指につまんだ血のような赤い編紐《あみひも》――そのさきにぶらさがっているのは、ちいさな「守巾着《まもりきんちゃく》（御守り袋）」であるらしい。重蔵がつまんで、巾着の表面を擦《こす》った。そうして指のはらを嗅ぐと、香《こう》のにおいが移るほどにつよいのである。桂皮《けいひ》と大茴香《だいういきょう》（八角《はっかく》。唐樒《とうしきみ》の実を乾燥させたもの）をまぜたような、にお
いがするが……さておそらく、いつも胸もとにこのにおいを嗅がせ、繰りかえされる暗示と紐づけようとするのであろう。香りは人の持つ五感のなかでも、本能と直接に結びつくものだ。記憶を呼び覚ますには、この嗅覚を刺激すればいい。そうして、悪魔の呪文とにおいを子どもたちの記憶に封じ込め、暗示が解けぬように工夫しているにちがいない。幻術も所詮は、こうした卑怯姑息《ひきょうこそく》な種《たね》を積みに積みかさねた人のしわざに過ぎぬのだ。

「だれから、これを貰《もろ》うたか」

さぬ。

「むどーけん」

「おまえは、これが匂わぬかい」

「におう」

しかし、犬丸にとっては、ただの香木《こうぼく》のにおいでしかなかった。暗示にかからなければそれもまた、衣に虫を寄せつけぬための「匂香《においが》（匂い袋）」ていどの効果しかあらわさぬ。

「さようか……ともあれ、だ」

これといって、犬丸に験《げん》（効き目）がないのだとすれば、このまま悪魔の種を身につけておいても、何と云うほどのことはなかろうと、重蔵はそう結論して云うのである。

「よいか、犬丸。それが無洞軒と申すは、いまだ正体の知れぬ〈悪魔の者〉と覚えおけ。相構えて、ゆめ抜かるなよ」

犬丸が分かったと返事をし、そこで重蔵と次助の貌をあらためて見た。とつぜん、再会したのだ。重蔵たちがやってきたのだ。嬉しいやら愕くやら、何とも複雑な笑顔をみせたあと、犬丸はきびすをかえして、またと寝所のほうへ駆けていくのであった。

「あと、九人でござるな」

次助が云って、あきれたように苦笑している。何とも、困ったものだ——と、重蔵もまた犬丸の背を見送りながら、次助の声に同意を示すようにうなずいた。

(気質《かたぎ》じゃな)

胸のうえへ重たい息を吐きつつ、重蔵はおもうのだ。けっして血はつながらぬとは云え、まるで兄弟子の鬼丸……いや、甚兵衛どのに……そっくりな奴だなと。ほんとうのところは、甚兵衛どのの血を継いでいるのではあるまいか。そうとさえ、おもわれてくるのであった。

(なあに、犬丸もまた伊賀者なのよ)

母の血が濃いのであろう。おそらく、難事を見過ごせぬ性質《たち》にうまれついているのだ。忍びの鼻が、もの蔭に悪事を嗅ぎつけるのである。それは、重蔵と次助とておなじくだ。ふたりこそは、忍びのこころを極《きわ》めた正銘の伊賀者であった。九人の子どもたちを、どうしてこのまま見棄てることができようか……分かっているわい。悪魔の正体をここに暴いて、あの元気に駆けまわるちいさな勇気に協力し、囚《とら》われの子らを救うよりほかに道はないのだと。

「さて、次助よ。犬丸に、馳走《ちそう》せんかな。まずは、その無洞軒なる老僧をしらべるぞ」

「承知した」

そう云って、次助がにやりとわらう。

（悪魔のくわだてを、これに潰してくれようぞ……）

耳に聞こえる音といっては、冬の夜空を渡る風の音。目に見えるものは、闇からうまれた黒い影、頭上にまたたく千万の星影と——そこへ闇黒淵《やみわだ》をのぞくような、暗々《あんあん》たる四角い口をあけた涸れた井戸だ——と、いつの間にか、重蔵と次助のふたりの姿が、どこへとも知れず消えている。

あかつきの空に粉雪が、散るように降ったがそれかぎり。夜がしずかに明けゆく曇天《どんてん》に、とおく諏訪湖の水辺に憩《いこ》う水鳥の、絹布を裂くような声があがって、朝がきた。

復讐の法

その日はどこかしら、妙に姿に落ち着きを失っているようにも見える犬丸なのであった。

朝餉を済ませたあとは、皆といっしょになって境内に残った雪を掻き、どろにまみれた落ち葉などを箒《ほうき》で掃いた。渡り廊下を拭きそうじ。桶《おけ》に汲《く》み溜めた水の冷たさは、それこそ氷でできた歯でも生えていて、皮膚に嚙みつくかとおもわれた。何度もなんども、そこへ雑巾を絞るものだから、すっかり手が悴《かじか》んで、指も甲もまっ赤になった。

午《ひる》をまわるといつものように僧堂へむかい、日が暮れるまで坐禅をして瞑想だ。食堂へ移動して、夕餉を食したのが酉《とり》六つ（午後六時）。お椀に盛られた蒸した玄米に箸《はし》をつけながら、重蔵と次助はいまごろ境内のどこの辺りに隠れていて、いったい何をしているのであろうかと、犬丸はいつになく気もそぞろといった貌つきをしているのである。

——夜がきた。

が、無洞軒と宋念はあらわれなかった。ほこりがにおう襤褸《ぼろ》の衾《ふすま》をまた着込み、冷えた筵《むしろ》のうえに横たわると、ひたすら暗い天井を目つめたままに犬丸は、次助の相図が聞こえてくるのをおとなしく待っていた。そうして半刻、一刻と、時が過ぎても耳にするのは沈黙の音ばかり。やがて、子どもたち九人のおだやかな息ざしが聞こえはじめて、十人目である犬丸もまた、夜の帳《とばり》のおりた寝所にいつしか意識も霞《かすみ》と薄れ、深い睡りの彼方に落ちていく。

はっとして目覚めたつぎの朝、犬丸は筵のうえに起きなおり、芝居のことなどすっかり忘れて、しばらくも呆然とした貌つきで坐っているのであった。もちろんのこと、睡っていたあいだの記憶がない。はたしてそのあいだにも、次助が相図をくれたのではなかろうかと、考えるとすこし心配になってくる。

ふいと横を見やれば、梅子がいましも目を覚ましたところだ。筵のうえに軀を起こすと、ちいさなあくびをしていた。そのまま衾も脱がず、人形のようにしずかに坐っている。起き抜けのその目を見やれば、あの悚《ぞ》っとするような視線はどこかへ消えていて、掌《てのひら》に刺さった棘でもあるのか、じぶんの両手を仔細にながめているのである。何をしているのであろうかと、不思議におもいながら梅子の姿を瞶《みつ》め、犬丸はふと気がついた。

（むどーけんの術が、消えかかっているんだ……）

どうやら睡ったことで、梅子のこころを縛る他人の言動、あるいは気力の重石《おもし》となっている暗示の言葉が薄まって、幻術に押し込められていた自我というものが、いま目覚めつつあるのだ。睡眠に特有の、自浄作用がつよくはたらくのであろう。目覚めたばかりの梅子の目のなかに、わずかながらも活気が蘇生しはじめていた。

（もしかすると、このまま術がとけるかもしれないぞ――）

もしやこの女児にかぎらず、五郎をのぞいたほかの七人の子どもたちもおなじく、完全に自己を見失うまでには、悪魔の暗示の虜《とりこ》になっていないのではあるまいか。宋念や善進のように、いまだ不吉の下僕にはなっていないのだとしたら……いや、しかし……それが幾夜と待つか、いまは分かったものではなかった。まだとても、油断はできないのだ。

するや、とつぜん犬丸の視線に気がついた梅子が、「……あたしに、なにか用かしら」と大人びた言葉づかいでひと言云って、寝起きの貌をむけてきた。ああ、何ということであろうか。少女の目の辺りがたちまち緊張に強《こわ》ばりはじめたかとおもうと、きつねのように目じりがつりあがり、あの灰いろをした陰鬱な表情が、幼い貌のうえを面紗《めんさ》のように掩うのだ。見て、犬丸は言葉を失った。やっとのおもいで、「何でもないよ」とひと言云った。云って、不吉な貌をのぞかせる梅子に、いまできるだけの笑顔をかえすのである。そうした犬丸の表情はどこかしら、悲しそうにも見えた。

食堂へ移動して、朝のお粥《かゆ》を口にする。御斎を済ませて食器を洗い、浴司まで連れて行かれて、軀の垢《あか》をきれいに洗い落としたのが巳《み》四つ（午前九時）――より、ちよ、梅子の女児三人は――軀をすっかり洗い清めると、宋念から庫院へもどるようにと云われ、厨房に居残っていた雇《やと》い女《め》たちの手に預けられた。女児たちは櫛《くし》をつかって髪を梳《す》いてもらい、犬丸たち男児七人のほうは、浴司のうえの四間四方の草地に連れて行かれて、宋念が薪《まき》を割るのを手伝った。終わると、いつもの坐禅が待っている。

ところで、この「坐禅」のことであるが――およそ、「調身《ちょうしん》」「調息《ちょうそく》」「調心《ちょうしん》」の三つの基礎があって成立し、坐しておのれを「禅定《ぜんじょう》」の状態につくることを云うのである。「禅那《ぜんな》」ともいう――いったい人というのは、思考を止めることができないいきものだ。

意識せずとも、のべつ幕なしに比較と選択を繰りかえし、やがては他人や物などに評価をくだそうと一念しはじめて、じぶんの存在というものを顧《かえり》みることを忘れてしまう。他者や世間にばかり関心を寄せはじめ、影響を与えようとしてまた思考する。べつの選択をしたいがために、とくには「何ぞ否定してくれよう」と行動を起こしては、そこでまた望んだものではないと文句を云うのが常である。天気にさえも、不満を云った。そうして比較と選択、評価を繰りかえしながら、三界《さんがい》（三有）に一己の居場処を探し出そうと堂々めぐりだ。そこに産まれてくるのは、混乱である。

そうして人の混乱した思考は、肝心のこころを乱して、葛藤《かっとう》を産み出した。葛藤は、さらなる混乱を引き寄せる。人のこころは葛藤することで成長し、それこそが大事であるというのはうそである。犬の糞《くそ》に群がる蝿《はえ》の詭弁《きべん》だ。いや、出口もない不幸の路に迷いたければ、それもよかろう——さて、坐禅が——それを、断ち切った。連続していきおいのついた不要の思考を止めるというのが、坐禅（禅定）の本質だ。圧倒的に、葛藤という余計を退《しりぞ》ける。心身をととのえ、乱れた息を鎮めて、ひたすら意識を一己の呼吸にのみ集中させることで、こころを「空《くう》（あるいは「無《む》」）」にする法なのだ。つまりは、あれぞこれぞとこころを埋め尽くして窮屈にする思考をすべて手放し、手放すことでそれがまた、自我というものを自由自在にすることになるわけだ。

無洞軒は子どもらに瞑想の時間を与えることで、こうした坐禅の効果を悪しきに利用していた。日中のうちに、こころをまっ新《さら》に均《なら》さしめ、そこへ夜な夜な不安という土砂を盛ろうとするのであった。そうして更地《さらち》の土を穿《ほじく》り、あいた穴のなかへ憎しみの種を植えつけていく。恨みに湿った声を降らして、恐れと瞋《いか》りの実をつける暗黒の樹を、子どもらのこころに育てようとしているのだ――それこそは幻術の本源、悪魔が謀った黒い計策の正体だ――やがてひとたび号令を発すれば、いのちを賭《と》して声にしたがう人間を無洞軒はここにつくりあげ、復讐の道具につかおうとしているのであった。己《おのれ》の肚《はら》に巣くう憎悪と、いまも燻《くすぶ》りつづけて決して消えぬ忿怒《ふんぬ》の火を、何としてでも子どもらに受け継がせようと画策しているのである。

（この身が滅びようとも、わが恨《うら》み辛《つら》みを屹度に晴らしてくれる……）

姿はもとより、名まえひとつ分からぬ正体不明の忍びの者――異名をして、「鵺《ぬえ》」と呼ばれていた甲州透破の男が――地獄の責め苦かともおもわれるような、すさまじい拷問を耐え抜いたすえに、とつぜんの吹雪に紛れて遁げ果《おお》せ、いよいよ死線を越えて甲州へ舞いもどるのであった。帰国してからは、ふたたび徳栄軒信玄につかえて忍びをはたらいた。その後しばらくも、東国《とうごく》方面で活動をつづけていたのであるが、四十余年の月日が過ぎたいま、「無洞軒道人」と呼ばれる復讐の悪魔と化して、ここに姿をあらわすのである。

帰参してから長の時を経て、無洞軒もまた歳を重ねて若さを失えば、水堀に潜《ひそ》むもつらく、屋根うらや軒下の暗がりに伏せる時間もみじかくなってくると――ましてや城塞《じょうさい》に侵入するためにと、塀を跳び越え、爪のない指で石垣をよじ登るようなしごとを引き受けたところで、もはや軀のほうが追いつかぬ――いよいよ忍びをはたらく力も衰《おとろ》えて、いらい甲州透破の棟梁として後進を育てることを専《もっぱ》らとし、まるで殺人鬼のような冷酷非情な忍びの男らを、つぎつぎと世の陰に送り出してきたのであった。

隠遁《いんとん》したのちは、この信州へとやってきた。そうして諏訪湖のちかくに打ち棄てられた廃寺を終《つい》の棲み処《か》と身を寄せて、人を殺すことをまるで躊躇《ためら》わぬ、冷血な忍びをまたあらたに育てようとしているのである。

「……おまえらは、ほんとうの絶望を知るまい」

あの苦痛のもの凄さが分かるまい――こころを引き裂かれるほどの恐怖を味わったことすらなかろうと、いまも硫黄のにおう洞窟の闇のなかを這うようにして、目の奥をぎらぎらと光らせ、世を呪いつづけているのだ。人界に報復を誓ったのだ。ゆえにかならず、その生涯をかけて、

(報いてくれるぞ……)

そうした理由など露《つゆ》にも知らず、子どもたちは夜の暗示を聴くためにと、僧堂でひたすら瞑想をつづけているのである。そうして無心になって、おのずから悪魔の声がつけ入る隙をつくっているのだ。それこそ望むところと、五郎などはすすんで悪魔の下僕になろうとしているのである。まるで親鳥のくちばしから餌《えさ》を貰おうとして、巣のなかで口をあける雛《ひな》たちのように従順だ。無洞軒の言葉をこころの糧《かて》とするために、ひたすら壁にむかって瞑想するその姿は、健気《けなげ》なまでに一途であった……いや、ただひとり……犬丸は、ちがっていた。

いまや親と欺《あざむ》く黒い怪鳥が、その悪しきくちばしを寄せてこようものなら、むんずと手でつかんで声をあげさせず、くちばしを紐《ひも》で括《くく》って固結び、その隙に羽の毛を毟《むし》り取ってやろうかという心意気――ああ、無洞軒は知らないのだ――ここにひとり、雛鳥にあらずして、犬丸という天性の忍者が紛れていることを。勇気の小僧がいつぞ不祥を退治してくれんかと、じっと息をひそめていることを。

そしてまさか、すぐそこへ対決のときが迫っているとは、無洞軒はむろんいまだ気がついてもいないのである。

いや、犬丸もまたおなじく――。

北の御堂

深々《しんしん》と更けていく冬の夜に、〈風〉が騒いでいた。

不吉な哄笑《こうしょう》をあげながら、蔀《しとみ》の下りた窓をいたずらに叩いては、寝所のまわりをなんども吹き過ぎていく。

やがてこんどは、境内の東面に拡がる竹藪に騒いで、乱暴に梢をゆらし、枝を引っ張り、そうして乾いた葉音を鳴らして嗤《わら》うのだ。風の騒ぐ音にまぎれて、五位鷺《ごいさぎ》（夜烏《よがらす》）であろうかとおもわれる夜行性の鳥の声が、くわくわと啼《な》くのが聞こえている。

犬丸は今宵もまた、睡ったふりをしていた。そうして、ただ風の音を聞いていた。冷たい冬の夜空を渡る、鳥の声を枕のともにして――冷えた筵《むしろ》のうえに横たわり――襤褸《ぼろ》の衾《ふすま》を着た軀を、ちいさくまるめているのである。

いや、ふりをせずとも睡れないでいた。あの仏堂に消えた無洞軒のゆくえをおもうと悩ましく、いつぞ重蔵たちの相図がくるかと気になれば、ほかの子どもたちの暗示の具合のことがこころに引っかかり、不要の思考が頭のなかに逆巻きはじめて、しぜんと目が冴え渡るのである。

はたして、子夜《しや》をまわった時分になっても、無洞軒道人はあらわれない。宋念も、である。これで二晩つづけて、悪魔の暗示にかかっているようなふりをせずには済んだがさて、犬丸はかえって不安にもおもうのだ。

（いったい、どうしたのだろう……）

無洞軒ばかりか、ここにせっかくの再会を果たした重蔵と次助のその後の動静《どうせい》が、まるで分からないのである。落ち着かなかった。蕭条《しょうじょう》たる寝所の暗がりにひとり冴えた目をひらき、筵のうえで寝がえりを打ってはため息をもらして、このまま睡ったものかどうかとしばらくも悩んでいた。重蔵は相図を待てと云ったが、どうして行動を起こさずにはいられないのである。いや、何やら虫が報《しら》せるのだ。このまま睡らず寝所を抜け出し、ようすを見にゆけと。

（……どこへ）

もちろん、あの妖しい気配に包まれた仏堂だ――そのように、犬丸はこころに湧いた疑問に自答する――するとまた、仏堂にゆけと声がした。もちろん、じぶんのこころの声が耳の奥にひびいたものだ。外で風が嗤っている。夜鳥《やちょう》の声が聞こえた。たしかに、明日の夜もおなじく、無洞軒があらわれないとはかぎらない。これほどの機会は、滅多になかろう。そうおもって、ついに犬丸は決心するのだ。

まずは念のために、右手の人さし指を一本立てて、鉤《かぎ》のかたちに折りまげた。そのまま手首をかえして、床を打つ……こん、ここん……反応を待ったが、床下から聞こえてくる音はない。やはり、次助はいないらしい。そこで犬丸は、よしとばかりに筵のうえに起きなおった。坐ったままの恰好で、となりで睡っている梅子のようすをちらと窺《うかが》うが、おだやかな呼吸を聞き分ければ、夢のなかにあろうことは明白だ。ほかの子どもたちも、また同様である。暗い寝所のなかに寝息の音がしずかに波打ち、外では冷えた夜風が悪魔めいた声をあげて走りまわっていた。

さっそく犬丸は、着ている衾を脱いだ。脱ぐとまた、できるだけ人のかたちに似せてまるめて置いた。寝所から抜けだし、縁台へ——おりて、足半草履を突っかけて、くるりと背をかえし、冷えた地面に膝をつく。縁台のうしろの暗がりに右腕を探らせると、それあった。束《つか》の蔭の土に刺し立てるようにして、ひそかに隠しておいた鉄のかたまりが、ひやりとして指さきに触れるのだ……いや、待った。

(——苦無は、まだはやいや)

重蔵たちの相図があってからにしようと、犬丸は苦無をそのままにしておいた。縁台のうらがわに潜り込ませた腕を抜き、手首にからまるふるい蜘蛛の巣をはらい落として、辺りを見まわしたがだれの影も見なかった。犬丸は立ってきびすをかえすと、ままに駆け出した。

その足でひとまず涸れ井戸のところへむかったが、とうぜんのことながら重蔵の姿はどこにも見えず、同様にして次助も待ってはいなかった。そこへ寒々とした夜風が一陣吹きつけてくると、掃き残された枯れ葉を地に転がした。さらに、待ちぼうけを食らったように、ひとりきりで立っている少年の肩を叩いて、せせら嗤《わら》うように吹き過ぎていくのであった。

空を見あげると、糸のようなほそい月が出ている。よじれる雲が白かった。そこかしこに星影が明滅し、犬丸にむかって何やら警告を発しているかのようにも見えるのが、いかにも不穏である。とおくの闇に、五位鷺が啼《な》く。くわくわと、まるで夜そのものが嗤っているようにも聞こえて、涸れ井戸のまえに孤影を立てている犬丸を、暗に挑発するのである。

（重蔵も次助もようじがあって、またとおくへ行ったのかな）

犬丸は背をかえすと、まえ髪を夜風に煽《あお》られながら、しずかに歩き出した。目当ての仏堂を探ろうと、たったひとりでむかうのだ。

きのうの雪が溶けて、地面はほとんど闇を吸った黒いどろである——いや、一見したところでは分からなかったが、足跡だらけの泥土《でいど》は日が暮れたころから凍りはじめていて、踏むと何やら割れるような感触が、草履を通して足のうらに伝わってくるのだ。そこでふと、重蔵の声がおもい出されてくるのであった……〈卵《たまご》を渡る真似は致すまいぞ〉……なるほど、重蔵はこのことを云ったのであろう。一歩と足を踏み出せば、それこそ「卵の殻《から》」がこまかく砕けるような音がするのである。

さてほんらい、この「卵（玉子）を渡るな」とは、危険なことをするなという喩《たと》えを云うのであった。そうした意味を知らずも犬丸は、険しい貌つきをしながらに、感心するようにうなずいていた。ほんとうに、卵を踏んづけているみたいだぞ……そうおもって納得し、口をへの字にまげるのである。まったく、感心する方向がちがっている。どうやら危険なことをしているのだという自覚が、まるで当人にはないらしく、卵の殻を踏んでいるような音がどうしておもしろいのだ。さらに犬丸は、重蔵の言葉の通りだと、そのふるい喩えにいよいよ感心せずにはいられないのであった。重蔵がもちいた言葉の譬喩《ひゆ》というものが伝わらず、じつにややこしい。そこはかぞえでまだ八歳、少々の誤解があっても仕方がなかろう。

――しかし、待て。

犬丸が意を決したかのように一歩、さらに一歩と、夜の境内をどんどんすすんで行くのである。重蔵の忠告を無視するものかとおもいきや、見えぬ卵の殻を踏まぬようにと注意して、一瞬のうちにその目が地面を探り、凍っていない場処を見極めると、自重《じじゅう》を消しつつそこへ足を踏み出して、音も立てずにひょいひょいと飛ぶように境内の闇を渡るのだ。たしかに、重蔵の言葉の通りに「見えぬ卵」を避けていた。もっとも、そういう意味ではないのであるが、その五感のするどさと身体能力には卓犖《たくらく》たるものがある。やはり犬丸、尋常《ただ》ではない。

と、正面に闇黒《あんこく》のいろに聳《そび》える二重屋根の仏堂があらわれた。はたと立ち止まる犬丸が、じっと夜闇に目をこらしている。何やら仏堂の横手に、人魂《ひとだま》のようなほそい火が見えていた。

（あれは、何の火だろう）

闇のうえに点じられた、一穂の妖しい火——よもや〈きつね火〉かと、怪訝におもったそのときであった——闇のうえにゆらめく火のすぐとなりに、人のなま首が黄いろく染まって泛かんでいることに気がついた。犬丸は「あっ」とおもって、息を呑む。あの貌を、どうして見間違えようか。頭のかたちが尖《とが》って見え、檜《ひのき》のお面をかぶったような無表情。はたして、宋念であった。

ゆくてに手燭の灯りを投じて、仏堂のわきに蟠《わだかま》る闇のうえを歩いていた。いったい宋念は、どこへむかっているのであろうかと、犬丸が好奇心に燃えるようなその目を、闇のなかで爛々《らんらん》とかがやかせながら、しずかにながめている。

と、消えた……。

どうやら仏堂の裏手へ、まわったものらしい。そこで犬丸はまたふたたびと、土の凍らぬところへ足を置くや、一足《いっそく》飛びに仏堂めざして駆けむかうのであった。あっという間に、段木《だんぎ》のしたへ身をかがめている。正面の戸を仰ぎ見るようすは、まるで一疋《いっぴき》の猫である。履いている足半を脱ぎかけたところで、ふとその目が迷った。何やら、直感がはたらくのだ。ここを覗《のぞ》くのはあとにして、さきに宋念のほうを追いかけようと……おもうや犬丸、身を低くしたまま仏堂の横手へとまわり込んだ。用心に目をこらして彼方を見やれば、宋念のものと思しき手燭の灯がゆらゆらと、闇のうえにちいさな黄いろい輪を泛かべて、とおざかっていく。それを、追った——音を立てぬようにと、足もとにじゅうぶん気を配りながら。

闇に妖しく泛かぶ火のあとを、犬丸がどこまでも跟《つ》けていく。あらためて闇を透かして見てみると、仏堂の裏手の辺りから土地がひどく荒れていた。いたるところに笹が迫っていて、勝手放題に灌木が根を生やし、葉を落とした白膠木《ぬるで》や柿の木が枝をからめて、非常に視界が狭かった。犬丸はつつじと見える茂みに足を踏み入れると、そこへしゃがみ込んだ。宋念の火を目で追いつつまた立ちあがり、裸の枝を闇に拡げた白膠木の蔭に身を隠し、正面に宋念の背が見える位置まで、頭を低くしながら移動した。

するとと視界がひらけて、杮《こけら》を葺《ふ》いた屋根のうえへ薄らと雪を載せた建物が、とつぜん目のまえにあらわれるのだ――それこそは、境内の最北端に建てられた「法堂《はっとう》」であった――宋念が中央に架かった階段を、慎重に踏みのぼっていくようすがよく見える。最上段にあがって、一歩……宋念はそこへ立ち止まったかとおもうと、手燭の灯りを高く持ちあげて、格子《こうし》を嵌《は》めた戸に右手をかけるや、そのまま引きあけた。内《なか》にはいって、また戸を閉めて、何やら歩きまわっているようすである。時々、花頭窓《かとうまど》に手燭の黄いろい灯が過《よ》ぎるのが見えた。

（ここは、だれが住んでいるのだろう）

と、草蔭からじっと覗《うかが》う犬丸の目つきが真剣だ。まさか、またしても鬼かも知らんと非常に警戒されるのだ。やはり苦無を持ってくるべきであったろうかと、いまさらながらに悔《く》やまれた……ところがさて、意外にもはやく、法堂から宋念が出てきた。もちろん、鬼など連れていない。

宋念は足もとに気をつけながら階段をゆっくりと踏みおりて、手燭の灯りに照らし出されたその表情のない貌を、闇のうえに不気味に泛かべていた。そうして来た路をまた、仏堂のほうへともどりはじめるのだ――犬丸は白膠木の蔭に隠れてうごかず、目だけが宋念のあとを追っている。ぼうっと闇に泛かんだ黄いろいなま首が、視界から消え去ると、すぐに視線をかえして正面の建物を見た。

（よし、のぞいてみるぞ）

その目に尋常ならざる決意を泛かべ、犬丸は闇に立ちあがり、そしてひとり法堂へとちかづいていった。

聞き耳

足音も立てずに階段を踏みのぼると、宋念とおなじように正面の引き戸に手をかけた……どうやら戸締まりはされておらず、簡単にあくようだ……そこで足半草履を脱ぐと、慎重にどろを叩《はた》いてかさね、懐中へいれた。ひとつ息をついて、こころを落ち着ける。そろり、戸をあけた。

わずかにひらいた戸の隙間から、犬丸は目だけをのぞかせた。内《なか》のようすを見ると薄暗く、人のいるような気配はまるでしない。さらに、もうすこしだ——引き戸の隙間をひろげて、忍び足に一歩——右肩をくぐらせ、こんどは抜き足である。そこへすばやくしゃがみ込み、うしろ手でゆっくり戸を閉めた。

格子戸を背にして、床のうえにまるくなり、用心深い目で内のようすを探ってみると、はたして右手の壁ぎわに、何がはいっているものかは分からぬが、葛籠《つづら》や長持《ながもち》といった笥様《はこよう》のものが天井に届くかとおもわれるほどに、堆《うずたか》く積まれているのが見えている。そこへ、竹籠《たけかご》や杉の樽《たる》までもが雑多に置かれていた。

何やら、お堂のなかが暖かい……見ると、火燵《こたつ》(火鉢)が出ていた。灰のうえに置かれた白炭《しろずみ》に火が熾《おこ》り、溶岩かのように赤く照っていた。おそらく、さきほど宋念が支度をして、お堂を暖めようとするものであろう。火燵のちかくには一対の燭台が立てられて、さらに茵《しとね》が二枚しかれてあった。

――よし、と。

犬丸が息を殺して、立ちあがる。ままに戸口を離れて、葛籠が山と積まれてあるほうへとちか寄っていく。お堂の暗い四隅に目をむけて、柱の蔭に人の気配をさぐったが、うごくものは何ひとつしてなかった。と、その目が窓の傍に置いてある、ふるめかしい鎧櫃《よろいびつ》を見つけた――人の胴体ほどもあるおおきな木の箱で、そのうえにほこりをかぶって白くなった平安兜《へいあんかぶと》が載せてあった。そのほかにも、薙刀《なぎなた》や野太刀《のだち》や手槍《てやり》といった得物《えもの》(武器)が、暗い壁ぎわに立て列べてあり、弓箭《きゅうせん》がずらりとそろえられている。境内のどこにも馬を見かけぬというのに、飾りの豪華な黒塗りの鞍《くら》や面懸《おもがい》があり、蓑《みの》や菅笠《すげがさ》をはじめとして、山伏の装束が柱のうらに掛けられていた……そうして辺りを見まわしているうちにも、犬丸の目に興味津々たる光が点じられ、いつしか好気のいろに明るくかがやくのだ。

さらに柱の蔭から奥をのぞいて見ると、鳥居のようなかたちをした衣桁《いこう》がいっぱい立てられて、白や赤の梅の花、黄いろの菊を咲かせたものや、桃いろの花びらを散らし、そこへ翼をひろげて飛翔する鶴や雁《かり》の姿を刺繡《ししゅう》した女の着物が干されてあった――その一劃は、まるで衝立《ついたて》でつくられた迷路のようにも見えた――ほかにも衣裳がさまざまに取りそろえられているようすで、まったく目も愕くほどに、お堂のなかは賑《にぎ》やかなのである。

犬丸はすっかり魅惑されていた。この場処が何やら、宝物庫《ほうもつこ》もおなじと見えてくるのである。いっぽうで、非常な不安を覚えるのもたしかであった。はっきりとした理由《わけ》は分からぬが、整然と列べられた刀槍《とうそう》や弓箭の押し黙ったようすを見ていると、殊更《ことさら》怖ろしい感じがしてくるのだ――これだけの兵具をそろえていれば、鳥渡《ちょっと》した軍兵をつのって戦列にくわわることもできるであろう。いくさに必要な武具のたぐいは、それだけの数がじゅうぶんにそろっていた。もしや、無洞軒は〈悪魔の軍隊〉を準備しているのではあるまいか。野盗山賊をはたらくにしては、ここへそろえてある武器類はあまりにも本格的なのだ……はたして、そうした考えは、とても幼い犬丸の想像におよびもせぬが、不穏を感じ取るところの本源はおなじであったろう。

やがて犬丸は時が経つのも忘れて、法堂にところ狭しと収蔵された兵具や古物の探索に熱心になっていた。さまざまな品をひとつひとつ手に取りあげては、飽《あ》くこともなしにながめながら、いったい何につかうものかなと、まるで夢中の貌つきをしているのである。あいかわらず外では夜風が無闇やたらと駆けまわり、灌木の茂みを騒がせていた……せせら嗤うような声をあげて、二度三度と見えぬ拳《こぶし》で窓を打ちつけたかとおもえば、いつの間にか屋根のうえにあがって、柿《こけら》を叩いて転げまわっているのである……と、何やら大騒ぎしている風の音に紛れて、いくつもの足音があることに気がついた。

(——だれか、人がくるッ)

犬丸はそこでようやく我にかえったが、時すでに遅かれしだ。三人ばかりの足音が、すぐ法堂のまえまでやって来ていたのだ。

まずいとおもうがはやいか、犬丸は戸口にむかって駆け出した。とたんに足を突っ張り、立ち止まる。まるで、馬の手綱を捌《さば》くかのような急制動。いそいで、背後を振りかえる。ここで法堂のおもてへ飛び出したとして、外の人間と鉢合《はちあ》わせになることはまちがいなかろう。おもうや犬丸、足音が立つのもかまわずきびすをかえして駆け出すと、衣桁《いこう》にかけられた女の着物のうしろへ飛び込んだ。つめたい床に両手をついて、もの蔭に隠れる猫のように身を低くして、目を迷わせる。

――いや。

このまま干した衣のうしろに隠れたところで、どれほどのあいだ息を殺してじっとしていられるであろうか。のぞかれでもしたら、それこそ一巻の終わりだ。犬丸はそうおもって、さらに背後の暗がりに視線をすべらせた。とてもではないが、山のように積まれた葛籠をいまからひとつひとつ床のうえにおろして、空っぽのものがないかと探る時間はない――まったく、油断をしたものだ。

犬丸は反省の舌を打ちつつ、どこか身をひそめるのによい場処はないかと、右に左に懸命な視線を送って、柱の蔭や暗がりをさぐるのであった。と、階段を踏みのぼってくる足音が聞こえてきた……いよいよだ……くるぞ……と、その目が見つけた……長持の山のまえに、おおきな桶《おけ》が置いてあるのを……棺桶だ……と、正面の引き戸をゆする音が聞こえてきた。

(だれか、はいってくるぞ……)

犬丸はひとおもいに衣桁の蔭から飛び出すと、おおきな白木《しらき》の桶に駆けむかい、吸いつくようにして、蓋《ふた》に手を掛けた——棺桶の蓋を持ちあげたとどうじに、法堂の戸があいた。声がはいってくる。

「ただいま、灯《ひ》をお入れ致しまする」

宋念の声だ。しかし、犬丸は聞いていなかった。片手で棺桶の蓋を持ちあげたまま、縁《ふち》をそろりとまたいで、音を立てぬようにと慎重に、桶の底へ膝をつく。頭のうえに持ちあげている蓋を、またゆっくりとおろして……閉めた……闇のなかに冷やあせを落しながら、気配を殺してひと呼吸。そのまま、棺桶のなかにじっと息をひそめた。

「おまえは、表へ出て待って居《い》よ」

云ったのは、無洞軒の声だ。すると、戸口へむかう足音が聞こえ、引き戸が開閉される音がした。棺桶のなかからは到底その姿を見ることはかなわぬが、おもてへ出ていったのは、おそらく宋念であろう。すると、またべつな男の声がした。

「羅刹《らせつ》めが手に入れ申《もう》した浜松の指図《さしず》と、中村の屋敷のものでござりまする」

しわがれた声がそう云って、何やらごそごそと手をうごかしているような音が聞こえてきた。いったいだれだろうと、犬丸が闇のなかでまばたきをする。まるで、聞き覚えのない声なのだ。その見知らぬ声が、さらに云う——これが例の見取り図だ、と。

「あやつは、どうしておったか」

聞こえてきた声は、無洞軒。すると、しわがれ声がまたも返事をした。

「羅刹は皆がら引き連れ、ついぞ遠州へむけて発《た》ちましたろう。豊後守《ぶんごのかみ》（又兵衛）が家中の男に、さようと仰せつけたようすでござりましたからな」

どうやら、お堂にいるのはふたりきりであるらしい。無洞軒ともうひとりの男が、火燵《こたつ》のところで額を突き合わせながら、会話をしているようすが見えずとも目に泛かぶ。

（……何を話しているのだろう）

はたして会話の声を聞き分ければ、どこかに羅刹という名の人がいて、その男が仲間を連れて「遠州」という場処へむかったらしいのであるが、さて犬丸には何のことだかさっぱり分からない。ほかにも豊後守《ぶんごのかみ》、四郎様と婆《ばば》、先君《せんくん》という人や、服部党という人は八人いて――この人たちは、どうやら殺されたらしかった――さらに、浜松というところに三河守家康《みかわのかみいえやす》という名の人があってと、いっぱい人が出てくれば、いよいよだれがだれやらよく分からなくなってきた。とうぜん会話の意味するところを汲み取ることなどできようはずもなく、しかしながら何やら大事なことを話し合っているようすであることは、犬丸にも直感せられるのである。せめても重蔵たちに、あとでおしえてあげようと、ひたすらに棺桶のなかで聞き耳を立てていた。ただひとつ、無洞軒の話し相手が「西庵《せいあん》」という人物であることだけは理解ができた。

「ほう、六、七人。それは、ずいぶんでござる」

と、その西庵という男が、感心したようすに云うのである。それに答える、無洞軒——いや、西庵はあの悪魔の老人を、いつも「道人さま」と呼んでいるらしかった。

「されども、ここでいよいよわが術に念しておかねば、むこうで目を覚ますやも知れぬ。ゆえに西庵、十日を待て。これより十日、子らの枕《まくら》に術をかけなおし、こころをしたたかに縛っておく。ゆめ一ト月は解けぬように、かたく拵《こしら》えてから、おまえに預《あず》くる考えだ。多分であるが、うち三人はつかえよう」

聞き耳を立てながら、犬丸はおもわずも唸《うな》りそうになった。何やら男児《おのこ》は皆々、十日後に西庵という男の手に預けられるらしいのだ。考えると、なおのことに逃亡が急《いそ》がれた。十日のうちに、この寺からうまく抜け出さなければ、はたしてどこへ連れて行かれるか分かったものではない……それに、梅子とよりとちよの三人はどのようになろうか……あの女児たちは、いったいこの廃寺に残されたまま、だれからもその存在を忘れ去られて、助けの手も得られずに、いよいよこころを乗っ取られもすれば、その一生涯を悪魔の虜囚《りょしゅう》としてくらしていくことになるかもしれないのだ。あの宋念や、善進のように。そうおもうと、犬丸のこころはますます脱出せねばと逸《はや》るのであった。

「あとは、あすだ。わしは、いまより指図をたしかめる。おまえは朝粥《あさがゆ》の時分に、子ら会話が終わり、無洞軒と西庵という男が立ちあがったようすだ。そのあとに、「ふうッ」とみじかい息を吐くのは、きっと燭台の火を吹き消すのであろう――犬丸は、待った――棺桶のなかに蟠《わだかま》る闇のなかで、じっと息をひそめて、無洞軒たちが法堂から出ていく音に耳をこらしていた。すると、引き戸があけられる音がする。そのあとに戸が閉じられて、階段をおりていく足音がして、無洞軒たちが立ち去る音がちいさくなって、遠ざかり……と、消えた……その途端、桶の蓋を持ちあげた。

犬丸は棺桶から出ると、女の着物がかけられた衣桁《いこう》の蔭まで窃《ひそ》と駆けるや、そこへ身を隠して貌をのぞかせた。いまし方まで無洞軒と西庵という男が会話をしていた席に目をむけて、吹き消された燭台のにおいを鼻に嗅ぐ。そこでまた息をひそめて、抜き足、差し足、忍び足と、いきおい戸口まで駆けていくのだ――引き戸に手をかけ、隙間からようすをうかがい見たが、だれもいない。外へ出ると、うしろ手に戸を閉めて、階段をおりた。

懐中から足半草履をつかみ出し、それぞれの足に突っかけた。

――走った。

無洞軒たちを追って、闇のうえを飛ぶように駆け抜け、仏堂の裏手へ辿り出た。と、危ないあぶない、手燭をかかげ持つ宋念とその背につづく無洞軒、そしてもうひとりの人物——雲水の形《なり》をしたその男こそは、西庵であろう——が、ちょうど二手に分かれようとするところに出会《でくわ》したのだ。はっとして犬丸は、ひたと立ち止まるや、壁ぎわの闇に紛れて身をかがめた。そこから三歩と後退り、じっと注意の目をこらしながら、しばらくも三人のようすをうかがった。宋念が無洞軒を案内して、仏堂の正面のがわへ消えたかとおもえば、すぐに引きかえしてくる。そこへ待っていた西庵と思しき男と合流すると、何やら言葉を交わしたあとに、そのまま庫院のほうへ歩き去るのが見えた。

……それ、いまだ。

犬丸は壁づたいに、仏堂の正面のがわへむかった。暗い角《かど》から、ひょいと貌をのぞかせると、辺りのようすを慎重な目がさぐる。左手に見えている浴司《よくす》のほうへ、人魂《ひとだま》のようにゆらゆらと、宋念の手燭の火が移動して、やがてちいさくなって……消えた……かとおもいきや、浴司の横手にまたあらわれて、闇のうえをのぼっていくのだ。犬丸は一瞬、ほんとうに人魂が天へのぼっていくのかとおもった。いや、ちがう。どうやら、階段をあがっているらしいのである。木の階段のうえには薪《まき》を置いた四間四方の草地があって、そこから土階をのぼれば小径に出る。あの痩せた老松が、苦しげに腰をまげている径だ。きっと西庵を連れて、庫院のほうへ行くつもりなのであろう。

宋念の手燭の火がいよいよ見えなくなって、犬丸は暗い地面に隠された卵の殻を踏まぬようにとまたしても、眼光紙背《がんこうしはい》に徹する人かのごとし面持ちで、よくよく注意の目をこらしながら、仏堂の正面にまわり込んだ。段木に足をかけたところで、周章《あわ》てて草履を脱いだ。のぼった。戸のまえに背をかがめると、耳を寄せて内の気配をさぐったが、もの音ひとつしなかった。よしと犬丸、こころを決めて、朱いろの戸に手をかける。やはり、すぐに軸木《じくぎ》が鳴った。用心だ……と、犬丸はもういちど息をつめながら、ゆっくりと観音開きに戸をあけて、仏堂のなかへ足を忍ばせた。

またしても、無洞軒の姿はなかった――煙のように、どこかへ消え失せたのである。それこそ、魔法かのように。仏堂のなかは灯明のひとつも見えず、眼前に迫る闇に抹香《まっこう》と、不穏ばかりがにおっていた。

さて、犬丸が内陣《ないじん》に目をむけると、そこへ薄らと見えているのは、縄を四方に張った護摩壇《ごまだん》だ。そのうえに載っている香炉と、対《つい》になった人の髑髏《しゃれこうべ》。何とは知れぬちいさなけもの、の頭蓋骨を宝珠《ほうじゅ》と飾る不気味な「人天蓋《にんてんがい》」が、天井からまっ黒にぶらさがり、いちばん奥にぼんやりと泛かんでいるのが、扉を閉じた「厨子《ずし》」である。そして、厨子を載せている須弥壇《しゅみだん》の輪郭が、暗闇に慣れはじめた犬丸の目にもいま、はっきりと捉《とら》えられるのであった。

まさかとはおもうが、あの厨子のなかに無洞軒は隠れているのではあるまいか……犬丸はふと考えついて、須弥壇のうえに載せられている四角い箱を疑い深い目で見つめるのであった。いや、しかし――それは、できぬ相談であろう。厨子のおおきさは、見たところでもせいぜい二尺（約六〇糎）の丈《たけ》しかない。犬丸がそこへはいろうとおもいついたとして、まず無理である。

（いったい、どこへ消えたのだろう）

もういちど、仏堂のなかを見渡した。すると、内陣の左翼に設《しつ》らえられた余間《よま》のわきに、梯子《はしご》が架かっているのが見えるのである。あすこかも知れぬとおもって、その目が暗い梯子をのぼりはじめた……ところが、梯子の最上段は天井までは届かずに、とちゅうで止まっているのだ。はたしてこの仏堂を外から見ると、二重の屋根をしているのだから、とうぜん二階があるのだとばかりおもわれたが、どうしてちがっていた。あるのは、四方の壁に沿ってめぐらされた狭い「回縁《まわりえん》」だけだ。そこへぐるりと手摺《てす》りが立てられて、一周しているのだ——さて、犬丸の目が回縁のようすを見まわしたが、どこにも人の影は見あたらない。視線をもどして、もういちど厨子を見た。

　何やらその辺りが、さきほどとちがって、朦朧《もうろう》とした黄いろい光ににじんで見えている。いったい、あれはどうしたことであろう——不思議におもって目をこらし、犬丸が須弥壇にちかづいていく。まるで、草地に鳥を見つけた猟犬かのような、慎重な足運び。内陣を踏んで、護摩壇のわきをまわり込んだ。そうして奥に設えられた須弥壇の正面に立ったが、どこにも光源は見あたらない。あ、うしろだ……何やら厨子の裏がわから、ぼうっとした黄いろい光がこぼれているのだ。

　気がつくや、犬丸は須弥壇の裏手へまわり込んだ。すると、大人がようやくすれちがえるていどの狭い通路があって、須弥壇を一周できるようになっている。見れば、床の一箇所から、黄いろい光が淡々《あわあわ》とにじみ出していた——ちょうど、厨子のうしろがわだ——犬丸がちか寄って確認してみると、どうやら床下から光がこぼれてくるらしく、さらにその奥へと視線を投げれば、通路のとちゅうに「上げ蓋」になっているような箇所がある。把手《とって》代わりのみじかい縄が、蓋板と思しき部分の左右に埋まっているのが見えるのだ。

　よしと犬丸、ちかづいた。床下からこぼれてくる光を踏みつつ、通路のうえに四つ這いの恰好になって、上げ蓋のところへ耳を押しつけた。床下のようすを探ろうとしたものだが、何も聞こえてこない。そこで、何のためらいもなく把手代わりの縄をつかむや、上げ蓋を持ちあげた。はたして、そこへあらわれたのは階段だ――光源とは何やら隔《へだ》たりのある構造をしているらしく、のぞくと暗かった。

さて、これを降りていったものかな……犬丸は無洞軒を閉じ込めておくためにも、はっきりとした居場処の見当をつけておきたかった。おそらくは、この階段のしたに居るのであろう。しかし、じっさいその目でたしかめてみなければ、ほんとうのところは分からないのである。ゆけるところまで、おりてみようか――そのように悩んだときには、暗くて四角い口のなかへ足をおろしていた。

階段をおりると、暗い理由もすぐに分かった。両がわの壁が板を張ったものから、すぐに砂岩の壁に変わったのだ。踏み板もなくなれば、いつの間にか石階になっていた。壁に手を触れてみると、ざらざらとした感触がする……まるで、巌《いわ》の裂け目をおりていくような気分がした……もしや、これは地獄へと通ずる階段ではなかろうかと、非常に不気味な雰囲気すら感じられるのであった。しかも、おもっていたより、ずいぶん深い。床下というよりは、ほとんど地面のなかをおりていた。それこそ、鉱山に掘られた坑道《こうどう》につくりが似ていて――犬丸は坑道がどのようなものか、その知識に知らなかったが――

――じっさい、ところどころに支柱が組まれてあり、天井の巌が崩落《ほうらく》せぬようにと梁《はり》が渡され、補強がなされているのである。何やら、大蛇の咽《のど》のなかを下っているような厭《いや》な感じがして、じつに狭苦しい。

とつぜん階段がなくなり、その一瞬、犬丸の足が闇のうえにからまった。とっさに、砂岩でできた壁に手を突くと、いったん立ち止まり、呼吸を落ち着ける。暗がりに目をこらすと、どうやら石階が切れていて、回廊《かいろう》のようなところへ出たようだ。ふたたび、すすんで十歩……巌を貫《ぬ》いたようなつくりの、暗い廊下の突きあたりを右に折れ……さらに、また左へ折れると……いよいよ闇が途絶えて、金を刷《は》いたような黄いろい光が、そこへ溢《あふ》れているのである。

（きっと、あすこにいるぞ……）

犬丸は見当をつけるや、明かりにむかって慎重にちかづいていく。岩膚をいびつに波打たせる天井を、重たげに支えている太い支柱の蔭に身を隠し、明かりのむこうを見ようと目をこらす。石の廊下の終点に、太い横木を架けた柱が立っていた。そこまで忍び足にちかづいて、いよいよ光源が何であるかをたしかめるべく、貌をのぞかせると――刹那、犬丸はあっと声を呑み込んだ――じつに、愕くべき光景が拡がっていたのである。須弥壇のうらがわに隠されていた秘密の階段が通じているのは、きっと蔵《くら》か何か、地下室のような部屋であろうとおもっていたのだ。ところが、まったく想像もしていなかった景色が、犬丸の目のまえに忽然《こつぜん》としてあらわれたのであった。

大地の裂け目かのような不気味な洞窟《どうくつ》が、土中におおきな口をひらいていた……それこそ、何とは知れぬ巨大な怪物が、咆吼をあげたままに顎《あご》の骨をかたまらせているかのような怖ろしき風景だ……おそらく、地下に溜め込まれていた水が諏訪湖のほうへ抜けたか、それともながい歳月を経て干上がったものであろう。そのために、ここへ空《から》の岩《がん》洞《どう》があらわれたにちがいなかった。とても、人の手で掘られたようにはおもえない――それ見ると、洞窟の底部は、日照りですっかり渇いた湖底の様相だ。ひび割れたどろと、灰いろの岩膚が剝き出しになっており、そこへ朱いろを塗った柱が何本も立てられているようすが、非常に不気味である。稲荷《いなり》塗りの鳥居が、無数に地下にならべられているかのような異様さだ。

さらに、洞窟の天蓋部分へ目をむけると、稲妻かのようにぎざぎざの亀裂《きれつ》がはしっていた。おそらく、そこからうえに明かりが洩れているのであろう……大小の差こそあれど、亀裂はひとつに止《とど》まらず、まるで葉脈を見るかのように天蓋のいたるところに拡がっているのである。それをまた繕《つくろ》うようにして、何枚もの木板が岩膚に打ちつけられてあるようすが、じつに気味わるい。まるで、裂けそうになっている口蓋《こうがい》の疵口を、荒々しく縫いつける黒糸のようにも見えるのだ。

そして、張出し《はりだ》（建築工事の足場）のように複雑に交叉した生木《なまき》だ。天蓋にも何本もの梁が渡されていて、それらがまるで肋骨《ろっこつ》のようにも見えてくるのである——じつに底気味がわるく、非常に奇怪な雰囲気をした空間は、犬丸の目をただただ圧倒するのであった——たとえば牛か馬か、そうした家畜の腹をふたつに割《さ》いて、腸《はらわた》を掻《さ》きだした胴体の内がわをのぞき見ているかのような怖ろしさ。ながめているだけでも、なま臭いけものの血のにおいが、鼻さきにまつわりつくような錯覚をすら覚えるのである。

そうしたなかに、一本足の切燈台《きりとうだい》、あるいは青く錆《さ》びた唐銅《からかね》の燈籠《とうろう》がいくつもならべられていて、それらに点《とも》された黄いろい灯が、洞窟内部を午間のように明るく照らし出していた。闇に慣れきった犬丸の目には、まばゆいばかりの光のなか……あの悪魔が、いた……いや、別人ではないかと、犬丸はじぶんの目をすぐに疑うのであった。

不気味な洞窟のまんなかに坐り込み、燈籠の光を一身に浴びているその男——まちがいなく、無洞軒道人だ。一糸まとわぬ姿で、灰いろの巌棚《いわだな》に胡座《あぐら》を掻いていた。背に垂れた銀髪、骨が泛きあがって見えるほどに痩せた軀。全身に残された拷問の嚙み痕《あと》が、じつに痛々しかった。凍傷のためであろうか、それとも燈籠の光の加減による目の錯覚か、膚がどこも青黒く変色していて、もはや悪魔というよりは、地獄から逭げ出してきた一疋《いっぴき》の餓鬼のようにも見えるのである。

無洞軒はいま、爪を失ったおおきな醜いその手に紙束をつかんで、蛙《かえる》か守宮《やもり》をおもわせる気味のわるい目を、ぎょろりと見ひらいていた……青黒い額のうえにひび割れたようなしわをきざむと、ますます思案深い貌つきになり、いったん目を閉じたかとおもうとまたひらき、まっ白い紙のうえを舐《な》めるようにして見ている……そして何をおもうか、とつぜん嗤《わら》い出したのだ。その悪魔めいた哄笑が岩洞にひびき渡ると、まるで目には見えぬ餓鬼の仲間がそこらに潜んでいて、いっしょになって嗤っているようにもおもえてくるのであった。

犬丸は無洞軒のようすを見ているうちに、ふとおもった。あすこに坐っている男は悪魔などではなく、ましてや地獄に棲むという餓鬼でもない——ただの狂人なのだ、と。

精神に異常をきたしたひとりの男が、狂ったことを脳裡におもい泛かべて、狂ったような声でわらっているのだ。ああ、人間なのだ。不気味な容姿こそしているが、まちがいなくあすこに見えている男もまた人なのだ……そうおもえてくると、何やらかえって怖ろしさが弥増《いやま》すようであり、背すじに悚《ぞ》っとするものがはしるのである。いつしか犬丸の額に、あせが泛いていた。

(うえに、もどろう——)

無洞軒の居場処は、ここにたしかめた。仏堂の地下に、洞窟のあることを知った。階段の入り口も分かっている。あとは、どうやってここへ閉じ込めておくかだが……いや、ひとまず今宵の目的は達したのだ。探索はこれまでである。深入りは止《よ》しておいたほうが、無難というものであろう。

犬丸はそう考えなおすと、皆のいる寝所にもどろうと支柱の蔭から後退《あとじさ》り、振りかえろうとしたその刹那——いきなり背後からおおきな腕に抱き竦《すく》められたかとおもうと、あっという間に口を塞がれていた。

あろうことか犬丸が、背後にちかづく人の気配にまったく気づかなかったというのは、いったいどういうわけであろうか。しかも遁げ出そうとして、とっさに腰を沈めて軀を捻《ひね》るが、まるで大蛇の尾に締めつけられでもしたかのように、びくともうごかぬのだ。

「声を立てまいぞ」

と、耳もとにささやく男の声——。

四幕——対決

暗殺の横貌

どこまでも澄み渡った青い天蓋《てんがい》のしたを、さきほどから一羽の鳶《とび》が幾重《いくえ》にも輪を描くようにして飛んでいた。降りるともなく、いずれへ飛び去るともなしに、泳ぐような優雅さで青空を舞っているのである。とおく西の空からは、材木を叩く木槌《きづち》の音がひびいて聞こえ、いっぽう東には川のせせらぎが鳴り止まず、そのむこうで牛が暢気《のんき》な声をあげている。沈黙したかとおもえば、またおもい出したように鳴くのである——牛が、そして鳶が。

さて、鳶のいる空から下方へ視線を移せば、そこへ杜《もり》が見え、瓦《かわら》を葺《ふ》いた社《やしろ》の屋根が三角にのぞいている。だれかその辺りで、弁当でもとっているのであろうか。おそらく、そんなところであろう——あの鳶は空のうえから盗みの機会をうかがい見ていて、弁当から一品かすめ取ってやろうと考えているのに相違ない。

「まあ、鳶も腹が空《す》くのさ」

そうひとり言を云って、くつろいだようすに頭のうしろに腕を組むと、冬枯れした草むらのうえに背を預けた男がある。闇のように黒い髪をたぶさに結わえて、黒い装束に身を包み、かたわらに添い寝させているのは、黒鞘を履いた一口《ひとふり》の刀だ。一見して武家者かのようにも見えるが、どうして気配が尋常《ただ》ならぬ。そればかりか、女かとも見紛う白膚は透けるようで、貌の造作が息を呑むほどに美しく、どこかしら幽鬼の妖しさを見目に漂わせている。歳のころは二十五、六と見えた。

はたして、

——新堂ノ弁才天。

このいま弁天は、遠州浜松にいた。東海道、である。いわずと知れた、「徳川三河守家康」公の領国内だ。伊賀者の蛇之助《じゃのすけ》に案内をさせて、さっそく甲州を離れたあと、半日とかけずに駿河の国境をまたぐと、この遠州まで遥々《はるばる》やってきたのである。「——大事を告げよ」という、男の声を届けるために。

(われは、音羽《おとわ》ノ源三郎……)

たしかにあのとき、男はそのように名乗ったのだ。甲州の悪魔の者らが、浜松にむかったと、はっきりそう云ったのである。「いざ、報せよ——」と、最後に告げて……そして、忍びの男は一塊《いっかい》の炭が砕けるようにこの世から消え去った。

(音羽と申す名乗りを耳にしたからには、棄てては置けぬのさ)

伊賀者同士の、仁誼《じんぎ》というやつがある。忍びにしか分からぬ、暗黙の了解だ。いのちを賭《と》して得た情報を、届けてくれと忍びの男が恃むのだ。引き受けるしかない。そうした伊賀者の本能とも云うべく志《こころざし》を果たそうとして、弁天はわざわざこの浜松までやってきたかというと、じつはそうでもない。藤林長門守から頂戴した大事のしごとを、邪魔だてした男たちがあるのだ。追っている。借りをかえすつもりだ。若さゆえの矜持《きょうじ》が、このままでは許さない。

(羅刹《らせつ》、そして雨宝《うぼう》……)

弁天はふたりと、かならず決着する肚《はら》でいた——いっぽうで、源三郎という名の伊賀者に対する仁誼のほうはと云えば、すでに果たし終えている。遠州に入国してすぐのこと、弁天は蛇之助の案内で掛川にむかい、「法花《ほっけ》ノ良次《よしじ》(良次郎)」という伊賀者のつなぎと会った。その足で浜松までやってくると、さっそく良次を介して服部党の某《なにがし》という男に伝言をあずけたのだ。ほんらいであれば、二代目の棟梁として知られた「服部半蔵正成《まさなり》」という人物に、直接報せたいところではあったのだが、そこは身分がちがい過ぎた。所詮は弁天も下忍に過ぎず、正体の知れぬ余所者《よそもの》だ。即座に謁見《えっけん》することはかなわず、ひとまず伝言をあずかるというかたちになり、弁天、蛇之助、良次の三人はこの浜松で数日の待機を申し渡されたのであった。とうぜん、下忍たちに否《いや》はない。

いずれにしても、弁天はすぐに立ち去るという考えを持ってはいない。何せ、あの羅刹と雨宝のふたりがよからぬことを企《たくら》んで、この浜松に紛れ込んでいる可能性が非常に高いのだから。探し出す。もしや、べつの国へむかったというのであれば、そこはこの青年の性格を推して知るべしだ。藤林の御屋敷から下った命令ならばともかくも、服部党から申し渡された待機のことなど知らず貌で抛《ほう》っておいて、あとのことは蛇之助と良次のふたりにまかせて、疾《と》くとこの浜松をあとにしたであろう。

（どこにいる――）

草むらに寝転がったまま、弁天はまっ青に塗り込められた遠州の天蓋を見あげて、ひとり考えていた……とうの羅刹たちは、すでにこの浜松に来ているはずなのだ……としてもいったい、どこに隠れ潜んでいるというのであろうか。そうおもうとどうじに、あの「人のかたち」をした影のごとくに炭と化し、闇に砕けた源三郎という男の、強烈な姿がおもい出されもして、あらためて最期《いまわ》の言葉の意味をじっくりと考えているのである。

（浜松に大事を告げろ、か……）

おそらく、三河守（家康）の生命《いのち》をつけねらっているのであろう。羅刹たちが暗殺を企んでいることは、弁天の想像にも難《かた》くない。しかし、土台無理な話だ。おなじ忍びの者として、いや上手の弁天であらばこそ、要人の暗殺がいかに困難であるかが分かるのである。じっさい、甲州から吃緊《きっきん》の報を告げんとあらわれた弁天が、音羽ノ源三の言葉を服部党の男に伝えただけで、三河守家康公の身辺警護は一夜にして「厳重」である――服部半蔵正成が、その配下に金城鉄壁《きんじょうてっぺき》を指示したのだ――これを突破するのは、まず不可能であろう。

繰りかえすが、服部党の二代目棟梁として、三河岡崎の忍びたちを率《ひき》いる服部半蔵正成は「三方ヶ原合戦」のあと、くわえて百五十人もの忍びを預けられており、この者らを一手に統率する身ともなれば、もはや徳川軍団の一将として不断に浜松城の警備に目を光らせているのであった。城域の内外に忍びの者らを配して、さらに家康本人のまわりにもそれとなく、精鋭の者を伏せておくことは、もとより半蔵枢要《すうよう》の役目とするところである。先代のころと比較せずとも、格段に忍びの人数をうごかせるようになっていた。

さらに云えば、謀叛《むほん》の芽を摘み取ろうと、日ごろから情報収集に抜かりはなく――それこそ、まさに忍びの本業というものだ――とてもではないが、内部の者が家康の生命をねらおうとして、秘密裡に殺人を計劃するなどはむずかしい。もっとも、東海の英傑として知られた家康の祖父松平清康《きよやす》公が「森山（守山）崩れ」で刺殺されたように、謀叛とは何ら関係なくして、ましてや暗殺にもあらず、突発的な怒りが引き起こす殺人のばあいはべつなれど、それとて家康本人が辣腕《らつわん》をふるって家中をまとめあげているから、ほとんど問題はなかろう。

さて、そうしたなかへ暗殺を企てる忍びの者が侵入し、どのように家康の生命を奪おうというのであろうか。断言しても云い。絶対に不可能である。しかし、甲州透破の羅刹たちは、どうやらその不可能なことをやろうとしているらしいのだ。

（まったく、気が狂ったやつさ……）

そこで、弁天はおもうのであった。もしも、このおれがおなじことを為そうとしたばあい、どのように家康に迫ろうとするであろうか、と。まず、刺殺は考えられない。しかも、百五十をかぞえる忍びの目が、昼夜を分かたず見張るなかを、刃物を隠し持って侵入するなど狂気の沙汰だ。まず、毒をつかうであろう。さきに、内通者を仕込んでおく。「身虫《みのむし》の者」に毒を持たせて食事か酒か、それとも茶に一服《いっぷく》盛らせるのだ。

いやそれよりも、「婢女《はしため》（女中）」か「小小姓《こごしょう》（元服まえの子ども）」を暗殺の道具に仕立てて、雑事の隙間から家康にちかづこうとするほうがいい――武家連中の多くは家名を重んじる性質があるゆえに、弑逆《しいぎゃく》をきらって変心する可能性があり、そうなれば反対にこちらの生命が危うくもなる――もっともそれとて、「毒見《どくみ》（毒味）」で見破られる可能性はじゅうぶんに考えられようから、手立ての仔細はあらためて検討せねばなるまい。

そのうえに、女や子どもをこちらの思惑通りにはたらかせるためには、それなりの準備と時間を要しよう。はたして、羅刹という男がそれだけの手間をかけるとは、弁天には到底考えられないのであった。もうひとりの、雨宝という男にしてもだ――あの鐘楼堂で、いきなり斬りつけてきたその剣尖《けんせん》に、弁天は自惚《うぬぼ》れのようなものがあることを一瞬のうちに見抜いていた――あの男の剣は、するどい。たしかにするどいが、ゆえにさいしょの太刀すじを見切れば、二の太刀がどこへくるかが分かったのだ。

おのれの腕まえに対する過信が、雨宝という男の手首のうえに間隙《かんげき》を生んでいた。もっともそのために弁天は、「一寸《ちょっと》の見切り、二寸のひらき」で躱《かわ》すことができたのであったが……羅刹という男の鳥渡した言動のうえにも、そっくり似たところがある。いや、おそらく雨宝が、羅刹のしざまを真似しているのであろう。ところで、そうした男たちが毒殺を考えるものであろうか。あの男たちの姿のうえには、自信があり過ぎた。過剰なほどにだ。忍びが自惚れたときは、たいてい手段を見誤るものだ。準備をおろそかにして、直接的な行動をとって解決しようとする。

(困ったことだな)

弁天は自身の姿のなかにもまた、羅刹たちとおなじような過信があることを、いまさらながらに気がついて、自戒を込めておもうのだ。いちばんに手に負えないやつというのは、まったくじぶんのことではあるまいかと。

ともあれ、だ——羅刹たちが直接的な手段に打って出るつもりでいるなら、囮《おとり》を城下にばら撒いて、服部党の耳目《じもく》を分散させようとするはずだ。たとえば火事を起こすかして、そちらに警備の目をあつめておいて、その隙に家康の寝所か便所《かわや》に忍び込む。

(あとは、待つ)

何刻でも、いや何日であろうと……屋根うらか床下か、それとももの蔭にじっと潜んで、標的がひとりになったところですわと飛び出し背を刺すか、あるいは寝首を掻けばいい……しかし、武家屋敷などとは勝手がちがって、堅固たる城塞のことだ。いざ浜松城に侵入できたとしても、はたして出てこられるであろうか。

(およばず、さ)

無理であろうと、弁天は率直におもうのであった。

ことを為し遂げたとして、さすがに警固厳重たる敵の掌中《しょうちゅう》にあっては、帰還できる保証はほとんどなかった。城塞から脱出するためにもまた、もういちど警備の目を余所へむけさせる騒ぎを起こす必要が出てくる。やはり、周到な準備と相当の人数が要《い》る。しかしそうなれば、もはやいくさだ。暗殺ではない。いっぽうで、少数の者でことにあたろうとすれば、まちがいなく自身らのいのちと引き替えになるであろう。

（……はたして、そうした無謀なことをするであろうか）

忍びのならいに曰く「一の大事」は正心《しょうしん》、そして——生還である。どのような危険も切り抜けて、かならず生きてかえる。そのための「忍びの術」なのだ。はたして、透破のおしえにならう大事とはいったい何なのか。何のための、術法か。

忍びの者はかならずといって、しごとに取りかかるまえに複数の逃走経路を考えておくものだ。「……生きてかえる」その一事のために。

ためにも、侵入さきの部屋の位置や方角、廊下の配置、天井のつくりを事前に知っておくことが重要になってくる。つまりは現下——三州「岡崎城」を継嗣《けいし》信康にゆずって、それ以降——家康の居城として、ここに遠州曳馬城《ひくまじょう》を拡張改築している「浜松城」の見取り図を入手するかして、しっかりと内部の構造を頭に入れておく必要があるわけなのだが……そうか、あのときだ……人誑《ひとたら》し了伊の手から、女が奪い取った紙束……たしか

「指図《さしず》」と、そう云っていたようにおもう。

（あれは、浜松城のものであったかも知れぬ）

そうであったとしても、いまさら詮《せん》もない。弁天は考えることを止《よ》すことにした。三河守家康公の身辺を警固するのは、服部党のしごとだ。しかも、百五十人もの忍びがいるという。おのれが何をどのように思案しようと、口出しする隙もなかろう。

（あとのことは、まかせておくさ）

もとより、服部党に助太刀《すけだち》するつもりで浜松に来たわけではないのである……そうおもって弁天は、さきに羅刹たちを見つけようと肚を決めた。企てのことは、どうでもいい。借りをかえすのだ。手段や過程より、決着である。見つけて、ただ討つのみだ。余計な思案は、おのれを混乱させるだけである。

弁天は背を起こして、黒鞘の刀を手に取った。まずは、浜松城の周辺だ。いまは、無闇でかまわぬ。ともかくも、城下を歩いてまわって、羅刹たちの姿をこの目に見つけてくれる……弁天はそのようにいったんこころを定めると、いざ立ちあがり、手にした刀を腰に佩《は》くのであった。

と、さきほど空に見かけた鳶《とび》の姿が、颯《さつ》と視界をよぎっていった。そのくちばしに、何やら白いものをくわえていたが、もしや弁当であったろうか——飛び去る鳶の姿を目で追いながら、弁天はおもわずもわらい声をあげていた。

「ハハハ、たいしたものだ。おまえのやり方が、存外うまくゆくのかも知れぬな」

いったい決意をあらわした者には、不思議と天もまたこころを掛けて、味方をしてくれるもののようだ。それとも易経《えききょう》にいう、「窮《きゅう》すれば通《つう》ず」か。いずれにしても、人は決心ひとつを持って歩いていれば、どう転んだところで、かならず活路はひらけるというものである。

斯くして、その翌日のことであった――。

おなじくこれに待機をめいぜられている蛇之助と良次の手も借りて、弁天は浜松の城下を隈《くま》なく歩きまわったのであるが、いっこうに羅刹の姿を見つけることができないでいた。ところが、いよいよ日が暮れようかという時分になって、さっそく天が味方をするものか、じつにおもしろいものを見かけたのだ。どうやら、因縁《いんねん》でもあるらしい。

(ほう、ここで何をしている)

ふとおもいあたって、懐中に手をいれた。片手でふところをさぐりつつ、しぜんと弁天の口辺に微笑がにじんでいる。

はたして見ると、薄闇の迫る辻《つじ》をまがっていく女たちがあった。

――ののう、である。

悪魔道人

冬の息吹に凍りついたまま、境内は森《しん》として音もひびかない――。

昨夜遅くに降った大雪に、辺りの景色はすっかり閉ざされてしまい、天蓋《てんがい》を見ると鉛を溶いたような陰鬱としたいろがにじんでいた。まさに、蓋《ふた》をしたような空だ……どうかすれば手が届くのではないかと、おもわれるほどに低く感じられるのである……鈍然《どんより》とした灰いろと、白銀に掩われた隔絶《かくぜつ》の世界。

ここでは時のながれすらも失われ、何もかもが凍りついたかのように見えるのであった。いや、それこそ凍結した川のごとしだ――水面《みなも》は白く凍っていようとも、はたして水底をのぞけば、たしかにそこには睡っている生命《いのち》があった。

十人の幼い子どもたちがいま目覚め、筵《むしろ》のうえに起きなおってはそれぞれに、ちいさな掌《てのひら》に白い息を吐いている。いよいよ無洞軒の幻術が、子どものこころの枷《かせ》となって放さぬか、その姿は一様に石でも負わされているかのように重苦しくも見えて、海の底からあがってきた泳者か海女《あま》か、ひどく草臥《くたび》れた印象が非常につよくはっきりと、見目にうかがえるのである。

もっとも、犬丸は芝居であった。ふりをつづけているのであったが、疲労は芝居かといえば、そうともかぎらない。あの〈黒い怪鳥《けちょう》〉かのごとし、恐ろしい姿つきをした悪魔が夜な夜な寝所の枕にあらわれて——その口から吐き出す言葉の毒と、悪しき暗示に中《あた》った子どもたちと較べてみても——よほど犬丸のほうが体力の消耗がはげしいらしく、その姿のうえに疲れが隠しきれぬようすなのだ。じっさい、こころはかわらず丈夫であったが、ゆえに軀が疲弊していることを、じぶんでもはっきりと覚《さと》られるのである。

（何だか、おかしいぞ……）

無洞軒道人の、ほんとうの怖ろしさだ。起床して朝餉をとって、雑事にはたらき、坐禅をしたあと、夕餉を食して寝所で睡《ねむ》る——それをただ、繰りかえす日々——子どもらを単調な一日に慣れさせておいて、また繰りかえし繰りかえしそうすることで、こころが現状を安息の居場処であると認識しはじめると、しだいにうごけなくなっていく。そうして子どもらを術の虜《とりこ》にし、自発性を殺しているのだ……この自発性というものは、けっして他人や世間から意見をされて思考し、行動に移すことではない。あくまでも、一己のなかからしぜんに生まれ出てくる衝動に起因するものであり、いわば生命のあらわれである。

それを無洞軒は、ゆっくりと潰していた。暗示にかからずとも、知らずしらずのうちに犬丸もまた、ほかの子どもらとおなじように、行動を制限された環境に馴染み、どこかしらこの居場処に安心をすら覚えはじめているのであった。しかし、少年の揺るぎない意思がそれを否定する。抵抗し、この悪しき場処から遁げ出すのだと――ために、ひどく疲れた。軀の芯から、しきりと噴きあがってくる勇気（積極的で奮い立つ気力の意）がありながら、その姿のうえでは半ぶん睡っているような魯鈍《ろどん》の芝居を演じつづけているのだから大変だ。

いっそのことに……このまま無洞軒の術に、かかってしまえば……どれほど楽になれるであろうかと、ときにおもわぬこともない。しかし、暗示にかからぬのだからどうしようもなかった。まったく犬丸にしてみれば、夜中に老人の愚痴を聞かされているようなものだ。錆びついた不吉な声で、何やら分けのわからぬ話を耳もとに聞かされて、うしろではそーめんがぶつぶつ云っていて、ひたすら暗示にかかっているふりをするのである。辛《つら》かろう。いますぐにも大口をあけて、虎の声で吼《ほ》えたいのだ。空を衝《つ》けよと、鳥のように飛びあがりたかった。仔犬《こいぬ》のように雪のうえを駆けまわって、いっぱい足跡をつけたいし、皆といっしょになってわらいたいのである。

とまれ、犬丸――。

二重屋根の仏堂のしたに隠された、ほんとうの悪魔の巣窟を目撃し……このいまも地面のしたで、おおきな口をあけているあの不気味な洞窟のところで……あのとき、とつぜん重蔵にうしろから羽交《はが》い締めにされると、外へ連れ出されて斯う云われたのである。

「……まだはやい」

押手《おして》が好きにうごけば、弓のねらいがさだまらぬゆえに、勝手《かって》（弦を引く手）が困るのだということを、重蔵はもういちど犬丸に諭《さと》して聞かせるのであった。いっぽうで、その押手たる犬丸が、法堂の棺桶のなかに隠れて盗み聞きした会話の内容をおしえると、

「ほう。十日と申したか……なれば、そのまえに決着《けつじゃく》せねばなるまい。おまえは、いまいちど相図を待てや。よいな、犬丸。それが遁げたる法である。左様とおもうて、聞き分けよ」

重蔵は怒るどころか、ひとりの忍びとして感心せぬではいられないのであった。犬丸が口述したことは、いこうの重蔵と次助の活動を左右するほどに、重要たる情報であったのだ。たいしたものだと、そのふくろうのような目を瞠《みは》るのである。もとより、元気（盛んな活力の意）であるのが、この犬丸ではないか。それこそ元気は、子どもの奇跡のひとつである。寝所から抜け出したことを一々叱《しか》っていたら、わが身が細る。

「わしか次助が相図するまでは、じっとこころを締めておれ。大人しゅうして、ゆめゆ

ごくでないぞ。急《せ》くな。時を待て。子らをこれが寺から連れ出すに、次助とわしでいま調法《ちょうほう》（準備）をしておる最中《さなか》のことに、おまえが勝手とおもうてうごけば、ねらいが定まらぬ。弦《つる》は一本。機はいちどきりじゃ。これを逃《のが》せば、わしとて手立てが無《の》うなる。分《わ》こうたか」

「分かった」

明るい声でひと言云うと、犬丸はまた寝所にもどって——夜が、明けた。その日もまた、おなじことを繰りかえす……朝餉を口にして、雑事をやって、僧堂に移動したあとは坐禅をし、夕餉をとって夜中に暗示にかかっている芝居を打ちつつ、また冷たい筵《むしろ》に睡り……そして、いま目が覚めたのだ。

しばらくもすると、北東《うしとら》の方角から「魚梆《ぎょほう》」を叩く木槌《きづち》の音が、かすかに聞こえてきた。衾を脱いだ。起き抜けのためもあろうが、いまだ夢中に彷徨《さまよ》うような気怠《けだる》い感じのする軀を立ちあがらせ、草臥《くたび》れきった筵をすぐにも丸めると、ほかの子どもらといっしょになって、きのうとまたおなじように食堂《じきどう》へむかう犬丸なのであった。

（——西庵だ）

ふらりと、食堂にあらわれたのである。

といって犬丸はその貌を見るのは、これがはじめてだ。二日まえの夜は棺桶のなかであったし、あとを追ったときも視界が暗くて、はっきりと貌を見たわけではないのであるが……しかし、ひと目しただけで、あのときの男だと勘がはたらくのだ。

はたして、戸口に姿をあらわした西庵は、頭髪をきれいに剃り毀《こぼ》ち、濃い眉のしたにある目が内面をあらわすかのようで、じつに狡猾《こうかつ》そうな光をぎらぎらとさせていた。どろとほこりによごれた旅装を解いて、清潔な白い小袖のうえに墨染めの直綴《じきとつ》という恰好に着替えている。左頰に刀疵、歳のころは五十がらみだ。

さて、その西庵が何やら子どもたちを品評するかのような目で見ていたかとおもうと、一瞬ばかり怪訝に貌を曇らせ、すぐに立ち去るのであった。

翌日の朝も、また姿を見せた――きのうの朝とおなじように、食堂へやってくると、しずかに御斎を口に運んでいる子どもらの姿を戸口に立って、まるで蛙《かえる》の群れをまえにした蛇のような酷薄な目で見ていた。かとおもうと、じっと視点をひとつに定め、何やら三思《さんし》ありだ。

(あの小僧……やはり、じゃ。道人さまの術に、かからぬものと見える)

おもうや西庵、どかどかと足をすすめて、いきなりちいさな肩をつかむのである。

「おのれ、立て」

しわがれた声でそう云って、さらにうえから斬らもめいじるのであった。「――箸《はし》をそこへ置け。立って、わしについて、参れ」

とつぜん云われて、かえす言葉もなく、左頬に醜い刀疵をはしらせる男の貌を、怖れるような目で見あげたかとおもうと……箸を持つその手がわずかに動揺し、緊張に顫《ふる》えていた……ふた口ほど麦めしが残っているお椀を、木盆のうえに置く。さらにお椀のうえに箸を載せるとき、しずまりかえった食堂に、かちかちという音が冷たく鳴りひびいた。とうぜん、否応《いやおう》はない――五郎は、云われたとおりに立った。

おとなしく立ちあがると、そのまま西庵に連れられて、食堂から出ていった――ほかの子どもたちは、まるで何ごともなかったかのように食事をつづけている。どの貌つきもまったく関心を見せぬようすが、じつに異様。まるで、童子を模した仮面をかぶった者らがそこへ居並んで、ただひたすらに食事をしているかのような不気味さだ――いや、ひとり犬丸だけは皆と調子を合わせて黙然《もくねん》と、口に箸を運んでいたのであるが、

（どうしたのだろう）

と、その心中はけっして、おだやかではないのである。何故に五郎が連れ出されたのか、どこへむかったものかと疑問におもっているうちに、ふとべつな考えが頭に泛かんできた。

（もしや……破《ば》れたのかもしれない）

五郎が無洞軒の暗示などにはかかっておらず、犬丸とおなじように芝居をしていることを、あの西庵という男は見抜いたのではあるまいか。そして、どこかへ連れ去った……いったい、どこへ……そして、何のためにか。

而《しか》してその夜、寝所にもどっても五郎の姿はなかった。つかっていた筵《むしろ》までもが、どこかへ片づけられているのだ。いや……まるでさいしょから、そのような男児はここには居なかったのだとおもわれもして、犬丸は云い知れぬ淋《さび》しさに、こころが沈むような気分になるのである。

やがて、子夜《しや》をまわったころ——あの不気味な洞窟から、またしても狂人が出てきた——一疋の餓鬼がふたたび悪魔の者となり、黒い怪鳥のようなその姿を寝所にあらわすと、密《ひそ》としずまりかえった暗がりに、悪しき印《いん》を結ぶのだ。「……おんあろまやてんぐすまんきそわか、おんひらひらけん、ひらけんのう、そわか」と、子どもらの枕に、咒文をかけはじめている。

そうして、やわらかい土のようなこころのうえへ、「憎悪の種」を蒔《ま》いている……。

いよいよ、芝居をするのも難しくなってきた。

ほかの子どもらと犬丸の貌つきに、白と黒ほどの差違が生じはじめている。梅子や三太、あるいは捨吉などと見較べれば、犬丸の目には生命《いのち》の光がつよ過ぎるのだ。どうしても、ほんとうのじぶんの姿を偽ることができないでいた。活気というものを、消せぬのである。

いっぽうで、梅子たちの目は靄《もや》がかかったように見え、その眼光から精気が失われつつあった。たとえば曇りの日、水の淀《よど》む沼に映った天道のように、のぞく光が間接的でじつに弱々しいのだ。ふとしたときなど、ほかの子どもらは示し合わせたかのように、どこを見るともなく見たかとおもえば、まばたきすら忘れたようすに目を瞠《みは》るのである。まるで、牢獄の闇のなかに久しく閉じ込められている者が、懸命に外の世界をのぞき見ようとして、格子の嵌《は》まった窓から目をこらすような貌つきをするのだ。とてもではないが、そのような目のうごきや表情は、犬丸が真似をしようとしてできるものではなかった。

一日が過ぎ去り、夜がきて、また朝をむかえれば犬丸とほかの子どもらの姿のうえに、さらなる相違のひらきがあらわれる。それまでは、すずめの群れのなかにまじった鶸《ひわ》を見ているようであったのが、このままでは白い鳩《はと》たちのなかに紛れたからすともなろう。さらにまた一日と過ぎれば、犬丸は到頭《とうとう》正体を隠しようもなくなっていた。芝居をつづけていても、どこか空々しく見えてくるのが、じぶんでも分かるのだ。こころのうえに、焦燥がある。じつに、まずい。

（十日……あと、十日と云っていたぞ）

寝所の暗がりに横たわり、衾《ふすま》にくるまったままで犬丸は、ちいさな両手をひらいて一本、また一本と指を折り、残された日数をかぞえてみた。あと三日、だ……はたして、それまで無洞軒や宋念と善進、何よりもあの西庵という男に、芝居がこれ以上通用するものであろうか。そうした不安をおもっていると、軀ばかりかこころまでもが重たくなってくる。

——こん、ここん。

音がした。犬丸は一瞬、幻聴を聞いたのかとおもった。いや、ちがう。まちがいなく、現実だ。床下に、だれかいる。

（相図だ……）

おもって犬丸、はっとした。すぐに人さし指を鉤《かぎ》にして、床を三度叩いて返事をしてみた。すると、かすかに声が聞こえてくる。床下から、重蔵が云うのである。起きているか、と。そこで、犬丸はもういちど床を叩いた——こん、ここん。

「……よし犬丸よ、ままに声を立てるでないぞ。よいか、夜の明けるまえにここから出る。次助がそこへ参るゆえ、それまでうごくな。何が聞こえようともだ。大人しゅうして、次助を待て。寝所から一歩と出るな。ほかの童子もぞ。厠《かわや》や何ぞに立とうとする者があれば、おまえが引き止めよ。如何《いか》ぞ犬丸、返答せい」

聞こえて、犬丸がまたも床を叩いて了承したとの意思を示せば、それきり重蔵の声はしなくなった。さていったい重蔵がどこへむかったものかは分からぬが、いま聞いた言葉をひとつひとつおもいかえしてみると、何やら亢奮せられる犬丸なのであった。しぜんと感情が高まりはじめて血が沸いて、そうして軀の芯《しん》が火照《ほて》り出すと、背なかがじわりとあせに濡れてきた。これはいけない、いけない――またしても、あの悪魔が宋念を引き連れやってきたのだ――犬丸はすぐにこころを落ち着かせると、額や首すじに泛いたあせをひそかに手でぬぐった。順番を待って、また芝居を打った。これが、最後になることを念じながら。

無洞軒は子どもらにたっぷり暗示をかけると、ふたたび寝所から立ち去って、あの悪夢が現出したような洞窟へとかえっていった……それから、半刻……さらに、一刻が過ぎて……いつしか犬丸は睡魔に襲われ、まどろみはじめている。気づくや、これはまずいと筵のうえに起きなおった。いそいで衾を脱いで、冷えた夜気に眠気を覚まし、暗い寝所に目をこらす。すると、何やら聞こえてくるのだ。はじめは風かとおもったが、そうではない。今日はまったく、風の吹かぬ一日だ。

(何の音だろう)

ほそい悲鳴のような音が――ほかにも何かがしきりと弾《はじ》けて、夜空にこだましているようだ――地獄の鬼でも出てきたか、それとも湖底に睡っていた龍が目を覚ましたものか。はたまた、狒々《ひひ》であろうか。いずれにして、そうした人の空想が産み出すところの得体の知れぬ怖ろしいいきものが、地にもだえ、必死と苦痛にあらがい、咆吼《ほうこう》をあげているかのような、狂騒たる音が聞こえてくるのである。すると、やがて……竹藪のほうから絹布《けんぷ》を引き裂くような、鳥の声が聞こえてきた。それも、一羽や二羽という数ではない。もちろん、空想の声でもないのである。身に迫る危険に恐れをなして、五位鷺《ごいさぎ》の一群が大騒ぎしているのだ。

「あ、火事だ……」

と、犬丸はようやく音の正体に気がついた。

凄まじいかぎりの火焔《かえん》が、庫院《くいん》の屋根から噴きあがり、火の粉が爆ぜて夜天を焦がしはじめた。すでに厨房は、火の海と化していた。赤い怒濤《どとう》に呑まれた食堂《じきどう》が、濛々たる煙に包まれ、いよいよ屋根を崩すのだ。と、そのときであった――まるで赤龍が咆吼をあげたかのように、もの凄い音が一帯に鳴り渡るのである。

そこへいそぎ駆けつけた宋念であったが、怒れる業火のいきおいに臆《おく》しては、一歩として ちか寄ることができず、火の粉を避けようと片手にからの桶を提げ持ったまま後退《あとじさ》り、庫院の横手の小径に呆然と立ち尽くすのであった。まるで表情のなかったその双眸に、一瞬ばかり十五歳の戸惑うこころが掠《かす》めすぎた。するや、背後の闇から手が伸びてきて、いきなり羽交い締めにされたかとおもうと、口と鼻を手で塞がれた。宋念が息をしようと暴れるも虚《むな》しく、煌々《こうこう》と照らされる火事の明かりのなかに意識を失い、ままに小径のうえに頽《くずお》れた。

「殺しはせぬわい。しばし、睡っておれ。風も吹かぬゆえ、火も来ぬわい……」

そうしたひとり言を云うのは、はたして重蔵であった。たったいま、わが手で気絶させた宋念をすぐに縄で縛りあげた。そうして引き摺りひきずり、老松のところまで運んでいって、痩せた幹に括《くく》りつけると、またひとり言だ。

「西庵とやら申すやつが、どこにも見あたらぬ。くそッ、抜かったわい」

重蔵は気絶したままの宋念の喉頸《のどくび》に手をあてて、脈が打つのをたしかめると、すぐにその場から離れた。闇もかまわず、土階を飛ぶようにして駆けおりていった。

さて、いっぽうで——寝所にじっとしてうごかぬ犬丸であったが、とおくに聞こえている騒がしい音の正体が、どうやら火事であるらしいと気づいてからは、どうして落ち着かないようすである。戸をあけて、外のようすをさぐりたかったが、「……何があってもうごくな」と重蔵は云ったのだ。ここへ、次助が来るという。それまでは、子どもらを寝所から出さぬように見張れと、そういう意味のことも云っていた。

おそらく、放火したのはその重蔵なのであろう……何か考えがあって、火をつけたのだ……たしかに、いま外に出るのは危険かもしれない。犬丸は重蔵たちを信じて、待つことにした。すると、となりで梅子が寝がえりを打ち、そのむこうでは筵のうえにうつ伏せているとめ松が、うなされたような声を枕にこぼしていた。わるい夢でも見ているのであろう。犬丸がふたりに視線を送るとどうじに、寝所の戸がいきなりあいた。とつぜんのことに吃驚《びっくり》して、犬丸が貌を振りむけると、

「皆を起こせッ。犬丸、外へ連れ出すのだ。いそげッ」

声を振り立てながら、そこへ飛び込んできた人影は、はたして片手に弓をつかむ次助であった。いや、ひとりではない――見知らぬ男や女が五人ばかり、次助のあとからなだれを打って踏み込んでくるのだ――犬丸は一瞬、何者とも知れぬ大人たちの姿に警戒して、筵のうえに身がまえたが、次助の貌をたしかめれば待っていたとばかりに立ちあがり、梅子の肩をゆりうごかすのである。さらに、横飛びにとめ松の背を叩き、「起き

ろ、起きろ」と叫ぶのだ。寝所に飛び込んできた大人たちもいっせいに、子どもらを叩き起こしては、腕にひとりふたりと抱きあげて、

「犬丸、おまえもさきにゆけッ。山門だ。走れッ」

次助が云う傍から、子どもをかかえた大人たちがつぎつぎと、寝所から駆け出ていくのであった。そのあとにつづいて、犬丸もまたいそいで廊下へ飛び出した。

縁台から飛びおりるや、足半草履を突っかけた。そのまま地面に、諸膝をついた。縁台の幕板のしたへ右腕をくぐらせると、束柱《つかばしら》の裏がわを手でさぐる……つかんだ、苦無《くない》を……地面に刺さっているのを引き抜いて、とたんに犬丸は立ちあがり、きびすをかえした。手にした苦無の土をはらうと、腰のうしろにまわした帯のところへ挿した。落ちぬように、しっかりと――。

次助は廊下でひとり弓をかまえて、仁王立ちだ。まだ寝所のなかには三人ばかり、睡ったままに取り残されている子どもらがあった。さすがにひとりで、三人をかかえることはできない。これに邪魔立てする者があれば、矢で射貫いてくれようと殺気を泛かべた目をして、さきの大人たちが、もどってくるのを待っているのだ……そこへ、ふと見れば……犬丸が腰のうしろに苦無を挿して、あらぬ方向へ駆けてゆこうとするではないか。周章《あわ》てて、声を投げた。

「犬丸ッ、山門は南ぞ。どこへ、ゆく——そちは、北ぞッ」

云うがはやいか、すでに犬丸は走り出していた。走りながら、次助の声に振りかえりもせずに、叫ぶように返事をするのだ。

「五郎を連れてくるッ」

それこそは、純真の叫びであった——はたして〈神〉の御心《みこころ》には、動機というものはいっさい存在しない。むしろ、そこにこそ〈神〉を見た——いまだ子どもである犬丸のこころのつくりもまた相似して、まさしく〈無垢《むく》〉のかたまりなのだ。その精霊におよそ穢《けが》れというものを知らず、「神の御心に同等《ひと》しく」できていた。救うのだ……そうした一念にまぶしいほどの衝動が熾《おこ》ると、しぜんと勇気に火花が散って、動機や理由もかまわず駆けずにはいられないのだ。

あっという間に境内のまんなかへ飛び出した犬丸は、駆けながらにちらと山門のほうへ貌を振りむけた。門《かんぬき》が外されている。門扉がおおきな口をあいていた。そこへ横づけにされた荷車が見えて、子どもをかかえた大人たちが押し合いへし合いして、あわただしい——荷台に載せられようとしているのは、梅子とよりと三助と、もうひとりはよく見えなかった——すぐに寝所へ置き残してきた子どもたちを連れてこようと、車から離れて、東室のほうへ駆けもどっていく女があった。

犬丸は颯《さっ》と視線をかえして艮《うしとら》（北東）の方角、こんどは庫院のあるほうへ目をむけた。そこだけ夜空が赤く燃えていて、まっ白い煙が蜿蜒《えんえん》として蠢《うごめ》いている。さらに走りながら、正面に視線をもどすと、闇黒《あんこく》の仏堂だ……二重の屋根を載せた、不吉な建物を……犬丸は、見た……視線をさだめて、放たれた矢のようにまっすぐに駆けむかい、正面の段木を一足飛びに駆けあがれば、もはや遠慮もない。朱いろの戸に取りついて、いきなり観音開きにひらくや、そのままなかへ飛び込んだ。

いまや犬丸は、導火線についた火である。活気を爆発させた、勇気の弾丸だ。いきおい止まらず暗いなかを突っ切って、そのまま須弥壇《しゅみだん》のうしろへ駆けむかうと、いつかの夜とおなじく狭い通路の床に、黄いろい明かりがにじんでいた。踏み越えて、目当ての〈上げ蓋〉の縄《なわ》をつかんで持ちあげた。

足もとに、四角い口がまっ黒にあいた――犬丸は何の躊躇《ちゅうちょ》もなく、おりていく――地中の暗さなどものともせずに、いっきに階段を踏みおりると、巌を穿《うが》ったような廊下に立った。疾《はや》いはやい、鼬《いたち》が走るか燕《つばめ》が飛ぶか、犬丸はあっという間に暗い廊下を駆け抜けると、突き当たりの砂岩の壁を叩いて右へ折れ、さらに左へまがると、目のまえに金《こん》色燦爛《じきさんらん》たる燈籠《とうろう》の明かりが拡がっているのであった。

廊下の終点をめざして一目散――そこへ横木を架け渡した、太い柱が立っている――

犬丸は颯《さつ》と柱の蔭に身を隠し、慎重に貌だけをのぞかせて、金色《こんじき》の明かりに満ちた洞窟内部のようすに目をこらした。

……それ、いたぞッ。

おびただしい稲荷《いなり》塗りの鳥居でも見るような、朱いろの禿《は》げた無数の柱が群れなすまんなかに、切燈台《きりとうだい》や燈籠の明かりに包まれて、無洞軒道人がこちらに背を見せて坐っているのである。ここへ以前やってきたときに見たような、全裸の狂人の姿ではなく、子どもらに暗示をかけようと寝所にあらわれるときとおなじに、檳榔子《びんろうじ》で染めた闇のように黒い羽織を着て、その背に灰いろの髪を垂れていた。頭に巻いた白布の鉢巻き。天蓋を仰ぐかのように両手をあげて、呪文を一心に唱えている姿はまさに怪鳥《けちょう》である。闇黒《あんこく》より飛び立たんとする、悪魔の鳥だ。さらに、その手をおろすと、にぎった数珠を擦《す》りつつ、大声に真言を叫ぶのだ。

「オンッ——コウシンデイ、コウシンデイ、マイタリ、マイタリ、ソワカッ」

かたわらには、白鞘《しらざや》を履かせた刀が置いてある。さてまた、無洞軒の正面に視線をすべらせると、まるで祭壇を祀《まつ》るかのごとし、四角に縄を張って紙垂《しで》を結び、そこへ榊《さかき》の枝が飾ってあって、さらに一枚の筵が敷かれている。そのうえに、坐っていた——五郎がひとり「単一」を模した筵のうえに坐禅を組んで、悪魔にむかっておとなしく頭《こうべ》を垂れているのだ。その姿は、人喰い「猿猴《えんこう》」の面前に差し出された人身御供《ひとみごくう》かのようである。あるいは、阿修羅の垂涎《すいぜん》を一身に浴びる生け贄《にえ》だ——見て、犬丸の目のいろが変わった——あの山門があいているうちに、五郎をここから連れ出して、皆のところへゆこう。五郎ひとりを、置いていくわけにはいかない……いったい、次助たちはあとどれくらい山門のところで待っていてくれるだろうか……いや、そもそも待つというほどの時間《ときのま》もないはずだ……などと、考えている時間すらもいまはない。

（いそごうッ）

おもうや犬丸、柱の蔭から飛び出していた。

立ち列ぶ無数の朱塗りの柱の蔭に身を隠すこともなく、ましてや縫うこともなしに、ただまっすぐに悪魔の背なかにむかって、ちいさな影が矢のように走っていくのだ。と、しまった……無洞軒と五郎に気をとられ、朱いろの柱の蔭に隠れている男がもうひとりいたことに、犬丸はまったく気づいていなかった。

（あッ）

愕くが、駆けるいきおいは止まらない。洞窟内に高らかとひびき渡る犬丸の足音に気がついて、何ごとかと柱の蔭から貌をのぞかせたその男——その貌に、見覚えがあった——左頬の刀疵、狡猾そうな目つき。

（西庵だッ……）

その西庵が柱の蔭から貌をのぞかせるや、肩越しにうしろを振りかえって目をまるくした。何やら小僧がひとり、まっしぐらに祭壇をめざして駆けむかってくるではないか。いや、それとも道人に飛びつくつもりか——愕くとどうじに西庵は、矢のいきおいで走ってくる小僧を立ち止まらせようと、柱の蔭から飛び出して、目一杯に両腕を拡げるのであった。するや、犬丸が腰のうしろに手をまわし、苦無をつかんで一颯《いっさつ》——西庵が周《あ》章《わ》てて拡げた腕を閉じるも、右の掌《てのひら》を苦無の尖端が掻き破っていた。血にまっ赤に染まるわが手を見て、悲鳴とも怒号とも区別のつかぬ声を振り立てる雲水のその脇を、犬丸があっという間に駆け抜けていく——と、つぎの瞬間——そこへ坐っている無洞軒の背をいきおい突き飛ばし、吃驚《びっくり》した貌を見せる五郎にむかって、大声をあげた。

「五郎、ゆこうッ。皆が待ってるッ」

わけが分からず、いっこうに立ちあがろうとしない五郎であった。するや、右手を血に染めた西庵が、うしろからつかみかかってきた。犬丸は気配を感じ取るや、颯と横へ飛び退《すさ》り、その腕を躱《かわ》してまたしても、苦無で斬りつけた。ぎゃッと悲鳴をあげて、腕を引っ込める西庵だ。その拍子に、祭壇のまえに立ててあった一本足の切燈台を裾《すそ》に引っかけ、灰いろのかたい地面にからりと倒す。飛びあがった火が紙垂に嚙みつき、縄に移って、あっという間に燃え拡がっていく。愕いた五郎が筵のうえに立ちあがり、犬丸を見た。すると犬丸が、まっすぐな目をして、もういちど云うのだ。

「五郎、ゆこうッ。走れ――忍びに、なるんだッ」

云った傍から、西庵がまっ赤な腕を伸ばしてきた。掌を斬りつけられ、二の腕を裂かれて、もはや堪忍ならず、その貌を忿怒《ふんぬ》に赤く燃やしている。犬丸は苦無を逆手に持って身がまえると、何の臆《おく》することもなく、貌のまえに伸びてくる〈赤い手〉を刺すしぐさ。すると、西庵が周章てて腕を引っ込めた。いま目のまえにいるのは、まるで牙を剝《む》いた蛇なのだ。

犬丸の手にある棘《とげ》が、どうして怖ろしい……踏み出すその足に、躊躇があった……と、視界の端に盛《さか》るような火が見えている……しまった……いつの間に蹴倒したものか、柱の蔭に倒れている燈籠が火に揉《も》まれ、さらにいきおいを得た炎が柱へと燃え移り、天蓋へむかって這い登っていくのだ……冬の渇いた空気に、洞窟内はすっかり乾燥していた。足もとの土くれをしめらすような、ほんのわずかな湿気すらもないのであった。

「しなしたり（しくじった）」

と、西庵が舌を打つ。そのとたんに、火にからみつかれた柱が、何やらみしみしと音を立てはじめて……縦《たて》に、裂けた……おもうや、凄まじい音が堂内に爆《は》ぜた。柱が砕ける音が岩壁に反響し、天蓋から黄いろい雨がざっと降ってくる。砂だ……いや、大人のこぶしほどのおおきさをした岩のかけらも落ちてきた……西庵ばかりか、犬丸も息を呑んで愕いていた。頭上を仰ぎ見れば、砂岩をばら撒きながら、黒い稲妻のような亀裂が拡がっていくのだ。

さらには、巌の重みに耐えられぬか、べつの場処に立っていた朱塗りの柱が、破裂するような音をあげて割れた。つぎの瞬間には膝を崩すようにして、岩盤のうえへ倒れるのである。崩壊の連鎖がはじまったのだ……崩れた柱の負担が、べつの柱に加重され、そうして歯ぎしりするような音を立てたかとおもうと、いよいよ天蓋の重みに堪えきれずにその柱もまた倒壊していく。悲鳴と絶叫の入り交じったような怖ろしい音が、洞窟内に反響していた——断末魔の叫びをあげて、地中の怪物がいま口蓋《こうがい》を閉じようとしているのだ。

「おのれ……小僧、何するものぞ……」

と、そこへ白鞘の刀を手にした復讐の悪魔が立ちあがる。激昂しているようだ。青黒い貌のなかにぎょろりと目をむいて、くちばしのような鼻で荒々しく息をついていた。柄をにぎった爪のない手が、怒りに顫《ふる》えている。するや悪魔無洞軒、いよいよ白鞘から刀を抜きあげて、犬丸に一歩、さらに一歩とにじり寄り——刹那、まっ向《こう》から斬りつけたッ――と、刃を受けた苦無が火花を散らし、犬丸がうしろへ飛び退《しさ》るその素早さはどうだ。無洞軒はさらに詰め寄ると、下段から刀を振りあげたが、それも躱《かわ》された。まったく、かすりもしないのである。「小僧ッ、小癪《こしゃく》な――」と、怒り心頭に発して叫ぶ悪魔の声が、洞窟内に恐ろしげにこだました。

いまや嵐の朝の軒下にいるかのごとく、砂岩の雨が音もはげしく降りつけていた。ふるいひびを止めていた木板がはずれると、天蓋部分を補強するために渡してあった生木までもが、つぎつぎと落ちてくる……洞窟の底部に拡がる岩を打って材木が撥《は》ねあがり、反響する音が岩壁を叩いた。すると、またひびが拡がった。地鳴りがした。もはや、五郎もじっとはしていない。降ってくる砂や岩のかけらや木材を、避けようとして右に左に跳ねている。

「五郎、走ってッ」

と、叫ぶ犬丸に、またもや無洞軒が斬りかかる。

「道人さまッ。それが小僧は棄ておいて、いそがれよッ。これは、はや崩れまするぞッ」

西庵が崩落の音に負けじと、大声を張りあげた。あっと頭上を見あげると、天蓋から剝《は》がれた巨大な板のような岩が落ちてきて――西庵の姿を、一瞬で潰《つぶ》した――いっぽうで無洞軒は、そこへ倒れてきた巨大な朱いろの柱を避けると、そのうえへ跳び乗り、また降りて、抜き身の刀を手にしたまま犬丸を、洞窟の端へ端へと追い詰めていくのであった。

「おのれ、わしの術にかからぬか……来いッ、またぞかけてくれよう。おまえに、わしがいのちを授《さず》けてやる」

「いやだいッ。おまえは嘘つきだ。おまえのいのちなんか、いらないやッ。嘘はわるいって、父《とう》さまも重蔵も云ってたぞ。おいらのいのちは、母《おも》さまからもらったって云ってたぞ。嘘つきのいのちなんて、ひとつもいるもんかッ。あくまの者めッ」

犬丸が左手で何やら胸もとをさぐりはじめたかとおもうと、首からさがっている守巾着をつかんで、紐《ひも》ごと引きちぎった。それを投げ棄て、つづけて云った。

「おまえは、嘘つきだ。あんなもの棄てたって、おいらは死にやしないぞッ」

「なれば、悪魔の術法をおしえてやる。どうだ、力を分けてやるのだぞ。だれにも負けぬ力を、おまえにくれてやる。強《つよ》うしてやる。だれよりも、強うしてやる。五郎のように忍びをならいたければ、おしえてやろう。わしのもとへ来い……おまえは、わしになるのだ。わしは、おまえになるのだ……おまえの魂は、わしのものだッ……したがえ、したがえッ。ならねば、いまぞここで死ねいッ」

とつぜん声を荒らげた無洞軒、青黒い貌に狂人の目を剝《む》くと、すわと剣尖《けんせん》を振りあげ、一の太刀だ――頭上で手首をかえし、左足に重心を移すやどうじ――二の太刀をするどく振りおろす。これに犬丸、「あッ」とうしろへ飛び退《しさ》り、一の太刀から遁《のが》れはしたが、おもいのほかに無洞軒の踏み込みは深かった。すかさず振りおろされた二の太刀を、避けるような瞬間はすでに失われ、あわや斬られるかとおもわれたそのとき……わずかに、三寸であった……犬丸の額のうえで斜《はす》にかたむく苦無が刃《やいば》を受け止め、鉄くさい火花を散らすのだ。まったく、抜群の反射運動だ。あと一瞬遅れていれば、頭を割られていたことであろう。

――いやッ、まだ油断はならぬ。

無洞軒が苦無に受け止められた刀を引かずに、なおも押し込んできた……犬丸の額のうえ三寸に、殺意でぎりぎりと顫《ふる》える悪魔の刃《やいば》があった。銀いろの光が黒い鋼《はがね》に擦《こす》れて火花を散らし、なお擦れて悲鳴をあげている……あっとおもう間もなく、刀の柄から左手を放した無洞軒。蛇の舌の疾《はや》さで伸ばしたその片腕が、犬丸の髪の毛をわしづかみにした。左手で髪をつかむや引き寄せて、かたや苦無に止められている刃を、右腕一本で押し込んだ。

（まずい、ぞ……）

犬丸は爪のない〈悪魔の手〉に髪をつかまれたまま、眼前に迫る刃から遁れようとして身を仰《の》けぞらせた。いっぽうで、その両手にしっかりとにぎった苦無の柄にありったけの力を込めて、刀を押しかえそうとするのである。雀斑《そばかす》を散らした頬が、火照《ほて》ったようにまっ赤に染まっていく。我慢を噛み締める奥歯が鳴った。頭に火がついたような痛みがはしり、いまにも髪の毛ごと頭皮が剝《は》がれそうだ——が、しかし——この苦無をにぎった手の力をゆるめもしたら、とたんに貌をまっ二つに割かれるであろう。

おもって、なおも歯を喰いしばる……髪の毛をつかむ怪鳥の手を振りほどこうと、さらに軀を仰けぞらせた……するや、とつぜん無洞軒が手を放し、犬丸は仰けぞるままにうしろへ転ぶのだ。受け身をやった。とっさに肩をかえして後転二回でぴたりと止まり、地面に片手をついて貌を振りあげた。すぐにも右手の苦無を貌のまえにかまえて、

(あッ)

と、愕くその睛《ひとみ》——見ると、無洞軒が目をぎょろりと剝《む》いて、釣りあげられた魚のように口をひらいては閉じている。どうやら、息ができないらしいのだ……なぜなら、その首すじを見ると……見て、犬丸は愕くのである……一本の矢が串刺しに突き刺さり、見事に悪魔の気道を貫《ぬ》いているのであった。

無洞軒はすでに刀を取り落とし、首に立った矢を引き抜こうと必死の形相だ。しかし、

鏃《やじり》が首すじに食い込んで抜けず、抜こうとするその傍《そば》から、堰《せき》を切ったように血が噴き出すのである。首に突き刺さった、一本の矢を——爪のないその手で、かたくにぎり締めたまま——痩せた肩のうえや、胸の辺りを見るみるうちに朱《あけ》と染め、蟒《おろち》のような両眼をかッと見ひらくや、死に狂いに充血させる悪魔無洞軒。どうにか息をしようと無言で地団駄《じだんだ》を踏む老人の、その姿のおぞましさ。

するや、犬丸がはっと気づいて、洞窟の入り口のほうへ目をむけた。そこへ駆けていくのは、五郎の姿……うえから落ちてくる砂岩や、木板をうまく避けながら、一目散に走っていくのである……と、その五郎のゆくてに人影が立っていた。しかも、矢をつがえた弓を、いまも不動の姿勢でかまえている——片貌に髪を垂れ、ふくろうのように目をまるまるとさせた男が、じっと矢のねらいをつけているのだ——はたして、重蔵であった。一発必中の腕まえ、鉄炮で鍛えたその目がいま、悪魔にねらいをしっかりとさだめていた。およその距離は、二十間（約三十六米突）。

……と、射《い》た。

重蔵が放った矢が、こんどは無洞軒の頭部を、ごつんッと音を立てて貫《ぬ》いた。まるで柱に掛けてある衣が落ちたかのように、黒い怪鳥が犬丸の目のまえにどさりと倒れ、そのままうごかなくなった。

——悪魔降伏《あくまごうふく》、怨敵退散《おんてきたいさん》。

天蓋を這う無数の亀裂がいっせいに女の声で絶叫し、さらには苦痛に耐えかねた男の声で悲鳴をあげたかとおもうと、うえから黒い怒濤《どとう》のような土砂が降ってきた……悪魔の巣窟がついに発狂するのだ……ありったけの声を張りあげて、まるで無洞軒の死を嘲《あざ》嗤《わら》いながら崩れていくのだ……すると、洞窟内に逆巻く崩壊の音のなかに、呼ぶ声がする。

「犬丸、はようせいッ。崩れるぞッ。走れッ」

重蔵の声を聞くや立ちあがり、犬丸は腰のうしろに苦無を挿した。そうして空いた両手で筒《つつ》を持つようなかたちにつくると、口のまえに持ってきて、

「分かったッ」

ひと言云ってから、おおいそぎに駆け出した。

罠

……何故に、来ないのだ。

こころの焦燥は、すでに常態化しつつあった。この遠州浜松に潜伏してから、いたずらに日ばかりが過ぎていく。

「馳《ち》走《そう》はどうなっている……これに、半月《はんつき》ちかくが経っているのだぞ」

しかし、いっこうに西庵があらわれないのだ。道人の指示が、手もとに届かぬのである。あまりにも、待たされていた。胸が不安に騒ぎ、見えぬ明日にひどく苛《いら》つく。われらはいま、敵国にいるのだぞ――そうおもうと羅刹は、何やら息苦しくも感じられてくるのであった。

ことに最近、吉乃《きつの》をはじめとする歩き巫女たちなどは、その姿のうえにすら、はっきりとした憔悴の翳《かげ》りが見えはじめている。長の潜入の緊張に、こころが耐えられぬのだ。じつに、まずいことになった。このままでは、いつぞ正体が破《ば》れるか分かったものではない。しかも、服部党の警備の目が、事前に想像していたよりも相当にきびしく――ために、女たちは神経過敏にもなるのであろう――昼夜を問わず、城下を不断に巡廻しているようすを見ていると、羅刹らの入国のことが知られている可能性すら考えられるのであった。

（何をしているのだ……）

いま羅刹たちは、浜松城から南にくだっておよそ一里半、遠州灘を臨む海浜にいた。

ここへ浦人《うらびと》（漁師）小屋があり、家康につかえた「小谷甚左衛門《おたにじんさえいもん》」という男を通じて、二棟借り受け、当座凌《とうざしの》ぎの隠れ処《が》にしているのである。ちなみに、この小谷甚左衛門――奥三河の代官職をつとめている「大賀《おおが》（大岡）弥四郎《やしろう》」らと逆謀《ぎゃくぼう》をくわだてている。のちに武田勝頼の兵を、信康がいる三河の「岡崎城」へ引き込むことをたくらむのだが、いまではない。

目下《もっか》はこの浜松で、羅刹たちの世話をそれとなく引き受けていた。もちろん、歓迎はしていない。しかし、昵懇《じっこん》なあいだがらでもあった然《さ》る男から、当方を紹介されたというので、訪ねてきても断ることはしなかった。

「ふむ。西庵のところの者と申すか……」

「いかにも、左様で御座りまする」

段取りをつけたのは、はたして西庵であった――隣国三河は岡崎の、「八丁村《はっちょう》」の塩商人（塩座）と誼《よしみ》を通じた西庵が、大賀弥四郎を紹介されたのち、「倉知平左衛門《くらちへいさえいもん》（後日、大賀の逆謀に加担する）」という男を介して、この遠州の小谷甚左衛門という男のふところに潜り込むのである。その後は足繁《あししげ》く、この小谷のもとへと通い、ことあるごとに賄賂《わいろ》を贈り届けて、三年をかけて懐柔を試みるのであった。その西庵の紹介状を持って、羅刹がやってきた。西庵本人も、追っつけ貌を見せると云う。

「西庵の身内の者とあらば——」

よしと、小谷は引き受けたのだ。わずか一ト月の逗留《とうりゅう》なれば、住処《じゅうしょ》くらいは世話をしよう。身のまわりについても、派手なことでなければ力を貸す。しかし、屋敷へは来るなと暗に云う——羅刹にしてもその辺りの相手のこころの機微《きび》は、さいしょに屋敷へうかがい、奥の座敷に会って交渉するなかで、敏感に察してもいるのであった。どうじに、この小谷甚左衛門という男の性格もすっかり見抜いている。口にはせぬが、たがいに通ずるところがあるようだ。ふたりとも、陰謀の世界に生きていた。

（この御仁、何かあればわれらを売るつもりだな……）

それはいい。そのまえに、しごとを果たして甲斐へもどる。が、しかし——とうの西庵が、いくら待ってもあらわれぬのだ。まさかのこと羅刹は、その西庵と無洞軒道人のふたりともに、もはや口も利かぬ遺骸となって、土中の深くに埋まっているとはおもわないのである。

（いったい何処を歩いておるか、うつけの西庵め……）

暗殺の標的が、じつにふたりいた——このままでは、そのいずれにも手がかけられないのである——ひとり目は、云わずと知れた徳川三河守家康だ。その居城たる「浜松城」の指図が手にはいった。西庵に渡してある。さっそく西庵が信州諏訪へと持ちかえり、道人が詳細に検討したあと、進入と逃走の両径路を組み立てることになっていた。羅刹たちは、その通りに動線を踏んで、家康にちか寄り、そして——刺す。かなわねば、もうひとり。

「於万《おまん》の方《かた》（あるいは「おこちゃ」。長勝院《ちょうしょういん》）」

家康の側室《そくしつ》、であった。懐妊《かいにん》していた。その腹の子を、羅刹たちはねらっている。道人が仕込んだ子どもらを、西庵がこれへ連れてきて、〈小小姓《こごしょう》〉として屋敷にあげる。その段取りについては、小谷甚左衛門の協力が得られるらしかった。西庵が手配いっさいをすることになっている。小小姓をつかって食事かお茶に毒を盛り、母体もろとも腹の子を殺すという計劃である。

現下《いま》、「於万の方」は浜松城から歩いて、西へおよそ二里（約八粁）の距離——宇布見《うぶみ》村に「中村源左衛門正吉《まさよし》」という男の屋敷が建っており、そこへ居た。出産がちかい。ゆえに母体の健康を案じて、すぐにはうごかぬであろうが、しかし出産後は浜松城にもどるかもしれない。左様ともなれば、じつに面倒なことになる。

とまれ——。

警備の手薄な中村屋敷にいるうちに手を掛けたほうが、まず失敗する恐れは非常にすくないかとおもわれる。かならず、殺《や》れる……と、羅刹は簡単におもっていた。じっさい、浜松城の家康の寝所に忍び込むより、そちらのほうが苦もなくやれるであろう。

「——家康を刺すことができずとも、血を受け継ぐ子を殺す」

そういう、計劃なのだ。

はたしてさて、家康のあとを嗣《つ》ぐのは隣国三河の岡崎城にいる「徳川信康」にほかならぬ。が、羅刹は知らずも、すでにこのとき家康の継嗣《けいし》たる信康を、「甲斐武田氏」に取り込もうという謀略が進行しているのであった。その母（家康の正室「築山殿《つきやまどの》」）もろともにだ。甲斐の武田家当主勝頼《かつより》公が、この信康という若者を軍門に取り込んでしまえば、家康は血を分けた後継者を失うことにもなる。徳川の勢力は親の家康、子の信康——つまりは、遠州（家康）と三州（信康）の東西に二分されて——兵力もとうぜんながら半減し、しぜん弱体化することになろう。三方ヶ原の戦いにおいては徳栄軒の号令下、散々に徳川勢を叩いた武田軍であったが、しかし家康を降伏させるまでにはおよばずであった。こんどは、先ず謀略をもちいて屈服させる。

もっとも、羅刹たちが「於万の方」と、生まれてくる子を始末したばあいである。でなければ、長子信康が武田氏に寝がえったとて、家康はここに生まれてきた「つぎの子」に家督を嗣がせるであろう。

さて、しかし——。

西庵が「ついの手立て（仕上げの手段）」である男児たちを連れて来なければ、じっさいに羅刹たちは行動を起こしようもないのである。といって、いまさら計劃を延期して、甲斐へ舞いもどるわけにもいかなかった。そんなことをすれば、信を得られずして、透破としての立場はいよいよ失墜《しっつい》だ——暗殺計劃を実行に移すこともできず、ましてや帰国することもかなわない——ひどく、苛《いら》ついた。羅刹は、非常に焦っていた。と、ふいに門野《かどの》で焼き殺した「伊賀者」の、不敵なる声がおもい出されもして胸が騒いだ。げんぞ、そういう名であったか。

……魔計《まけい》は、これに破滅じゃ。

（そう申して、あの男はわらったのだ。このおれを——破滅、か）

たしかに、このままでは計劃のいっさいが、水泡《すいほう》に帰《き》するであろう。そうはさせぬ、と羅刹は決心した。西庵が参らぬと云うのであれば、わが手でことを成し遂げてくれようぞ。道人がわれらのことを忘れたと仰せなら、おもい出させてくれる……。

さて現下、「於万の方」が身を置く中村屋敷のほうは、吉乃《きつの》たちにしらべさせたところ、浜松城とちがって警備の人員は配されていないということだ。いままであれば、侵入するのは容易《たやす》かろう。毒がなくとも、母体を刺し殺しさえすれば、とうぜん腹の子もうまれては来ない。子がうまれるまえに、手をかけてやる。

（あとは、三河守だ……）

そこで、雨宝《うぼう》を呼んだ。

日が暮れると、何やら海鳴りがするようであった。嵐でも来るのであろうか――小屋の外から遠州灘の重苦しい息の音がうなるようにして聞こえ、そこへ海鳥《うみどり》がしきりと騒いでいた。

「時はいまぞ。われらのしごとを果たす。各々《おのおの》、こころを締《し》めよ。吉乃、灯を入れろ」

と、羅刹は云った。めいじられて、中年女の吉乃が視線を配り、巫女装束から町女《まちめ》の姿に着替えている朱雀《すざく》と、うね女《め》という名の十八歳が下坐に立ちあがる。

立って、石を切りはじめた……。

ふたりが燭台に火をつけてまわると、汐《しお》臭い小屋のなかに淀む暗がりに、ぼうっと黄いろく泛かびあがるは、九人の夜叉《やしゃ》の貌――朱雀とうね女、ほかに巫女《ののう》は吉乃、いし、寅子《とらこ》の都合五人である。男衆の角行《かくぎょう》、飛行《ひぎょう》、そして――骨張った貌つきをして、目が落ちくぼみ、膚が青黒く、どこかしら狼の雰囲気をした雨宝童子。

上坐にいる羅刹の貌つきはいっそう凄まじくも見え、頬の肉がごっそり削がれ、病みつかれたような面立ちに、半ば閉じかけた目をぎらぎらと光らせていた。それこそ刃物の切尖でも見るかのような、するどい眼光をしているのである。口が横にながく、あごが尖《とが》り、黒い総髪にびなんかずらをべたりと塗りつけて櫛削《くしけず》り、悪魔ぞ斯《か》くやあらんといった怖ろしげな風貌をしている……はたして、その羅刹が云うのであった。

「これより、三日後の宵口《よいくち》だ」

聞いて、雨宝が了承したとばかりに口を引き結ぶ。決行のときだ。それを、雨宝は待っていた。この男は殺人を渇仰《かつごう》し、ひどく血に飢えていたのである。いまも三日後と耳にして、口のなかに唾《つば》が溢れるような気がした。

「中村源左衛門の屋敷に、しごとを果たす。於万の方を刺して、腹の子を殺せ」

云うや、そのかたわらで雨宝がかすかに微笑したのは、燭台の灯のゆれる錯覚であったろうか。いっぽうで、下坐にいる女たちは一様にして声もなく、それこそ息を詰めて羅刹の言葉を聞いていた——どの目も、愕いている——さすがにおなじ女として、わが身に課せられたしごとの酷《むご》さを、どうして受け容れ難《がた》くおもうのであろう。

身籠もった母体を刺す、という……朱雀などは、いまはじめて知ったしごとの内容に、まばたきすら忘れて目を瞠《みは》り、口もとをわななかせていた。まるで、石でも呑みくだしたかのように、胸が詰まるのだ。何やら、下腹の辺りにおおきな穴があいて、冬の冷たい風が吹き抜けていくような感じがした。まだ、この世にうまれてさえいない生命《いのち》を…

…それをおもうと、わずかとはいえ目じりが濡れてくるのである。ここにいる者らが、とつぜん悪魔に見えてきた。いや、自身すらも。

「吉乃、おまえたちは巫女の装束にもどせ。角行と飛行を案内《あない》して、宇布見《うぶみ》の屋敷の門をどうあっても通るのだ」

羅刹が云うと、吉乃が恭《うやうや》しく頭をさげて返事をした。

「うけたまわりました」

「子安《こやす》（安産）祈禱《きとう》に参ったと申すがよかろうぞ。ならねば、門前に坐り込み、しごとの終わるまでそれにて祈禱をつづけよ。門人の目を引け。その隙に、雨宝は裏手から屋敷へ忍び入《い》り、寝所へむかうがよい。寝所がいずれかは、むこうで探るよりほかはない。角行、飛行よ。おまえらは、門を通らばおなじく寝所へむかえ。雨宝が姿を見せずば、台盤所《だいばんどころ》（奥方。於万の方）をおまえらで刺してしまえ。水を所望するか、厠《かわや》を借りたいと申し出て、油断を誘うて座敷にあがればよかろう」

筋骨隆々たる、三十男――月代をきれいに剃りあげ、鉄紺《てっこん》のいろに白浪《しらなみ》を染め抜いた袖無《そでな》しを着た角行が、了解《りょうげ》したとうなずきながら、さて上坐に斯う問うた。

「刺して遁《に》ぐるは、いずれへと」

困惑したような貌つきで、逃走経路を訊くのである。となりに坐っている飛行もまた、おなじ貌をしていた。とうぜん、「於万の方」を刺殺すれば大騒ぎとなろう。まさか、浜松の城下へ遁げ込むわけにもいくまい。

「おれが、火をつける」

と、雨宝。屋敷に火をかけて、騒ぎにあぶらをそそぐという。その隙に、吉乃たちもいっしょになって、中村屋敷から西をさし、十丁（約一粁）ていどもゆけば「遠淡海《とおつおうみ》（浜名湖《はまなこ》。遠江国の語源になった湖）」の、海岸（湖岸）へと出られる。

「そこへ、舟をつないでおく」

羅刹が、云った。この三日のうちに舟を用意して、くだんの海岸に係留《けいりゅう》しておくと云うのである。乗って、浜名湖を渡り、対岸に上陸するのだ。そこから白須賀《しらすか》の駅へ出て、いったん身を潜めたあと、帰国の途につく。そこまで説明すると、もういちど計劃を詳細に確認し合い、刻限の仔細などをつめたところで、上坐の羅刹がさいごに斯う云うのであった。

「いかにや、雨宝よ。おまえに、何ぞ存念はあらぬか」

「羅刹さまの御意でござりますれば、さようと従いまする」

心服していた。雨宝が羅刹に意見することなど、まずありえない。あとは、決行を待つのみだ。「三日後の、宵口でござりまするな……」雨宝がそう云って、坐を立った。

その背につづいて、皆が小屋から出ていくと、羅刹ひとりがそこへ残った。

するとと懐中から、棒手裏剣を一本抜き取って——手にして立ちあがり、柱のまえに立った羅刹が——引っ掻くようにして刻みつけた一文字は、はたして「鵺《ぬえ》」だ。刃物のように目をぎらぎらさせて、汐《しお》臭い浦人小屋の、ふるびた柱のうえに刻んだ文字をしばらくも見つめ、やがてひとり言を云った。

「これは、おれのことだ。フフフ」

わらって、羅刹はじぶんの胸に確認するのである。

（あとは、いまの話を服部党の耳にいれるだけだ——）

柱を背にして、よしとぬえがうなずいた。

春といってまだ二月、西の空が暗いむらさきのいろに暮れ泥《なず》み、そこへ吹く風に夕闇も凍えるような冷たさ、とおく浜松の城下へあがる犬の声もどこかしら、寒々として顫《ふる》えるようすに聞こえてくるのである。頭上にまたたきはじめた星影などは、銀いろの針を無数に立てて、のぼる月は鎌刃のように冷たく輝いた。まだ、ほとんど冬の夜である。
浜松城の西方——およそ二里を歩いて、宇布見《うぶみ》村。今切《いまぎれ》の「軍船兵糧奉行」をつとめる中村家、その源左衛門正吉という男の屋敷まえだ。

と、そこへあらわれたのは、歩き巫女の一団である――先導するのは、装束を粗末な小袖に着替えた大男、甲州透破の角行《かくぎょう》であった。頭にかぶった投頭巾《なげずきん》、背には「外法箱《げほうばこ》」を負っている。吉乃《きつの》たちは、白衣に緋《ひ》いろの袴《はかま》を穿《は》いて、念をいれて櫛《くし》で削った黒髪を、美しい垂髪《すいはつ》につくり、巫女の装束にととのえていた。五人の巫女の最後尾につい て歩くのは、飛行《ひぎょう》である。この小男もまた、角行と似た恰好につくって、見目におとなしくしているのであった。とてもこの者たちが、「人殺し」の一団であるとは見えなかった。

さて、七人が中村屋敷の門前へ到着すると、扉は午間とかわらず開放されたままになっていて、左右にかがりが置かれてあるが、まだ火もはいっていなかった。特段の用心もあらず、こうも警戒されぬと、かえってはいりづらいというものだ。

「如何《いかが》、致そう」

角行が背を振りかえり、吉乃にむかってそう尋ねるのである。すると、冷酷な目で見かえして、吉乃が叱責《しっせき》するような口調でひと言云った。

「行きやれ」

こういうときの男は、女ほどには度胸もないらしい。恐るおそる門内へはいっていくと、ひとまずようすをうかがう大男。軀に似合わず猫のような慎重な足の運びに、おもわずも呆《あき》れる吉乃であった――すると角行が念をいれて、「恃《たの》もう、恃もう」とあいさつをしはじめた。どこかしら、その声にも張りがない。まるで、乳を呑ませろと鳴く仔猫かのようである。

じつに、広大な敷地であった……目測でも、およそ四百坪《つぼ》はあろうか。タタミでかぞえれば、およそ八百畳。それも、見えている部分だけである。じっさいは、その倍はあろうかとおもわれた――広い前庭の北面には、おおきな屋根に茅《かや》を葺《ふ》いた平屋造りの主《おも》屋《や》が見えていて、西面には雑木の影が黒々として空の星を削り、はいってきた長屋造りの門は東向き、そこから土塀がめぐらされて、ところどころに松の樹が植えられていた――そして、だれもいなかった。

主屋のまえにかがりが立てられ、灯もはいり、暗い地面に煌々と光を投げてはいたが、うごく影はひとつも見えないのである。まさか、留守であるとはおもわれぬ――と、角行がまたもや背を振りかえり、門前に待っている吉乃たちに手招きをして、はいってこいと相図を送った。

さていっぽうで、敷地の鬼門《きもん》（北東）に設けられた裏口である……。

まさに時分は、逢魔《おうま》が刻《とき》だ――そこへ音もなく忍び寄る、雨宝童子――まっさきに、門扉をたしかめた。こちらは正門とはちがって、しっかりと扉が閉じられていた。閂《かんぬき》がされてあるらしく、まるで開きそうにもない。そこで、塀ぎわに駆けていく。地面に片膝をつくと、手にある刀をそこへ立てかけた。鍔《つば》のかたちが四角い、無反《むぞ》りの三尺だ。いわゆる、忍刀《しのびがたな》である。さっそく、下げ緒をほどいた。塀を見あげて、およその高さを目で測る。ゆうに、一間半（約二・七米突）は越えていよう。足りぬ……おもうや、懐中から紐《ひも》を取り出して、ほどいた下げ緒に結んでながくした。

その姿はまるで、一羽のからすを見るようだ――雨宝はいま墨染めの小袖を着て、黒い手甲をつけていた。おなじく黒の裁付袴《たっつけばかま》に藍《あい》の脚絆をかたく締め、ざんばらの髪をしっかり根結いにしており、額にまわした黒い鉢巻きには、鉄板らしきものが縫《ぬ》いつけてあった。いわゆる、「鉢金《はちがね》（頭部を保護するための、簡易にした兜《かぶと》の一種）」というものである。

……よし、と。

下げ緒に結んだ紐を右手につかんで立ちあがり、塀に立てかけた刀の鍔を踏む。弾《はず》みをつけてひょいと塀のうえへ跳ねあがると、そのまま敷地内に飛びおりた。そこで背をかがめ、手に持つ紐を巻きながら、外に残してきた刀を引《ひ》きあげて、塀を越えて落ちてくるのを颯《さっ》と左手で受け止めた。結びつけた紐をまた解いて、下げ緒を巻きなおしたところで、いざ立ちあがる。

(何だ……)

雨宝は振りかえり、肝《きも》を消すほど愕いた。目のまえに、人影が立っているのである。黒い棒杙《ぼうくい》さながらにじっとして、こちらを見ていた……はて、まるで気がつかなかったぞ……この、おれが。

(こいつ、忍びじゃな)

おもって、雨宝童子の双眸に緊張の気が漲《みなぎ》るのである。さらに、手まえの人影から十歩ばかり引きさがった辺りの〈植え込み〉のなかにも、月の明かりすら届かぬ黯淡《あんたん》たるしげみに紛《まぎ》れて、べつの人影が三つばかり、それぞれ矢をつがえた弓をかまえて居並んでいるのであった。すると、目のまえの奴が不敵に一歩――足を、踏み出した――白々とした月明かりのしたに見せる、その皮肉な微笑。雨宝は、もういちど愕いた。

(あ、こいつ)

女かと見紛う美しい貌立ちをしていて、膚が透けるかのように白かった。また一歩と踏み出して立ち止まり、雨宝をまっすぐに見つめて、その青年は斯う云った。

「また、会ったな」

はたして、新堂ノ弁才天――その口辺にひやりとするような微笑をかさねて、さらに云う。

「おまえには、借りがある。ここでかえすとしよう」

返事をしなかった。雨宝は目のまえにあらわれた、幽鬼のような青年をまっすぐに見つめて覚悟した。まさかのこと、わざわざ「於万の方」の寝所へ案内するためにと、この青年が出迎えにあらわれたとはおもえない。肚《はら》を括《くく》ったその一瞬、雨宝は対峙《たいじ》した弁天との間合いを推し測っていた。歩幅にして、四歩半。わが左手につかむ、三尺の刀。そして、腕のながさ……一歩だ……一歩踏み出せば、この小僧も一歩踏み込んでくる。その瞬間をねらう。それで、こと足りる。わが剣尖《けんせん》が、あの白い首に届くであろう。

（――抜刀《ばっとう》一太刀。それで、勝負がつく）

はたして、おもうことは弁天もおなじであった。さらに云えば、弁天のほうは雨宝の太刀すじをすでに見ており、知っているのだ。なんども脳裡におもいかえして、見切ってもいた。しかし、相手はこちらの剣を知らない。そこで弁天は、おもうのだ……いや、口に出して斯う云った。

「おれのほうが、疾《はや》い」

云うや、抜く手も見せずに斬っていた。雨宝の、首もとを――抜刀した弁天の剣尖に、わずか一滴の血が滴《したた》った――踏み込んだ一歩をにじらせ、弁天は前傾《ぜんけい》した上体を起こすと、腰から抜き放った刀を空に振って血をはらい、ゆっくりと鞘にもどした。雨宝は姿勢もかわらず、その場に立ち尽くしている。

弁天がここに見せた、「抜剣《ばっけん》（居相術《いあい》）」一撃のすさまじさ……そのあまりの疾さに雨宝は刀も抜ききれず、左手につかんだ三尺の黒鞘から、銀いろの刃面をちらと見せただけで、すでに地面に取り落としていた……両手で、じぶんの首を押さえつけたが……噴き出す血が、止まらない……いざ踏み込もうと、気魄《きはく》の息を詰めたまま、それが最後の呼吸になった。

（……い、息ができぬ）

雨宝童子の落ちくぼんだ目の玉が、飛び出さんばかりに見ひらかれ、あいた口から声にならぬ悲鳴をあげていた……と、よろめいた……幽鬼のような青年の姿をにらみつけ……雨宝は呆然として、一歩後退り《あとじさ》……目のまえで、何か云っている……幽鬼が、云っている……。

「仕掛けたのは、おまえがさきだ。雨宝とやら、わるくおもうなよ――閻魔王に会って、伝えるがいい。弁才天を騙《かた》る男が、人を殺すことを止《や》めぬらしいとな」

するとと雨宝が、血に濡れたまっ赤な両手でじぶんの首をつかんだまま、背を伸びあがらせたかとおもうと、そのままうしろへどおっと卒倒した。

弁天が植え込みのほうへ振りかえると、はたして暗がりのなかで弓をかまえたままに見物していたのは、蛇之助と法花ノ良次、そして服部党の忍びの男である。服部党の男がいったん弓をおろして、何やら矢のさきから垂れた紐《ひも》に火をつけた。

と、夜空にむかって射放たれる〈大国火矢《だいこくひや》〉――。


――かたや。

正門をくぐって、主屋のまえにぞろぞろとやってくる巫女《ののう》たちは、雨宝が塀を跳び越えたちょうどそのときに、角行と飛行のふたりもまた標的を仕留めるべく、いよいよ侵入しようと云い出したので、その背から吉乃が外法箱をあずかろうとしていたところだ。

すると、担《かつ》いだ荷をおろしながら、大男の角行が声をひそめて斯う云うのであった。

「吉乃どのらは、どのようになされる」

「ここで、待ちおる――そちらは、はよう寝所を探しや。これが、主屋にはおらぬぞや。よいか、裏手に離屋《はなれ》でもあろうはずぞ。主屋の者らは、ここへ引きつけておくゆえ、いそぎや」

「はなれ、か」

「そちァ、呆《ほう》けてか。はよう、往きや」

背を叩いたそのとき、何やら主屋の裏手のほうから赤いすじが飛び出して、夜空をのぼったかとおもうと破裂した。とつぜん白い煙と音が頭上に弾《はじ》けて、いっせいに何ごとかと見あげる吉乃たち。すると角行、ぎょっとした。いまぞ相図と主屋の屋根のうえへ、まっ黒い人影がずらりと立ちあがるのだ。さらに、吉乃が敷地の西がわへ貌を振りむけると、雑木の蔭に隠れて二段がまえに鉄炮をかかえた人影が、こちらも二、三十――巫女らもそれぞれに、はっとした貌つきをして、敷地のもの蔭に目をこらすと――灌木の茂みから立ちあがるのは、はたして弓をかまえた黒装束たちだ――いまし方、はいってきた正門の屋根のうえにも、鉄炮をかまえた人影が十人ばかり立っていた――気がつくと、敷地の三方に鉄炮や弓箭《きゅうせん》でねらいをさだめている男たちが、桜の枝に集《たか》った毛虫のようにうようよといるのである。

（まさか……）

そのまさかの意味するところに気がついて、吉乃は貌も蒼褪《あおざ》め、あまりの恐怖に唇を顫《ふる》わせた。すると、大男の角行が何ごとかを叫ぶように口をあけ……その、刹那……十八歳のうね女《め》が、とっさに遁げだそうとして、きびすをかえし……朱雀がすぐとなりに立っているいしという名の十七歳の少女を……その肩をつかんで、抱き寄せて……守ろうとした、そのときだ……凄まじい発砲の音が轟《とどろ》いて、地面に伏せようとした小男飛行の頭の横に穴があく。あッ、と声をあげて地面に跪《ひざまず》いたところへ、散弾を浴びて肩からうえがまっ赤になって飛び散った。

うね女が矢を胸に浴びると、泣き叫びながら地面に転び、立ちあがろうとして背を撃たれた——するや、一斉射撃だ。

落雷したような凄まじい音が耳朶《じだ》を打ち、そこへさらに、横殴りの雨のようになって飛んでくる矢が——吉乃を——朱雀を——そして、巫女の装束をした少女らの姿を叩いて、突き刺さり——さらに火を噴く鉄砲が、鉛玉を放って少女らの背に風穴をあけ、大男の眉《み》けんを貫通し、頬の肉を引きちぎり、胸に三つ四つと穴をあけると——朱雀の背や肩に、赤い花をつぎつぎと咲かせて——その腕にしっかりと抱きしめている少女の背なかにも、血しぶきが噴きあがる——あっという間に、巫女五人と男衆二人が地面に頽《くずお》れ、そして——絶命した。ほとんど、悲鳴も聞こえなかった。

「止《や》めい、止めいッ」

と、撃ち方《かた》を制する大音声。そして、辺りにこだましていた鉄炮の音が搔き消えて、白煙が夜風に吹きながされていくのだ……仰《あお》むけに倒れている吉乃が、胸や腹に赤い矢を無数に立てて、呆然とした目をして息もなく、寒々とした二月の夜空を見ていた。そのとなりに倒れている大男は、もはや貌《かお》か何か肉のかたまりかと、頭部の前後の区別すらもつかないありさまであった。

（ひどいものさ……）

と、主屋の裏手から弁天や蛇之助、良次たちが姿をあらわした。すでに、仕留められた刺客たちのまわりには、服部党の男たちが集まっている。ほかにも仲間が隠れていないかと、周辺の捜索をはじめた黒装束の男らが、いそがしく走りまわっていた。遺骸を運び出すための戸板を担いでくる者や、伝令を仰せつかって駆け出す者たちがいた。弁天は前庭に倒れている死体のところへ歩いていって、ふと足を止めた――ひとりの巫女《ののう》が、まるで睡るような貌つきをして死んでいる――その横貌に、見覚えがあった。

矢弾《やだま》を全身に浴びて、襤褸《らんる》ともかわらぬ無慚《むざん》な姿となり果てた女の傍で中腰になると、弁天は疲れたようなため息をついた。ひと呼吸つけたあとに、じぶんの懐中に手を入れて、取り出した櫛《くし》――月形をして、峰《みね》の部分に花を写す螺鈿《らでん》が細工してある挿《さ》し櫛を――女の胸もとに、そっと差し入れるのであった。二度と落とさぬように、ふところの深くに。

「おまえの櫛だ……あのとき、落としていったであろう」

そう語りかけるように云ったあと、またため息をついて立ちあがる。立って、戸板に載せられようとする頭のかたちが崩れた男の死体をながめ、血どろのうえに倒れている巫女たちの遺骸を見てまわるや、はっとした。

(彼奴《あいつ》が、いない……)

羅刹の姿が、どこにもなかった。ここの死体のなかに、見あたらないのだ——弁天は焦るような視線を周囲にめぐらし、そして気がついた。服部党の人数の、その多さに。

(これは、罠だッ)

ここに倒れている巫女たちは、囮《おとり》にちがいない。あの雨宝も、おなじく餌《えさ》につかわれたのだ。いわば、火事である。警備の目をこちらのほうへむけさせて、浜松城を警固するための人数を削らせたのだ。ここにいる全員が、羅刹の罠に嵌《は》められたのだ。

「おい蛇之助、来てくれッ——城のほうに服部党の男は、いま如何《どれ》ほどある」

「何のことやい」

と、悠々《ゆうゆう》たる足取りでちか寄ってくる蛇之助が、反対に訊きかえした。いまこの男の頭のなかは、後刻に服部党から預かるであろう酒のことでいっぱいだ。弁天がにらむようにして、もういちど問うた。

「三河守の警固はどうなっている」

「はて細《こま》かにには知らぬが、今宵はこの御屋敷と——ほれ、おぬしも聞いたであろうが。海の舟を見張ると申して、大方《おおかた》はむこうへ出張《でば》っておるわい」

やはり、だ……欺《だま》されたのだ……だれとは知らぬが、嘘の情報をつかまされて、警備をまちがったのだ。二里（約八粁）である。この屋敷から、浜松城まで。いかな弁天も夜路のこと、これを奔《はし》り通したところで四半刻（三十分）はかかろうはずだ。いや、それ以上か……間に合うであろうか……いまは考えたところで仕様がないと、弁天はこころを定《き》めるのであった。

「おい、浜松城だ。もうひとりいる——此処《ここ》の者らに、左様と伝えろッ」

云うや、駆け出していた。


冷たい闇のなかに、じっと身を伏せている。

いまごろ、雨宝や吉乃たちは、宇布見村の屋敷で騒ぎを起こしていることであろう。

そう考えると、全身に顫《ふる》えがはしって血が煮えてくる。情報がほんとうであるとおもわせるためにも、逃亡の舟を二艘《にそう》、湖岸につないであった。二日まえの、早朝だ。ひとりでやった。小谷甚左衛門を介して、服部党の組下ではたらいている某《なにがし》という男に接触すると、その耳に「中村様の御屋敷をねらっている者どもがござる」そう吹き込んでおいた。

……よからぬ者たちが悪しきをたくらみ、於万の方を強襲するつもりでいる。

そうおしえておいたのだ。じっさいの内容と、実行の日にちとおよその時刻を報せておいて、襲撃者の人数をほんとうより増やして嘘を伝え、計劃をしくじったばあい、一味が逃走するためにもう一箇所の合流地点があることを——もちろんそんなものはないのであるが、そちらへも人数を待機させておくがよかろうと、智恵を吹き込んでおいたのである——本物と偽《にせ》の情報をうまく混ぜ込んで、それを服部党の男に喰わせたのだ。

どうやら、羅刹の調法したこの〈ぬえの嘘〉が、胃の腑《ふ》まで浸《し》みたらしい。

おもったとおり、浜松城の警備は今宵にかぎって手薄くなっていた。油断があった。すくなくとも、今夜ならばやれるかもしれない……そうおもって羅刹は、期待に胸を高鳴らせながら、闇にじっと伏せているのである。


——床下に、いる。


きのうの夕暮れ、浜松城の北東に位置する曳馬古城《ひくまこじょう》（この古い城を起点として、拡張工事が進んでいる）の「玄黙口《げんもくぐち》」を忍び抜けて堀を渡り、いよいよ羅刹は縄張り内に侵入したのであった。ここまでは、予想通りにうまくいった。もと「曳馬城（曳馬古城）」の辺りは、それほど警固の兵にも緊張が見られず、問題となるのはこのさきだ。

さて、元亀《げんき》元（1570）年にこれへ入城した家康は、「曳馬城」から「浜松城」という名称に改名し、城域の拡張と新築をどうじにはじめていた。はたして、その縄張りを見てみると、もともとの曳馬城の建つ辺りから、さらに西へむかって、三方原台地の東南端、およそ谷となった部分の地形を取り込むかたちの結構にあらためられている——くわえて、周辺には沼地や、深いどろ田などが拡がっており——ために、外敵はちか寄るも困難、すでに堅城鉄壁の外観をしているのであった。

さらに「惣構《そうがまえ》（総構え。外郭《がいかく》から内側部分）」には、何本もの堀がめぐらされてある。ほうぼうに土塁を掻きあげ、柵を植え込み、くわえていくつもの曲輪《くるわ》が寄せ手を阻《はば》むのだ。いわゆる、連郭《れんかく》式の城になっていて、城主三河守家康がいるであろうとおもわれる「天主曲輪《てんしゅ》」まで辿りつくには——まず、羅刹は——現下いる曳馬古城から抜け出して、水堀に架かった土橋《どばし》を渡って「二の丸」を横断し、これを抜け出したあとに、さらに「本丸」の石垣を掻きのぼり、そこから「天主曲輪」の石垣をふたたび這いのぼったあと、寝所へ侵入しなければならないわけである。いや、じっさい城主の居館は本丸のほうにあるかもしれなかった。ともかくも行ってみなければ、分からないのである。

現今の浜松城はいまだ作事《さくじ》（土木工事）のとちゅうにあって、完成するのは七年後の天正九（1581）年になってからのことだが、すでに想像していたよりも、はるかに普請《ふしん》の規模がおおきかった。たしかに、指図《さしず》がなければ、これを無闇に歩くのは大変であろう。じつに完成を見れば東西におよそ六町（六〇〇米突）、ほとんど南北にもおなじ拡がりを持つことになる牢固《ろうこ》な城塞だ。それを羅刹は、横断しようとしているのである。まず、無理であろう。

(いや、やれる……)

本心、である。城は普請のとちゅうということもあり、建材資材のたぐいが山と運び込まれていた。身を隠すもの蔭には事欠かず、とうぜん番匠《ばんじょう》(大工)や人夫人足《にんぷにんそく》たちが出入りしている。ひとりであれば、その者らに紛れることも容易にできよう。

羅刹は、肚《はら》をきめた。右手に棒手裏剣をかたくにぎり締めると、何やら土を掻きはじめた。狭苦しい床下に身を伏せたままで、冷たい地面に穴を掘っているのだ……まさかこの穴を拡げて、地下を掘りすすむつもりではあるまいが……と、こんどは胸もとに左手を潜《もぐ》らせ、引きちぎった――絹布も傷《いた》んで綻《ほころ》び、朱のいろも掠《かす》れたちいさな守巾着《まもりきんちゃく》だ。右手ににぎった手裏剣と持ち替えて、ちぎれた編紐《あみひも》を細かく袋に巻きつける。いま掘った穴のなかにおいた。土をかぶせると、掌《てのひら》で叩いた。埋《う》めた。

「おれの預かった生命《いのち》はここまでだ……道人よ。おれは、おれの道をゆく」

つぶやいて、羅刹はいよいよ床下から出た。曳馬古城の小者小屋――そこの床下から、黒い蜥蜴《とかげ》のように這い出すと、羅刹は左手に忍刀をつかみ持ち、小屋の影を踏みつつ、夕闇のなかを用心して西へむかいはじめた。

頭上に星影が、明滅している……。

寒々しい白雲のかたまりが、神の吐息がごとくにゆっくりと、南のほうへ吹きながされていた。すでに夜の暗さの増す東の空に、鎌刃のようなかたちをした月が架かり、にぶい銀いろのかがやきを浜松城の縄張りに降らせていた。

……と、やがて羅刹の目のまえに土橋《どばし》があらわれた。

そのむこうに見えるのが、はたして二の丸であろう。さらに、ずっと奥のほうには天主らしき建物の影が、ちいさな黒い角《つの》のように――あるいは、徳川という「棘《とげ》」だ――ぼんやりと、見えているのであった。その距離、およそ三丁（約三三〇米突）だ。

羅刹は夜闇の迫るなかに孑然《けつぜん》として影を立て、凍てつくような風に肩のほこりをはらい、そして……しずかに、息をついた。亢奮するこころを落ち着けようと、呼吸をととのえる。遠景に、家康の寝首を想像しながら。

「どこへ行く」

と、いきなり背後に声がした。羅刹はすぐに振りかえりはしなかった。土橋のまえに立ったまま、聞こえぬふりをしていた。芝居を考えている。いずれかの家中の男を演じるか、それとも服部党の警備人員のふりをしたものか、あるいは番匠の真似をするほうがよかろうかと。左手に刀をつかんでいるというのに、番匠か――それは、できぬ相談だ——貌を見せずに、ひとり苦笑する。するとそこへ、さらに声がちかづいてきた。

「そのほうか。きのうの夕間暮《ゆうまぐ》れ、玄黙口《げんもくぐち》を渡った男と申すのは。小者小屋の下に一夜と隠れて、何をせんとするものか。貌を見せて、応《いら》えい」

愕いたことに、すべて見られていたらしいのだ。そこは羅刹、過信があった。じつに、見縊《みくび》った。城の警固を任された服部党の実力というものを、甘く見ていたのだ。羅刹はなおも聞こえぬふりをして、声に背をむけていたが、吐く息はすでにまっ白である。けっして、寒さのためばかりではあるまい……深く息を、吸い込んで……そして、振りかえった。

——すると、すぐ目のまえに男が三人立っていた。

いずれも装束は、武士である。左右の男はなるほど、そうであろう。しかし、まんなかに立つ男の気魄《きはく》のすさまじさはどうだ——まるい貌におおきな目をぎょろりと剝《む》いて、それこそ奈良は東大寺南大門《なんだいもん》に飾られた金剛力士《こんごうりきし》像も顫えあがろうかというもの凄《すご》い眼光を放ち、鼻背《びはい》の骨が太く虎をおもわせ、眉は薄く、月代《さかやき》の広い髷《まげ》をぎゅっと結《ゆ》うている。鼻のしたに立派な髭《ひげ》をたくわえて、あごからもまっ黒く垂れていた……と、羅刹は見たのだ……男の着る藍《あい》染めの仕上げも美しい羽織の胸もとに、家紋が白く染め抜かれてあるのを。はたして、「源氏車《げんじぐるま》に矢筈《やはず》」の紋である。

（ああ、この男が……）

そこに羅刹が見たのは、はたして「服部家」の家紋であった。いま目のまえに立っているこの漢《おとこ》こそは、三河岡崎服部党二代目頭目《とうもく》――服部半蔵正成、その人だ。

「どこへ、ゆくつもりか」

と、半蔵。恫喝《どうかつ》するような声で、不審を尋ねるのである。左がわに立っている男もまた、おなじことを訊く。頭髪はほとんど禿《は》げており、歳のころは八十になろうかという老人だ。耳のうえの辺りに生え残ったわずかな白髪が、湯気のように薄くしがみついていた。そして、山羊《やぎ》のように灰いろの鬚《ひげ》をあごから垂れている。蔭に云われた綽名《あだな》は、ぼんさいどの――はたして実名、禅四郎。そして右端に立っている若者は、半蔵正成の長兄市平保俊《いちへいやすとし》が長子十九歳――いや、年明けて天正二年でいま二十歳《はたち》――服部市平保英《やすひで》であった。ふたりは棟梁半蔵から発せられた不祥の報《ほう》を聞きつけるや、警固応援と様子うかがいのために、岡崎を離れてこの浜松までやってきていたのである。さて、その老《ろう》翁《おう》禅四郎が、ひと言斯う云った。

「こたえぬか」

と、苦い貌をしてわらうのだ。羅刹は表情にこそ見せなかったが、禅四郎とおなじく胸のうちで苦々しくわらっていた。そればかりか、おのれを嘲笑してもいるのであった。

二の丸さえも、おれはまだ踏んでいないではないか——振りかえって、いっきに土橋を駆けるかともおもった。それとも、何か取り繕《つくろ》って返事をしたものか。

（いざというときには、嘘も出ぬものだな……）

おもうや羅刹、腰を沈めて左手ににぎる忍刀の柄に右手をかけた。刹那、半蔵も腰の刀に手をかけるや——つぎの瞬間、抜き放ち——互角、であった——たがいに電光石火の疾《はや》さで刀を抜くもほとんどどうじ、しかし半蔵の剣はもの凄かった。羅刹の刀をままに叩き折ると、胸を斬りつけ、かえした剣尖を、あっと愕く相手の口に突き込んでいた。

羅刹の頭のうしろから、半蔵の刀の鋒《きっさき》が銀いろの牙かのごとくに突き出して、赤いろをぼたぼたと滴らせている。まさに、串刺し……羅刹はすでに刀と鞘を闇のうえに抛《ほう》り出し、一瞬その空《あ》いた両手が口のなかに刺さった刀を引き抜こうとして持ちあがったが、ままにだらりと垂れて、あとは痙攣《けいれん》した——敗北してなお、地面に倒れることすら許されず——頭部を剣に刺し貫《ぬ》かれた状態で、つまさき立ちになったまま、刀をくわえた口からまっ赤な咳を吐いている。かたや半蔵正成はしばらくも、くせ者の頭部を刺した刀一本で、人ひとりの軀を吊りあげているのであった。それこそ「膂力《りょりょく》の尋常ならず」といわれた、この漢の凄味である。

その半蔵がえいっと刺した刀を引き抜いて、羅刹はようやく苦痛から解放されたかのように、膝を崩して地のうえに倒れ込むのであった。まるで、干し竿《ざお》から落ちた衣のようにどさりと力なく、あるいは枝から腐り落ちた黒い果実である。死んでいた――。

「市平どの、これが刃をつこうて、この者の首を落としなされ」

禅四郎がそう云って、腰の帯に挿していた小刀を鞘ぐるみに抜き取ると、うしろから手をまわして市平保英に渡すのだ。はたして、火事でまっ黒に焼けていたその刀身は、刀工《とうこう》の手であらたに打ちなおされており、刃もきれいに研《と》ぎあげられていた。あたらしく柄と鞘も拵《こしら》えてあったが、やはり銘《めい》はない。弁天が甲州から持ちかえり、言葉の証拠として服部党の男に手渡した〈刺刀《さすが》〉である――その後、不祥の一報とともに三州岡崎へと届けられ、確認した禅四郎たちが、いよいよ事情を知ってこの浜松へと駆けつけたのだ――それを、持ってきていた。

手にした市平が、柄をにぎって鞘から抜いた。すると刺刀の刃が、何を云わんとするものか、月光を浴びて一閃《いっせん》、きらりと冷たく光るのだ。

「おまえの負けだ、羅刹とやら……」

あのとき、たしかにそう云ったのである。

――音羽ノ源三、が。

呼び声

天正二（1574）年二月八日、遠江国敷智《ふち》郡宇布見村の中村屋敷で、於万の方は無事に出産した。

しかも、双子であった。

この当時、双子でうまれることは「畜生腹《ちくしょうばら》（犬などが一度の出産で、複数の仔を産むことに由来）」として忌《い》み嫌われるふるい風習があり、ひとりは夭逝《ようせい》（死亡）したことにされて、於万の方の実家である「永見《ながみ》」家に養子として引き取られると、のちに「永見貞愛《さだちか》」を名乗り、西三河の「知立《ちりゅう》神社（池鯉鮒《ちりゅう》大明神）」の神職をつとめるようになるのである。もうひとりは、そのまま家康の次男として育ち、幼名を「於義丸《おぎまる》（本来は「於次丸《おつぎまる》」。於義伊《おぎい》の呼称で知られる）」といって、その後は「鬼作左《おにさくざ》」の綽名《あだな》で呼ばれた家康の重臣「本多作左衛門重次《ほんださくさえいもんしげつぐ》」に預けられ、後年になると羽柴秀吉の人質（名目上は養子）となり、「羽柴秀康《はしばひでやす》」を名乗るのである。後世になって広く知られる、「結城《ゆうき》秀康」のほうが分かりよいか。はたして、「越前松平家《えちぜんまつだいら》」の家祖《かそ》となる人物が、ここにうまれたのだ。

さて、於万の方の出産のことは何も知らずして、さっそく帰国の途につく新堂ノ弁才天である。しごと終わりの酒に預かり、服部党の男らとたらふく喰らった蛇之助が、小屋に酔いつぶれているその足を蹴りつけるや、「然《さ》らば、またな」とみじかい別れの言葉を告げて、ひとり遠州をあとにした。

(いずれと路辻をちがえて、散々《さんざん》であったな……)

あのとき、中村屋敷を飛び出して——夜路をいそいで、浜松城へと駆けつける弁天であったが——じつに、ひとあし遅かった。すでに羅刹は、服部半蔵正成の剣に討ち取られ、源三の刺刀《さすが》で首を掻かれていたのである。念のために実検《じつけん》に立ち合った弁天は、甲州からきた透破「羅刹天」という男であるらしいことを伝えておいた。おそらく、この男が中村屋敷を襲撃した者たちの首謀者であったろうとも意見した。

その後すぐに弁天は、禅四郎という老忍に呼び出された。音羽ノ源三の最期の伝言を報告したことについて、内々に礼を云われると、そこで弁天は事情いっさいを説明するのである。藤林のしごとを、甲州で仕損じたことも正直に打ちあけた。云ったあとにひとつ、禅四郎に頼み込む——畏《おそ》れながら是非とものこと、この度の一連の騒ぎについて、またく端無《はしたな》きこととは承知のうえで、些少《さしょう》なりとも自身《われ》のはたらきがあったことを颯《さと》でも一筆認《したた》めて戴きたく存じ、また其《そ》れ拝領つかまつれば冥加《みょうが》なし、ついては禅四郎様の筆を藤林の御屋敷に、旅の土産《とさん》（贈物。みやげ）に致したい——そう、申し出るのだ。

さて、これを聞くや禅四郎、「湯舟の藤林長門守とは、ふるくから誼《よしみ》を結ぶ間柄、伊賀者源三の礼でもある」ならば可《よし》と、褒賞の約束までしてくれたが、それはどうでもよかった。

人誑《ひとたら》しの首の代わりともなった、禅四郎のみやげの文《ふみ》一通を懐中にいれると、いんぎんに礼を云い、浜松城をあとにするや、さっそく酒宴で酔いつぶれている蛇之助を見つけて足を蹴り、そしてあばよと旅立った。

道々、弁天は考えつづけている。あの羅刹という忍びのことを——あの男はいったい、何者であったのか——どういう素性の者であったのか、と。

（彼奴は、おれに似ていたのだ……）

はっきりと何処がとは云えないが、そう弁天はおもうのである。おもうと、何故か悔《くや》しくてならないのだ。わが手で決着したかったと、いまも後悔されるのであった。

「莫迦《ばか》をした奴さ……」

はたして、それは羅刹か雨宝か、それとも自身のことか。

弁天は遠州から出ると、東三河の地を踏んで、そのまま西をさして岡崎をめざした。

折角《せっかく》である。寄り道をしていこうと、そうおもったのだ——兄弟子の重蔵と、実姉《じっし》さつきの遺児である犬丸が、西三河の岡崎にいるはずなのだ。越後の国越えで袂《たもと》を分かつとき、重蔵が別れ際に云ったのだ。「わしらは向後、しばらく三河岡崎に身を寄せておる……」いつぞとは知れぬが、おまえが御屋敷のしごとを甲斐に終えたらば、国へもどるとちゅうにでも屹度《きっと》に立ち寄れと。

（そうするさ――）

貌をひと目見てから、そのまま伊勢へと抜けて、伊賀へ帰ればいい。べつに遠回りをするわけでもなく、いずれにしても岡崎の城下ちかくを通ることになるのだから。

「何ぞ、はやい奴じゃの。御屋敷のしごとのほうは、早々に済ませたものかい」

と、会うなり重蔵のあいさつだ。たしかに、再会というには早すぎる。およそ、越後の早川谷に別れて一ト月だ。残念ながら、旧懐を覚えるまでには至らずであった――弁天は禅四郎の一筆が入れてあるふところを叩いて、「済ませたさ」とかるく返事をしておいた。すると重蔵が、犬丸に会っていけと云う。もちろんだとも。まさか、この死神のような陰気な風采《ふうさい》をする兄弟子の、暗い面《つら》をおがむためにわざわざ立ち寄ったのではないのである。

ところで、とうの犬丸は現下《いま》不在にしていて、何やら遊びに出かけたものらしかった。そろそろ日も暮れようかという時分に差しかかり、重蔵がこれからむかえにゆくと云うので、弁天もその背についていく。歩く道すがら、信州の廃寺に棲んでいたという悪魔とやらの話を聞かされた。聞いたところで、ほんとうに悪魔などこの世にいるのであろうかと不思議におもったが、それは云わないでいた。

〈悪魔の者か……〉

おもういっぽうで、よもや気づかぬ弁天だ。くだんの悪魔に対峙《たいじ》した忍者小僧――はたして、犬丸の非常な勇気があってこそ、これにはからずも遠州浜松における〈暗殺計画〉が根底から打ち砕かれたという事実。とうぜん、当人にしても存《ぞん》の外《ほか》のことであることにはちがいないのだが。

「……して、ふたりの坊主は、それが寺に置き棄てになされたと仰せあるか」

と、弁天が歩きながらに尋ねた。宋念と善進のことを云うのでろう。宋念は松の木に、縄で括《くく》りつけたままである。善進は東司《とうす》にいたところを拘束《こうそく》し、廊下の柱に縛りつけて、あとは知らぬ。犬丸から聞いたところでは、ほかにも正之介というきつね貌の男と、その仲間らしき者がひとりあったというが、行方はまったく分からずじまいだ。もはや、悪魔の巣のほうは仏堂もろとも土中に崩落しており、廃寺のほうはといえば火もとの庫院ばかりか、浴司も法堂も類焼《るいしょう》の火焰《かえん》の餌食となって、屋根も何も崩れ落ち、残すは黒く焼けた柱と煤《すす》ばかり。おそらく、正之介という男は、子買いをやっていたものとおもわれる。売るところがなければ、無理につづけて人攫《ひとさら》いは致すまい。悪事をはたらく者にはちがいなかろうが、大概《たいがい》にしてそういう輩《やから》は棄て置いても涯《はて》は自滅するものだ。

「ほう。左様なもので、ござるかな」

弁天が口もとに皮肉をあらわすかのような微笑をこぼして、云うのであった。すると、重蔵がまさしく厭味《いやみ》を云った。

「おまえのように、手当たりしだいに徒《いたづ》ら者（ろくでなし。悪賢い者の意）を斬り棄てておったら、一天《いってん》に人は無《の》うなるわえ」

「ハハハ、仰せのごとくさ」

と、弁天がわらうのである。するとやがて、路のさきに鳥居が見えてきた。

──三河岡崎伊賀八幡宮。

鳥居のむこうにのぞく境内が、いま夕陽を浴びて柿の実が熟《う》れたようないろに染まっていく。さらに、社《やしろ》の屋根や木の梢を縫《ぬ》って地に降りそそぐ、すじになった金色《こんじき》の明かりが息を呑むほどに美しかった。鳥居の結構と相俟《あいま》って、まるで別世界の光景をながめるかのような不思議な時間《ときのま》を弁天は見ていた。そこに、幻惑《げんわく》がある。

「ほう。あの童子らが、兄者《あにじゃ》の申される信州の御子《おこ》どもか」

と、弁天が感歎《かんたん》したような声をもらすのだ。見ると鳥居のむこうに、子どもたちの影が駆けまわっていた。斜陽の燦然《さんぜん》たる光に包まれた、伊賀八幡宮の境内のうえを。

はたして、重蔵がこれへ連れてきた——あの悪魔の棲む寺から、ついぞ救い出した九人の子どもたちだ——あのとき重蔵と次助は、ちかくの村を訪ねてまわり、囚《とら》われの子どもたちを寺から遁がすために手を貸す者はいまいかと、あるだけの銀銭や銅銭をばらまいて、大人の男女五人ばかりの協力を得たのであった。そのうち数人が、子を引き取ってもよいと云う。しかし、いまだ暗示の解けぬ貌つきをする子も多く、いったん岡崎へ連れていき、天狗の術をはらってから引き渡そうということになったのだ。そこで八幡宮の神職に身柄を預けて、術を解いてもらっているのである。

一礼し、鳥居をくぐった。

「はて、おらぬようじゃぞ、どこぞへいったかい」

と、重蔵が走りまわる子どもたちの貌をさぐりながら、そう云うのである。たしかに、犬丸の貌がどこにも見えなかった。「おのれは、そこの辺りで待っておれ——」さがして連れてこようと、重蔵が弁天に云い残し、境内の奥へむかって歩いていく。まさか、ここに廏《うまや》はないので安心だ。

（ふむ。わらべはいずれと、験気《げんき》な容子《ようす》をしておるではないか……）

弁天が子どもらのわらい声のなかを縫うようにして歩きながら、境内のはずれへ移動した。梅の古木が立っていて、見れば拡げた枝に沢山のつぼみをつけている。そこへ射す夕陽が、やたらにまぶしかった。まさに神々しいという言葉も相応しく、境内を駆けまわる子どもらの声を背に聞いて、何やらこころの洗われる神の時間《ときのま》に迷い込んだかのような錯覚がある。

ふと見れば、梅の古木の蔭に少女がひとり立っていた。赤い小袖に、白い帯。おかぶろを伸ばした黒髪には漆《うるし》を刷《は》いた月形の、ちいさな櫛《くし》を飾るようにして挿《さ》している。そして何やら、大事そうに腕に抱いていた……まるめた白い襤褸《ぼろ》きれかとおもったが、どうして一疋《いっぴき》の猫である。少女がふと弁天の姿を見て、愕くふうな貌をした。そのあとすぐに、かがやくような笑顔を見せて斯う云うのだ。

「あたしは、巫女《みこ》さまになるのよ」

いきなりの言葉に弁天は、目をまるくしつつも、その口もとに微笑をこぼして返事をした。

「ほう。それはよい心懸《こころが》けだな」

云って、やさしくうなずいたとどうじに、なつかしき声を聞く。

「あ、弥介《やすけ》——」

振りかえると、伊賀八幡宮の社殿の蔭に、重蔵の姿が立っていた。片貌に髪を垂れ、ふくろうのようなまるまるとした目が、とおくからこちらを見ている。そして、犬丸の貌があった——重蔵のまえを、走っていた——その犬丸がまたしても、弁天の実名を大声に発して、喜び勇んで駆けてくるのだ。いちばんの元気が、むかってくるのだ。弁天は片手をあげたばかりで、無言の返事だ。

(さて、何と申したものか。困ったものだな、姉人よ。まったく、おれというものは……)

と、そこで一瞬おもいを呑んだ。犬丸の元気に圧倒されて、どうにも調子が狂う。それがはたして御屋敷からの下知とは云え、いまさらながらにわが身を顧《かえり》みれば——仮令《たとい》、どのような理由があろうともだ——人の生命《いのち》を数知れず奪ってきたことに不思議と気づかされ、胸の奥が苦くもなる弁天なのであった。それこそ駆けむかってくる犬丸の元気が、あまりにも純粋なのであろう。姉の姿がそこへ重ねて見えて、何やら一瞬ばかり、辛《つら》くもなるのである。

(戦闘《いくさ》をつかさどる、弁才天か……なに、人殺しさ。まったく、困った生きざまだな)

まるであいさつの言葉がおもい泛かばずに弁天は、女人かとも見紛うその美しい相貌を、伊賀八幡宮に射し込む神々しいまでの夕陽のなかに苦笑させるのであった。

(——えもや、あとで見つければいくらでも、あいさつていどの言葉はあるものさ)

さてと、気分を変えて一歩を踏み出し、社殿のほうへ行きかけたところで、弁天がふと足を止めた。

何やら、さきほどの少女が云っているのだ。何と云ったものかと右肩に、じっと耳をこらせば、かすかに聞こえてくるその声は、まるで冬の日の草蔭に吹きつける余韻《よいん》嫋々《じょうじょう》たる風の音だ。それこそ寒けを覚えるような、ひそめく声……。

はたして振りかえって見ると、いまも梅の古木の蔭にひとりたたずむ少女が、腕に抱いた白い猫の背をやさしく撫《な》で、やさしく撫でしながらに、耳もとに貌をちかづけて、一心にささやいていた――少女は、云っていた。

「したがえ、したがえ……」

……よく聞け、わが名は無洞軒。

本書は書き下ろし作品です。

六《ろく》莫《ば》迦《か》記《き》
これが本所《ほんじょ》の穀潰《ごくつぶ》し

新美 健

小普請組の葛木家の六ツ子は、そろいもそろって大莫迦者ばかり——戯作莫迦、傾奇莫迦、撃剣莫迦、葉隠莫迦、守銭奴莫迦、町人かぶれ莫迦。そんな様子にたまりかねた父は、長子にかぎらず最も優れた（ましな）ものに家督を継がせると宣言し、残りは牢に閉じ込めると！　てんやわんやしすぎの笑劇騒動時代小説！

よろず屋お市
深川事件帖

誉田龍一

幼い頃、実の父母が不幸にも殺され、お市は岡っ引きの万七に育てられる。よろず請負い稼業で危険をかいくぐってきた万七だが、彼も不審な死を遂げた。哀しみのなか、お市は稼業を継ぐ。駆け落ち娘の行方捜し、不義密通の事実、記憶のない女の身元、ありえない水死の謎——持ち込まれる難事に、お市は独り挑む。

ハヤカワ
時代ミステリ文庫

よろず屋お市
深川事件帖2　親子の情

誉田龍一

敬愛する元岡っ引きの万七が不審な死を遂げ、遺されたよろず屋を継いだ養女のお市。かつて万七の取り逃した盗賊・漁火の小四郎が江戸に戻っていることを知り、お市は独り探索に乗り出す。小四郎が犯した押し込みの陰で、じつの父と母が巻き込まれていた事実に辿り着くのだが……〈人情事件帖シリーズ〉第2作。

陰《かげ》仕《づか》え
石川紋四郎

冬月剣太郎

「公儀の敵をやむなく斬って始末する」薄毛の剣士・紋四郎は、己の酷薄な役割に苦悩する。そんな折、江戸で次々と起こる読売殺し——世間を騒がす下手人の手掛かりを探すことに。紋四郎は勇んで探索するも、なんと好奇心に富みすぎる妻さくらが自分も手伝うと言い出すから気苦労が増え……おしどり夫婦事件帖。

ハヤカワ
時代ミステリ文庫

按《あん》針《じん》

仁志耕一郎

英国の航海士ウィリアム・アダムスは、荒れ狂う海原に呑まれるも豊後に漂着。やがて徳川家康への接見を契機に、関ヶ原の合戦に駆り出される。そして死地を生き延びたアダムスは、家康から日本名・三浦按針を授けられ、やがて日本を愛し、平和のために家康を支える覚悟を決めてゆく。「青い目の侍」の冒険浪漫。

ハヤカワ
時代ミステリ文庫

著者略歴　1970年生，作家　著書『影がゆく』（早川書房刊），『忍者烈伝』『忍者烈伝ノ続』『忍者烈伝ノ乱　天之巻』『忍者烈伝ノ乱　地之巻』

HM=Hayakawa Mystery
SF=Science Fiction
JA=Japanese Author
NV=Novel
NF=Nonfiction
FT=Fantasy

悪魔道人《あくまどうじん》
影がゆく２

〈JA1442〉

二〇二〇年八月十日　印刷
二〇二〇年八月十五日　発行

（定価はカバーに表示してあります）

著者　稲《いな》葉《ば》博《ひろ》一《いち》
発行者　早川浩
印刷者　矢部真太郎
発行所　株式会社　早川書房
郵便番号　一〇一 - 〇〇四六
東京都千代田区神田多町二ノ二
電話　〇三 - 三二五二 - 三一一一
振替　〇〇一六〇 - 三 - 四七七九九
https://www.hayakawa-online.co.jp

印刷・三松堂株式会社　製本・株式会社川島製本所

ISBN978-4-15-031442-2 C0193

本書は活字が大きく読みやすい〈トールサイズ〉です。